슬갑소설

膝甲小說

장미 이야기

장미 이야기

초판 1쇄 발행 2026년 3월 31일

지은이 황인뢰
발행처 예미
발행인 황부현
편 집 박진희
디자인 김민정

출판등록 2018년 5월 10일(제2018-000084호)

주소 경기도 고양시 일산서구 중앙로 1542, 310-4호
전화 031)917-7279   **팩스** 031)911-5513
전자우편 yemmibooks@naver.com
홈페이지 www.yemmibooks.com

ISBN 979-11-92907-95-6   03810

장미 이야기

황인뢰 슬갑 소설

예미

머리말

슬갑소설
장미 이야기

슬갑膝甲은 겨울철에 추위를 막기 위해 무릎에 덮는 가죽 가리개이다. 주로 부잣집에서 사용한 듯하다. 도둑이 부잣집을 털었는데, 훔친 물건 중에 슬갑이 있었다. 무엇에 쓰는 것인지 용도를 몰라 머리에 쓰고 길에 나섰다가 뭇사람들의 웃음거리가 되고 말았다.

이에 빗대어 남의 글을 슬쩍 가져다 쓰는 행위를 슬갑도적膝甲盜賊이라 부르게 되었다. 말하자면 표절 행위를 일컫는 말이 된 것이다. 특히 남의 글을 도용하면서 그 의미를 잘 모르고 엉뚱한 데 갖다 쓰는 것을 슬갑도적이라고 하면 그 뉘앙스가 살아난다.

『장미 이야기』는 기본적으로 작자 미상의 한문소설인『지봉전芝峰傳』의 스토리를 뼈대로 씌어졌다.

『지봉전』의 스토리 개요는 이렇다.

효종 연간의 칠월칠석날 밤이다. 창덕궁 후원에 있는 애련 정으로 달구경을 나간 임금이 술에 취해 잠들어 있는 남녀를 발견했다. 효종이 아끼는 악사인 복상과 한 궁녀였다. 임금은 곤룡포의 소맷자락을 끊어내어 남녀의 벗은 몸을 덮어주고 조용히 그곳을 떠났다.

그러나 두 사람의 밀회 사실은 궁 안에 커다란 소용돌이를 몰고 왔다. 두 사람을 처형해야 한다는 상소가 빗발쳤다. 효종은 복상을 살리고 싶어서 꾀를 냈다. 편전 한가운데에 의자 하나를 내놓고 외방지색外房之色이 없는 사람은 나와 앉아 보라고 했다. 이걸 구실 삼아 복상을 살리려는 계획이었다.

아무도 의자에 앉는 사람이 없었는데, 모든 사람의 존경을 받는 노대신인 지봉 이수광이 걸어 나와 의자에 앉았다. 효종은 할 수 없이 복상과 궁녀를 귀양 보내는 선에서 일을 마무리했다.

효종이 지봉을 불렀다. 서북방 국경의 분위기가 수상하다는 장계가 올라왔으니 가서 살피고 오라는 특별 명령을 내렸다. 효종은 특별히 연회를 열어 먼 길을 떠나는 노대신을 위로했다. 그리고 단오선 하나를 하사하면서 곁에 두고 나를 대하듯 해 달라고 주문했다. 지봉은 감격하여 한시라도 몸에서 떨어지지 않게 하겠다고 약속했다.

지봉을 함정에 빠뜨리려는 효종의 밀지를 받은 파발마가 평안감사에게 급파되었다.

평안감사는 만반의 준비를 마치고 지봉을 맞을 준비를 했다. 평양에 도착한 지봉은 일만 할 뿐 여색에는 관심이 없었다. 그러나 객사에 붙어 있는 민가의 소복 입은 여인에게 미혹되어 마침내 훼절毀節하고 만다.

잘나가는 현직 기생들은 모두 실패했는데, 은퇴한 지 얼마 되지 않은 한 퇴기 여인이 지봉 무너뜨리기 작전에 성공한 것이다.

지봉이 평양을 떠날 때가 되었다. 이별을 슬퍼하는 여인이 애정의 증표로 단오선을 달라고 조른다. 지봉은 처음에는 완강히 거절하다가 여인이 하도 애타게 원하는 바람에 단오선을 내준다. 여인이 치마를 펼쳐 이별시 한 수를 적어 달라고 한다. 지봉이 붓을 들어 시 한 수를 적어 준다.

효종은 한양에 돌아온 지봉의 노고를 치하하고 연향을 베풀면서, 지봉에게 내가 준 부채가 보이지 않는다고 말한다. 지봉은 깜짝 놀라며 훼절남이 된 것을 이실직고한다. 효종은 껄껄 웃으며 복상을 살려내는 것이 어떠하냐고 제안한다. 지봉은 아무 말도 하지 못한다.

풍악이 울리고 노랫소리가 들려온다. 내용은 지봉이 평양을 떠나면서 지은 시다. 지봉이 놀라는데 병풍이 걷히고 병풍 뒤에 있던 여인이 지봉에게 절을 한다. 평양에서 만난 그 퇴기 여인이다. 효종은 지봉에게 노대신을 농락한 것을 사과한다.

『지봉전』의 매력은 해피엔딩이다. 궁녀가 왕 이외의 남자를 사랑하면 죽음이다. 잘 알려진 한문소설 중『운영전雲英傳』의 내용이 대표적이다. 김 진사를 사랑한 궁녀 운영과 그녀 사랑의 대상인 김 진사는 결국 죽음을 피하지 못하고 구천을 떠도는 신세가 된다.

『지봉전』의 임금은 통 크게 죄를 지은 남녀를 살려 줄 뿐만 아니라 그들을 복권시키기 위해 갖은 노력을 다한다.

주인공으로 등장하는 효종과 지봉 이수광은 실제로는 활동 시기가 서로 다른 사람들이다. 이수광은 선조와 광해군 연간에 벼슬을 했고, 효종은 인조의 아들이니 시대가 맞지 않는다. 효종이 달구경을 나간 애련정도 실제로는 그의 손자인 숙종 때 건립되었다.

이런 어긋난 설정은 의도적인 것으로 보인다. 『지봉전』이 쓰인 시대는 불명확하지만 아직은 왕조 시대인 조선 후기인 것으로 보인다. 실명의 임금이 등장하는 스토리인 만큼 사실성을 의도적으로 훼손시킨 것이 아닐지 추측된다.

『장미 이야기』는 『지봉전』 외에도 몇 편의 한문 고전에 빚을 지고 있다. 주로 임형택 선생님께서 번역하신 『한문 서사의 영토』(태학사)라는 책에 실린 몇 편의 에피소드가 부분적으로 차용되었다. 하나의 스토리 흐름을 가진 이야기에 그것들이 끼워넣기처럼 들어오다 보니 말 그대로 슬갑도적이 되었다.

개인적으로는 그것 또한 의도적이었음을 밝혀 둔다. 적당히 다른 표현으로 바꾸어 슬갑이 아닌 척할 수 있었지만 그러지 않기로 했다. 필자가 조선 시대에 살아 본 것도 아닐진대, 앞서 이런 노력을 해 준 분들이 아니었다면 『장미 이야기』는 한 발짝도 내디딜 수 없었을 것이다. 존경심을 드러내는 방법으로 이해되었으면 좋겠다.

장미 이야기는 그 밖에도 『우리 궁궐 이야기』(홍순민/청년사), 『제왕들의 책사』(신연우·신영란/백성), 『궁녀』(신명호/시공사), 『조선 시대 사람들은 어떻게 살았을까』(한국역사연구회/청년사), 『이야기 책 읽어주는 노인』(조수삼/보리) 등의 책에 빚을 졌다. 저자분들께 감사의 말씀을 올린다.

『장미 이야기』를 하나의 이야기로 구상한 지도 제법 되었다. 처음에는 이 이야기를 뮤지컬로 만들어 보려고 했다. 요즘처럼 인터넷으로 자료 검색을 할 수 있는 때가 아니어서 국문과 대학원에서 고전문학을 전공하는 후배들 몇 사람을 단기 아르바이트 형태로 고용해 자료를 찾았다. 그때 모은 자료들이 이십여 년 만에 역할을 한 셈이다.

　콘텐츠를 만들어 가는 과정에는 버릴 것이 없다는 것을 실감한다.

2026년 3월 **황인뢰**

추천사

　고고하다는 표현이 정말 잘 어울리는 사람이 황인뢰 연출님이다. (요란하고 소란스러운) 세상의 속도에 휘둘리지 않으면서도 (유연하고 세련되게) 자신의 기품을 지켜내는 사람, (참 요즘 같은 세상에 만나기 어려운 사람이다) 항상 겸손하게 몸을 낮추고 소년 같은 수줍은 미소를 띤 채 다른 이의 이야기에 정성껏 귀를 기울이는 황인뢰 연출님과 마주하고 있노라면 그 침묵과 여백 속에서 참 많은 것을 깨닫게 된다. 내가 읽은 소설 『장미 이야기』는 너무나 황인뢰스럽다. 꾸밈없이 담백한 문장들은 요란한 치장 없이 요상하게 사람 마음을 흔들어 댄다. 어려울 것 같은 이야기를 어찌 이리 쉽고 재미있게 잘 풀어내었을까 절로 무릎을 치게 된다. 부디 많은 이들이 소설 장미 이야기를 통해 황인뢰라는 멋진 사람을 꼭 한번 만나보길 바란다.

_ 배우 **길해연**

　야구에서 도루는 정당하게 훔치고 인정받는 기술이다. 나의 스승 황인뢰 감독님의 슬갑소설! 마치 9회 말 투아웃 결정적인 상황에서 짜릿한 승리를 안겨주는 창의적인 홈스틸을 떠오르게 한다. 언제나 새로운 연출 방식으로 우리를 놀라게 했던 내 인생의 스승이자 오랜 동지의 또 다른 반전에 많은 기대를 가져도 좋을 듯 하다.

_ 배우 **김승우**

내가 『아는 황감독의 이미지는 "카메라를 든 도시의 프쉬캐"였다. 그가 만든 드라마에는 말이 빠진 여백에 도회적 감성의 영상 시가 채워져 있었다. 맑고 깨끗했고, 짧고 명료했다. 그런데 그가 카메라를 내려놓고 긴 호흡의 소설을 썼다.

"영원한 여성성이 우리를 하늘로 인도한다."

『파우스트』의 마지막 구절이다. 괴테는 무슨 생각으로 생을 바쳐 쓴 소설의 마지막 행을 이렇게 끝맺음 했을까. 주역의 풀이로 보면, 앞으로의 시대는 여름에서 가을로 넘어가는 시대 곧 양에서 음으로 바뀌는 시대이다. 바야흐로 여성성이 빛나는, 빛나야 하는 시대를 우리는 맞이하고 있는 중이다. 괴테가 주역을 읽었는지는 알 수 없지만, 적어도 그는 앞으로의 시대가 규범만을 앞세우는 거친 힘의 시대는 가고, 포용을 담은 균형 잡힌 감각의 시대가 도래해야 한다고 믿은 것으로 보인다. 소설 속 여주인공 '장미'의 경쾌한 발걸음을 따라가다 보면, 독자들은 어느새 여성성이 주도하는 마술같은 사랑에 빠져들게 될 것이다.

_ 소설가 **서영은**

일하다가 좋은 작가를 만나면 나는 늘 말한다. 연출도 하시라고. 머리 쓰는 게 비슷하다고. 누가 나한테 누가 연출 제일 잘 하는 거 같아, 이렇게 물으면 나는 늘 머뭇거림 없이 대답한다. 황인뢰라고. 슬갑소설 『장미 이야기』를 읽고 확신했다. 내 말이 맞았다고.

_ 감독 **안판석**

1

숭례문 앞 난전거리가 시끄러웠다. 갈가리들이 깔린 매물들을 뒤엎고 일부는 빼앗았다. 갈가리들은 소위 금난전권을 행사하는 중이다. 왈짜패거리에 지나지 않는 그들에게 그럴 권리는 없다. 장 보러 나왔던 이들이 웬일인가 모여들어 구경이 났다. 구경꾼들 사이에 장미와 귀석, 문득이도 끼어있었다.

"이번엔 무슨 까닭이라더냐"

장미가 문득이에게 물었다. 문득이는 이곳 가가_{가게}에서 여리꾼 일을 봐주고 있으니 시장 돌아가는 일이라면 훤했다. "보나마나 생트집이지. 무슨 다른 까닭이 있겠수. 갈가리들이 떼로 나선 걸 보니 우대사람_{허가 받은 시전상인}을 앞세웠지만, 뒷배엔 오정창이가 있을 거유"

노론당의 행동대장 격인 오정창은 악명이 높았다. 그가 사졸처럼 부리는 무뢰배들이 감색으로 물들인 갈옷을 입고 다니면서 힘없는 이들 피고름을 갉아먹는다고 해서 흔히 갈가리로 불렀다. 세상 사람들이 모두 두려워했다.

갈가리들은 일대의 난전들을 때려 엎고 물러갔다. 장미와 아이들은 늘어선 전방들 사이로 난 컴컴한 좁은 골목으로 들어섰다. 장미는 보나 마나 조반을 건너뛰었을 아이들에게 국밥이라도 한 그릇 사 먹일 참이었다.

앞장서서 사잇길을 빠져나오던 장미가 흠칫하며 멈춰 섰다. 저만치 건너편 전방 한쪽에서, 소란을 피웠던 갈가리 중 한 놈이 어떤 남자와 은밀히 얘기를 나누고 있었다. 비스듬히 등을 보이고 선 남자. 소종립에 검은색 협수를 입고, 거기에 말 탈 때 신는 포도 무늬 화고까지, 옷차림이 눈에 익었다.

바로 기억이 났다. 장미가 놀라 전방 기둥 뒤로 몸을 숨겼다. 덩달아 아이들도 그 뒤에 숨었다.

"왜요? 대장" "칼자국이다." "에!~ 아니, 그자가 왜?"

얼굴에 칼자국이 있는 남자. 장미가 호되게 당했던 바로 그자다.

얼마 전 장미가 그 못 말리는 오지랖 때문에 일을 벌였다. 전후 맥락은 이랬다.

선대 임금의 아우인 광흥대군 댁에 득옥이라는 구사비가 있었다. 구사비는 종친이나 공신에게 임금이 내리는 관비다. 자색이 빼어난 데다 지혜롭고 영리하여 대군이 총애했다. 대군의 처남인 오정창이 득옥이와 깊은 관계를 맺으니, 오정창의 처가 이를 매우 시기했다. 대군이 청국에 사은사로 간 사이, 오정창의 처가 부부인대군의 처에게 간청했다. 안 그래도 득옥이를 미워하던 부부인이 옳다구나 그 청을 받아들여 있지도 않은 죄를 뒤집어씌워 죽여 버렸다.

득옥이의 오라비가 그들을 원망하여 사람들에게 하소연을 하고 다녔다. 오정창의 처가 늘상 무엇이든 일어난 일을 빠짐 없이 기록하는 발기일기를 쓰는데, 그 발기 단자를 훔쳐내서 그걸 증좌로 삼아 형조에 고발이라도 하고 싶은 심정이라는 거였다.

득옥이의 억울한 죽음에 분개한 장미가 그 단자를 훔쳐내기로 했다. 훔쳐낸 단자를 기반으로 그들의 죄상을 세상이 다 알게 할 참이었다. 그러면 아무리 노론 무리가 판치는 세상이라도 그냥 없었던 일로 덮고 가긴 어려울 것이다.

번화가 뒷골목 소매치기인 귀석이와 시장 전방 여리꾼인 문득이가 장미를 도왔다. 삼인조는 야음을 틈타 망을 보며 담타고 스며드는 데 성공해서 단자를 훔쳐냈다. 순라꾼을 빼돌리고 무사히 귀환하는 그들 앞을 한 남자가 가로막았다.

"멈춰라!" 삼인조는 놀라 멈춰 섰다. 어두워서 앞을 막고 선 남자의 얼굴을 자세히 알아볼 수 없었다. 검은 실루엣일 뿐이다. 요동도 하지 않고 서 있는 검은 실루엣을 장미는 침착하게 살펴보았다. 깃털이 달린 소종립에 협수 차림 그리고 포도

무늬 화고까지, 영락없는 무인 복장이다. 그런데 칼이나 창 같은 무기는 보이지 않았다. 그렇다면 해볼 만하다.

"저 자는 내가 상대할 테니 너희들은 일단 뒷길로 달아나라" 장미는 아이들을 반대편으로 보냈다. 훔쳐낸 단자를 문득이가 품고있으니, 무슨 일이 벌어지더라도 억울하게 죽어간 득옥이의 넋을 달래줄 수 있을 것이다.

상대도 서두르지 않는다. 달아나는 아이들 쪽을 흘끔 보기만 할 뿐, 장미의 움직임을 주시한다. 상대가 소리 없이 옆으로 한 발을 튼다. 품밟기를 보니 보법을 익힌 자다. 빈틈을 찾아보지만 보이지 않는다. 이럴 땐 선제공격이 그나마 가능성이 있다.

장미가 갑자기 놀란 눈으로 다른 쪽을 본다. 상대의 눈을 흩어놓으려는 유인 수법이다. 상대가 따라 보는 것을 확인하는 순간, 후려차기로 장미의 발등이 상대의 얼굴을 향해 날아갔다. 그러나 상대는 이미 장미의 수를 읽고 있었다. 속아주는 척 한 것이다. 달려드는 장미 쪽으로 몸을 살짝 비틀어 발질을 피하면서, 동시에 태기질^{땅죽}로 장미의 디딤발을 걸고 주먹으로 옆구리를 치는 재갈넣기를 찔러 넣는다.

일격에 장미는 그만 땅바닥에 나뒹구는 처지가 됐다. 얻어맞은 갈빗대가 욱신거렸다. 순식간에 검은 실루엣이 넘어진 장미를 깔고 올라탔다. 실루엣이 한 팔을 구부려 팔뚝으로 장미의 목을 누르고 또 다른 손으로 품에서 단검을 꺼내 든다. 숨이 턱 막히는데 옴짝달싹도 못하겠다. 실루엣이 서서히 자기 얼굴을 장미의 얼굴 앞으로 들이밀었다. 달빛에 비친 얼굴이 선명하리만치 잘 생겼다. 한쪽 뺨에 깊게 팬 칼자국이 있다. 한번 보면 절대 잊을 수 없는 얼굴이라고 장미는 생각했다.

"네 놈의 정체가 뭐냐. 여인들만 있는 내실 규방을 노리다니, 훔쳐낸 게 무엇인지 말하라. 아니면 숨통을 끊어 놓겠다."

안 그래도 숨을 쉬지 못하겠다. 젖 먹던 힘을 다해 몸을 비틀며 꿈틀한다. 그 바람에 칼자국의 팔꿈치가 장미의 가슴에 닿았다. 칼자국이 흠칫 놀란다. "계집이더냐?"

그의 눈빛이 흔들린다. 의외의 상황으로 경계가 잠시 흐트러진 사이, 장미가 흙을 한 줌 집어 칼자국의 눈에 뿌렸다. 기습을 당한 칼자국이 어쩔 수 없이 눈에 들어간 흙을 털어내는 순간, 잽싸게 칼을 든 손목을 걷어찼다. 칼이 어둠 속으로 날아갔다. 순식간의 일이었다. 장미는 그 틈을 놓치지 않고 도망치는 데 성공했다.

비록 뒷골목 잡배들의 사술을 써서 위기를 모면했지만 하마터면 곤경을 치를 뻔했더랬다. 그때 얻어맞은 갈빗대의 통증은 보름이 넘도록 가시지 않았다. 칼자국 남자는 다시는 마주치고 싶지 않은 상당한 고수였다.

장미는 몰락한 양반가의 후손이다. 좀 더 자세하게 말하자면, 역모죄에 얽혀 멸문의 화를 당하고 풍비박산된 가문의 후예다.

그녀의 조부는 선대에 제법 여러 명의 정승을 배출했던 자기 가문에 대한 자긍심이 매우 강한 사람이었다. 그런 그가 역모를 모의했다는 억울한 지경에 몰리게 되었다. 그와 동문수학했고, 집안끼리도 가깝게 지내던 이가 역모의 핵심 인물로 걸려든 게 원인이었다.

장미의 조부가 가문의 명망 유지를 무엇보다 최우선으로 여기고 처신해 왔다는 것은 모르는 이가 없었다. 자칫 가문의 존망이 걸릴 수도 있는 역모 사건 따위에 발을 담글 사람이 절대로 아니었다.

의외의 사태가 발생했다. 주무 부처인 의금부에 무고가 들어간 것이다. 조부가 역모 주동자들과 함께 어울리는 걸 보았다는 자가 있었다. 조금만 파고들면 말 그대로 무고라는 걸 밝힐 수도 있었는데, 어쩐 일인지 사건을 담당한 의금부도사는 그러지 않았다. 역모죄에는 종종 이성적 혹은 정의로운 판단에 구정물이 끼어 그 결말이 흐려지는 경우가 있기 마련이다. 터무니없는 무고가 보강수사 없이 받아들여져 조부는 물론이고 그의 자랑이던 가문까지 사그리 화를 당했다.

장미는 당시 두 살짜리 어린 아기였다. 그녀의 젊은 부모는 물론이고 가문 전체가 쑥대밭이 되는 와중에 용케 화를 피했다. 장미 외가에서 그녀의 모친이 시집을 때 붙여준 어린 계집종이 있었는데, 이 계집종이 소동의 혼란 중에 자신도 아기도 빠져나오는 데 성공한 것이다. 몇 가지 곡절 끝에 장미는 은퇴 기생이었던 기향의 수양딸로 입양되었다.

양인 출신인 기향은 한양 운종가 종루(보신각) 뒷골목에서 한때를 누리던 기생이었다. 뛰어난 미모는 물론이고 시문에 능하고 난을 잘 치는 예술적 기질까지 더해 그녀에게 반한 소위 풍류남들 사이에 최고 인기 아이콘이었다. 그녀에게 매혹된 풍류객들이 털어놓는 그녀의 진가는 달덩이 같은 발군의 미모도, 시문의 압도적 문장력도, 일필휘지의 유려한 문인화도 아니었다. 그것은 그녀 특유의, 남정네들도 따라 하기 힘든 호쾌한 기질이었다. 어떤 자리에 가든 그녀의 호협기질이 발휘되었다. 좌중을 압도하며 부드러운 카리스마로 전체 분위기를 다스리는 놀라운 리더십이었다. 비록 술자리였지만 어지간한 남자들은 감히 상대할 수 없는 포스가 넘쳐, 기세부리기 좋아하는 남자들도 댓거리를 스스로 포기했다. 오히려 술자리에 모인 모두가 즐겁게 그녀의 포로가 되고 만다.

박수 칠 때 떠나라고 자신이 전성기의 절정을 조금 지나친 것 같다고 여겨지자, 그녀는 미련 없이 은퇴를 선언했다. 여전히 그녀 주위로 풍류객들이 몰려들 때였다. 모두의 아쉬움 속에서 명예롭게 떠난 그녀는 은퇴한 후에도 가난한 문인 선비들을 돕는 등 호쾌한 성향을 이어갔다.

장미는 자연스럽게 기향의 호협기질을 물려받았다. 유년 시절에는 비교적 얌전하게 지내면서 글을 깨쳤는데, 속도가 빨랐다. 일찌감치 '소학'과 '언해'를 떼더니, 이어서 '중용', '대학', '맹자', '시경'을 거쳐서 '서경', '통감', '송서'까지 일사천리로 해치웠다. 그림에도 소질을 보여 사임당 신 씨를 능가한다는 소리를 들을 만큼 기향을 기쁘게 했다.

성장하면서 외모도 점점 돋보였다. 낭중지추라더니, 장옷으로 얼굴을 가려도 그 미색을 감출 수 없는, 남정네들의 마음을 뒤흔들어 놓고, 길가는 이들이 반드시 뒤돌아보게 할 정도로 자색이 절등했다.

하지만 어찌 된 일인지 장미는 차츰 변하기 시작했다. 장미는 남장하고 밖으로 나돌았다. 여인의 단정하고 수동적인 성정으로 담장 안의 삶에 안주하기에는 장미의 가슴이 너무도 뜨거웠다. 밖으로 나돌던 장미는 어느새 또래 남자아이들을 제멋대로 부리는 골목대장 짓을 하더니, 열다섯 살을 넘기면서는 아예 뒷골목 악소년들의 우두머리가 되었다. 그렇다고 무슨 검계패거리 같은 무뢰배들의 두목이 되었다는 것은 아니고, 뒷골목의 불우한 소년들의 정신적 지주 역할을 하는 정도였다. 앞서 등장한 귀석이나 문득이도 그렇게 만난 아이들이었다. 장미는 엉뚱한 행동을 저질러서 어른들을 놀라게 하곤 했다. 그 행동이라는 게 좀 특이했다.

장미는 못된 양반가의 불의를 보면 참지 못했다. 반상의 구분이 명확한 조선조의 시대에, 그것도 중인 계열에 속한 어린 여자아이가 참지 못한다고 할 수 있는 게 무엇이 있었겠는가. 그러나 장미는 상상을 초월했다. 구만리 이역 땅 함무라비의 피를 물려받기라도 했는지 무슨 수를 쓰던 불의를 저지른 양반가에 그들이 저지른 만큼의 해가 돌아가도록 한 것이다.

가령 앞서 등장한 발기 단자가 그렇게 활용되었다. 먼저 필사본을 만들어 뿌린 다음 소문이 무성해질 즈음, 강직하다고 소문난 사헌부 관리 앞으로 원본을 보냈다. 노론당이 필사적으로 방어해 오정창은 구해냈지만, 그의 처는 왕명으로 지방 관아의 노비 신세가 되어 쫓겨났다. 부부인은 종친이라는 명목으로 화를 면했다. 그러나 화병을 얻어 일 년도 안 되어 급사했으니 천벌을 받은 것이다.

기향이 양반가 남정네들의 추앙을 받으며 술자리 대장 노릇을 한 것은 그녀가 계급 사이에 놓여있는 보이지 않는 선을 일절 넘어가지 않았기에 가능한 것이었다. 어찌 보면 슬기롭다고 할 수 있는 처신이었다. 그러나 장미는 달랐다. 그 선을 넘는 데 주저함이 없었다. 기향으로서는 심히 걱정되는 일이었다. 꾸중도 하고 벌을 주기도 하고 외출금지를 시키기도 해봤지만 장미의 혈기를 감당할 수 없었다. 말 그대로 청출어람이었다.

한번은 이런 일이 있었다. 훈련원지금의 동대문 DDP 자리 인근에 살던 양반댁 부부가 병에 걸려 한 달 사이로 죽어버렸다. 집에는 시집가기 직전의 어린 딸이 하나 있었는데 한 못된 양반 놈이 그 집 하인들과 짜고 가산을 몽땅 빼앗아버렸다. 그것으로도 부족해서 그 딸까지 데려다 첩으로 삼겠다고 무뢰배들을 시켜 소녀를 보쌈해 오도록 사주했다.

우연찮게 이 사실을 알게 된 장미가 악소년들을 데리고 무뢰배들을 습격해서 소녀를 구출했다. 그리고 나서 소녀의 친척이 사는 양주골 가오리지금의 수유리까지 소녀를 데려다주었다. 그러느라 밤을 꼴딱 세고 동소문혜화문이 열리기를 기다렸다가 이른 새벽에야 수진방지금의 청진동 부근 집으로 돌아가던 중이었다.

이제 무단으로 외박까지 한다고 기향한테 혼날 일을 걱정하며 발걸음을 서두르는데 길옆 풀숲 고목 밑에 웬 푸른색 물체가 하나 눈에 들어왔다. 곁에 가서 보니 종이로 싸고 봉한 사각 상자를 다시 푸른색 보자기로 감싸 놓았는데, 단단히 싸

맨 봉물은 제법 묵직했다. 겉봉에 '말값으로 은 쉰 냥'이라고
적힌 표지가 붙어있다. 짐작건대 누군가 말 거래로 쓸 돈을
유실한 것으로 보였다. 돈을 잃어버린 이가 얼마나 애를 끓이
고 상심하고 있을지 생각하니 한시라도 빨리 주인을 찾아 돌
려주고 싶었지만 당장에 마땅한 방도가 없었다. 장미는 일단
보자기 끈을 풀어 허리에 차고 집으로 왔다. 집에서는 아니나
다를까 기향이 눈꼬리를 올리고 장미를 기다리고 있었다.

"너는 어떻게 되어 먹은 아이냐. 근본 없는 왈짜패의 딱지
들과 어울려 댕기는 거로도 부족해서 이제는 아예 외박까지
하고 들어오다니 너를 어찌해야 한단 말이냐. 뚫린 입이니,
그 입으로 말해 보아라."

"어머니, 꾸중은 뒤에 하시고 우선 이것 좀 보시어요."

"그게 무엔지 나는 손톱만큼도 궁금하지 않다. 네가 또 빠
져나갈 궁리로 무슨 꿍꿍이를 꾸미는지 모른다만, 내 이번에
는 안 넘어간다."

"꿍꿍이라니요. 어머니 감히 어찌, 헌데 이게요 보통 물건
이 아닙니다. 여기 말값으로 은 쉰 냥이라고 적혀있습니다."

"내 참, 하다 하다 이젠 말값 타령을 다 듣다니, 헛짓거리 집
어치우고 내 말에나 어서 답해 보아라. 너를 어찌해야 한단
말이냐. 나는 더 이상 이렇게는 못 살겠다. 너와 나 애초에 피
를 나눈 사이도 아니니 이참에 인연을 끊기로 하자."

"아이고 어머니 무조건 잘못했습니다. 천애고아가 되어 오갈 데 없던 저를 받아 키워주신 은혜를 소녀 어찌 잊는단 말입니까. 그 크나큰 은혜 갚는 길에 소녀 미처 한 발짝도 내딛지 못했는데 인연을 끊으신다니요. 제발 화를 푸시어요. 간밤에 제가 무슨 일로 집에 못 들어왔는지 사연을 들으시면 어머니도 잘했다고 하실 게 분명합니다. 그 말씀부터 드리고 잘못을 비는 게 당연한 도리지만 그보다도 이놈의 봉물부터 해결하는 게 우선인 듯싶습니다. 제가 새벽길에 양주골에서 서둘러 오다가..."

"뭐? 양주골? 아니, 거기가 어디라고, 아녀자의 몸가짐에 대해 내 그리 일렀거늘"

"헤헤, 그 말씀은 나중에, 서둘러 오다가 우리 동네 거진 다 와서 길옆 풀숲에 이게, 있는 걸 보고 가져왔습니다. 필시 누군가 말 거래를 하려던 돈을 잃어버린 게 확실해 보입니다. 우선 이것부터 임자를 찾아주는 일이 급한 일이지 않겠습니까. 꾸중은 그 후에..."

"정말이냐? 저번처럼 꾸며대는 거 아니고?"

"아 아닙니다. 어머니. 거짓으로 꾸며댈 게 따로 있지요. 제가 어떻게 이렇게 큰돈을 놓고 감히 거짓부렁을..."

"... 보자기를 풀어 보아라."

"네 어머니."

봉물을 열어보니 겉에 적힌 대로 정확하게 백색 은자은으로 만든 돈로 오십 냥이 들어있었다.

"엊그제 우리 집에 왔던 낭객들이 나누던 말 중에 사동 병판 댁에서 말을 판다는 말이 오가는 걸 들었다. 혹시 그 댁에서 약정된 말값을 받았는지 득길이를 보내서 알아보게 해야겠다." "네 어머니."

"보아하니 꾸며낸 것같지는 않아서 내 이번만은 넘어간다. 허나 시집도 안간 네가 무시로 집을 비우고 외박까지 서슴지 않는 것은 절대로 있을 수 없는 일이다. 또 한 번 이런 일이 있으면 그땐 정말 너와 나는 인연이 다한 것이다. 알겠느냐?"

"네 어머니, 늘 말씀 내려주신 대로 규방 여인의 바른길에 한 치의 어긋남이 없도록 조심 또 조심하겠사옵니다."

"참 대답은 청산유수다."

"헤헤"

이렇게 해서 장미가 습득한 은봉이 제 주인을 찾아갔다. 그 사연은 이랬다. 사동지금의 사직동의 병판 집에서 백자동혜화동 청풍부원군 댁에 말을 팔았다. 병판 집 노복이 백자동까지 말을 가져다주고 약정한 대로 말값을 받았다. 그런데 부원군이 말을 보더니 매우 기뻐했다. 생각했던 것보다 말의 상태가 훨씬 훌륭했기 때문이다. 말을 가져온 노복이 평소 말을 관리해 왔다는 말을 듣고는 그 노복에게 말값 외에 따로 돈 얼마를 수

고비로 주고 청지기를 시켜 음식과 술까지 대접해서 보내게
했다.

　노복은 흡족한 마음으로 돌아가던 중에 그만 마신 술이 문
제가 되었다. 부원군 댁에서는 그에게 특별히 홍로주를 대접
했는데, 이 술이 마실 때는 몰랐는데 사람을 앉은뱅이로 만드
는 술이었다. 돌아오는 길은 어느덧 해가 지고 저녁이었다.
그는 도무지 몸을 가누지 못하고 얼마 가지 못해 길가에 쓰러
졌다. 그곳이 어딘지도 모르는 상태에서 밤이 깊어 가자 조금
씩 술에서 깨어 겨우 몸을 추슬러 집에 돌아왔다. 와중에 은
봉을 어디다 떨어뜨렸는지 도무지 기억나지 않았다. 이런 죄
를 지었으니 스스로 생각해도 죽을죄를 지은 것같아 미처 상
보를 못하고 끙끙 앓고 있을 때였다. 기향의 집 창두_{종살이 하는}
남자가 병판 댁을 찾아간 것이다.

　병조판서 이수룡. 그는 대로했다. 유실한 은봉을 찾았으면
찾아준 이의 엽렵한 마음 씀을 가리어 상찬하고 노복에겐 허
물을 따지지 않는 게 인지상정일 것이나 그는 그러지 않았다.
사고가 난 줄도 모르고 있다가 미천한 퇴기집 종놈을 통해서
알게 됐다는 사실이 그를 화나게 했다. 게다가 퇴기의 어린
딸이 은봉을 습득하고는 한시라도 빨리 주인을 찾아 돌려주
려고 했다는 말에 자존심이 상했다.

　이상한 일이다. 횡재한 셈 치고 취해도 그만인 것을 걱정하

고 있을 주인 걱정을 먼저 했다는 마음에 가상함을 느끼는 게 보통의 정서 아닌가. 그는 사례도 대충 의례적인 말로 때워 기향이네 창두를 돌려보내고 어쭙잖은 분노를 풀기 위해 노복을 끌어내 장을 치게 했다. 사실대로 보고하지 않아 상것들이 잘난 체할 명분을 주고 그들의 웃음거리가 됐다는 것이 이유였다. 심한 매질에 못 견딘 노복이 결국 장독으로 죽고 말았다. 지나치게 야속하고 가혹한 처사였다.

이 사실을 알게 된 장미는 흥분했다. 장미가 흥분하면 어떻게 되는가. '자에는 자로'. 저지른 짓만큼 돌려준다. 장미가 못된 양반들을 벌하는 원칙이다.

어이없는 이유로 노복이 죽는 바람에 그의 가족은 망연자실했다. 그 어미와 아내 그리고 자식들은 졸지에 아들을, 지아비를, 어버이를 잃었다. 단장의 아픔 속에서 번연히 눈뜨고 그 죽음을 지켜봐야 했다. 그렇다. 이수룡은 이제 그 반대의 처지가 되어야 한다. 아무것도 할 수 없는 상황에서 장이 끊어지는 듯한 슬픔을 견뎌야 한다는 게 어떤 경험인지를 느껴봐야 한다. 장미는 착실히 준비했다.

일차 목표는 이수룡의 아들이었다. 병판 자리에 오르기 전 이수룡은 내리 딸 넷만 두고 조강지처와 사별했다. 자칫 대가 끊길까 염려하던 터에 재취로 들어온 부인이 아들을 낳았다.

늦둥이 아들을 말 그대로 금지옥엽으로 키웠다.

　이놈이 안 그래도 아비의 못된 성정을 물려받은 데다 파락호 기질까지 있었다. 성장하면서 인근의 부녀자가 남아나지 않았다. 거기에다 아비의 권세를 믿고 패악질을 서슴지 않는 괴물이 되어버렸다. 상민들은 물론이고 양반가마저 놈의 횡포를 피하지 못했다. 피해를 보고서도 노론의 핵심이자 병판 자리까지 오른 이수룡의 권세 때문에 어쩌지 못하고 냉가슴을 앓고 있는 처지였다.

　어느 날 이 아들놈이 감쪽같이 실종되었다. 이수룡 집 안팎이 술렁이는 게 당연했다. 필시 아들놈의 패악질에 원한을 품은 누군가의 짓일 거라고 짐작했지만 종적이 묘연했다. 애를 태우던 이수룡은 어느 날 밤 흑두건을 쓰고 사랑채에 스며든 괴한들에게 쥐도 새도 모르게 납치되었다.

　그가 정신을 차려보니 동서남북을 분간하기 어려운 산중인데, 오매불망 찾아 헤매던 자기 아들이 눈앞에 있었다. 자신도 아들도 팔다리가 묶인 채였다. 환도를 든 복면 괴한 네댓 명이 둘러싸고 있었고 그중 둘이 이수룡의 목에 칼을 들이대고 선 상태에서 아들에게 매질이 가해졌다.

　괴한들은 가타부타 말이 없었다. 우두머리로 보이는 체격이 왜소한 괴한이 손짓으로 지시하면 말없이 시키는 대로 따를 뿐이었다. 죽는다고 소리치는 아들의 비명에 이수룡은 제

살이 찢기는 것 같은 고통을 느끼며 제발 살려달라고 애원했다.

매질을 멈춘 괴한들은 이번에는 아들을 나무틀에 붙들어 매더니, 양다리 사이에 각목을 끼워 넣고 양 갈래로 벌렸다. 주리를 튼 것이다. 그간 섬돌 아래 양민들에게 "저놈의 주리를 틀라"라며 호통을 친 적은 있지만, 자기 아들이 코 앞에서 조리돌림을 당하는 걸 보게 될 줄은 몰랐을 것이다.

다시 아들의 비명이 터져 나왔다. 이수룡은 정신을 차릴 수가 없었다. 도대체 이 조선 땅에서 그것도 현직 병조판서인 자신이 이런 일을 겪게 된다는 게 말이 되는가. 아들은 외마디 비명을 질렀고, 괴한들은 기어코 아들의 두 다리를 부러트려 버렸다. 조금만 움직여도 양쪽에서 목을 파고드는 칼끝에 몸을 떨며 이수룡은 아!~ 소리도 지르지 못하고 혼절했다.

두 부자는 그래도 목숨을 부지하고 집에 돌아왔다. 한 나무꾼이 쓰러져있는 그들을 발견하는 바람에 간신히 산에서 내려올 수 있었다. 아들은 앉은뱅이가 되어버렸고, 사건의 충격으로 놀라 요즘 말로 외상후 스트레스 장애에 시달리는 중증 정신병자가 되었다. 정신을 차린 이수룡이 범인들을 잡으려고 백방으로 수소문했지만 도무지 꼬리를 잡을 수 없었다. 아예 우포청 종사관 한 명이 이 사건을 전담하고, 내금위에서 차출한 유능한 겸록부장이 휘하의 군관들을 거느리고 사건을 진두지휘했지만, 범인들의 그림자도 쫓을 수 없었다. 우선 그들의 용모파기容貌疤記조차 작성할 수 없었다. 병판이 본 것이라곤 온통 흑두건을 쓴 괴한들의 모습뿐이었다. 이수룡 자신도 자기집 노복이 죽어 나간 일과 연관이 있으리라고는 꿈에도 생각을 못 했다. 아들놈한테 피해를 본 집들만 집중적으로 추적해 보다가 오리무중의 사건으로 치부되고 말았다.

용의주도한 범인들은 범행 내내 한마디도 하지 않았다. 유일하게 남긴 증거라고는 아들의 가슴에 달아놓은 종이 한 장이었다. 종이에는 '이각속죄以脚贖罪'라는 네 글자가 적혀있을 뿐이었다. 다리로써 죄를 갚는다. 아들의 다리를 부러트려 그들 부자의 죄를 물은 것이다. 녀석이 그동안 저지른 죄상의 양으로나 질로나 그 무게를 따져보면 그 정도도 가볍다고 할 것이다. 그렇다면 쓸데없는 자존심을 내세워 노복의 목숨을 앗아간 이수룡의 죄 무게는 무엇으로 셈한단 말인가.

범행 현장을 고스란히 목격한 이수룡의 속은 더 할 수 없이 엉망진창이 되었다. 머리와 가슴 속의 화가 뒤엉켜 도무지 조정에 나가 평정심으로 정사를 돌볼 수가 없었다. 그는 어쩔 수 없이 스스로 물러나 집에 칩거했다. 울화병으로 지지부진을 거듭하며 한낮에도 이부자리를 떠나지 못하고 시름시름 자리보전하는 반병신으로 지낼 수밖에 없었다. '자에는 자로'. 장미가 처리한 말값 은봉 사건의 결말이다.

2

기향의 집에 김조이라고 불리는 여인이 들락거렸다. 조이
는 양민의 부녀자를 지칭하는 말이다. 김조이는 한성부에서
다모로 일하고 있었다. 다모는 일종의 여성 수사관으로 남녀
유별이 엄격한 조선 사회에서 규방에서 벌어진 사건의 수사
나 탐문, 정보수집 그리고 여성 피의자의 신체수색 같은 일에
특화된 전문 여성 인력이었다. 김조이는 여인임에도 담력이
강하고 의협심이 드높은 호걸형 인물이었기에 기향과 기질
적으로 잘 어울렸다. 기향이 종루 뒤편 장통방지금의 종로 관철동 일
대에서 기방을 열고 있을 때부터 서로 도움을 주고받으며 가
깝게 지내왔다. 덩달아서 장미도 그런 김조이와 죽이 잘 맞아
서 김조이를 성님이라고 부르며 잘 따랐다. 장미가 곧잘 뒷골
목의 생생한 정보들을 전해주기 때문에 김조이가 도움받고,
반대로 김조이가 지나가는 말처럼 흘려주는 관내 정보가 장
미에게 도움을 주기도 했으므로 둘 사이에는 남다른 유대와
깊은 친밀감이 흐르고 있었다.

김조이는 다모 직을 수행하면서 여러 차례 공을 세워 한성
부 내 상사들의 신임을 받았다. 그래도 우쭐대거나 하는 기색
없이 맡은 일을 잘 처리해 내는 그녀의 성품을 좋게 보고 따
로 그녀를 불러 상금을 내려주기도 하며 격려를 아끼지 않는

관원이 있었는데, 그는 바로 한성부 주부인 김만제였다.

한성부 주부는 종6품에 해당하는 벼슬로 요즘으로 치면 사무관 정도의 직급이라 할 수 있겠다. 김만제는 매사 일 처리가 원만하고 청렴하여 주변 평판이 좋은 사람이었다. 그는 슬하에 아들 셋과 딸 둘을 두었는데, 그의 둘째 아들인 김윤경은 인물이 좋고 학문이 깊어 어려서부터 신동 소리를 들어온 수재였다. 감이 빠른 사람은 눈치를 챘겠지만, 바로 이 김윤경이 앞으로 장미 이야기의 핵심인물이 되는 것이다. 장미 이야기를 하다 갑자기 김조이라는 다모 여인이 등장한 이유이기도 하다. 이제부터는 김윤경과 장미가 첫 번째 인연을 맺는 이야기를 풀어보겠다.

기향은 장미 때문에 걱정이 깊었다. '병판 댁 피습사건'은 끝내 범인이 잡히지 않았다. 주범이 장미라는 사실을 아는 사람은 함께 거사를 벌인 악소년 몇 명뿐이었다. 하지만 기향만은 필시 장미의 짓일 거라고 짐작하고 있었다. 꼬리가 길면 밟히는 법이다. 그동안 겁 없는 장미가 용케 뒤탈 없이 '자에는 자로' 놀이로 양반들을 혼내주고 있지만 내버려두었다가는 머지않아 법망에 걸려들고 말 거라고 기향은 생각했다.

기향은 장미를 한양에서 멀리 떨어뜨려 놓기로 했다. 장미와 어울리는 악소년들과 떼어놓는 게 우선 목표였다. 사람들이 많이 모이는 한양 도성 안에는 복잡한 사회문제도 많이 발생한다. 한적한 시골은 아무래도 그런 것들과 거리가 있으니, 장미가 쓸데없는 일에 관심을 두지 않고 원래 잘하던 시문을 가까이하고 소질도 탁월한 문인화나 그리게 하려는 것이 두 번째 목표였다. 마지막으로 그렇게 시간을 번 사이에 좋은 혼처를 물색해 시집을 보내버리리라. 어찌 보면 가장 중요한 최종 목표까지 일거양득의 계획이 세워지고 바로 진행되었다.

반강제로 장미가 보내진 곳은 경기도 광주의 숲 안 마을_{지금}의 분당 수내동이었다. 이곳은 기향의 고향으로, 기향의 사촌 오라비가 고을 현의 향리인 색리 직을 맡고 있는데 돈 문제로 쪼들리던 그가 기향의 도움으로 위기를 넘긴 일이 있었다. 이권 사업에 돈을 댔다가 화재로 인한 사고 때문에 거금을 날리고 빚까지 떠안게 되었다. 거기에다 지방 관아의 이속들에게는 나라에서 주는 녹봉이 따로 없었기에 경제적으로 많이 힘들던 시절, 그는 체면 불고하고 기향을 찾아갔다. 기향은 어떻게 갚을 거냐고 묻지도 않고 그가 원한 돈을 선뜻 내주었다. 그 돈이 종잣돈이 되어 그는 재기에 성공했고 이후 일이 잘 풀려 제법 많은 전토와 비속을 거느리고 풍족하게 지내게 되었다. 당연히 기향에게 늘 고마워하고 친밀한 관계를 유지하며 지냈다. 기향은 바로 이 사촌 오라버니 집에서 장미가 의

탁해 지낼 수 있게 했다.

이 지역은 거리로는 한양과 가까운 편이지만 육로 교통이 불편하고 멀리 돌아가야 해서 주민들은 주로 탄천 지류를 따라 나룻배를 타고 한양까지 왕래하는 걸 선호했다. 은거지로서는 적합한 곳이라 할 만했다. 기향의 계획은 일단은 성공이라고 말할 수 있었다. 장미가 예전의 얌전한 규수로 돌아간 것이다.

종일토록 시문을 접하고 사군자를 그리거나 수를 놓고, 틈이 나면 내실의 여종들 일을 돕는 등 전혀 표나지 않게 소일하며 시간을 보냈다. 간혹 주변 숲을 산책하는 정도가 유일한 외출이었는데, 그나마도 기향이 딸려 보낸 계집종 둘이서 교대로 장미의 일거수일투족을 기향에게 수시로 보고하고 있어서 그랬는지 아무런 특이 동향 없이 조용히 한 식경 정도에 끝나는 정도였다.

때는 국화꽃이 피기 시작하고 단풍이 짙게 물드는 볕 좋은 계절이었다. 하루는 숲길을 산책할 때 평소보다 조금 멀리 언덕 너머까지 갔는데, 마침 숲이 끝난 경사면 개활지에 사장활터이 있었다. 제법 많은 무학 수재가 모여 활을 쏘고 있었다. 한양 뒷골목에서 활개 치던 장미가 눈을 반짝인 것은 물론이었다. 숲 가장자리 그늘에서 활 쏘는 이들의 솜씨를 구경하던 장미는 여러 무관 지망생 중에 한 남자를 단번에 알아봤다.

수수한 선비 차림인데 얼굴과 거동은 신선 세계의 사람과 같았다. 그 남자가 바로 김윤경이었다. 준수한 용모에 단연 돋보이는 활솜씨를 갖추고 있음에도 조금도 우쭐거리는 기색이 없는 겸손함까지, 멀리서 봐도 군계일학이었다.

윤경은 바로 한 해 전에, 나라에 경사가 겹칠 때 임시로 실시되는 증광시의 문과에서 장원급제했다. 그러나 마지막 관문인 회시에는 나가지 않았다. 그의 학문 깊이로 볼 때 장원급제는 당연지사였기에 그 이유를 두고 궁금해하지 않는 사람이 없었다.

한 성균관 유생이 집권당인 노론을 탄핵하는 상소문을 올렸다가 장살杖殺 당하는 일이 있었다. 불의가 판치고 언로가 막혀버린 세상에서 입신양명이 무슨 의미가 있단 말인가. 그가 출사를 거부한 이유다. 그는 학문을 연구하며 은둔하겠다는 생각으로 외가가 있는 이곳 낙계촌으로 내려와 있었다. 그는 가끔 기분 전환을 위해 사장에 나와 활솜씨를 뽐내기도 했는데, 무과를 준비하는 이 지역 무관 지망생들도 혀를 내두르는 명궁이었다.

그날 이후 장미는 뜬구름처럼 부풀어 오르는 마음을 주체할 수 없었다. 그를 처음 본 순간 이미 장미는 윤경에게 사로잡힌 영혼이 되고 말았다. 누워도 능히 잠들지 못하고 밥맛은 떨어지고 마음이 들떠 허리띠를 푸는 것조차 깨닫지 못했다.

"저분은 나와 운명의 연분이다. 어떡해서든 나는 저분의 아내가 되어야 해"

장미는 여종 아이를 시켜 윤경의 신원을 확보했다. 윤경이 어느 집 손인지, 약관20세까지 한 해를 남겨뒀고 아직 혼사를 치르지는 않았다는 것과, 이곳에는 어떻게 해서 와있는지 제법 상세한 정보를 얻은 것이다. 여종 아이가 알아 온 정보는 윤경과 자신이 운명의 연분이라는 확신을 더 굳히게 했다.

이 나라 백성치고, 어린 임금을 허수아비로 만들어놓고, 노론당 무리가 자기들 멋대로 전횡을 휘두르고 있다는 걸 모르는 이가 있단 말인가. 그럼에도 한편으론 그따위 노론 세력에 빌붙어 보겠다고 안간힘을 쓰는 소인배들이 넘쳐나는 것도 사실이다. 그런 마당에서 드높은 실력을 갖추고도 출사를 거부했다는 말에 장미는 그만 마음을 쏙 빼앗기고 말았다. 게다가 잘 생기기까지.

윤경의 외가는 한산 이씨의 종가로, 그의 외조부는 선대 임금 연간에 예조참판 자리에 있다가 그의 큰아들이 노론 일파의 세勢에 밀려 유배형을 당하자, 벼슬을 내려놓고 향리로 돌아왔다. 동구 밖 냇가에서 동네 아이들과 어울려 투망하거나 낚싯대를 드리우면서 정가의 피 튀기는 쟁투 판을 멀리했다. 그는 낙계촌 계곡 안쪽에 만작당이라는 초당을 짓고 찾아오는 내왕객들을 맞이하며 세월을 잊고 지냈는데, 바로 그 만작당이 윤경의 임시 거처가 되었다.

만작慢雀의 뜻을 풀이하면 게으른 참새가 된다. 참새가 게으르면 어떻게 되는가. 굶어 죽을지언정 아등바등하지 않고 느릿느릿 살겠다는 해학적 의미가 담겨있는 당호다.

윤경은 어떤 의미에서는 당호의 의미와는 다르게 행동했다. 외가댁 노복들의 수고를 덜어주기 위해 가급적 숙식을 스스로 해결했다. 나뭇짐을 져서 불을 지피고 밥도 손수 지어 먹었다. 최소한 게으르지는 않았던 셈이다. 어쩌다 손님을 맞는 곳에 붙박이로 들어앉은 자신이 본채에서 일일이 지어다 주는 밥까지 얻어먹고 구들에 불까지 때게 하는 수고를 끼치는 게 마음에 걸렸다. 요즘 식으로 표현하면 진보적 사고의 소유자라고 하겠다.

그는 간혹 사장에 나가 무과 지망생들과 어울리는 것 외에는 일체의 외출을 삼가고 만작당에 파묻혀 글을 썼다. 그는 매우 다양한 분야에 대해 글을 썼는데, 고전 반열에 오른 저작들은 물론이고 북학이나 서학 같은 바다 건너 흐름까지 꿰뚫어내는 그의 글은 약관을 넘지 않은 나이에 이 모든 걸 섭렵했다고는 믿기 어려운 엄청난 스펙트럼을 보여주었다.

그의 글은 당대 젊은 유생들 사이에서 단연 으뜸가는 화젯거리가 되었다. 노론 정권의 난정에 비판적이면서 미래지향의 방법론을 제시하는 그의 글은 젊은 유생들 사이에서 빠른 속도로 퍼져나갔다.

김윤경이라는 이름 석 자는 이제 하나의 현상이었다. 젊은 유생들은 학문적 바탕의 논리가 정연하면서도 문화 예술적 깊이를 갖추고 있고, 번뜩이는 재치와 은은함을 절묘하게 섞다가도 필요할 땐 강렬한 정치적 메시지를 던지는 그의 시대론에 급속히 경도되었다. 언젠가부터는 하나의 유파를 형성하는 거대한 물결로 변모할 조짐마저 보이기 시작했다. 왕조시대에 이런 일은 위험을 감수해야 한다. 집권 세력의 눈에 나면 버티기 힘들게 마련이다.

이런 사실까지는 파악 못 한 장미는 오직 윤경에게 접근할 궁리로 머리를 쥐어짜고 있었다. 윤경은 도무지 곁을 주지 않았다. 장미가 처음에는 길에서 우연찮게 스치다 만난 척하고 밀어붙일 계획을 세웠지만 번번이 실패했다. '남녀칠세부동석'을 생활신조로 삼기라도 했는지 그는 눈길조차 주지 않았다. 여인의 치맛자락만 봐도 피하는 사람 같았다.

장미는 할 수 없이 작전을 바꿨다. 요즘 식으로 말하자면 사회 간접망 시스템을 활용한 친구 만들기 아니 애인 만들기 작전이라고 하겠다. 문장으로 사람의 마음을 사로잡는 데에는 어느 정도 자신이 있었다. 먼저 그의 글에 대한 자신의 감상 품평을 써 보내서 관심을 끌게 만들고 서신 왕래를 통해 우애를 다져나가다가 구렁이 담 넘어가듯 연애사로 뒤바꿔보려는 작전이었다.

공들여 쓴 장미의 실질적인 연애편지가 한양서부터 딸려온 여종 아이 손에 들려 만작당을 찾았다. 그런데 이게 웬일. 기대와 달리 문전박대를 당했다. 편지가 전달되기는 커녕, 여종 아이는 만작당 쪽마루 앞에 제대로 서보지도 못하고 쫓겨나듯 돌아왔다. 여기서 포기할 장미가 아니다. 약이 오른 장미는 돌멩이에 서신을 싸서 만작당 들창 안으로 던져 넣었다.

"그대가 어디 천마가 품은 알에서라도 태어났답니까? 여인의 몸을 빌려 태어난 주제에 벽계수 흉내를 내다니 그따위 수이감은 개나 주라고 충고하겠습니다. 서찰을 들고 간 심부름 아이에게 망신을 주어 쫓아낸 것은 그대가 세상 이치와는 거리가 먼 오만한 글방 도련님이기 때문입니다. 오만한 글방 도령이 세상의 도리를 논하다니 가소로운 일입니다. 마음껏 비웃어 주겠나이다. 무명 소녀無名少女"

성이 난 김에 생각나는 대로 분을 풀었다. 놀랍게도 여종 아이가 윤경의 답장을 들고 왔다. 길에서 만난 그가 자신을 부르더니 이 서신을 네 아씨께 전하라고 했다는 것이다.

"소생은 아직 부모 슬하를 벗어나지 못한 미성년에 다름없소. 따라서 남녀의 만남에 거리를 두는 것은 당연한 일이라고 할 것이요. 하여 아직은 옛 성현의 가르침을 따르는 게 도리라 하겠소.

외적이 쳐들어왔을 때, 한 반가의 안주인이 늙은 시부모를 돌보느라 미처 난을 피하지 못하고 있었소. 외적의 무리가 턱 밑까지 다가오자, 시부모들이 며느리를 불러 다급하게 설득했소.

'네가 우리 때문에 외적 도당들에게 몸이라도 더럽힌다면 우리가 장차 무슨 낯으로 조상님들을 대한단 말이냐. 우리를 버려두고 어서 떠나거라'

안주인은 할 수 없이 계집종과 함께 서둘러 피난길에 올랐소. 기어코 그들 앞에 큰 강이 나타났소. 도강하려니 나루터에는 이미 피난민들이 몰려들어 서로 먼저 건너겠다고 아수라장이었소. 뱃전에 서 있던 뱃사공이 일일이 사람들의 손을 잡아 끌어올려 배에 태웠소. 안주인과 계집종도 북새통 속에서 떠밀리듯 뱃사공의 손을 잡고 배에 올랐소. 배가 강심에 이르렀을 때 돌연 안주인 여자가,

'내가 외적에게 몸을 더럽힐지 두려워 늙으신 시부모를 외면하고 피난길에 올랐는데 여기까지 와서 외간 남자에게 손을 잡혔으니 이 무슨 해괴한 일이란 말인고'

하고 탄식하더니 그만 강물에 몸을 던졌소. 창졸간에 일어난 일이라 누구라도 말릴 새가 없었소. 그걸 본 계집종이 장탄식을 내뱉으며 말했소.

'주인이 죽었는데 나 혼자 살아 무엇하리오' 그녀 역시 강물

로 몸을 던졌소.

옛 성현께서 말씀하셨소.

'장한 일이로다. 정절을 지키려는 곧은 마음이 뱃사공에게 손목 잡힌 것조차도 견딜 수 없었구나. 목숨 버리기를 이처럼 두려워하지 않으니, 고금에 귀감이 되리라. 그 비속 또한 장하다고 하겠다. 주인을 섬기는 마음이 그와 같으니 어찌 세세 연년 기억되지 않겠는가'

소저의 가르침은 고맙게 받겠소. 겸손이 부족했다면 채워야 할 것이요. 그러나 시대가 변했다고 해도 빛나는 것은 여전히 빛나는 것이요. 새 시대 여인의 범절을 소생은 아직 알지 못함으로 옛 성현의 가르침을 따를 뿐이요. 예를 갖추지 못하고 삼가 붓을 놓나이다. 춘산 김윤경"

편지 내용을 보니 윤경은 남녀관계에 있어서는 매우 보수적인 인물이었던 게 확실했다. 손목 잡힌 것조차도 정절을 빼앗긴 것과 같다고 여겨 죽음을 택한 여인을 칭찬하는 글을 보내, 당돌하게 여인이 먼저 구애하는 것이 마땅한 범절이 아니라고 꾸짖은 것이다. 물론 그렇다고 포기할 장미가 아니었다. 장미는 작전을 바꿨다.

한양에서처럼 남장하기로 한 것이다. 장미는 아직 관례를 올리지 않은 도령 차림으로 직접 만작당으로 윤경을 찾아갔다. 방문을 열어놓은 채 가을바람을 맞으며 혼자 글을 읽고 있던 윤경이 마루로 나와 예를 갖추고 도령으로 변신한 장미를 맞았다.

3

장미 아니 도령이 말했다.

"저는 성은 류柳고 이름은 순정順汀인데, 조부께서는 이조판서를 역임하시고 일찍 세상을 떠나셨으며, 가친 대에 이르러 가산을 탕진하고 집안이 몰락한지라 붓을 버리고 무술을 공부하여 요로를 차지할까 도모하고 있습니다. 안 그래도 춘산 존형의 글이라면 달려가서 구해 읽고 그 뜻을 마음속에 간직하던 터였는데, 마침 존형께서 이곳 사장에 간혹 나오신다는 소문을 듣고 나서는 한번 뵙고 싶어 안달하던 차였습니다. 막상 용기를 내어, 이렇게 들렀으나 결례가 되지 않기를 바랄 뿐입니다. 원컨대 귀한 옥음을 들려주시기를 앙망합니다."

"외람되이 지은 글이 뜻밖에 강호제현의 관심과 사랑을 받아 황망해하던 중입니다. 헛된 이름이 사실을 어둡게 할지 걱정되니 귀하께서는 삼가 그 청을 거두어 주십시오."

"춘산 존형께서 천하의 기재인 것을 모르는 이가 없는 데 이리 겸손까지 보이시니 그 광채에 그만 눈이 시릴 지경입니다."

이렇게 미소년 류순정이 춘산 김윤경과 통성명을 하고, 장미 아닌 소년 류순정의 너스레에 말려든 윤경이 형님 아우님 하며 금세 친해져 한자리에서 대화를 이어가게 되었다. 순정이 말했다.

"맹자 말씀에 군자에게 삼락이 있다고 했는데 저는 이미 양친이 다 돌아가시고 안 계시니 일락은 실패요, 하늘을 올려보고 땅을 굽어볼 때 부끄러움이 넘쳐나니 이락 또한 실패요, 마지막 남은 삼락이라도 붙들어야 할 것입니다. 그러나 저같이 어린 무학이 무슨 수로 천하의 영재를 얻어 가르치는 기쁨을 누릴 수 있겠습니까. 오히려 천하의 스승을 구하는 게 순서이겠지요. 그러니 청하옵니다. 부디 형님께서 부족한 아우를 제자로 맞이해 주시어 형님의 절등한 학문을 촌보라도 익히게 하여 주십시오."

"하하하. 아우님과 내가 기껏해야 나이 세 살 차이인데 무슨 놈의 스승이고 제자라는 말이 나오는가. 내 맹세코 그 청은 받아들일 수 없네. 다만 평생 동무로 지내기를 바란다면 그것은 내 기꺼이 허할 것이니 그리 알고 다른 말은 더 이상 하지 말게. 하하하"

이렇게 해 두 사람은 동무가 되어 하루가 멀다고 만나는 사이가 되었다.

"아우님은 무과를 준비하고 있으니 무술 말고 병법도 익히겠지. 기억에 남는 병법이 있는가?"

"대저, 우리나라가 외적을 상대할 때는 우리보다 강한 적과 마주칠 때가 많았습니다. 삼십육계의 전법 중에는 적이 우리보다 강할 때 취할 수 있는 계책들이 몇 가지 있는데, 그중에 첫 번째가 미인계요, 두 번째가 공성계, 세 번째가 연환계, 네 번째로 반간계 그리고 마지막으로 고육계가 있지요. 모두 패세에 몰린 싸움에서 기사회생하여 승리를 끌어내는 계책들입니다. 우리 조선은 타국에 비해 병세가 약하므로 일당백의 강한 군사력을 키우는 것도 중요하지만, 이런 계책들도 또한 끊임없이 연구되고 개발되어야 한다고 봅니다."

"좋은 생각이야. 전적으로 동감하네. 우리가 상대할 적들은 대부분 그 병력의 숫자에서 우리를 압도하기 때문에 생각 없이 대적해서는 이길 수가 없지. 대대로 을지문덕이나 강감찬 같은 분들이 꾀를 내어 그 많은 적을 물리쳤으니 어찌 본받지 않겠는가. 나는 손자의 병법서에 나오는 풍림화산風林火山이라는, 군세의 행동 지침을 아주 좋아한다네. 곧 전쟁에서는 항상 적에게 병사를 한 명도 잃지 말고, 적을 무찌르기 위해 공격할 때에는 바람처럼 빠르게, 이동할 때는 숲처럼 정연하게, 군세에 침공할 때는 요원의 불처럼 기세 좋게, 주둔할 때는 침착하기를 산처럼 한다는 것이지. 이처럼 적의 눈을 피할 때에는 은밀하게 행동하고, 한번 행동을 시작했으면 우레雷처럼 하여 적에게 방어할 틈을 주지 않도록 해야 하는 거라네. 어떤가. 군사 지도자라면 가히 취할만하지 않은가."

"형님은 학문의 깊이만으로도 그 끝을 가늠하기 어려운데 어느새 병서까지 섭렵하셨단 말입니까. 이 아우는 그저 놀라움을 금치 못할 따름입니다."

"입만 동동 뜨는 거지. 아우님이야말로 시문에도 능하고 무술 실력마저 갖췄으니 그야말로 양수겸장인데 그까짓 것에 무얼 놀란단 말인가. 지난번에 돌마리 장터에 나갔을 때 아우님의 택견 솜씨를 접하고 나는 그만 넋이 나갔다네. 괄목상대라더니 그 말이 참말일세. 아우님이 무과를 준비하지만, 체격은 조금 작은 편이 아닌가. 내심 아우님의 무술을 가볍게 여겨왔는데 깜짝 놀라고 말았지. 부디 나의 부족함을 용서하게."

"아유 그게 무슨 무술이라고. 한양 뒷골목 거리패들에게 대충 배운 잡술에 지나지 않습니다. 뒷골목 건달들을 상대할 때나 쓸모 있을까 어디에 내놓을 것이 못 됩니다. 부끄럽습니다."

두 사람은 간혹 인근 명승지를 찾아 함께 유람했다. 한번은 한양 목멱산남산이 보인다는 청량산남한산성이 있는 곳에 올라가서 오랜만에 자신들이 떠나온 도성 쪽을 바라보며 환담하였다.

돌아오는 길에 인근의 돌마리에서 열리는 난장을 구경하게 되었다. 장터를 돌아보던 두 사람이 사람들이 웅성거리며 모여있는 곳으로 가보았더니, 체대가 산처럼 크고 인상이 험악한 중이 장사꾼으로 보이는 말라깽이 사내를 두들겨 패고 있었다.

돗자리 장사꾼의 말을 들어보니, 이 중놈은 인근 절에 있는 대처승으로 장터에 매물을 펼친 상인들에게서 자릿세 명목으로 돈이나 현물을 상습적으로 뜯어내고 있던 터였다. 그런데 그만 오늘 처음 외지에서 온 뜨내기 장사꾼인 사내가 멋 모르고 저항하다 저리 패대기 질을 당하고 있다는 거였다.

모두 대책 없이 얻어맞는 사내를 딱해하면서도 중놈의 기세가 거칠고 드세서 아무도 나서서 말리는 사람이 없었다. 윤경도 욱하는 마음이 앞섰으나 중놈의 몸집이 워낙 강대해서 상대할 엄두를 내지 못하고 있었다.

그러는 즈음에 시장 한쪽에서 소를 잡다가 그만 고삐가 풀려 소가 소동을 일으켰다. 길길이 날뛰는 소가 사람들을 마구잡이로 들이받다가 그 중놈 앞으로 달려들었다. 중놈은 놀라지도 않고 태연히 주먹으로 소의 머리를 내리쳤다. 그랬더니 그 기세 좋던 소가 그 자리에 벌렁 뻗어버리는 게 아닌가. 순식간에 벌어진 상황을 본 사람들은 벌린 입을 다물지 못했다.

중놈이 다시 쓰러져 바닥을 기고 있는 장사꾼 사내의 먹살을 잡아챘다. 소를 아작낸 그 주먹이 이번에는 그 사내를 아작낼 모양이었다. 그때였다. 순정이 불쑥 떠거리 중놈 앞으로 다가갔다. 놈은 이건 또 뭐야 하는 표정으로 순정을 바라봤다. 눈매가 사나웠다.

"사람을 때리는 까닭이나 들어 봅시다."

중놈은 계집아이처럼 생긴 백면서생의 행동에 기가 찬다는 표정을 지었다.

"한주먹 거리도 안 돼 보이니 때리지는 않겠다. 저리 가라잉~"

"돈 때문이라면, 내 사규삼네갈래로 나눠지는 도령 복식의 겉옷을 내드리겠소. 그 사람을 놓아주시오."

"사규삼만으로는 안 되겠다. 안에 입은 단삼도 벗어라."

"양반 체면에 단삼까지 벗기는 민망하니 사규삼만으로 퉁칩시다"

"싫으면 그만둬라. 나는 이놈이나 패면서 마저 기분을 풀어야겠다"

"그렇다면 한주먹거린 지 열 주먹거린 지 자로 재봐야 할 거요. 내 자는 부처님 자이니 매우 공평하지요."

"아니꼬운 놈. 자 따위가 무슨 소용이냐. 한주먹이다. 이 쥐만한 놈아"

중놈이 사내를 던져버리고 순정의 멱살을 잡아채려는 순간이었다. 순정의 한쪽 손이 바닥을 짚는가 했더니 두발이 하늘로 솟구쳤다. 발차기는 정확하게 중놈의 턱에 명중했고 산만한 덩치가 그 자리에서 고꾸라졌다.

눈 깜짝 할 사이에 벌어진 일이었다. 한양 뒷골목 우두머리가 아무나 되는 게 아니었다. 놀라운 광경에 넋을 잃은 구경꾼 중에 관아에서 나온 이속과 나졸 두 명이 끼어있었다. 신고받고 출동했지만, 소를 때려잡는 중놈의 기세에 겁을 먹고 입도 뻥긋하지 못하고 구석에 몰려있던 터였다. 순정이 그들을 발견하고 불러냈다. 이속과 나졸들이 쭈뼛쭈뼛 다가왔다.

"보아하니 그대들은 이곳 고을 관속들인가 보오." "그렇소만"

아전으로 보이는 남자가 대답했다.

"나는 한양에서 내려온 류 도령이요. 직책이 무엇이오."

"나는 형방 소속의 색리외다. 왜 그러시오."

"왜냐고 물었소? 나졸들까지 달고 온 형방 소속의 고을 색리라는 자가 자기 관내에서 대낮에 날강도 짓을 벌이는 놈이 있는데, 보고도 구경꾼으로 가만히 서 있다가 지금 왜냐고 묻는 거요?" "내 말은 그런 뜻이 아니질 않소"

"그 입 닥치지 못할까. 네 이놈. 내 지금 당장 네 상관인 현감을 찾아가 네놈들의 행태를 고발해야 정신 차리겠는가!"

"아하 진정하시오. 류 도령, 우리는 그저..."

"내 말을 똑똑히 들어라. 너희들은 지금 당장 이 중놈을 관아로 끌고 가서 옥사에 처넣고 그 여죄까지 샅샅이 조사하여 필벌토록 하라. 뒤에 내가 현감을 찾아가 어김없이 처리했는지 시말을 확인하겠노라. 알겠느냐"

"분부한 대로 할 테니 제발 진정하시오. 애들아. 이놈을 관아로 끌고 가자"

"예~"

나졸들이 낑낑대며 대처승을 끌고 갔다. 고을 색리는 떨리는 가슴에 순정을 똑바로 바라보지도 못했다.

순정은 중놈의 바랑을 풀어헤쳐 놈이 갈취한 돈과 현물을 찾아내 난장 상인들에게 돌려줬다. 상인들은 앓던 이가 빠진 것처럼 기뻐하며 순정을 칭송했다. 자신보다 세 배는 커 보이는 덩치를 해치우고 고을 아전에게 호통을 쳐서 일 처리를 하는 모든 과정이 그야말로 일사천리로 진행되어 암행어사라도 출도한 듯하였다. 상황을 지켜본 윤경은 감탄을 금치 못했다. 돌아오는 길에 순정에게 물었다.

"그 현란한 발차기 기술을 뭐라고 하는가?"

"흔히들 택견이라고 하는데, 정식으로 배운 게 아니라서 어디 가서 써먹지는 못합니다. 발질 중에 몇 가지 기술이 있는데, 아까 제가 한 것은 그중에 날차기라는 것이지요. 오늘은 상대가 나를 너무 얕보다가 거의 무방비에서 당한 거니 기술이랄 것도 없습니다."

"호오, 실력도 실력이지만 그 담력이 놀랍네. 나는 욱하는 마음만 있었지, 차마 나설 용기는 없었네. 아우님이 새삼 다시 보이는구먼. 대단해. 정말 대단해"

"기껏해야 그자 한 명을 상대한 것입니다. 형님은 글 한 줄로 만인을 상대하니 그게 훨씬 더 놀랍고 대단한 것이지요. 형님의 발뒤꿈치도 따라가지 못하는 걸 가지고 용기 운운은 과분합니다. 형님이야말로 백 보 거리에서 버들잎을 쏘아 맞히는 명궁이신데 저는 늘 형님이 부러울 뿐입니다."

두 사람은 이렇게 가을과 겨울을 함께 보냈다. 장미는 그야말로 꿈결 같은 시간을 보내고 있었다. 세상에 흠결 없는 사람이 어디 있겠는가. 그러나 아무리 봐도 윤경에게서는 흠결을 찾을 수 없었다. 물론 그녀에게 콩깍지가 쓰인 건 사실이다. 윤경이 무슨 짓을 해도 그녀에게는 신선처럼 보였다. 한 가지. 남장 변복을 하고 신분을 속이고 있다는 게 아쉬울 뿐이었다.

때는 춘삼월로 접어들었다. 꽃피고 새우는 좋은 계절이었다. 춘정은 여인들을 설레게 하는 법인데 어찌 된 일인지 윤경이 수상했다. 언젠가부터 윤경은 순정을 보면 가슴이 뛰고 울렁거려 진정하느라 애를 먹고 있었다. 도대체 알 수 없는 일이었다. 사내를 보면서 여인을 대하는 것과 같은 생각이 자꾸만 들다니. 순정의 정체가 실은 장미라는 걸 꿈에도 생각 못한 윤경은 그럴수록 자신을 탓하며 마음을 추슬러 보려고 무진 애를 썼다. 허사였다.

둘은 주먹밥을 챙겨 널다리板橋를 건너 골짜기에 구름이 몰려든다는 운중마을로 봄 소풍을 갔다. 말 그대로 만화방창의 정경이 눈 앞에 펼쳐졌다. 온갖 꽃 속에 파묻혀 님과 함께 도시락을 까먹고 있으니, 장미에게는 무릉도원이 따로 없었다.

주먹밥을 먹으며 장미는 역시 곁에 앉아 주먹밥을 먹고 있는 윤경을 바라보았다. 그는 무언가를 관찰하느라 집중하고 있었다. 윤경이 간혹 보이는 모습이다. 무언가에 집중하면 옆에서 무슨 일이 벌어지는지 관심이 없었다. 장미는 마음 편히 그의 얼굴을 정밀 관찰했다. 갸름한 이마 선을 따라 맑고 깊은 눈, 반듯한 코를 지나 촉촉한 입술, 부드럽게 휘어지는 턱 선을 따라 다시 이어지는 미끈한 목까지 뚫어져라 바라보았다. 바로 달려가 끌어안고 입 맞추고 싶은 충동이 밀려왔다. 장미는 숨을 삼켰다. 심장이 벌렁거려 진정되지 않았다. 장미는 저도 모르게 그만 그를 부르고 말았다.

"형님!"

"…"

윤경이 천천히 고개를 돌려 장미 아니 순정을 보았다. 그 눈빛이 따뜻했다. 그는 막 새로 피어난 녹색 잎사귀를 보고 있던 중이었다. 그의 눈에 한가득 신록의 온기가 담겨있다. 불렀으니, 뭐라도 말해야 할 것이다. 장미는 얼른 머리를 굴렸다.

"형님 호는 누가 지었습니까?"

"내가 지었지, 왜 그러나?"

"왜 춘산春山으로 지으셨는지 궁금하네요. 마침, 춘산에 와 있으니"

"하하 그렇군. 춘산에 와있네. 우리가 지금"

"…"

"흔히들 봄은 여인들의 계절이고 가을은 남정네들의 계절이라고 하지. 하지만 나는 봄을 더 좋아한다네"

"그랬습니까?"

"어, 나는 사실 꽃도 좋아하지만, 꽃보다는 봄에 새로 나오는 녹색 잎을 더 좋아한다네. 연둣빛의 이 이파리들. 말갛고 깨끗하니 순결의 결정結晶이지. 꽃보다 더 아름답다고 생각해. 꽃은 화려하지. 그러나 화무십일홍이라고 하지 않나. 떨어진 꽃잎들은 왠지 보기에 더 쓸쓸하지. 물론 녹색 잎들도 언제나 푸른 건 아니지. 낙엽 되어 떨어지기도 하고 한겨울에 얼어붙어 오그라들기도 하지. 하지만 봄이 되어 새잎이 나왔을 때 그걸 바라보면 뭐랄까 생명의 웅숭깊은 목소리가 땅속 깊은 데서부터 울리는 것 같아. 봄바람에 흔들리는 나뭇잎들은 또 어떤가. 수런거리는 나뭇잎들을 보고 있자면 가슴이 부르르 떨리는 걸 느낀다네"

자기도 모르게 그를 불러놓고 얼결에 물은 말에 충실히도 답한다. 그 진심과 따뜻함이 그대로 장미의 심장을 찌른다.

"네, 그래서 춘산이 나왔군요. 듣는 제 가슴이 다 부르르 떨립니다"

"하하하"

누군가가 호를 만들고 사람들이 그 호를 불러주면 그 호가 그 사람 자체가 된다. 호로써 그를 대신하니 글자 몇 개 속에 그의 모든 것 이상이 들어간다. 연모하는 이가 그 호를 불러주면 더 그 호가 생기를 얻고 빛이 나기도 한다. 봄동산 같은 그의 미소가 너무 포근하게 마음을 에워싸고 흔들어 놓으니 차마 바로 보지 못하겠기에 장미는 물음으로 다시 쑥스러움을 면하려 했다.

"사람들은 왜 호를 짓게 됐을까요?"

"호는 대개 거처하는 곳이나 자신이 지향하는 뜻을 대상으로 하는 경우가 많지. 좋아하는 물건을 대상으로 하는 이도 있고. 고려조에 한 이름 떨쳤던 이규보는 시·술·거문고 세 가지를 좋아해서 삼혹호선생三酷好先生이라 스스로 호를 지었는데 훗날에는 구름에 묻혀 있는 자신의 처지를 빗대서 백운거사白

雲居土로 호를 바꿨어. 조선조에 와서는 주로 자신이 학문을 익히고 후학들을 가르친 곳을 호로 삼는 경우가 많아졌지. 이황 선생이 퇴계를, 이이가 율곡을, 서경덕이 화담을 호로 쓴 게 대표적이야, 박지원의 연암도 한때 박지원이 황해도 연암에서 지낸 적이 있는데 거기에서 비롯된 것이고"

장미는 또 한 번 저도 모르게 말이 튀어나왔다.

"저는 앞으로 형님을 부를 때 '봄뫼'라고 부를테야요" "봄뫼?"

어쩌자고 그런 말을 했을까.

후회해도 이미 뱉어낸 말을 다시 주워 담을 수는 없다.

"아, 그게... 봄뫼. 봄 춘에 뫼 산이니 봄뫼죠. 봄뫼 형님 어떻습니까?"

"하하 혀에 굴려지는 느낌이 독특하군. 봄을 한자로 쓰지 않은 것도 오히려 괜찮고"

윤경의 반응이 나쁘지 않다. 장미는 내친김에 지르기로 결정했다.

"이름이나 호라는 게 모두 남에게 불리는 것인데, 저는 왠지 모두가 부르는 춘산보다는 봄뫼로 부르고 싶네요. 이유는 묻지 마십시오. 봄뫼 형님"

"하하하 그리하게. 봄뫼, 봄뫼라..."

어느 날이었다. 여느 때처럼 장미 아니 순정이 만작당으로 오니 윤경이 보이지 않았다. 가지런히 정돈된 방안의 모습을 보니 잠시 외출이 아닌 듯했다. 순정은 이럴 때 대비하여 둘이 서로 지정해 둔 곳으로 갔다.

만작당은 뒤편의 개울물을 끌어들여 초당 앞으로 흐르게 하고 그사이에 얕은 담을 쌓아 경계를 이루게 했다. 흙과 돌을 섞어 쌓은 담 위에 기와를 얹었는데 계절이 여러 차례 지나고 군데군데 이끼와 풀이 자라니 자연과 어우러진 그 풍취가 자못 경탄스러웠다.

그 흙 돌담 귀퉁이 기왓장을 덮은 숫마루장이 두 사람이 마주 대면하지 못할 때 대비하여 지정해 둔 곳이었다. 혹시나 해서 장미가 숫마루장을 들어보니 역시나 윤경이 남긴 서찰이 들어있었다.

다행이네! 다행이야.

이 편지가 아우님 손에 들렸으니 참으로 다행일세.

어찌할까? 당황하다 뒤늦게 떠올라 허둥지둥 편지를 남기네.

최소한 급작스레 외출하는 까닭이라도 전하게 됐으니

이런 방법을 제안한 아우님의 선견지명에 새삼 감탄한다네.

아우님의 헛걸음이 마음 쓰이지만

외조부님의 급한 부르심을 받았기에 부득이 외가댁에 가야 하네!

내가 없더라도 잠시 방안에서 쉬었다 가기를 바라네.

서안 위에 우전차 한 봉을 올려놓겠네.

그리고 머릿장 위 백자 안에 곶감도 있다네.

둘 다 어제 아우님이 다녀간 직후, 외가댁 비속이 가져다주 었지.

나는 없지만 스스러움 없이 부디 우전차와 곶감을 함께 음미 해 보시게나.

올해 곡우 직전에 딴 찻잎으로 만든 햇차라 하네.

작설雀舌, 참새 혓바닥 만한 새 이파리를 일일이 따서

아홉 번을 덖고 아홉 번을 말린 정성이 소중하고 귀한 차라네.

요즘들어 맛있거나 귀한 것을 얻으면

왜 아우님부터 떠오르는지 모르겠네.

나만 그런가. 하하

잘 쉬었다 가게.

치인恥人 봄뫼

장미는 편지를 읽고 또 읽었다. 벅차오르는 가슴으로 진정 이 되지 않아 서 있을 수가 없었다. 소매 속에 편지를 넣고 만 작당 방 안으로 들어왔다. 방금 읽은 편지글이 이내 또 궁금해져서 다시 또 꺼내 읽었다. 한 문장 한 문장이 어찌 이리 다정하고 다감할 수 있는가. 편지의 마감을 '부끄러운 사람 봄 뫼'라고 했다. 정인에게 보내는 편지가 아니고서야 어찌 이런 귀여운 어귀를 떠올린단 말인가. 편지를 가슴에 품고 창문 밖을 내다보았다. 봄날의 햇살이 쏟아져 들어오고 있었다.

다시 방안으로 고개를 돌리니 그제야 윤경이 전한대로 서안 위에 반듯하게 놓여있는 차봉이 눈에 들어왔다. 머릿장의 백자 항아리에서 곶감도 꺼내 왔다.

장미는 쪽마루에 앉아 봄의 정경을 즐기며, 우전차 한 모금을 마시고 곶감을 한입 베어 물었다. 그윽한 차향이 남아있는 입안에 달콤함이 스며들었다. 윤경의 사랑이 이와 같았다. 그윽하고 달콤하다. 물론 장미를 순정으로 알고 있는 윤경은 돈독한 우정을 표현한 것일 거다. 그걸 모를 리 없었지만, 장미는 개의치 않았다. 그 마음 그대로가 여인인 장미 자신을 향한 것으로 받아들였다. 벅차오르는 가슴에 자기도 모르게 눈물을 흘렸다.

장미는 다시 방 안으로 들어왔다. 장식이 없는 깨끗한 선비의 방. 한쪽에 윤경이 읽고있는 서책들이 쌓여있을 뿐, 소박하고 단출한 방이었다. 그새 여러 번 들어왔던 방이다. 윤경과 함께 담소하고 세상을 논하기도 했다. 새삼스럽게 난향이 느껴졌다. 그랬다. 윤경에게선 처음부터 이 향기가 느껴졌다.

그의 냄새다.

장미는 눈을 감고 숨을 크게 들이마셨다. 그리하여 흠뻑 들이마신 그 난향이, 그의 냄새가 장미의 운기와 만나 한데 어우러지더니 어느새 마치 윤경과 함께 손을 잡고 천상의 오작교를 걷고 있는 것 같은 상상의 세계 속에 빠져들었다.

잠깐 서늘한 기운이 느껴졌다. 장미는 눈을 떴다. 그새 잠이 들었나 보다. 이런 꿈이라면 매일이라도 꾸고 싶다. 그런데 이상했다. 어느새 어두워졌고, 방에 등촉이 켜있다. 장미가 불을 켜지 않았으니 누군가 들어와 불을 밝힌 거다. 장미는 놀라 일어났다. 방 한쪽에 윤경이 빙그레 웃으며 앉아 있었다.

"꿈꿨나? 세상모르고 자기에 깨우지 않았네"

"아, 이런 낭패가... 주인도 없는 방에서..."

허둥대는 장미 아니 순정은 당황스러워서 말을 잇지 못했다.

'혹시라도 잠꼬대 같은 걸 하지는 않았겠지'

"가지 않고 있어 줘서 다행이네. 혹시라도 가버렸을지 오는 내내 마음을 졸였는데... 아, 출출하지. 내 여기 술과 음식을 좀 챙겨왔네."

윤경은 옆에 둔 보자기를 풀었다. 그의 얼굴을 마주보기 쑥스럽던 순정은 얼른 밖으로 나가 시렁에서 소반을 가져왔다.

두 사람이 술과 음식을 나눠 먹으며 담소를 나누다 보니 도

낏자루 썩는지 모르듯이 나는 듯 시간이 흘렀다. 윤경이 오기 전에 마신 차에 윤경과 함께 마신 술까지 더해 장미는 벌써 소변을 참고 있었다. 그때였다. 윤경이 말을 꺼냈다.

"아우님, 오늘은 밤이 늦었으니 여기서 자고 가시게"

"예? 하지만 여기는 방이 하나인데..."

"하하 그게 무슨 대수인가. 사내들끼리인데. 그것보다 이불 이 하나뿐이라 불편하겠지만 어떤가. 모처럼 한 이불을 덮는 것도 즐거운 추억 아닌가?"

"아하..."

장미는 마지못해 그러겠다고 우선 급한 소변을 보기 위해 밖으로 나왔다. 밖은 어두워서 앞이 잘 보이지 않았다. 장미 는 별빛에 의지해 개울 쪽으로 둘러친 담벼락 뒤로 돌아가 풀 숲 사이에서 바지춤을 풀었다. 한참 동안 참아서 그랬는지 시 간이 좀 걸렸다. 그러다 장미는 그만 소스라치게 놀라고 말았 다. 담벼락 끝에 윤경이 불쑥 나타난 것이다.

윤경은 오랜 시간 방에 앉아 있던 몸을 풀려는지 팔을 앞뒤 로 흔들고 뒷짐을 지며 허리를 뒤로 넘기기도 했다. 장미는 너무 놀란 나머지 엉덩방아를 찧을 뻔했다. 다행히 윤경은 아 직 장미를 보지 못한 것 같았다. 방에서 새 나오는 불빛이 닿 지 않는 풀숲 뒤에서 장미는 숨을 멈추고 얼음이 됐다. 이 공 교롭기 짝이 없는 상황이 언제까지 계속될까 참괴감 속에서 장미가 속수무책으로 엉거주춤하고 있을 때 비로소 윤경이 방으로 돌아갔다. 한숨이 절로 나왔다.

장미가 방으로 돌아왔다. 그새 윤경은 상을 치우고 이부자리를 펴놓은 채 장미를 기다리고 있었다. 윤경이 이불 곁에 놓아둔 물사발을 가리키며 말했다.

"여기 자리끼도 놓았으니 자다가 목마르면 마시게"

"그새 자리끼까지 준비하셨네요. 불은 제가 끄겠습니다."

어색함을 이기려 장미가 얼른 촛불을 불어 끄려는데 윤경이 제지했다.

"등촉불은 내가 끌 테니 아우님 먼저 누우시게. 아까 서두르느라 보던 서책들을 마구잡이로 던져놓고 나가서 잠깐 정리해 놓고 눕겠네"

장미는 할 수 없이 사규삼을 벗어 한쪽에 접어놓고 이불로 들어갔다.

"답답할 텐데 단삼도 벗지 그러나"

"제가 잠버릇이 고약해서 꼭 이불을 차고 온 방을 돌아다니며 자거든요. 요즘 같은 간절기에 그러다 감모感冒 걸린 적이 있어서, 아예 옷을 입고 자는 게 습관이 됐습니다. 그러나저러나 걱정입니다. 제 잠버릇 때문에 형님 주무시기가 어려울 텐데요"

"그건 걱정하지 말게. 나는 한번 잠들면 누가 업어가도 모른다네"

윤경은 마저 서책 정리를 마치고 혹하고 입김을 불어 불을 끄더니 옷을 벗고 이부자리 속으로 들어왔다. 장미는 이불 속에서도 옷깃을 다잡았다. 혹여 잠결에라도 윤경이 눈치챌까 하여 조심했다. 어둠 속에서 슬며시 고개를 돌려 곁에 누워있는 윤경을 바라봤다. 윤경은 벌써 고른 숨을 내쉬며 잠들어 있었다. 이불을 살짝 들어보니 그 틈으로 윤경의 체온이 장미의 가슴으로 전해온다.

'아아 그렇게 바라던 이런 날이 왔다. 함께 한 이불 속에 누워있다니 꿈인가 생시인가. 몸을 틀어 저 품에 안기면 얼마나 좋을까?'

다시 한번 윤경을 본다. 괜찮게 생긴 남자들의 용모를 두고 흔히들 잘 생겼다고 말하는데 이건 그냥 잘생긴 게 아니다. 뭐라 말로 표현하기 어려운, 참으로 수려한 얼굴이다. 저도 모르게 한숨을 내쉬다가 혼자 놀라 숨을 참는다. 가슴이 두근거린다.

'미친 척하고 한번 안겨볼까? 그러면 저이는 어떤 반응을 보일까...'

어쨌든 오늘 밤 잠자기는 틀렸다고 생각했다. 그러나 저녁에 마신 술 때문일까? 장미는 금세 잠이 들었다.

정작 윤경은 잠들지 못했다. 잠든 척하고 있을 뿐이다. 처음엔 이리 뒤척 저리 뒤척 하던 녀석이 어느새 색색거리며 잠들었다. 잠버릇이 고약한 걸 걱정하더니 웬걸 두 손을 가슴 위에 가지런히 올려놓고 얌전히 잔다.

'저 녀석, 여자처럼 예쁜 저 녀석. 그러고 보니 입술이 꼭 앵두 같군. 한번 쭉 빨고, 싶을 정도야. 그런데 내가 지금 무슨 생각을 한 건가. 왜 이다지도 이상한 마음이 앞서지. 내가 언제부터 이런 변태가 됐단 말인가?'

그 마음이 들켜버렸나. 녀석이 몸을 윤경 쪽으로 돌리는가 싶더니 팔을 쭉 내밀어 윤경의 가슴 위에 올려놓는다. '고약한 잠버릇이 드디어 시작됐군'

이번엔 녀석의 한쪽 다리가 윤경의 허리부터 허벅다리를 쓸 듯이 감고 올라온다. 그 느낌이 이렇게 부드러울 수가. 녀석 이번엔 아주 얼굴을 윤경의 어깨에 처박으며 알 수 없는 말을 우물거리기까지 한다.

윤경은 난처했다. 그런데 이게 무슨 일인가. 별안간 하단전 아래쪽에 기운이 수상해지고 한쪽으로 몰리나 했더니 맙소사, 윤경의 남성이 불끈 솟아오른다.

난데없는 상황에 윤경이 당황스러워 어쩔 줄을 모른다. 어떻게 해야, 이 난관에서 벗어날까. 윤경은 딴생각을 해보려 한다.

'그래 그 생각을 해보자. 노론당, 이 나쁜 놈들'

딱 거기까지만이다. 더 이상 집중이 안 되고 하반신에 솟구친 물체를 달랠 방법이 없다. 녀석이 한번 꿈틀하더니 다리를 더 밀착해 온다. 뱀처럼 감긴 그 다리에 뻣뻣해진 물체가 닿기라도 할까 봐 윤경이 기겁을 하며 몸을 튼다.

'이건 또 뭐야.'

녀석이 윤경의 한쪽 뺨에 콧김을 불어온다. 부드럽고 향기롭다. 쉴 새 없이 뺨과 목덜미를 어지럽힌다. 제발 가라앉기를 바라는 하단전 아래의 물체는 가실 기미가 전혀 없다. 대략 난감이다. 윤경은 순정 아니 장미를 밀어버리고 싶지만 그랬다가 녀석이 깨서 서로 민망해지는 상황을 맞이하면 더 대략 난감이 될 것이다. 윤경은 혹시라도 순정이 깨어나기라도 할까 하여 크게 몸을 비틀지도 못하고, 어정쩡한 자세를 유지하다 보니 허리 쪽에 몰려오는 고통을 참으며 뜬 눈으로 새벽닭이 울기를 기다렸다.

4

꿈결 같은 시간이 흘러 어느덧 단오절이 되었다. 해마다 단옷날이 되면 여인들은 창포물에 머리를 감고 그네 타기를 즐긴다. 남자들은 씨름이나 활쏘기 대회를 열어 물오른 계절의 양기를 만끽했다.

윤경과 순정도 이곳 사장에서 열리는 활쏘기 대회에 참가하기로 했다. 순정이 만작당으로 가서 윤경과 함께 사장으로 가는 중간에 민가들이 모여있는 마을 길을 통과하고 있을 때였다.

이 마을에 사는 정 초시와 마주친 윤경이 반갑게 인사를 나누었다. 외갓집과 연이 있는 정 초시는 한문 지식이 풍부해서 이 지역에서는 폼 좀 잡던 사람이었다. 윤경이 이곳에 온 뒤 한번 실력겨루기 비슷한 걸 시도했다가 즉시 꼬랑지를 내린 후부터는 존경 모드로 급선회하고, 해독이 어려운 고문서 등을 들고 윤경을 찾는 일이 잦았다. 곁에 서서 두 사람의 대화가 끝나기를 기다리던 순정은 무심코 맞은편으로 눈길을 돌렸다.

한 무리의 사람들이 이쪽으로 오고 있었다. 새 옷을 입은 여자아이들이 앞장을 선 것으로 보아, 단오절을 맞아 새로 가설한 그네가 있는 마을 공터로 가는 사람들이었다. 무리의 끝 머리에 나귀를 탄 여인이 있었다. 여인은 우산살처럼 펼쳐진 테두리에 나비 무늬로 장식한 전모모자처럼 생긴 쓰개를 머리에 쓰고 있어서 얼굴을 알아볼 수 없었는데, 하인으로 보이는 사내가 나귀를 끌고 있다. 그런데 그 하인의 모습이 눈에 익었다. 좌우로 꺼떡꺼떡 걷는 걸음걸이가 영락없는 서울 집의 창두 득길이었다. 그렇다면 전모에 가려 얼굴을 알아볼 수 없는 여인은? 순정 아니 장미가 바빠졌다.

'어머니가 갑자기 여긴 왜 오셨을까?'

남장 변복을 했다고 어머니 눈을 속일 수는 없을 것이다. 이대로 있다가는 자칫 엉뚱하게 윤경에게 정체가 탄로 날지도 모를 일이었다.

"따로 말씀드리겠습니다"

장미는 거두절미 한마디를 남기고 황급히 몸을 돌렸다. 삼십육계 전법의 마지막인 삼십육계는 적을 상대해 도저히 이길 가능성이 없다고 판단될 때 취하는 전법이다. 별안간 벌어진 일로 어리둥절한 윤경을 뒤로 하고, 장미는 말 그대로 줄행랑을 놓아 순식간에 마을 길모퉁이를 돌았다.

윤경에겐 뒤에 따로 적당한 핑계로 이해시킬 수 있을 것이다. 당장에 기향과 현장에서 마주치는 일만은 피해야 했다. 큰길을 두고 산길을 에둘러 장미는 거처로 돌아왔다. 여종 아이가 보이지 않았다. 그 애가 있어야 도움받을 수 있는데, 마을에서 열리는 단오절 놀이판에 구경이라도 갔는지 어디에도 안 보인다. 어서 빨리 방으로 들어가 우선 이놈의 도령 복부터 벗어야 했다. 활쏘기 대회에 나갈 거라고 소매에 완대까지 두른 이 모습을 어머니에게 보여서는 절대로 안 되기 때문이다.

여종 아이 찾기를 포기하고 혼자 사람들 눈을 피해 방으로 들어서던 장미가 그만 스톱모션이 된다. 기향이 아랫목에 버티고 앉아 있었다.

"어머니! 기별도 없이 어찌..."

"잘하는 짓이다. 그 꼴 하고는"

"우선 절부터 받으시어요"

'어느 틈에 나보다 빨리 오셨을까?'

큰길을 피하고 산길을 도느라 조금 지체했을 뿐인데 어머니가 자기보다 빨리 와있으리라곤 미처 생각하지 못했다. 그나마 윤경과 함께 있는 걸 들키지 않은 게 다행이라면 다행이다. 장미는 짐짓 태연한 얼굴로 기향에게 절을 올렸다. 절을 받는 둥 마는 둥 기향의 표정이 싸늘했다.

"한동안 요조숙녀로 돌아가 잘 지내나 했더니 도로 아미타불이다. 그 꼴사나운 복장을 하고 사방으로 공사다망 돌아다닌 게 필시 그 풍채 좋다는 김 주부 댁 도령 때문이렷다?"

"네...? 무슨 말씀이신지..."

"시치미 뗄 생각 마라. 내 백리 밖에서도 네 하는 꼴을 다 꿰고 있으니"

사실이었다. 기향은 여종들을 통해 장미의 일거수일투족을 낱낱이 꿰고 있었다. 처음 한동안 얌전히 잘 지내나 싶더니 사장에서 윤경을 본 다음부터 윤경 주위를 맴돌고, 나중엔 아예 남장하고 윤경과 어울린다는 것을 모조리 파악하고 있었다.

기향은 자기 네트워크를 풀가동해서 윤경에 대해 알아보았다. 들려오는 소리가 한결같이 좋은 소리뿐이었다. '보는 눈은 있어서...'

고르긴 잘 골랐다고 내심 기뻐하면서도 윤경이 양반가의 자제로 전도유망한 수재라는 사실이 마음에 걸렸다. 중인 신분인 장미가 그의 눈에 든다 해도 잘돼야 후실 이상은 될 수 없다.

양반가의 첩 생활이라. 기향 본인도 마음만 먹었다면 첩살이 정도는 최고의 자리를 골라잡을 수 있었다. 한양의 잘나가는 기생들의 마지막 코스였으니까. 그녀는 왜 쉽다면 쉬운 그 길을 택하지 않았던가. 그럴 수는 없었다. 자존심이 허락하지 않았다. 그런데 애지중지 길러온 장미를 양반의 첩으로 만든다고?

'방법이 없을까...'

아무리 궁리해도 좋은 방법이 떠오르지 않았다. 세상은 '강상의 도'라는 말을 내세워 양반과 상민의 구분을 엄격하게 나눈다. 강상綱常이라는 말의 본래 뜻은 사람이 지켜야 할 도리를 의미하는데 기득권을 가진 양반들은 반상을 가르는 논리의 근거로만 이 말을 사용한다. 그러니 장미와 윤경이 정상적인 부부의 연을 맺는 것은 불가능했다. 차라리 있는 재산 넉넉하고 사람 좋아, 장미를 떠받들며 살아 줄 중인가에서 신랑감을 찾는 게 현명한 처사라고 기향은 결론을 내렸다. 장미의 기질로 볼 때 그런 집으로 시집가서 네 활개 치면서 사는 게 더 현명하다고 판단한 것이다. 장미가 남장을 하고 신분을 속인 채 거의 매일 같이 윤경을 만나고 있다는 것도 알고 있었다.

'저러다 둘이 죽고 못 산다고 할 때까지 내버려두는 것보다 이 정도에서 끊어버리는 게 현명하겠다.'

결정하면 즉시 행동한다. 장미가 누구한테 그런 걸 배웠겠는가. 기향이 이번에 여기 온 이유다. 그런 걸 알 리없는 장미는 우선 남장을 한 의복부터 갈아입으려고 일어섰다.

"어머니 잠깐만 계십시오. 옷을 좀 갈아입겠습니다"

"그럴 필요 없다."

"예?"

"기별도 없이 불쑥 온 이유를 말할 테니, 게 앉아 잘 들거라"

" … "

"내가 온 이유는 두 가지다. 첫째는 지금 네가 위험에 처했다는 걸 알려주기 위해서다"

"네? 위험이요?"

"그렇다. 집에 김조이가 다녀갔다."

"성님이요?"

"그래. 김조이 말에 의하면, 너를 노리는 사람이 있다. 우포청 포도부장으로 있는 김경철이라는 자다. 아는 사람이냐?"

"모르는 이고 이름 석 자도 처음 들어봅니다. 그런데 그자가 왜 저를?"

"그자는 보통내기가 아니다. 우포청 심부름꾼에서 시작해서 포도부장까지 올라갔다니까. 공을 세우기 위해서는 무슨 짓이든 하는 사람이란다. 그자가 널 지목했다"

"왜요?"

"그건 모른다. 네가 어울리던 악소년 아이들을 죄다 잡아다 캐는 모양이다"

"그건 걱정하지 마세요, 어머니. 그 아이들이 의리 하나는 끝장을 보니까요."

"한심한 소리 하지 마라. 세상이 네 생각처럼 호락호락한 줄 아니? 매에는 장사 없다. 양반놈들이 어떤 놈들인데. 그런 애들 몇 죽어 나가는 건, 눈 하나 깜짝 안할 거다. 아무튼 보통 일이 아니다. 그자가 병판 댁 피습사건의 주범으로 너를 의심한다는구나"

"헤헤 헛다리 짚었네요"

"… 그랬으면 나도 좋겠다."

"?"

"다른 사람은 속일 수 있을지 몰라도 나는 속이지 못한다. 나는 네가 어떻게든 그 일과 관련이 있다는 걸 알고 있다. 그 댁 노복이 죽어 나갔다는 말을 들었을 때 네 표정을 보고 이미 예견했다."

"…"

"네가 필시 그놈의 자에는 잔지 뭐시깽인지를 들먹이며 왈왈거리다 사고칠까 봐 얼마나 노심초사했게. 결국 엄청난 일이 벌어지는 걸 보고 나는 그게 네가 벌인 일일 거라고 짐작했다. 그즈음에 한밤중에 나가서 오경_{새벽 3시~5시}이 넘어서야 들어오고, 내 모를 줄 알았더냐?"

"…"

"이 조선 땅에서 어느 누가 감히 병판을 건드린단 말이냐. 그리고 이 손바닥만 한 조선 땅에서 도망을 치면 어디로 간단 말이냐. 그나마 유야무야 넘어가는 줄 알고 졸이던 마음을 겨우 놓았더니 이게 웬일이냐. 어쨌든 그 포도부장이 너를 노린다. 너의 행적을 캐고 있으니까 지금쯤 네가 여기 있는 걸 알았을 거다. 언제 이곳으로 포교들이 들이닥칠지 모른다. 나를 따라 한양으로 올라가자. 잠잠해질 때까지 당분간 어디 절간에라도 피해 있는 게 낫겠다. 그전까진 지금처럼 그 꼴사나운 모습을 계속하고 있거라"

"… 하오면 언제 떠나시게요?"

"지금 당장이라도 떠나야지. 내 내당에 들러 네 외당숙모 얼굴만 보고 올 테니 떠날 채비를 하거라"

말을 들어보니 사태가 생각보다 심각했다. 김조이가 기향 에게 정보를 준 것이나 기향이 즉시 달려온 것이나 그냥 대충 넘어갈 일이 아니라는 걸 장미도 알아차렸다. 함께 올라가자 는 기향의 말을 거역하기는 어려울 것이다. 하지만 그렇다고 윤경을 그냥 두고 떠나자니 선뜻 내키지 않는다. 그냥 이대로 가버렸다가는 그와의 인연이 아예 끊어질지도 모른다는 생각 이 들었다. 장미는 기향을 한번 설득해 보기로 했다.

"어머니. 모처럼 오셨는데 하루만 머무시고 저에게도 말미 를 주시어요. 그러면 어머니 가실 때 소녀도 순순히 따라 올 라가겠습니다."

"김 도령 때문이냐?"

"모든 걸 알고 계시는데 어찌 거짓을 말할까. 말씀하신 대 로입니다. 그분은 저를 한양에서 내려온 류 도령으로 알고 계 십니다. 불쑥 사라져 놀라실지 마음이 쓰입니다. 이별사라도 전하게 해주십시오"

"좋다. 그러면 내일 아침 해가 뜨자마자 출발하자. 네가 말 한 이별사는 오늘 내로 끝내도록 하라"

"그리하겠습니다. 어머니"

"장미야. 내 말을 잘 들어라. 이제부터 하는 말이 내가 온 두 번째 이유다."

"말씀하소서"

"내가 한때 한다하는 한양 풍류객들을 쥐락펴락하면서 그네들 입에 침이 마르도록 추켜세우는 말들을 들었다만, 그런다고 노류장화의 기생 신분을 벗어나 본 적은 단 한 번도 없다. 나는 남정네들의 세계를 잘 안다. 그들의 장점이 뭐고 그들의 단점이 무엇인지. 때로 멋진 머리와 가슴으로 나를 설레게 하는 사내가 없었던 것은 아니지만 대개는 그렇고 그랬다. 하지만 여인으로 태어난 이상, 절에 들어가 비구니나 되면 모를까, 그렇고 그런 이들과 마주치지 않고 살 수는 없다."

" … "

"그런 세상에서 지혜로운 여자가 살아가야 할 길은 무엇일까. 나는 이렇게 생각한다. 지혜로운 여인은 세 가지를 품고 있어야 한다. 단정한 용모가 첫째가 될 것이다. 박색은 말할 것도 없고, 단정치 못한 여자는 사내들이 쉽게 업신여긴다. 둘째는 맑고 깨끗한 얼이다. 얼이란 정신의 줏대를 말한다. 바보처럼 멍하니 있으면 얼빠진 놈이라고 하지 않더냐. 꼿꼿한 정신의 줏대를 잃지 않아야 한다. 단정한 용모와 맑고 깨끗한 얼을 가졌다고 치자. 그렇다 해도 이것이 없으면 지혜로운 여인이라고 할 수 없다. 그러면 마지막 셋째는 무엇일까?"

"!!"

"나는 존엄이라고 생각한다. 스스로가 스스로에게 품는 존엄 말이다. 일부종사가 어떻고 칠거지악이 어떻고, 막무가내로 우겨대는 남자들의 세상에서 무슨 놈 자신의 존엄이냐고? 존엄은 스스로 지켜야 만들어진다. 갖고 싶다고 해서 하루아침에 가질 수 없다. 그렇게 살다 보면 몸에 배어 가만히 있어도 발산되는 것이다. 남자들이 그걸 귀신같이 먼저 알아보고 함부로 대하지 않는다. 나는 네가 그런 걸 가진 여인이 되길 바란다."

"!!!"

"네가 누구를 연모한다고 치자. 그는 양반이고 너는 중인이다. 잘돼야 첩이다. 세상은 첩한테 내가 말한 세 가지를 허락하지 않는다. 나는 네가 그렇게는 되지 말았으면 좋겠다. 네 인생을 네가 주인이 되어 살기를 바란다. 너는 영특한 아이니 내가 하는 말이 무엇인지 알아들었을 거다."

장미는 고개를 숙이고 방바닥을 내려다보았다. 그랬다. 신분의 차이. 하늘이 백성을 네 가지로 내었다고 한다. 그러니 하늘에 대고 욕할 텐가. 이윽고 장미가 고개를 들어 기향을 바라보았다.

"네 어머니 잘 알겠습니다. 어머니 말씀을 가슴 깊이 새겨두고 한순간도 잊지 않겠습니다"

장미는 기향의 말을 정확하게 이해했다.

'그래. 어머니 말씀대로 하겠다. 비록 그이에게 이끌리는 마음이 아무리 간절하고 진정한 것이라 해도, 매일 그이와 한 이불 속 정인이 되어 밝아오는 새벽 창을 보고 싶다는 염원을 품고 있다고 해도, 적어도 그의 첩은 되지 않으리라. 차라리 평생을 그리워하며 늙어가는 한이 있더라도 결단코 그의 첩은 되지 않으리라'

장미는 굳게 결심하며 지혜로운 여인의 삼대 조건을 되뇌었다.

한편, 윤경은 사장까지 오기는 했지만, 숲 그늘에 들어가 뒤늦게라도 순정이 올까 하여 기다리고 있었다. 윤경의 활솜씨를 알고 있는 무과 지망생들이 수차례 대회 참가를 권했지만 웃음으로 때우고 뒷전에 물러나 있었다. 전에 장미가 서서 사장의 뭇남자 중에서 단박에 윤경을 알아봤던 바로 그 자리였다. 왁자지껄한 사장에 생각 없이 눈길을 주고 있을 때였다.

"모두가 사대에 오르기를 다투는데, 귀인께서는 어찌 여기 계십니까?"

불쑥 들려온 말소리에 돌아보니 뒤편 소나무 숲에서 한 남자가 나타났다. 갈색 도포에 갓을 쓴 선비 차림이다. 남자가 윤경의 곁으로 다가왔다. 남자는 사장 쪽을 주시할 뿐 윤경에겐 눈길을 주지 않았다. 그러면서 나직한 목소리로 말했다.

"보는 눈이 많으니 다른 곳으로 가시지요. 긴히 전할 말이 있습니다"

"뉘시온지…"

"삼각일각이 15분 후에 숯내 나루에서 뵙기로 하지요. 특별한 분의 뜻을 가져왔으니 꼭 뵙기를 청합니다"

윤경은 남자의 얼굴을 바라보았다. 서글서글한 눈매지만 강직한 인상을 풍겼다. 첫인상이 나쁘지는 않다. 그간, 더러 윤경을 찾아와 출사를 권하는 이들이 있었다. 그들이 하나같이 들먹이는 인물이 있었다. 대제학 이문덕이었다. 그는 겉으로는 지금의 영의정인 구의천을 좌장으로 내세우고 있지만 실질적인 노론의 영수였다. 그랬다. 이문덕은 집권당 노론에게 비판적이지만 젊은 유생들 사이에서 선풍적인 인기를 끌고 있는 윤경을 회유해서 자기편을 만들려는 시도를 끈질기게 해오고 있었다. 이 사람도 그런 부류일 가능성이 높았다.

"위수에 빈 낚싯대를 내린 이를 찾으신다면, 공연히 헛걸음하실 필요 없습니다. 소생은 때를 기다릴 뜻이 추호도 없으니까요."

"조선의 태양께서 전하시는 전갈이니 부디 물리치지 마십시오. 그럼, 먼저 물러갑니다"

갈색 도포의 남자가 발길을 돌려 송림 사이로 사라졌다. 발걸음이 예사롭지 않았다.

'무인인가?'

멀어지는 남자를 바라보며 윤경은 생각했다.

"조선의 태양이라면 임금을 말하는 걸까?"

느닷없이 다가와 뜬금없는 말을 하고 사라진 남자의 말 대로라면 왕이 자신한테 전하는 전갈을 받으라는 뜻이 된다. 그런데 그 뜻을 가져왔다며 주변의 눈을 의식한다. 이를 어떻게 받아들여야 한다?

윤경은 일단 만작당으로 왔다. 혹시라도 순정이 이곳에서 기다리고 있지는 않을까 확인하고 싶었다. 순정은 없었다.

"그렇게 황망하게 사라지다니, 무슨 일이라도 생긴 걸까?"

윤경은 숯내 나루로 향했다. 이 지역에는 숯가마가 많았다. 얼마 떨어진 곳에 또 다른 숯가마 마을이 있어서 그곳을 윗숯골이라 하고 이곳을 아랫숯골이라 한다. 모여든 숯짐들이 이곳 나루에서 배에 실려 한양으로 간다. 그래서 이 강을 탄천이라고 부르게 됐다. 나루에 도착하니 장옷을 뒤집어쓴 한 여인이 다가와서 허리를 공손히 구부리며 읍揖했다.

"기다리고 있었습니다. 저를 따라오십시오"

여인을 따라 주막거리를 빠져나오니 멀리 민가들이 모여있는 마을이 있다. 족히 백여 호는 되어 보였다. 그리로 가는가 했더니 마을 입구에서 여인이 방향을 튼다. 산비탈을 끼고 좁은 길로 들어선다. 야트막한 산모퉁이를 돌아가니 언덕 위에 아담한 기와집 한 채가 나타났다.

갈색 도포의 남자가 마당에서 기다리고 있다가 반갑게 그를 맞아 방으로 안내했다. 남자가 아랫목에 윤경을 앉히려 해서 잠시 실랑이가 있었다. 남자는 거부하는 윤경을 기어이 상좌에 앉힌 다음, 자신의 이름을 밝히며 윤경에게 절을 했다.

"소생 남상군 인사 올립니다"

윤경이 놀라 맞절로 예를 표했다.

"김윤경입니다"

자리에 정좌한 남상군이 말을 이었다.

"언덕 아래 마을은 조상 대대로 의령 남씨인 즈이 일가친척이 세거하여 살아온 곳으로 저도 이 집에서 태어났지요. 지금은 양친이 모두 돌아가시고 형제들도 분가하여 비속들이 집을 관리하고 있답니다."

"그러시면 남선생께서는 이곳에 상주하지는 않으시나 봅니다."

"네, 한양 숭례문 밖 청파리에 집이 있지요."

"아 네 그러시군요."

"언젠가는 한양살이를 끝내고 고향집으로 돌아오리라고 마음먹고 있습니다만, 마침, 지근거리에 내려와 계신 귀인을 우거寓居에 모시게 되니 뜻밖의 인연에 그저 하늘에 감사할 뿐입니다."

거기까지 말한 남상군은 잠시 주변의 동태를 살피는 듯 바깥의 소리에 집중했다. 사위는 고요했다. 남상군이 다시 말을 이었다.

"귀한 분을 모셔놓고 주향도 없이 불쑥 용건부터 전하는 무례를 용서하소서" "아닙니다. 초면인 데다 저도 이게 편하니 괘념치 마십시오"

"소생은 금위영 소속으로 종사관 직책을 맡고 있답니다"

"어이쿠 그러시면 무반에 오르신 어른이신데, 실례를 범했습니다"

윤경이 얼른 일어나 상좌를 내주려 하자, 남상군이 다시 끌어앉혔다.

"그런 뜻으로 한 말이 아닙니다. 귀인께서는 부디 좌정하시어 제가 전해드릴 말씀을 들으소서" 할 수 없이 윤경이 다시 자리에 앉았다.

"소생은 태양의 명을 전달하는 심부름꾼에 지나지 않습니다. 그러니 어찌 상좌에 앉아서 귀인을 대할 수 있으리까. 절대로 아니 될 일입니다. 헤아려주소서"

"그러시면 여쭙겠습니다. 말씀에 올리시는 태양이 혹여 금상전하를 대신하는지요"

남상군은 대답 대신 옅은 미소를 지었다. 그리고 말을 이었다.

"소생은 금상께서 왕세자로 계실 적에 세자익위사의 소속 관원으로 있다가, 금상께옵서 대통을 이어 보위에 오르신 후, 성은에 힘입어 금위영 현재의 자리로 오게 되었습니다. 하루는 내전으로 따로 부르시기에 달려가 부복대기하였지요. 소생에게 비찰을 내리시며 하명하시더이다. 중대한 일이니 어김없이 처리하되 남이 모르게 하라고요"

"…"

남상군이 소매 안에서 밀봉된 봉투 하나를 꺼내더니 목쟁반에 받쳐 윤경 앞에 내려놓았다.

"귀인께 말씀 올립니다. 어찰입니다. 부디 예를 갖추소서"

윤경이 놀라 일어서서 임금을 마주한 듯, 어찰을 향해 사배 四拜를 올렸다.

"읽으신 후에 바로 분서하라는 분부가 따로 계셨습니다."

윤경은 왕이 내렸다는 비찰을 집어 들었다. 피봉에 능금 크기의 붉은 봉인이 찍혀있었다. 조심스럽게 봉투를 여니 내용물이 나왔다. 서찰의 내용은 이랬다.

김윤경은 듣거라.
한비자가 말했다.

하늘을 나는 용은 구름을 타고, 높이 오르는 이무기는 안개에 노닌다. 그러나 구름이 걷히고 안개가 걷히면 용이나 이무기는 지렁이와 다를 것이 없다. 왜 그런가? 타고 노는 구름과 안개가 없었기 때문이다.

나, 임금이 말한다.

용이 용답게 되려면 구름이 있어야 한다. 그러나 구름이 구름답지 못하면 설사 용이 구름을 탔더라도 지렁이가 된다. 만인지상의 옥좌에 앉았거늘, 뜬구름 위의 지렁이만도 못하다.

김윤경에게 말한다.

세속의 소리를 듣고 귀를 씻는 청담의 생도 분명 의미가 있을 것이다.

그러나 옥좌의 지렁이가 찾으면 능히 달려가 맞는 것도 군자의 도리일 것이다.

'이게 무슨 일인가. 왕의 전갈이 이토록 애처롭게 들리다니'

윤경은 형언할 수 없는 놀라움과 슬픔으로 왕의 편지에서 눈을 떼지 못했다. 그렇다. 왕의 절대권력과 신비한 이미지는 무엇으로부터 오는가. 층층시하 그 수많은 신하에게서 온다고 해도 과언이 아니다. 신하 없는 왕이 일반 백성과 다를 게 무엇인가. 그런데 그 신하들이 왕을 허수아비로 만들어놓고 업신여긴다면 그런 왕은 왕이 아니다. 왕 스스로 밝힌 것처럼 옥좌에 앉은 지렁이 수준이 되고 만다.

　지금의 왕은 부왕이 갑작스레 승하하는 바람에 11세 어린 나이에 보위에 올랐다. 나이가 어리므로 모후인 인경대비가 수렴청정했다. 나라의 실권이 왕대비전으로 넘어갔다. 인경대비는 자신의 친정 세력을 끌어들였다. 그들도 노론이었지만 이문덕을 견제하려는 조치였다.

　이문덕도 만만치 않았다. 홍문관대제학 겸 비변사제조였던 그는 품계는 정2품에 머물러 있었지만, 정국의 실질적인 권한을 모두 쥐고 있었다. 특히 비변사제조는 오늘날로 치면 청와대 국가 안보실장과 정책실장을 겸한 정도의 위치라고 할 수 있지만 실제로는 국방, 외교에서부터 국내 정치 일체, 심지어 비빈의 간택 결정에까지 끼어드는 전방위 실권을 가진 자리였다. 원래대로라면 대비의 수렴청정이 왕이 20세가 될 때까지 이어질 판이었으나 이문덕이 개입하여 5년 만에 종지부를 찍었다.

　소년왕이 대비전의 간섭과 외척 세력에서 벗어나 친정을 펼칠 수 있게 된 것이다. 그러나 이문덕이 누구인가. 그는 호락호락 소년왕에게 실권을 넘겨주지 않았다. 그렇게 2년의 세월을 흘려보낸 소년왕의 입장에서는 모후의 수렴청정 기간이 더 나았다는 생각이 들 정도였다.

구중궁궐에 갇혀버린 꼴이 된 소년왕이 울부짖으며 자신을 부르고 있다. 그 상황이 눈에 그려지는 듯하여 윤경은 저도 모르게 눈물을 흘렸다.

군위신강이라고 삼강을 통해 그는 배웠다. 또 군신유의라고 오륜에서 배웠다. 그가 배우고 익힌 대로라면 임금을 대할 때 마땅히 지켜야 할 도리가 있고, 임금과 신하의 도리는 의리에 그 바탕을 둬야 한다. 유학의 나라를 자처하고 소중화의 명분론을 앞세우는 지금의 조선은 어떠한가. 간신배가 넘쳐나는 조정에서 임금은 자신을 지렁이라고 말한다. 애처로운 마음에 눈물이 주체할 수 없을 정도로 흘러내린다.

겨우 정신을 차린 윤경은 왕의 비찰을 접어 목 쟁반에 올리고 다시 사배했다. 그리고서 남상군의 도움을 받아 촛불에 어찰을 태웠다.

장미는 만작당으로 윤경을 찾아갔다. 기향에게 밝힌 것처럼, 말도 없이 떠날 수는 없었다. 비록 윤경이 자신을 순정으로 알고 있더라도 작별 인사는 해야 했다. 당장 포청 포교들이 들이닥칠지 모르는 상황이라 이곳을 떠나기는 하지만 윤경은 언제라도 다시 봐야 할 사람이다. 모든 걸 다 떠나서 이제 윤경 없이 살 수 있을까를 걱정해야 하는 처지다. 머릿속이 복잡한 상태에서 장미는 만작당에 도착했다. 윤경은 없었다.

'혼자 활쏘기 대회에 참가했다가 무관 지망생들과 어울리기라도 한 걸까'

장미는 윤경을 기다리기로 했다. 그러나 해기 지고 어둠이 찾아오도록 윤경은 오지 않았다. 불현듯, 혹시나 하는 마음에 흙 돌담 위의 숫마루장 안을 확인했다.

'오! 편지가 있었네!'

숯내 나루로 가기 전, 그새 윤경이 편지를 남겨두었다. 장미는 쪽마루로 돌아와 편지를 열어보았다. 급한 상황이었는지 내용은 아주 짧았다.

뜻밖의 손이 찾아오니 만작당을 비우네.

걱정했다네. 부디 별고 없기를

봄뫼

봄뫼 봄뫼. 가슴이 아리고 목이 멘다. 봄뫼. 장난처럼 한번 불러준 호를 윤경은 무척이나 좋아한다. 틈만 나면 사용하고 불리면 환한 웃음을 짓는다. 봄뫼. 입안에서 굴려지는 그 느낌이 좋다며 얼굴을 찌그러뜨리며 웃던 그의 얼굴이 떠오른다. 저릿한 가슴에 눈물이 절로 흐른다.

'이태백은 어쩌자고 소이부답笑而不答이라고 노래했던가. 일찍이 우리 님이 하는 양을 보았던가. 그이는 무엇을 말할 때도 절반은 그저 웃음으로 때울 때가 많으니, 그 턱없이 맑고 깨끗한 선비의 웃음을 그 어느 시인이라서 글자로 옮긴단 말인가. 아 그 선한 웃음을 이제 다시 볼 수 없을지도 모른다. 이를 어쩌나. 내 어찌해야 하는가?'

눈물을 훔쳐내니 소매가 펑 젖었다.

'편지를 남기자'

종이를 펼치고 붓을 꺼내 들었다. 단 한 글자도 쓸 수 없었다. 그래도 뭔가 써야 했다. 갑자기 사라지는 것에 대해 거짓말이라도 해야 했다. 여전히 쓸 수 없었다. 저도 모르게 시 한 수를 쓴다.

어두운 밤하늘에 구름이 몰려오니

나무 그늘 그림자 희미하여라

낙화는 물에 떠 개울 따라 흐르고

어린 제비도 제 집을 찾아가네

꿈길에도 이루지 못할 꿈이런가

하늘엔 기러기조차 날지 않는구나

눈에 선한 우리 님은 어디 계실까

꾀꼬리 울음소리에 옷깃을 적시네!

윤경은 편지를 쓸 일이 있으면 끝에 봄뫼라는 호를 남긴다. 그렇다. 편지라는 게 누가 누구에게 보낸다는 걸 알리게 마련이다.

'뭐라고 쓸까? 그는 나를 한양서 온 류순정으로 알고 있다. 그러니 봄뫼 형님으로 시작하고 류순정으로 끝내야 할 것이다. 그런데 왜 망설여지지?'

내키지 않는다.

'그를 떠나는 이 마당에 가짜 인물 류순정 노릇을 또 하라고? 그의 머릿속에 마지막 나의 기억을 가짜 인물 류순정으로 남게 하라고?'

그럴 수는 없었다. 물론 장미는 지금, 이 순간이 그와의 영영 이별의 순간이라고 생각하지는 않는다. 사실 언제까지고 순정으로 그를 속일 수는 없고 그러고 싶지도 않았다. 한양 땅에 돌아가면 여인 장미로 돌아가 어떻게 해서든지 다른 인연을 꾸며 그와 만날 핑곗거리를 만들 생각을 하고 있었다.

그러나 어머니의 말을 듣고 난 후 머릿속이 복잡해졌다. 그의 후실은 될 수 없다는 장미의 생각은 변하지 않을 것이다.

'그렇다고 그를 마음속에서 지워버릴 수도 없으니 이를 어쩐단 말인가. 냉정히 판단하면 그를 잊어버리는 게 상책일 것이다. 아아, 그런데 과연 그럴 수 있을까?'

장미는 편지에 이름 남기기를 포기했다. 장미가 일어섰다.

아, 연인 아닌 연인들에게 찾아온 애달픈 시간이다. 둘은 이렇게 헤어져야 하는 걸까. 숫마루장 안에 시를 적은 서찰을 남기고 장미는 만작당을 떠났다.

'그리운 이여 그러면 안녕'

5

한양으로 올라온 윤경은 남상군의 도움을 받아 대궐에 들어왔다. 출사를 포기한 그가 이토록 은밀히 왕의 부름을 받고 궁에 들어올 줄이야 그 자신은 물론이고 그 누구도 생각지 못한 일이다.

낮이 길어져서인지 유시_{오후 5시~7시}가 지났는데도 아직 낮의 밝은 기운이 남아있었다. 이 시간을 택한 건 일부러 정무가 파한 뒤에 느슨해진 시간을 골라 그를 부른 것으로 보였다.

그가 안내된 곳은 대궐 깊숙한 곳에 자리 잡은 작은 누각이었다. 네 칸짜리 평범한 건물로, 기둥에 창방과 도리를 얹고 거기에 바로 서까래를 걸친 민도리 형식이다. 대궐 곳곳에 그 흔한 단청도 없다. 평범한 양반가의 작은 사랑채와 별반 다를 게 없었다. 마루 위에 의두합_{倚斗閤}이라는 편액이 걸려있었다.

'북두성에 의지하는 작은 방이라. 북두성처럼 높게 빛나는 것에 의지하는 곳이라는 뜻일까?'

왕은 그곳에서 윤경을 기다리고 있었다. 윤경이 사배를 올리고 엎드리자, 왕은 주위를 물렸다. 방안에 둘만 있게 된 것이다. 소년왕이 윤경을 불렀다.

"가까이 오라"

윤경은 상체를 구부린 채, 세 걸음 정도 더 다가가 앉았다. 소년왕이 불쑥 물었다.

"그대를 부른 까닭을 아는가?"

윤경이 엎드린 채 대답했다. "소인 그저 짐작만 할 뿐이옵니다"

소년왕이 빙그레 웃으며, 서안에 올려진 책 한 권을 들어 올렸다.

"이것이 무엇인지 알겠느냐?"

윤경이 고개를 조금 들어 보았더니 자신이 지은 책이었다. 윤경은 깜짝 놀랐다.

'임금께서 저걸 읽었단 말인가?'

지금의 조선 정국을 비판한 글이 가득한 책이다. 나라의 가장 높은 자리에 앉은 지도자로서 당연히 불쾌감을 느낄 수밖에 없으리라. 글의 내용을 두고 따지고 든다면 방어하기 쉽지 않을 것이다. 노론당의 관리라면 얼마든지 상대하겠지만 지금은 왕과 독대한 자리다. 자칫 말실수라도 하면 목숨을 부지하기 어려울 것이다.

"불초 소인의 저작인 듯하옵니다"

"그대는 이제부터 고개를 들고 말하라. 내 그대를 이리로 부른 것은 군신으로 그대를 대하고자 함이 아니니라"

소년왕은 뜻밖의 말을 꺼냈다.

"여기는 내 운경거이니라. 내가 홀로 시를 읽고 음악을 즐기는 곳이란 말이다. 군신으로 그대를 대하려면 굳이 왜 이리로 그대를 불렀겠는가. 직분을 벗어던지고 허심탄회한 말을 나누고자 함이 아니겠느냐. 그러니 벗을 대하듯 고개를 들라"

"황공하옵니다. 시골구석에서 제멋대로 써 올린 글이옵니다. 감히 어느 안전이기에 고개를 들 수 있겠사옵니까. 명을 거두어주시옵소서"

윤경이 엎드린 상태를 유지하자 왕은 더 이상 권하지 않고 다음 말을 이었다.

"그대의 책을 읽고 매우 놀랐더니라. 무엇이 잘못됐다는 지적이 조목조목 옳았다. 그러나 정작 내가 놀란 것은 그 때문이 아니다. 나를 놀래키고, 자세를 고쳐 앉게 만든 대목은 무엇을 어떻게 고치고 앞으로 무엇을 바라보고 나아가야 할지 그 길을 제시하는, 바로 그 대목 때문이었느니라"

"!!"

"나는 기진맥진했더니라. 어려서, 바라지도 않던 이 뜬구름 위에 앉아 들려오는 소리라고는 '아니, 되옵니다' 밖에 없는 이 자리를 걷어차고 싶을 때가 한두 번이 아니었다. 그러다 그대가 지은 서책을 만났다. 조선 땅에 이런 이가 있었구나. 오랜 가뭄 끝 메마른 땅에 내리는 단비와 같았느니라"

"망극하옵니다"

"또 하나 주목한 데가 있다. 그대가 바다 건너 왜국의 변화를 주시하는 이유가 무엇인가. 그들이 서양국의 문물을 유입하는 속도를 걱정하던데 특별한 무슨 뜻이 있는가?"

"아뢰옵기 황송하오나 답을 구하시니 감히 말씀 올리나이다. 저들이 겉으로는 쇄국을 택하고 있으나 속으로는 구주ᇬ 슈의 특정 지역만 문을 열고 서양국의 문물을 빠른 속도로 빨아들이고 있사옵니다. 우리도 하루 빨리 그에 대비해야 할 줄로 아옵니다"

"대비라. 대저, 수많은 선대 왕께서 세상의 중심을 중국 땅으로 여기고 저들을 상국으로 섬기는 것을 당연시해 왔으되, 그래서 야기되는 문제점이 무엇인지는 명확하게 파악되지 않는다. 하여 그대가 말하는 대비가 무엇을 말하는지 묻는 것이다"

"왜인들이 난학蘭學이라 이름하여 수많은 서양국의 서책들을 자기들 말로 옮기는 일에 몰두하는데 이를 위해 적당한 한

자어를 새롭게 고안하기까지 합니다. 이미 그 일만 하는 해독 전문인의 수가 일천 명에 이른다고 하니 가벼이 여길 일이 아니옵니다. 소인이 어렵게 그 책들을 구해 읽어보니 그 수준이 놀랍고 다루는 지경 또한 경이로울 정도이옵니다. 세상 밖이 이처럼 빠르게 변하고 있는데 우리는 아직도 소중화의 명분에 사로잡혀 사라진 명국을 추종하고 있으니, 이제라도 바깥 세상에 대비해 크게 눈을 뜨고 안으로 인재를 키워야 할 때라고 감히 아뢰나이다"

"누구라 하여 나에게 이런 말을 하겠느냐. 내 꼴을 생각해 보아라. 사슴을 보고 말이라 우기고, 양 머리를 올려놓고 개고기를 파는 짓을 버젓이 한다. 나를 앉혀놓고 말이다. 차라리 임금이라 부르지 않는 게 도리 아닌가"

"망극하옵니다"

"김윤경은 듣거라. 나는 사람에 목마르다. 지록위마와 양두구육을 일삼는 자들 앞에서 명철한 논리와 사려 깊은 판단으로 단호히 면절정쟁面折庭諍을 해줄 나의 사람 말이다. 적당한 자리를 찾을 것이다. 즉시 출사하여 왕명을 받들라"

"성은이 망극하니 몸 둘 바를 찾지 못하겠나이다. 하오나 전하. 소인 아직 과시를 완전하게 넘지 못한 불학의 몸이옵니다. 가을의 식년시가 얼마 남지 않았사오니 그때까지만 성은이 미치는 것을 미루어주시옵소서. 소인 맹렬 정진하여 떳떳

하게 조정에 임할 것이옵니다. 굽어 살피오소서"

"그대가 이미 증광시 초시에서 장원으로 급제했으니 당장
에 출사한다고 해서 그대의 자격을 두고 운운할 사람은 없을
것이다. 허나 그 뜻이 그러하니 내 가을까지만 타는 목마름을
애써 참기로 하겠다. 그 사이에라도 필요하면 부르겠다. 전교
를 받으면 즉시 입궐하라"

"어김없이 분부 받잡겠사옵니다."

장미 또한 한양으로 올라왔다. 장미는 우선 김조이부터 만
났다. 피신할 때 피신하더라도 좀 더 정확한 정보를 알고 싶
었기 때문이다. 뜻밖에도 김조이는 피신 계획을 반대했다. 아
직은 김경철의 추측일 뿐인데 정작 사라져 버리면 심증을 굳
히고 더 집요하게 쫓을지도 모른다는 것이다. 좀 더 상황을
관망하는 게 낫겠다는 김조이의 판단이었다. 김조이가 한성
부 소속이지만 좌우 포청 주요 포스트 인물들과의 네트워크
가 두터웠으므로 장미는 그 뜻을 따르기로 했다. 기향을 설득
하는 일도 김조이가 맡기로 했다. 말미에 김조이가 의외의 말
을 꺼냈다.

"전에 네가 말했던 칼자국 남자 말이다"

"어머나, 성님. 누군지 알아내셨어요?"

"어, 윤석범이라는 자인데, 대제학 이문덕 대감의 세작

이다"

"세작이면, 일종의 간자 아닙니까?"

"그렇지. 은밀히 음지에 숨어서 이 대감을 돕는 자라고 봐
야지"

"그런 자가 그렇게 고강한 무술을?"

"칼솜씨로는 조선 팔도에 그를 당할 자가 없다더라. 임금님
운검이라면 모를까"

"맙소사. 무기를 쓰지 않았으니 망정이지 그때 칼이라도 빼
들었다면 깩소리도 못하고 죽을 뻔했네요"

"그만하길 천만다행이지. 그자에게 네 얼굴을 보였으니 각
별히 조심해야겠다"

"네 성님"

당시의 기억을 떠올리자, 장미는 온몸에 소름이 돋는 것을
느꼈다. 눈이 시릴 정도로 잘생긴 얼굴에 깊게 팬 칼자국. 그
자의 얼굴이 선명하게 떠올라 자기도 모르게 몸을 떨었다.

"성님, 안 그래도 조선의 모든 권세가 대제학 손아귀에 있
는데 무엇이 아쉬워서 그런 자를 세작으로 부릴까요?"

"대도덕하에 소적창룡이라는 말도 못 들어 봤느냐?"

"대도덕하에 소적창룡이요?"

"그래, 큰 도적 이문덕 밑에 작은 도적 오정창과 소원룡이
있다는 말이지. 대제학이 겉으로는 선심 쓰는 정책을 내놓으

면서 뒤로는 오정창을 필두로 소원룡 같은•개들을 풀어 이불 밑에 피 빨아먹듯 백성들의 고혈을 짜내는데, 정상적인 방법 만으로야 어찌 다 통하겠느냐?"

"때려죽일 놈들"

"오정창이 악역 담당이지. 동전 유통을 끌어 쥐고 소원룡을 시켜 고리로 양민들 돈을 후리니 조선의 돈이 다 두 놈한테 몰린다는 게야. 하지만 그 많은 돈을 두 놈이 다 먹을 수 있겠 느냐. 마지막에 어디로 갈지는 안 봐도 뻔한 거지"

"대제학은 그 많은 돈을 다 어데다 쓸까요?" "후후, 소원룡 이 또 염강훈이란 하수인을 시켜 갈가린지 뭔지 개백정 같은 놈들을 풀어놓고 시정에 도는 돈을 제 주머니처럼 쥐락펴락 하니 그 돈은 또 어디로 가겠느냐. 이런 게 죄다 정상적으로 통할 수 있겠냐고. 그러니 칼잽이가 필요한 거지. 사람들은 갈가리들을 두려워하지만, 나는 윤석범 같은 칼잽이가 더 무 섭다. 눈에 보이는 두려움은 피해 가면 되지만 갑자기 들이닥 치는 칼끝은 피할 틈도 없이 당해야 하니 말이다."

다시 한번 또렷이 떠오르는 윤석범 생각을 하다 장미는 불 현듯 윤경의 얼굴이 겹쳐서 스스로 놀랐다.

'왜 갑자기 그분이...'

이상한 일이다. 상관도 없는 두 남자가 겹쳐 떠오르다니. 칼로 조각한 듯한 윤석범의 얼굴. 빙그레 미소 짓는 순한 얼굴의 윤경. 윤경의 모습을 그리다 보니 마음이 조금 편안해진다. 편안해지니 이번엔 그리움이 사무친다.

'그분은 지금 무엇을 하고 계실까. 만작당에서 혼자 책을 읽고 있겠지. 갑자기 사라진 나를 두고 섭섭해할까? 뜬금없는 시 한 수로 이별을 직감했을까?'

장미가 상념에 빠져들 때 김조이가 불쑥 한마디를 추가했다.

"윤석범이 이 대감 아들이라는 말이 있다."

"예? 어떻게 그런..."

"자기 아들을 세작으로 만드냐고? 서얼이라 그랬나 보지. 첩의 자식이니까"

"성이 다른데요?"

"이 대감 본처가 파평 윤씨인데 그 일가에 양자로 들인 모양이더라"

"자기 아들이라 알려지는 게 싫어서 그랬을까요? 양자로 가더라도 부득이한 경우가 아니고는 성까지 바꾸는 법이 잘 없잖아요"

"그네들 생각이야 내 알 리 있겠냐. 우리 같은 피래미는 생각도 못 하는 다른 꿍꿍이가 있겠지"

"..."

"참, 너 따라다니던 악소년 애들 말이다. 걔네한테 너 밥 한

끼라도 한턱 톡톡히 내야겠더라"

"왜요?"

"너 없을 때 그놈들 죄다 우포청에 잡혀가서 호되게 추문
당했는데 얻어맞으면서도 끝까지 네 이름이 한마디도 안 나
온 걸 보니 갸륵하지 않더냐"

"그러게요. 안 그래도 어머니께서 말씀하셔서 한걱정했더
랍니다. 고마운 놈들이지요. 한턱뿐이겠습니까"

장미는 김조이와 헤어져 돌아오는 길에 칠패시장으로 문득
이를 찾아갔다. 시장 입구 공터에서 놀이패 광대들의 놀이판
이 한창이었다. 몰려든 사람들 틈을 비집고 들어가 보니 이제
막 한판이 끝나고 새판이 시작되는데 여장하고 나타난 한 우
인優人의 낯이 익었다. 자세히 보니 바로 귀석이었다.

'아니, 저 녀석이 언제 광대 놀이패에 끼었나'

장미가 궁금해하고 있는데 어느 틈에 알아보고 문득이가
옆으로 왔다.

"오랜만이유 대장"

"아이구 문득아. 안 그래도 너를 보러 오는 길이다. 내 얘기
다 들었다. 괜한 일로 너희들을 고생시켰으니 이를 어쩌냐?"

"거 무슨 섭섭한 소리요. 대장 목숨이 왔다 갔다 할 일인데
그걸 어찌 괜한 일이라 한단 말이오"

"알았다. 그 마음 씀이 더 고맙구나. 안 그래도 내 어머니한테 니들이 의리 하나로 끝장을 본다고 자랑질했더란다. 근데 귀석이 저 녀석이 지금 뭐 하는 거냐? 아닌 밤중에 홍두깨라고 갑자기 웬 광대놀음이야?"

"하하하, 안 그래도 저놈이 틈틈이 창우倡優 재간을 보여서 광대 같은 놈이라고 놀려대지 않았소. 세세한 말은 놀이판이 끝나면 저놈한데 직접 들어보슈. 제대로 들으려면 꼬박 이틀은 날 잡아야 할 거유"

"그래? 야 시작한다. 그럼, 어디 구경부터 해보자"

놀랍게도 귀석이가 출연한 공연물은 구사비 득옥이의 억울한 죽음을 희화한 내용이었다. 귀석이가 여장하고 죽은 득옥이의 귀신 역을 해내면서 광흥대군과 오정창의 집 가솔들을 혼내는 내용이었다.

득옥이 귀신에 놀란 오정창과 그의 처 그리고 부부인이 머리를 조아리고, 귀신의 호통을 피해 혼비백산 땅바닥을 엉금엉금 기어다니다가 오정창 궁둥이에 부부인이 머리를 부딪친다. 이때 부부인의 은첩지銀䩞紙가 오정창의 똥창을 찔러 오정창이 죽는다며 발광한다. 오정창이 성질을 부리며 엎치락뒤치락하다가 이번에는 제 마누라 궁둥이에 머리를 박는다. 마누라가 성질을 부리고 이후부터 서로 꽁무니를 따라다니며 똥침 놓기 전쟁이 벌어진다. 이 슬랩스틱 난장 쇼를 바라보며 둘러선 구경꾼들은 모두 큰소리로 소리 내 웃다가 어느새 통쾌해했다.

공연이 끝나자, 귀석이가 달려왔다. 서로 얼굴을 못 본 지 일 년이 다 됐다. 오랜만에 다시 뭉친 삼인조가 서로 얼싸안고 재회를 기뻐했다. 귀석이가 놀이패의 일원이 된 사연은 이랬다.

알다시피 귀석이는 전문 소매치기다. 주 활동무대가 운종가의 육의전 거리, 칠패_{남대문시장}와 배오개_{동대문시장} 등의 난전 거리였다. 특히 칠패와 배오개의 시장통이 주무대였다. 소매치기도 혼자 하기보다 동료들의 도움을 받아야 쉬우므로 포졸들의 순시가 잦은 육의전 거리보다는 난전이 많은 시장에서 주로 활동한 것이다.

그런데 오정창의 사주를 받은 시전상인들이 금난전권을 내세우고 때 없이 갈가리들의 실력 행사까지 벌어지니 시장이 많이 위축되었다. 풍선효과라는 말처럼 한쪽을 누르니 그 수요가 다른 쪽으로 몰렸다. 한양 외곽으로 난전들이 형성되고 시전상인들의 물류 독점에 대항한 사상도고_{私商都賈}들이 자신들의 자금력을 바탕으로 산지의 물건을 직접 유통하기 시작했다. 그러면서 새로 뜬 시장이 다락원_{양주}과 송파였다.

소매치기인 귀석이도 자연히 사람들이 많이 몰리는 송파장으로 근거지를 옮겼다. 송파시장 상인들은 사람들을 더 끌어들이기 위해 각자 얼마씩을 추렴해서 요즘으로 치면 일종의 판촉용 이벤트 행사를 벌였는데, 그중 '본산대놀이'라는 가면극이 인기가 높았다. 이를 양주의 시장상인들이 따라 하면서 그곳에서는 '양주별산대놀이'라는 이름으로 관아 악사청의 지원까지 받으며 아예 개별화된 연희로 자리를 잡았다.

귀석이가 여기서 힌트를 얻어 자기가 직접 놀이패를 만들고는 원래의 활동무대인 칠패의 시장상인들에게 제안했다. 구매자를 끌어들이기 위해서라면 뭐든지 하는 게 상인들이다. 그들이 옳다구나 귀석이네 놀이패를 초청했다. 그렇게 돼서 이제는 남의 주머니나 터는 도둑이 아니라 어엿한 예술인 신분으로 귀석이가 칠패시장에 화려하게 복귀한 것이다. 장미가 감탄하며 말을 꺼냈다.

"아까 나는 그만 웃다가 혼이 다 빠져나가는 줄 알았다. 통쾌한 마음이 후련하여 그간의 마음졸임이 다 씻겨나가는 것 같더라니까. 어쩌면 그런 생각을 했느냐. 죽은 득옥이를 귀신으로 살려내 산 연놈들을 혼내줄 생각말이야."

"비록 그때 대장 언니가 나서서 그 못돼 먹은 오정창이 처를 관비로 내쫓긴 했지만, 오정창이 놈은 저렇게 버젓이 활개 치고 있지 않소. 그 못 풀은 분을 어떻게 풀어볼까 궁리하다 쥐어짜 낸 거라우"

"광대놀이라는 게 보고 낄낄대다 마는 거라고 여겼는데 이
제 보니 그게 아니다. 잘하면 세상을 깨우치는 데도 도움이
되겠다. 내 오늘 귀석이 너한테 한 수 배웠다"

"대장 언니 칭찬을 들으니, 기분이 절로 붕붕 뜹니다. 내 함
께하는 재인들을 소개할 테니 인사나 나누시오. 혹시 아우.
언제고 이들을 써먹을 날이 있을지"

"그래, 그리하자"

장미는 귀석이의 놀이패들을 데리고 푸짐하게 밥 한 끼를
대접해 그들의 뒤풀이를 대신해 줬다. 역시 재인들이라 저마
다의 잔재주들이 많았다. 시종일관 웃음꽃을 피우며 잘 놀았
다. 귀석이가 말했다.

"대장 언니 내가 칼자국과 마주쳤더랬소"

"뭐라고? 네가 어떻게..."

"하루는 송파나루에서 배를 타고 광나루로 건너오고 있는
데 마침 한 배 안에 그자가 타고 있었소. 전에 봤을 때는 야간
이라 얼굴까지 알아볼 순 없었는데 깎아놓은 듯한 얼굴이며
선명한 칼자국이 대장이 말한 그대로였소"

"그래서 어떻게 되었느냐?"

이번에는 문득이가 장미를 대신해 눈을 반짝이며 물었다.

"나는 그때 값나가는 패물을 지닌 양반놈 하나를 골라 눈
독을 들이고 있었지. 사람들이 배를 타면 스쳐 가는 주변 풍

광을 보느라 넋이 빠지기 일쑤라 잘만 하면 별 수고 없이 물건을 털 수가 있거든. 칼자국이 마음에 걸렸지만 워낙 물건이 탐나고 손에 잡힌 거나 다름없어 적당한 때를 봐서 물건을 챘지."

"오! 그랬는데"

여전히 문득이가 관심을 보인다.

"배가 광나루에 거의 닿으려고 하는데, 양반놈이 고만 물건이 없어진 걸 알게 됐어. 이 자가 내 물건 도둑맞았다고 소리를 지르더군. 함께 탔던 사람들이 웅성거리고 뱃사공도 난처해했지만, 별수가 있나. 나는 시치미를 떼고 뱃전에 앉아 있는데 문득 앞을 보니, 이게 무슨 일인가. 마침, 나루에 포청 군관 하나가 포졸 대여섯을 데리고 나와 있지 않은가. 상황이 만만치 않아서 훔친 패물을 슬쩍 강물 속에 버릴지 잠깐 고민했지"

"그래 그러면 간단하지. 장물이 없는데 제아무리 포청 군관이어도 어쩔 거야. 물속까지 들어가 볼 것도 아니고"

"그런데 버리기엔 패물이 너무 아까운 거야. 얼핏 봐도 부피는 작았지만, 칠보 장식에 바다 건너온 귀한 물건으로 보였거든."

"그래도 욕심내다 잡히면 어쩌려고..."

"내 말 들어보게. 난 그냥 시치미를 떼고 있었지. 사공이 배를 대고 사람들이 내리려고 뱃전에 걸쳐놓은 널빤지로 몰리는데 그 칼자국 남자가 훌쩍 뱃전에서 나루로 건너뛰어 내리더군. 배에서 나루까지 그 너비가 제법 되는데, 마치 풀잎에 앉아 있던 잠자리가 훌쩍 날아올랐다가 내려앉는 듯이 몸이 가벼웠네"

"어허!"

"그런데 요상한 광경이 벌어졌어. 나루에 나와 있던 군관이 그 남자 앞으로 달려가 고개를 숙이고 읍하여 예를 표하는 게 아닌가?"

"군관이? 아니, 포청 군관이?"

"그러게, 말이야. 저자가 어떤 자이기에 정복을 한 군관이 저토록 깍듯이 예를 표하는 걸까 생각하며 멀뚱히 그들을 바라보는데 갑자기 칼자국 남자가 손을 뻗어 나를 가리키는 게 아닌가. 나는 그만 소스라치게 놀라고 말았지!"

"아니 너를? 혹시 그 밤에 우리들 얼굴을 알아봤던 게 아닐까?"

"거리가 있고 어두워서 너희들 얼굴까지는 알아보지 못했을 거다. 그래서 어떻게 됐느냐?"

장미도 궁금증을 참지 못했다.

"손으로 나를 지적하고 그자는 바로 가버립디다. 군관이 포졸들에게 뭐라고 지시하더니 그자도 바로 포졸 몇과 함께 칼자국 남자를 따라가고요. 나루에 남은 포졸들이 배에서 내린 사람들을 한쪽으로 모이게 하고 그중에서 저를 끌어내더군요. 포졸 중에 상급자로 보이는 이가 물건을 잃은 사람이 누구냐고 하더니 그 양반과 얘기를 나누더라고요. 그러더니 제 앞으로 다가와서 제 몸을 뒤지기 시작합디다"

"그러니 배에 있을 때 물건을 버렸어야지"

문득이가 답답하다는 표정을 지으며 말했다.

"끝까지 들어봐라! 이놈아. 그때 걸렸으면 지금 내가 여기 있겠느냐?"

"그러니 뜸 들이지 말고, 빨리 말해라. 이놈아. 네 말 듣다 속 터져 죽고 말겠다."

"하하, 아무튼 머리끝에서 발끝까지 심지어 부랄 밑까지 샅샅이 뒤져도 없어졌다는 패물이 나오지 않자 나를 한쪽으로 몰아 서 있게 합디다"

"엥? 어떻게 된 거야. 그새 버렸어?"

"내가 오늘 네 놈 속 터져 죽는 꼴을 봐야겠다. 아무튼 포졸들이 나머지 사람들도 모두 몸이야 짐이야 샅샅이 뒤졌지만 끝내 패물이 나오지 않자, 양반을 불러 말합디다. 당신도 보지 않았소. 물건을 잃은 게 확실하오. 그러니까 양반도 답답해하면서 더 말을 못 합디다. 포졸 상급자가 나를 포함해 모두에게 제 갈 길 가도 좋다고 하길래 내가 그를 붙들고 억울함을 풀어줘서 고맙다고 두고두고 은혜를 잊지 않겠다고 거듭 예를 표했지요. 그러면서 도대체 왜 내가 표적이 됐느냐고 물었더니 그 칼자국 남자가 내 몸을 뒤져보라고 해서 그랬다는 대답이 나오는 거유. 내가 그 말에 그만 깜짝 놀라고 말았소. 감쪽같이 한 일을 언제 보았을까. 그자의 눈은 속이지 못한 거였소"

'역시 매의 눈을 가졌군'

장미는 윤석범이 예사로운 자가 아니라는 것을 다시 한번 확인했다. 장미가 귀석에게 물었다.

"그건 그렇고 너는 어떻게 빠져나온 거냐. 패물은 어떻게 했고"

"거야 장물아비한테 돈 받고 넘겼지요"

"뭐? 포졸들이 머리끝에서 발끝까지 뒤져도 물건이 나오지 않았다고 하지 않았느냐?"

"하하, 잠시 그들한테 빌려줬다가 다시 찾았지요"

"빌려줬다가 다시 찾았다고?"

"예 대장 언니. 내가 누굽니까. 그래 봬도 한양에서도 둘째 가라면 서러운 소매치기 왕자인데 그 정도에 걸려들면 되겠수. 처음 포졸이 나를 수색하려 들 때 멀쩡한 사람한테 왜 이러냐면서 싱갱이하는 척하고 그자의 소매 안에 슬쩍 패물을 넣어놨었지요. 그리고 마지막에 억울함을 풀어줘서 고맙다는 인사치레를 하면서 와중에 다시 꺼내 왔으니, 그들한테 빌려 줬다가 다시 찾은 게 아니고 무엇이오"

"하하하, 그랬구나. 장한 일을 했다기엔 좀 그렇다만 너의 손놀림이 신묘하고 위기의 상황에서도 빠져나오는 수완을 발휘한 것은 높이 살만하다"

"하하하 절묘하다. 절묘해. 그래 장물을 넘기고 받은 돈은 어떻게 했냐?"

"벌써 똥이 됐다. 이놈아 하하하"

웃다 보니 걱정이 되었다. 장미가 아이들에게 말했다.

"그자의 이름은 윤석범이다. 대제학 이 대감의 세작이란다"

"예?" 아이들이 모두 놀란다.

"이문덕의 서얼인데 칼솜씨로는 조선 땅에서 그를 당할 자가 없다고 한다. 마주치지 않도록 특히 조심해야겠다"

"흐윽"

"그 정도랍니까?"

귀석이와 문득이도 차례로 놀라움을 표시했다.

"아까 시장에 오기 전에 김조이 성님을 만나서 들었다. 내가 벌써 그자가 누군지 알아달라고 했었거든. 그건 그렇고 너희들이 곤욕을 치르면서 짐작했겠지만 내가 요주의 인물이됐다. 우포청의 김경철이라는 포도부장이 내 뒤를 캐는 모양이다. 그자가 무슨 까닭으로 나를 찍었는지 거기까진 잘 모르겠다. 이래저래 어수선하다. 우리 모두 쓸데없는 일에 휘말리지 않게 당분간 조심하자"

"예. 대장"

아이들에게 말한 것처럼 장미는 조신하게 지냈다. 그러나 윤경이 그리워서 견딜 수 없었다. 그렇다고 다시 만작당으로 달려갈 수도 없으니 말 그대로 벙어리냉가슴이었다. 참다못한 장미는 윤경의 한양집을 찾아갔다. 그저 먼발치에서 윤경이 태어나고 자랐다는 집이라도 보고 오면 답답한 가슴이 풀릴 것 같아서였다.

윤경의 집은 인왕산 아래 자하골지금의 종로구 청운동에 있었다. 한양의 북소문인 창의문을 사람들이 보통 자하문이라고 불렀는데, 자하문 아래에 있는 동네라고 해서 자하골이 되었다. 몇 차례 묻고 물어 장미가 윤경의 집골목 어귀에 막 다다랐을 때 골목 안 어느 집 대문으로 들어가는 남자의 뒷모습이 눈에 들어왔다. 영락없는 윤경이었다. 장미는 자기 눈을 의심했다. 윤경이 이곳에 있을 리가 없기 때문이다. 그는 지금 백 리 밖에 있어야 하는 사람이다.

'그렇다면 내가 본 것은 누구란 말인가?'

장미는 윤경으로부터 그와 두 살 터울의 동생이 있고, 그가 자신을 쏙 빼닮았다는 말을 주위 사람들에게서 듣는다고 했던 말이 떠올랐다.

'비슷한 남자의 뒷모습만 보고도 가슴이 뛰다니 내가 제정
신이 아니구나'

장미는 자신을 나무라며 뒷모습을 남기고 사라진 남자의
집 주위를 한참이나 맴돌다가 돌아왔다. 장미가 본 뒷모습의
남자가 바로 윤경이라는 것을 우리는 알고 있다.

방으로 들어온 윤경은 문갑 속에 넣어두었던 서찰들을 꺼
냈다. 만작당에 내려가 있을 때 순정이 숫마루장 안에 남겨두
었던 것들이다. 순정이 마지막으로 남긴 시 한 수. 윤경은 찬
찬히 다시 읽어보았다. 아무리 다시 봐도 서로의 연정을 품은
남녀 사이에서나 오가는 애틋함이 느껴진다.

어두운 밤하늘에 구름이 몰려오니
나무 그늘 그림자 희미하여라
낙화는 물에 떠 개울따라 흐르고
어린 제비도 제 집을 찾아가네
꿈길에도 이루지 못할 꿈이런가
하늘엔 기러기조차 날지 않는구나
눈에 선한 우리 님은 어디 계실까
꾀꼬리 울음소리에 옷깃을 적시네

단오절 날 함께 사장을 향해 가던 중에 순정이 별안간 사라졌다. 그리고 뜬금없이 이 시 한 수를 남기고 종적을 감췄다. 외가댁 비복들을 동원해 순정을 수소문했지만 찾을 수 없었다. 왕의 부름을 받고 급히 올라오느라 이후의 사정은 알 수 없다.

순정을 그리워하다가 윤경은 문득 자신이 자신을 기만하고 있다는 걸 깨달았다. 정작 자신이 잊지 못하는 대상은 순정을 빼닮은 이름 모를 여인이다. 그랬다. 순정과 그렇게 빨리 깊숙한 정을 나누게 된 것도 실은 그 여인 때문이었다.

사장에서 처음 먼발치 거리를 두고 만났다. 그리고 몇 차례 길에서 마주쳤다. 그러니 보았다고 해야 얼마나 보았겠는가. 그러나 그 짧은 순간의 접점으로도 꽃은 핀다. 한눈에 반하는 사랑. 운명의 연분은 이렇게 맺어진다. 윤경은 스스로 부정하기도 해보았지만 어쩔 수 없이 그 용모가 주는 마력에 그만 빠져들었다.

장옷에 가려진 얼굴, 여종에게 뭔가 묻느라 살짝 내려진 장옷 사이로 보이는 얼굴, 스쳐 지나갈 때의 고개 숙인 얼굴, 그리고 알 수 없는 향기. 매일 밤 그녀의 얼굴이 떠올라 잠을 설치기 일쑤였다. 그러다 여인이 쓴 편지를 들고 여종 아이가 자신을 찾아왔다.

'아 그때 그 아이를 그렇게 보내지 말아야 했어'

윤경이 당시에 여종 아이를 차갑게 돌려보낸 이유가 있었다. 편지를 들고 온 아이가 이렇게 말했다.

"우리 아씨께서 선비님의 책을 읽으신 후, 감화 감동하여 마음을 주체할 수 없으시니, 그 마음 그대로를 한달음에 적으셨다 합니다. 내당 깊숙한 규방 여인의 몸이시라 망설이고 망설이시다 쇤네를 통해 전해 올리는 것입니다. 부디 받아주소서"

지극히 예의 바른 말이다. 그런데 윤경은 그 서찰을 받아들이지 못했다. 그는 '암탉이 울면 집안이 망한다.' 식의 사고를 하는 남자는 아니었다. 외가댁 노복들에게 폐를 주기 싫어서 손수 밥을 차려 먹을 정도로 나름 균형 잡힌 사람이다. 그러나 그렇다 해도 여성을 대하는 태도나 생각하고 있는 만큼은 당대의 대다수 조선 남자의 수준을 넘어서지 못했다. 자신이 지은 책을 읽고 어떤 느낌을 받았다고 해서 여인이 먼저 그 마음을 남자인 자신에게 보낸다는 게 낯설어서 쉽게 받아들이지 못했다. 그러다가 오만한 글방 도령이 무슨 세상을 논하나고 적힌 편지가 들창 안으로 날아들었을 때 그는 조금 놀랐다.

'이런 반응은 뜻밖인데...'

정절을 지킨 여인이 어떻고 하면서 유학자의 허울 좋은 명분이 담긴 답장을 보냈지만, 속마음은 그녀의 지적을 따끔하게 받아들였다. 새삼 자신의 어머니나 누이들의 생을 돌아보게 되고, 여성이라는 존재에 대한 자각과 함께 새로운 인식의 차원이 열리는 것을 경험했다. 아마 장미가 그때 한 번 더 여인 그대로의 모습으로 대시했다면 윤경이 무너졌을지도 모를 일이었다.

그즈음에 그녀를 꼭 닮은 미소년 순정이 찾아왔다. 윤경이 순정에게 마음을 뺏겼지만, 실은 장미에게 빠진 거나 다름없던 것이다.

윤경이 이처럼 가을에 있을 식년시에 대비하면서도 이름도 모르는 여인을 그리워하고 있는 것을 알 리 없는 장미에게 이제까지 경험해 보지 못하던 시련들이 몰려왔다. 그 첫 번째 시련의 문턱은 예상했던 대로 포도부장 김경철이었다.

6

김경철은 대갓집 노비 출신이었다. 반항아 기질이 있었던 어린 시절 집을 뛰쳐나와 부랑아처럼 지내다가 우연히 한 포도청 군관의 눈에 들어 그의 심부름을 하다가 아예 포청의 포도군사 흔히 말하는 포졸이 되었다. 이때부터 그의 잠재력이 발휘되었다. 사건처리에 공을 세우면서 차근차근 올라가더니 어느새 군관의 자리에까지 올랐다.

우포청 군관으로 있으면서 병판 댁 피습사건 때 내금위에서 파견 나온 겸록부장의 지휘를 받았다. 그 사건이 오리무중의 미제사건으로 치부되고 흐지부지된 것을 두고 매우 아쉬워했다. 이후 김경철은 장안을 떠들썩하게 만들었던 검계 폭력 조직인 해동청의 본거지를 급습하고 일망타진하는데 혁혁한 공을 세워 일약 포도부장으로 승진해 포청 내의 살아있는 전설이 됐다. 말단 포졸에서 포도부장까지 올라온 전례가 없었기 때문이다.

김경철이 하루는 막역한 사이인 박수찬을 만나 술을 한잔 걸쳤다. 박수찬은 백자동 청풍부원군 댁의 겸종謙從, 양반집에서 잡일을 맡아보거나 시중을 들던 사람으로, 기세부리기를 좋아하는 사람이었다. 술이 들어가자, 그의 목소리가 커졌다.

"종전까지 병판을 지낸 이수룡 대감 말이야. 요즘 사정이 딱하기는 하지만 나는 하나도 동정이 가지 않는다네"

"그건 또 무슨 소린가?"

김경철이 속으로는 바짝 더듬이를 세우면서도 겉으로는 심드렁히 물었다.

"전에 그 댁에서 우리 백자동 댁에 말을 판 일이 있었다네"
"그런 일이 있었나?"

"어, 아주 좋은 말이었지. 우리 부원군 나리께서 무척 좋아

하셨거든. 그 댁 하인이 말을 가져왔는데, 그자가 말을 직접
돌보고 했다더군. 나리께서 이건 수고한 네 몫이라 하시면서
약정한 말값 외에 돈을 따로 더 챙겨주시기까지 했지!"

"허 부원군 나리께서 말이 정말 마음에 드셨나 보네!"

"응, 말이 아주 훌륭했네. 나리께서 술을 내오라 하시더니
그자에게 손수 홍로주를 몇 잔이나 따라주실 정도였으니까"

"허이구, 그자가 횡재를 했구만"

"우린 다 그런 줄 알았지"

"왜, 무슨 일이 있었나?"

"그 홍로주가 말이야. 백자동 댁에 대대로 내려오는 비법으
로 담근 소주증류주인데 마실 땐 술술 잘 넘어가지만 마시다 보
면 그 자리에서 일어나지도 못할 만큼 취한다고 해서 앉은뱅
이 술이라고 부르는 술이거든. 병판 댁 하인이 집으로 돌아가
다가 그만 길가에서 잠이 들어버린 거야"

"허허, 저런 그런데?"

"밤기운에 겨우 정신을 차리고 겨우 집으로 돌아왔는데, 이
딱한 사람이 그만 말값으로 받은 은자를 어디에 풀어놓았는
지 기억이 나지 않는 거야"

"그게 얼마였는데?"

"백색 은자로 쉰 냥이었네!"

"어이쿠, 큰돈이네!"

"큰돈이지. 이 자가 이제 죽었구나 하고 대감 앞에 현신도 못 하고 끙끙 앓고 있는데 은인이 나타났어. 잃어버린 은자를 들고 병판 댁을 찾아온 이가 있었던 거야"

"호오, 그 사람이 누구였나?"

"기향이라고 들어봤나?"

"기향이?"

"한 때 종루 뒤에서 날리던 기생이었지. 그 집 창두가 은자 보따리를 고스란히 들고 온 거야. 기향이한테 딸이 하나 있는데, 그 처녀가 새벽길에서 은자를 담은 피봉을 습득하고 돈 임자를 찾아주려고 했다는군. 거기까진 좋았지"

"아직 얘기가 남았나?"

"내가 왈왈거리는 건 사실 이제부터 일 때문이라네"

"?"

"병판이 자기 집 하인을 때려죽여 버렸어."

"!!"

"장을 쳤다더군. 오죽 모질게 많이도 때렸으면 매를 맞고 사람이 죽나. 나중에 그 전말을 듣고 우리 부원군 나리께서 몹시 서운해하셨지. 당신 때문에 그 집 노복이 죽어 나갔다고. 술을 먹인 걸 후회하신 거야. 당신 체면을 봐서라도 병판이 그럴 수는 없다고 하시면서 엄청나게 언짢아하셨다네. 나는 병판이 죗값을 그런 식으로 받은 거라고 생각하네. 은자를 끝내 찾지 못했다면 모르되 고스란히 되돌려 받았는데 사람을 왜 죽이나. 그 속을 참 알 수 없는 일이지!"

김경철은 박수찬의 말을 그런 일이 있었더랬군 하며 그냥 흘러듣는 척했지만, 박수찬 말 중에 죗값이라는 말에 주목했다. 평소의 박수찬이 의를 앞세우는 다혈질인 건 알고 있지만 관계도 없는 제삼자인 그가 죗값을 운운했다. 그런 사람이 또 없으란 법 없다. 김경철은 곰곰이 생각해 보았다.

'누군가 그 죗값을 물으려 한 다른 이가 있었다면? 말값 때문에 하인이 죽은 일과 관계가 있다면? 은자를 담은 피봉을 습득했다는 기생 딸은 새벽길에 왜 나섰을까? 하인을 둔 여염집 규수가 새벽부터 돌아다닌다?'

다음날 포청에 나온 김경철은 사건일지를 들춰보았다. 거기에서 그가 기다리던 단서가 나왔다. 병판 이수룡의 진술 기록이었다. 이수룡에 의하면, 주범으로 보이는 자가 체구는 작지만 매우 민첩하고 날렵했다고 진술하고 있었다.

'온통 흑두건으로 얼굴을 가렸으니 분간하기 어려웠을 것이다. 그런데 흑두건 속의 인물이 혹시 여인이었다면 어떻게 되나'

이렇게 오직 그간의 수사 경력과 자신의 감에 의지해 김경철이 장미를 주목하게 되었다. 김경철은 포교들을 풀어 장미의 뒤를 캤다. 특이 동향은 없었지만, 장미가 주변의 악소년들을 돌봐준 적이 있다는 첩보가 있었다. 그의 감이 맞아 떨어지는 것 같았다. 김경철은 즉시 부하들에게 명령을 내렸다.

"그 아이들을 죄다 잡아들여라!"

이렇게 하여 귀석이며 문득이며 장미를 대장이라 부르며 따르던 악소년들이 줄줄이 잡혀 왔다. 녀석들은 약속이나 한 듯이 장미에 대한 진술이 똑같았다. 그저 어렸을 때 동네에서 알게 된 언니로, 어쩌다 먹을 것을 사주기도 해서 고마운 마음을 지니고 있을 뿐이고, 그 집 어머니가 자기들과 어울리는 걸 몹시 싫어해서 근처에는 얼씬도 못 했다는 거였다. 기향이 악소년들을 꺼린 것은 사실이기도 했기 때문에 아이들의 진술이 일관되고 거짓이 없어 보였다. 진전이 없자 김경철은 장미를 소환해서 자신이 직접 추문해 보기로 했다.

드디어 장미가 김경철 앞에 끌려왔다. 장미가 보기에 김경철은 몸에 피가 흐르지 않는 사람 같았다. 메마른 얼굴에 표정을 읽을 수 없는 차가운 인상이었다. 탁자를 사이에 두고 마주 앉았다. 한쪽에서 포청 관원 한 명이 두 사람의 대화를 기록했다.

김경철은 장미를 뚫어져라 바라보았다. 고개를 조금 숙이고 앉아 있는 모습이 단아하다. 눈에 띄는 미인인데 매우 총명해 보인다. 발그레한 볼에 젖살이 남은 게 아직 어린 티가

난다. 외모로 보아서는 자신의 추측과 전혀 맞지 않았다. 그가 장미에게 불쑥 물었다.

"네가 새벽길에 은봉을 발견했다고 들었다. 다 큰 처녀가 새벽에 집을 나선 까닭이 무엇이냐?"

장미는 고개를 숙인 채 대답했다.

"집을 나선 것이 아니오라 집으로 돌아오고 있던 중이었습니다"

"집으로 돌아오고 있었다?"

"예, 그 전날에 양주골에 있는 친지 댁에 인사드리러 갔다가 돌아와야 했는데, 소녀가 그만 그 댁에 제 말동무 또래가 있어 둘이 정답게 말을 주고받다 보니 시간이 가는 줄 모르고 지체하다 어느새 저녁이 되었습니다. 어른들이 밤길이 위험하니 자고 아침 일찍 떠나라고 하시어 꼭두새벽에 동소문이 열리기를 기다려 서둘러 집으로 돌아오는 길이었습니다. 집 거의 다 왔을 때 길옆 풀숲에 웬 푸른 보자기가 하나..."

"그건 됐고, 그 친지 댁이 양주골 어디인가?"

"네? 그게 되너미고개_{미아리고개}에서 오리쯤 더 가면 되는데요. 아, 가오리라고 하더이다"

앞뒤 말의 사연이 정연하고 짜맞춘 기색이 없다. 양주골이나 가오리에 대한 설명도 대충 둘러댄 것이 아니고 실제로 다녀보지 않고는 말할 수 없는 것을 말한다. 김경철은 나머지

의문점을 확인하려고 다시 단도직입적인 질문을 던졌다.

"악소년들이 왜 처자를 따르는가?"

장미가 그 질문에 짐짓 놀란 얼굴을 한다. 그러나 이내 미간을 찡그리며 대답했다.

"예전엔 그랬지만 지금은 그렇다고 말하기 어렵습니다"

전에는 그랬고, 지금은 아니다?"

"예, 어렸을 때 동네에 나가보면 양친도 없이 굶주리고 헐벗은 아이들이 많았습니다. 소녀는 이상하게 그 아이들이 눈에 밟혀서 어머니 몰래 부엌에서 먹을 것과 하인들이 입지 않는 옷을 챙겨서 그 아이들을 먹이고 입히고 했었지요. 그런데 나이가 차니 남녀가 유별한데 언제까지 그럴 수 있겠습니까. 거기에다 어머니가 그 아이들을 몹시 꺼리셔서 거리를 두다 보니 차츰 멀어지게 되었지요. 사실 소녀는 아직도 그 애들한테 어릴 적 정이 남아있지만 따로 표현하지는 못하고 있습니다"

장미가 동네의 떠돌이 아이들을 불쌍하게 여기고 도와줬다는 말이 김경철 가슴에 와닿았다. 그 자신 또한 어린 시절 부랑아 시절을 보내면서 춥고 배고팠던 기억이 있다. 당시에 잘사는 집 아이가 그에게 따뜻한 밥 한 끼라도 먹게 해주었다면 그 고마움을 절대로 잊지 못할 것이다.

장미가 주범일 수 있다는 혐의의 가능성이 점점 희박해지는 것을 김경철 스스로 느끼고 있었다. 김경철이 옆에서 대화를 기록하고 있던 부하에게 명령했다.

"더 물을 것이 없으니, 집으로 돌려보내게" "예"

부하 관원이 일어섰다. 장미가 김경철을 똑바로 바라보며
말했다.

"소녀는 아직 소녀가 이곳에 끌려온 까닭을 알지 못합니다.
나리께 감히 청하옵니다. 부디 그 까닭을 알려주소서"

민완 수사관으로 잔뼈가 굵은 김경철이 놀랐다. 옆에 있던
부하도 눈이 휘둥그레지면서 김경철의 눈치를 살폈다.

"당돌한 계집이로다. 네가 지금 나에게 수사 기밀을 말해달
라고 청한 것이냐?"

김경철이 발끈했다. 장미가 고개를 숙이며 말했다.

"미천한 계집이 감히 어찌 그런 걸 바라겠습니까. 소녀는
포청으로 불려 오면서 그만 놀란 마음에 놀람 병을 얻었습니
다. 더 물을 것이 없다시니 천만다행이지만 놀란 가슴은 여전
합니다. 하오니 병을 삭이는 말씀의 약방문을 청해 올린 것이
옵니다. 헤아려주소서"

"말씀의 약방문이라고? 그 말은 곧 죄 없는 사람을 잡아 와
놀라게 했으니 미안하게 됐다고 사과라도 하란 말이렸다"

"꼭 들어맞지는 않지만 비슷하옵니다"

"하하하, 알았다. 내 사과의 뜻에서 너를 집까지 바래다주
도록 하겠다. 그럼 되겠느냐?"

"여부가 있으오리까"

옆에 서 있던 부하 관원은 깜짝 놀랐다. 김경철이 웃는 걸 처음 보았기 때문이다. 김경철이 웃으며 부하에게 말했다.

"이보게. 아이들을 시켜서 이 처자를 집까지 안전하게 호위하여 데려다주게"

"예, 알겠습니다. 처자는 그만 일어서고 나를 따라오시오."

김경철이 먼저 일어섰고, 장미도 따라 일어서려는 찰나였다. 느닷없이 김경철이 자기 앞에 있던 물그릇을 장미 앞으로 휙 밀어버렸다. 그는 기꺼이 장미를 풀어주는 이 순간에 마지막 테스트를 해 본 것이다.

이수룡의 진술 기록에는 주범이 민첩하고 날랬다고 되어 있다. 혹여 무술을 익힌 자라면 순간의 상황에서 저도 모르게 반응하게 될 것이다. 김경철이 노린 것은 바로 그 점이었다. 기대와 달리 장미는 맥없이 물그릇을 뒤집어썼다.

"에구머니나"

물그릇을 안고 엉덩방아를 찧는 모습이 영락없이 순박한 동네 처녀였다. 용의주도한 김경철의 필살기를 잘 받아낸 장미가 얼굴을 붉히며 일어섰다. 김경철이 어림도 없는 변명을 했다.

"모서리에 발이 걸렸다. 괜찮으냐?"

장미는 부끄러움을 감추지 못하면서도 난처함을 그대로 드러내는 동네처녀 연기를 해내느라 입을 삐쭉거리며 말했다.

"몰라요. 옷이 다 젖었으니 창피해서 길에 나서긴 다 글렀습니다"

"하하하 미안하게 됐다"

7

이렇게 장미가 첫 번째 문턱을 넘어가고 있을 때 다음 차례의 문턱이 덜컥 장미 앞에 다가왔다. 이번 두 번째 시련의 제공자는 소원룡이었다. 소원룡. 우리는 이 이름을 이미 들은바 있다. 기억하는가. 김조이가 말했던 대도덕하 소적창룡의룡. 오정창의 오른팔이라고 할 수 있는 바로 그 소원룡이 장미의 새로운 대적자로 나선 것이다.

김경철이 붙여준 포졸 두 명이 장미를 집 앞까지 호위하여 데려다주었다. 홀가분한 기분으로 장미가 대문으로 들어설 때였다. 문에 햇빛 조각이 일렁거렸다.

'어라? 이건 애들이 보내는 신호인데'

장미가 돌아보니 동네 민가들 사이 구석 한쪽에서 빛이 반짝이고 있다. 장미와 악소년 아이들은 작은 색경을 가지고 이렇게 자기들만 아는 신호를 보내곤 한다. 장미가 다가가니 문득이었다.

"포졸들이 함께 와서 놀랬잖수"

"하하, 저이들이 서린방에서 여기까지 날 호위했단다. 놀랠 만도 하지"

"지금 웃을 때가 아니우"

"왜 시장에 무슨 일이라도 생겼느냐?"

"귀석이가 잡혀갔수"

"뭐라고? 누구한테?"

"명확하게는 모르겠수. 시장에서 연희 마치고 쉬고 있는데 처음 보는 왈짜패가 몰려와서 다짜고짜 놀이패 애들을 아작 내고 귀석이만 붙잡아 갔다니까"

"처음 보는 왈짜패? 그럼, 어디로 끌려간 줄도 모른단 말 이냐?"

"그렇게 됐수"

"안 되겠다. 애들 되는대로 모아봐라. 저녁때 모여서 머리 맞대고 궁리 해보자"

"알았수"

오랜만에 장미를 따르던 악소년들이 칠패시장에 한데 모였다. 시장상인들이 귀석이네 놀이패에게 쉼터로 내준 곳이었다. 저마다 그사이 알아낸 정보들을 가지고 짜맞추어 보았다.

발단은 훈련원 인근에 살던 양반댁 처녀 보쌈 사건 때 장미와 아이들이 나서서 처녀를 구해준 일 때문이었다. 장미는 그후 병판 집 말값 관련 사건에 온통 신경을 쓴 데다 윤경과의 로맨스 아닌 로맨스로 온 정신을 쏟아붓느라 뒤의 일은 까맣게 잊고 있었다. 그런데 그때 양반집 처녀를 첩으로 만들려고 한껏 들떠 있다가 닭 쫓던 개 꼴이 된 못된 양반놈은 그렇지 않았다. 도대체 어떤 놈들이 자기의 계획을 망쳐놨는지 알아내려고 혈안이었다.

그러던 중 그때 장미 무리에게 습격을 당했던 무뢰배 중에 한 놈이 칠패시장에 놀러 왔다가 광대놀이를 하는 귀석을 보게 되었다. 이놈이 한눈에 귀석이가 당시에 자기들을 습격했던 무리에 끼어있던 것을 알아봤다. 그렇게 돼서 놈들이 벼르고 별러 귀석이를 잡아간 것이다.

"그 양반놈 이름이 무엇이더냐?" 모임을 주도하면서 장미가 말했다.

"소원택이라는 자인데, 소원룡이 친동생이랍디다"

배오개시장을 잡고 있는 길영이가 바로 알려준다. 길영이는 나이도 장미보다 세 살이나 위고 지금은 이현 지역을 주무대로 하는 악소년 무리의 패두牌頭였다. 뒷골목 왈짜패의 위계로는 장미보다 윗길이라고 할 수 있지만, 장미 앞에서는 언제나 어렸을 때와 마찬가지로 대장 자리를 양보하고 장미를 대장으로 대접해 왔다.

"소원룡이면 오정창이 밑에서 못된 짓만 골라한다는 그자 아니냐?"

"맞수. 난형난제라고 못된 짓으로는 두 놈이 한 발치도 뒤지지 않는다고 봐야할 거유"

"골 아프게 됐구나. 그자 집이 어디인지는 아느냐?"

"예. 홍인문 밖 관왕묘동묘 인근인데, 임금님 계신 대궐 못지 않게 으리번쩍 하답디다."

"귀석이가 그리로 끌려간 게 확실하구나. 이렇게 하자. 귀석이가 고생할까 봐 마음에 걸리지만, 시간이 걸리더라도 꾀를 내서 상대해야겠다. 우리가 바라는 건 일단 귀석이가 탈 없이 풀려나는 거다. 소원택인지 뭔지 하는 놈이 왈짜패를 데리고 있는 걸 보니, 숫자로 놈들을 제압하고 귀석이를 빼내오는 건 쉽지 않겠다. 이럴 땐 놈의 약점을 찾아야 한다. 오늘은 늦었으니 글렀고, 내일모레 이틀 동안 각자 흩어져서 그놈한테 접근할 방도를 알아보자. 그리고 모레 저녁에 다시 모여서 어떻게 할지를 정하는 거다. 길영이 네가 그 지역을 잘 아니 특히 수고를 해야겠다"

"예 대장"

"문득아, 귀석이네 놀이패 애들은 어떻더냐. 많이 다쳤는가?"

"안 그래도 오기 전에 가봤는데, 한 애가 작대기로 맞은 데가 부어서 누워있고 다른 애들은 크게 다치지는 않은 걸로 보입디다"

"오늘은 이만하고 모레 다시 보자. 나갈 때 우르르 몰려 나가지 말고, 한두 명씩 흩어져서 나가라. 혹여 보는 눈이 있을지도 모르니까"

"예. 대장"

이틀 후 장미와 아이들이 다시 모였다. 역시 길영이가 쏠쏠한 정보 두 가지를 가져왔다. 우선 첫째는 귀석이가 잡혀있는 곳이었다. 귀석이는 소원택 집의 광에 갇혀있고, 왈짜패가 지키고 있다는 거다.

소원택이 사는 집 앞에 움막을 짓고 사는 갖바치 형제들이 있다. 이들은 평소에 이 집 하인들과 가깝게 지내면서 자연히 이 집에서 벌어지는 일을 주워듣고 있었는데 길영이의 이현 패가 이 갖바치 형제들로부터 귀석이가 잡혀있는 곳을 알아낸 것이다. 둘째는 장미가 말했던 소원택의 약점이었다. 길영이가 신이 나서 말을 꺼냈다.

"잘하면 이걸로 협상거리가 될 것 같수" "협상?"

장미가 물었다.

"예. 대장. 소원택인지 소대가린지 이놈이 말이유. 고신과

녹패를 위조해서 벌써 죽은 지 십 년도 더 되는 사람 녹봉을
태창太倉에서 받아먹고 있다는 걸 알아냈수"

"뭐야? 그럼 죽은 사람을 안 죽은 걸로 만들어서 녹봉을 받
아 챙긴단 말이야?"

"그렇수. 안 그래도 돈방석에 앉은 놈이 그런 짓까지 할 줄
누가 알았겠수"

사정은 이랬다. 소원택이 이부吏部에 있는 서리와 짜고 이미
죽은 종실 사람의 고신을 위조했다. 그리고 호부에 있는 서리
와 모의해서 녹패를 만들었다. 고신은 벼슬아치에게 주는 임
명장이고 녹패는 관인들이 받는 녹봉 증빙서다. 간도 크게 공
무원 임명장과 월급 지급 확인서를 위조한 것이다. 그렇게 만
든 허위 문서를 태창광흥창에 제출하고 벌써 십 년째 해마다 네
차례씩 녹봉을 타 먹고 있었다.

소원택의 노복들이 녹봉 환곡을 받으러 태창에 갔다가, 역
시 주인의 녹봉을 받으러 왔던 다른 집 하인들과 패싸움을 벌
인 일이 있었는데, 와중에 비리 사실 일부가 샜지만, 상대도
부패한 관료 집안이어선지 큰 문제가 되지는 않았다. 그러나
매처럼 소원택 주위를 맴돌던 길영이네 레이더망에 이것이
때맞추어 걸려들었다. 앞뒤를 재본 장미의 머릿속이 빠르게
돌아갔다.

"이렇게 하자. 우리가 직접 소대가리를 상대하지는 않는다.

대신 상대는 이 일에 관여한 그 서리놈들이야. 우리 쪽에선 문득이가 협상자로 나선다. 이부나 호부 서리 중 마땅한 자 하나를 골라라. 이 일이 고발되면 소원택이는 태형에 감옥형 정도를 받겠지만 관인들은 참형 아니면 유배형이다. 그러니 그놈들이 더 벌벌 떨게 분명해. 그놈들을 끌어들이는 거야. 똥줄이 탄 놈들이 나서서 소원택을 움직이게 만들자는 말이다. 귀석이만 풀어주면 없던 일로 하겠다고 해. 문득이 네가 나서는 명분은 뭐냐? 너는 칠패시장 상인대표 역할이다. 귀석이가 없으니, 사람들을 끌어모으던 광대놀이를 못 하고 그러다 보니 안 그래도 다락원이다 송파장이다 해서 사람을 뺏기고 시장을 찾는 사람이 줄어서 도대체가 장사가 안된다. 그래서 우리들이 나선 것이다~라는 명분을 걸어. 귀석이가 돌아와서 광대놀이를 계속할 수 있으면, 그게 바라던 거니까 우리는 됐고, 니네들도 아무도 다치는 사람이 없다. 서로 다 좋은 거 아닌가. 이런 식으로 놈들을 몰아가라. 지들이 협상에 나서지 않고는 못 배길 거다"

　장미와 아이들은 즉시 행동 개시했다. 장미의 예측대로 대경실색한 이부의 서리놈이 호조 서리놈 한테 달려갔고, 두 놈이 한꺼번에 소원택을 찾아가 귀석이를 풀어달라고 통사정했다. 소원택도 어쩔 수 없었다. 귀석이를 잡아 족쳐 분풀이하려던 계획을 포기했고 즉시 귀석이가 풀려났다. 이것으로 소원택과의 일전을 마쳤지만 그냥 이대로 물러날 장미가 아니었다. '자에는 자로' 장미의 원칙이 남아있었다.

어느 날 길영이가 소원택의 집으로 직접 가서 소원택을 만났다. 길영은 소원택 앞에 네모난 보석함 하나를 꺼내놓고 말했다.

"대인께서 마음에 들어 하실까 하여 가져와 봤습니다"

"이것이 무엇이오?"

소원택이 묻자, 길영이 말없이 보석함을 열었다. 안에서 달걀만 한 크기의 돌이 나오는데 신기하게도 밝은 빛을 내는 야광주夜光珠였다.

"호오, 돌에서 빛이 나는군"

"돈의문 밖 모화관에 상주하고 있는 청국 관원이 소지한 물건이지요"

"그럼 중국에서 온 물건이겠군:

"그렇습니다. 그 사람이 연경에서 칙사들이 우리나라에 사신으로 올 때마다 제법 귀한 것들을 많이 받아 챙겨두는데, 그래선지 물건을 구하려는 이들이 줄을 서지요. 소인은 개성에서 인삼을 취급하는 도고인데, 어쩌다 그 관원과 통하게 되어 꼭 나를 찾아 거간 일을 맡깁니다. 구매하고 싶어 하는 이들이 많지만 우선 대인께 먼저 보여 드리려고 이렇게 왔습니다"

"허허 그랬구만... 중국 사신들이 올 때마다 더러 귀한 물건을 가져와서 뒷거래로 많은 돈을 쓸어간다는 말을 들었는데 이것도 필시 그런 물건이겠군"

"소인이 대인께 먼저 보여 드리는 이유가 있습니다"

"그게 무엇이오?"

"머지않아 새로 칙사가 한양으로 들어오는데, 이번에 칙사로 오는 이가 어디서 들었는지 우리나라 인삼 중에도 강삼^{평안}_{도 강계산 인삼}이 좋다면서 강삼을 꼭 구해놓으라고 했답니다. 중국 관원은 그 사람한테 밉보이지 않아야 계속 눌러앉을 수 있으니,

애가 탈 밖에요. 이 물건 값어치에 못 미쳐도 좋으니 꼭 강삼으로 바꾸어달라고 소인을 조르고 있지요. 댁내에 강삼이 있다는 말을 얼핏 들어서 혹여 이 물건과 교환할 의사가 있으신지 여쭙고자 합니다."

"강삼은 귀한데, 어느 정도 양을 원할꼬?"

"한 관 정도면 되지 않겠습니까?"

"한 관이나? 그러면 천금과 맞먹는 값어치인데..."

"이 물건을 사겠다는 이들이 수천금도 마다하지 않는데 천금이면 수지맞는 거래라고 할 수 있지요. 이걸 꼭 사겠다는

어떤 이는 이걸 사서 부산포의 초량 왜관으로 가져가면 바로 오천금을 받아낼 수 있다고 합니다. 왜놈들이 중국 물건에 사족을 못 쓰니까요. 청국 관원이 워낙 강삼을 고집해서 이러고 있지만, 실은 저도 거간꾼의 입장이라 많은 돈을 주겠다는 이들을 굳이 떨치기도 애매하긴 합니다. 거래 액수가 클수록 제 앞으로 떨어지는 이문이 크니까요."

이렇듯 길영의 구변에 넘어간 소원택이 자기 집 곳간에 있던 강삼 한 관을 내주고 야광주를 얻었다. 한밤중에도 빛이 나는 야광주를 보면서 소원택은 기쁨을 감추지 못했다. 야광주를 바라보고 있으면 절로 입꼬리가 올라갔다. 기쁨이 큰 나머지 소원택은 자기 형인 소원룡에게도 야광주를 보여주고 자랑질했다. 그러자 소원룡이 대뜸 야광주를 빼앗아버리는 게 아닌가.

소원룡은 강삼으로 천금 어치가 갔다니, 이백금을 우선 주고 나머지는 후에 주는 것으로 하고 이 물건은 내가 갖겠다고 아예 선언해 버렸다. 애첩을 형한테 빼앗겼을 때보다 더 아쉬움이 컸던 소원택이 이런 법이 어디 있냐고 화를 내며 저항을 해봤지만, 소원룡은 눈 하나 까딱하지 않았다. 그의 기질로 볼 때 나머지 돈은 뜯긴 거나 다름없었다.

소원룡에게는 속셈이 있었다. 그도 이 야광주가 몹시 탐나기는 마찬가지였지만 더 큰 것을 위해 그 정도는 희생할 생각이다. 바로 얼마 후 오정창의 생일이 다가오고 있기 때문이었다. 해마다 이맘때면 생일 선물로 또 어떤 귀한 것을 갖다 바쳐야 할지가 큰 고민거리였다. 그런데 뜻밖에도 아우 놈이 자랑한답시고 들고 온 물건이 그 고민을 일거에 해결해 줬다. 이 야광주라면 그야말로 점수를 딸 수 있을 게 확실했다.

소원룡의 손을 거쳐 오정창에게 넘어간 야광주는 오정창의 입꼬리도 올려주었다. 평소 둘의 은밀한 관계에도 불구하고 남의 눈을 의식해서인지 오정창은 면전에서 소원룡을 따뜻하게 대한 적이 없었다. 이번에는 달랐다. 그의 손을 덥석 잡기까지 한 것이다. 모처럼의 환대에 족한 기분이 되어서 귀가한 소원룡은 얼마 후 오정창의 호출을 받았다.

어찌 된 일인지 이번에는 전날의 따뜻했던 눈길은 온데간데없고 찬바람이 쌩~하고 불었다. 오정창 앞에 불려 간 소원룡은 갑자기 무슨 일일까 잔뜩 긴장한 채 궁금해하고 있었다. 오정창이 그의 앞에 예의 그 야광주 보석함을 꺼내놓았다. 보석함을 싼 붉은 비단보를 풀지도 않은, 처음 들고 왔을 때의 모습 그대로였다. 순간 소원룡은 뭔가 사달이 났다는 걸 직감했다. 오정창이 싸늘하게 말했다.

"소원장 덕분에 그동안 눈 호강 잘했으니 이제 다시 가져가시게"

이게 무슨 소린가. 오정창은 평소에 소원룡을 소 원장이라고 부른다. 소원룡이 벼슬을 한 적이 없어서 향촌의 유지를 높여 부르는 말을 대충 가져다 붙여 부르는 것이다. 높여 세워주면서도 시골뜨기 취급을 하는 뉘앙스가 담겨있다고 하겠다. 아무튼 생일 선물로 준 것을 도로 가져가라니 소원룡은 갈피를 못 잡고 당황했다.

"마음에 들지 않으시온지..."

말을 끝내지 않으면서 오정창의 눈치를 살폈다. 오정창의 반응은 변함이 없었다. 전혀 눈길을 주지 않는다. 대신 장죽을 재떨이에 땅땅 털어 새 담뱃잎을 채우면서 다시 한마디를 던진다.

"내가 몸이 찌뿌둥하니 좀 쉬어야겠네. 또 봄세"

아예 보료 위 장침에 팔을 기대고 돌아앉아 버린다.

"하옵시면 몸조리 잘하소서. 소인 물러갑니다."

소원룡은 어쩔 수 없이 쳐다보지도 않는 오정창에게 절을 하고 비단보 보따리를 챙겨 뒷걸음으로 방을 나왔다. 밖으로 나온 소원룡이 감이라도 잡아볼 양으로 집사며 하인들을 둘러보았지만, 이들조차 눈을 마주치려 하지 않고 곁을 주지 않아 할 수 없이 성긴 가슴을 안고 집으로 돌아와야 했다.

집에 돌아오자마자 소원룡은 바로 비단보를 풀고 보석함을 열었다. 이게 웬일인가. 그 영롱한 빛을 뿜던 야광주가 돌은 여전히 달걀모양의 그 돌이되 빛은 어디론가 사라지고 흔해

빠진 길바닥의 짱돌로 변해버렸다. 오정창이 싸늘해진 이유다. 뒤에 알게 된 사실이지만 오정창도 친구들 앞에서 야광주로 자랑질하다가 개망신을 당했다. 중국산 짝퉁이 얼마나 뿌리 깊은지 실감했을 것이다.

소원룡은 대로했다. 자기가 그랬던 것처럼 동생 소원택이 불려 갔다. 형제가 시정잡배의 사기극에 놀아났다는 것을 인정하자니 너무도 상처가 깊었다. 돈도 제대로 안 주고 물건을 강탈했다고 소원택은 소원택대로 입이 댓 발로 나와있고, 오정창은 이처럼 싸늘하게 돌아섰으니, 소원룡은 진땀이 났다.

서둘러 구한 순금 화로를 대체 선물로 들여보내니 그나마 오정창의 얼굴이 조금 펴졌다. 비용이 만만치 않았다. 이래저래 수천금이 들어갔으니 이백금으로 올 한 해를 넘기려고 잔머리를 쓰다가 수십 배를 치렀으니, 속이 쓰려도 되게 쓰렸다. 이런 수모를 안겨준 놈들을 그대로 둘 수 없다. 소원룡은 염강훈을 불러들였다.

염강훈은 원래 선대왕 시절 대사헌으로 있던 안홍원의 집 겸종이었다. 남인이었던 안홍원은 비변사부제조를 겸직하고 있었는데 제조로 있던 이문덕과 사사건건 대립했다. 이문덕의 사주를 받은 오정창이 안홍원을 탄핵하는 상소를 올렸다. 안홍원은 능력은 있었지만 청렴하다고는 볼 수 없었다, 사람을 쓰는 일에서 지저분한 짓을 한 적도 있었고 자신의 아들을 요로에 천거하는데, 현직의 권세를 사용私用한 일이 있었다. 죄상으로 친다면 이보다 더한 노론 대신들이 수두룩했으나 남인이었기에 화를 피할 수 없었다. 함경도로 유배형이 떨어지고 휘하에 있던 염강훈도 연좌되어 유배형을 받았다.

이때 염강훈을 도운 게 소원룡이었다. 사나운 기질이 있던 염강훈의 쓸모를 계산한 소원룡이 오정창을 부추겨 그를 구출했다. 이때부터 염강훈은 끈이 떨어진 자기 주인을 버리고 변절을 택했다. 소원룡의 사람이 된 것이다.

이후 염강훈은 소원룡의 지시를 받고 시전상인들을 폭력으로 위협해서 그들의 이권을 봐주면서 뒷돈을 챙기는 갈가리 패거리를 조직했다. 소원룡의 고리대금업에서도 한몫했다. 돈을 빌리고 갚지 못하는 이들을 찾아가 폭력을 휘두르고 가산을 빼앗는 일을 도맡았다. 요즘 조폭들이 떼인 돈 추심 사업에 뛰어든 것과 비슷했다. 그뿐만 아니라 남인당의 정객들을 피습하거나 심하면 납치하는 일도 서슴지 않았다. 우리 현대 정치사의 큰 오점인 자유당 시절의 정치깡패 비슷한 역할을 한 것이다. 물론 그 배후는 소원룡이요 오정창이고, 그 위에 이문덕이 있었다. 사정이 이러하니 포청의 포교들도 갈가리들과 마주치는 것을 피했다. 마음 놓고 한양 땅을 활보하게 된 것이다. 염강훈 앞에 검은 돌덩이로 변한 가짜 야광주를 내놓고 소원룡이 말했다.

"연석벼루 만드는 돌만도 못한 이 돌멩이 하나 때문에 내 꼬락서니가 말이 아니니 분해서 잠을 이루지 못한다네. 이걸 팔아먹고 날라버린 개 아들놈을 내 어떻게든 잡아야겠어. 자네가 열일 젖혀놓고 그놈을 잡아 오게. 내 그놈을 필히 갈아먹고 말 테니까"

이것이 소원룡이 장미의 두 번째 시련의 제공자가 된 사연의 전말이다. 한편, 장미와 아이들은 성과의 기쁨을 나누고 있었다. 장미는 우선 강삼을 판 돈의 삼분지 일을 떼어 소원택에게 가산을 뺏긴 양반집 처녀한테 시집갈 때 쓰라고 주었다. 또 삼분지 일은 이번 일을 성사한 공이 큰 길영이네 이현패한테 주고 나머지 돈을 반으로 나누어 반은 고생한 귀석이와 귀석이의 놀이패 운영비로 쓰게 주고 나머지 돈은 문득이와 다른 고생한 아이들에게 골고루 나누어 주었다.

장미는 뱃길로 밀무역하는 중국 상인으로부터 야광주를 구했다. 짝퉁에도 급이 있어서 최상급 짝퉁인 이 물건은 열다섯 냥이나 주고 얻었다. 쌀 한 섬이 닷 냥이고, 콩 한 섬이 두 냥이니 열다섯 냥이면 쌀 석 섬을 살 수 있는 나름 거금이다. 제법 밑천을 들인 것이다. 그러나 그럴듯한 보석함에 붉은빛이 도는 비단보까지 세트로 구한 이 물건이 천금으로 변했으니, 장사로 치면 말 그대로 일확천금이다.

아무튼 이로써 소원택이 양반집 처녀의 가산을 빼앗고 보쌈까지 하려던 사건이 '자에는 자로' 원칙에 따라 공평하게 처리되었다.

염강훈은 갈가리들을 풀어 뒤지기 시작했다. 멀리 개성까지 아이들을 보내 공을 들이다 드디어 짝퉁 야광주를 팔아먹은 중국 상인을 찾아내는 데 성공했다. 갈가리들이 죽인다고 협박하자 중국인은 순순히 물건을 산 사람의 이름은 모르지만, 한양 사는 미모의 젊은 처자라는 사실을 털어놨다. 장미의 인상착의까지 자세히 확보한 갈가리들이 이를 염강훈에게 보고했다.

소원택과 만나 흥정을 벌렸던 길영이는 너무도 싱겁게 꼬리를 잡혔다. 논공행상을 마친 후 장미는 아이들에게 단단히 입단속을 시켰다. 다른 아이들이 모두 그 지시를 잘 따랐는데 유독 배당금을 많이 받은 길영이네 이현패 아이는 그러지 못했다. 간만에 두둑해진 주머니를 차고 색주가로 몰려가 떠들썩하게 놀고 다닌 것이다. 이 소문이 갈가리들의 레이더에 걸리고 이현패 아이 중 두 놈이 잡혀가 치도곤을 당하고서 입을 열었다.

길영이가 놈들의 함정에 빠졌다. 평소 눈독을 들이던 콧대 높은 기생으로부터 기별받고는 좋아하며 그 기생집에 찾아갔다가 야간 기습을 당한 것이다. 기생을 끼고 잠들어 있던 길영 앞에 날이 시퍼런 칼을 든 놈들이 방문을 걷어차고 뛰어들었다. 꼼짝없이 잡힌 길영이가 소원룡 앞에 끌려 나왔다. 이미 심한 고문을 받고 만신창이가 된 상태였다. 소원룡이 벌겋게 달아오른 인두를 들고 길영에게 다가갔다.

"너 같은 밥버러지 하나 죽여 없앤다고 내가 눈 하나 깜짝하겠느냐. 가짜 돌덩이를 사 갔다는 그 한양 사는 계집이 누군지 그것만 말해다오. 당하는 너도 그렇지만 이게 무슨 서로 간에 할 짓이냐. 그러니 빨리 토설하고 끝내자꾸나."

소원룡이 은근히 길영으로부터 알고 싶은 정보를 캐내려 한다. 그러나 길영은 그 와중에도 목을 똑바로 세우고 소원룡을 노려보며 말했다.

"이보게 소대가리야. 나 비록 저 염가 놈 꾀에 넘어가 이 꼴이 됐지만 배오개 바닥에서 길영이 온다고 하면 울던 아이도 울음을 멈춘다는 그 이현패의 패두 길영이다. 죽어도 사내답게 죽지 구차하게 네 따위에게 목숨을 구걸하겠느냐. 쓸데 없이 시간 끌지 말고, 어서 그 인두로 내 배때기를 지지고 쑤셔 넣어 네놈 말대로 빨리 끝내라"

길영이의 목소리가 당당하고 우렁차서 옆에 있는 염강훈도 속으로 두렵고 놀란 마음을 감추느라 헛기침을 해댔다. 소원룡이 악에 차서 말했다.

"소원이니 그렇게 해보자, 이놈아"

소원룡이 인두를 길영의 뱃가죽에 갖다 대자 살이 타는 냄새와 함께 연기가 피어나는데, 길영이는 인두가 닿을 때 잠깐 움찔하기만 했을 뿐 신음 한 번 지르지 않았다. 그 상태에서 길영의 고함이 터져 나왔다.

"네 이놈 잘 들어라. 내 죽어 황천에 가면 염라대왕 앞에서 무슨 짓을 해서라도 야차든 도깨비든 구천을 떠도는 악귀든 그 무엇이든 되어 네놈을 찾아오고 말리라. 그때 네놈을 어떻게 처단할꼬 하니, 똑똑히 기억해라. 일차로 지옥 대창을 네놈 배때기에 쑤셔 넣어야지. 봄철에 어쭙잖은 곡식 찔끔 내주고 가을철에 이자랍시고 낱알까지 쓸어 받아 처먹었으니, 낙양성의 동탁이 보다 기름진 배때기에 창을 쑤시기가 얼마나 쉽겠느냐. 지옥 창날이 네 등짝을 쑤시고 나오면 네 집 기둥받이에 창대를 걸어놓고 다음으로 지옥도를 번쩍하고 휘둘러 네 놈 두 손모가지를 댕강 잘라주마. 금난전권이네 어쩌네 하면서 애꿎은 상인들을 괴롭힌 대가니라. 다음 차례는 네놈의 두 발모가지가 되겠구나. 네놈한테 정든 집과 공들여 가꾼 전토를 죄다 빼앗기고 울며 떠나는 이들의 무거운 발걸음을 본 적이 있더냐. 네놈 발모가지가 그 슬픈 발걸음 값을 다 치를 수야 없겠지만 댕강 날려서 조금이라도 대가는 치르게 해야겠지. 다음 차례는 오호 그렇지. 네놈의 그 어린애새끼 것만도 못 한 번데기 주름 같은 음경이렸다. 그놈을 싹둑 하고 잘라내어 네놈 집 개한테 던져줘야지. 어이쿠 개새끼 입안으로 날름 사라지네. 그제야 네놈한테 겁간당한 억울한 여인네들의 한이 손톱만큼이라도 풀어질래나? 으하하. 이놈아, 기다려라. 머지않아 나 길영이가 네놈을 찾아오겠다. 으하하!~"

쩌렁쩌렁한 고함에 소원룡의 온 집안 가솔들이 몸을 떨었다. 그날 길영이는 기어이 죽었다. 길길이 날뛰는 소원룡이 인두며 칼이며 길영의 온몸을 난자하고 지져놓아 개창을 내 죽였다. 상황이 너무도 끔찍하여 잔인한 짓을 많이 한 염강훈마저 고개를 돌려 외면할 정도였다.

길영이의 사체는 달구지에 실려 조용히 광희문을 빠져나가 왕십리 들판에 묻혔다. 이렇게 한때 배오개를 주름잡던 풍운아 길영이가 어이없이 세상을 떠났다.

8

장마철도 아닌데 때늦은 여름비가 계속 내리더니 개천청계천이 범람해서 인근 지역들이 물난리를 겪었다. 꼼짝없이 집에 갇힌 장미는 방문턱에 기대앉아 하염없이 내리는 비를 바라

보고 있었다. 뒷마당에 떨어지는 빗방울을 바라보고 있으려
니 낙계촌에서 윤경과 함께 보내던 시절이 떠오른다.

'님의 말씀 절반은 맑으신 웃음'

어느 시인의 시구가 절로 떠오르게 하는 윤경의 해맑은 웃
음. 그 모습이 너무도 그리워서 장미는 미칠 것만 같았다. 장
미의 마음을 알아차리기라도 한 걸까. 줄기차게 내리던 비가
어느새 그치더니 구름장이 벗겨지고 해가 나온다. 담벼락 너
머로 올라온 능소화의 주홍빛이 더욱 선명하게 장미의 눈에
들어왔다.

'어른들이 능소화가 피면 장마가 든다더니 정말 그렇구나'

장미네 집과 담벼락을 사이에 두고 이웃한 집은 양반댁이
다. 능소화는 양반들의 꽃이라 해서 양반꽃이라고도 불린다.
양반이 아닌 집에서는 키울 수 없다. 상관하지 않고 키우다
관가에 끌려가 태형을 치른 사람도 있다. 꽃도 신분을 가린
다. 이런 모순이 따로 없다.

소화라는 이름의 궁녀가 임금님의 사랑을 듬뿍 받았다. 궁
녀로서 올라갈 수 있는 최고의 품계를 받고 부러울 게 없었
다. 그런데 어느 날부터 임금님의 발길이 끊어졌다. 애를 태
우며 임금님을 그리던 소화는 그만 병을 얻어 죽고 말았다.

죽은 소화는 꽃이 되어 대궐의 화단에서 여전히 임금님을 그리워했다. 능소화에 얽힌 전설이다. 그리움이 병이 되면 꽃이 된다. 장미가 그랬다. 이름마저 장미 아닌가.

'내가 전생부터 그분을 못 잊어 이생까지 따라온 것일까. 이생 또한 장미라는 이름으로 태어나 여전히 그이를 그리워하다 말아야 하는 운명일까?'

장미는 이대로 있을 수 없었다. 날도 모처럼 갰다. 장미는 옷을 갈아입고 장옷을 들쳐 쓰고 집을 나왔다. 한달음에 윤경의 집이 있는 자하골까지 오고 말았다. 먼발치에서 그분이 나고 자란 집을 바라보기라도 해야 숨통이 트일 것 같았다.

골목 어귀에 들어서는 순간, 대문에서 누군가가 나오고 있었다. 장미는 얼른 뒷걸음을 쳐서 모퉁이 담벼락 뒤로 몸을 감췄다. 집에서 나온 남자는 갈색 도포 차림이었다. 장미 앞을 지나면서 흘깃 장미를 쳐다본다. 장미는 고개를 숙이고 장옷으로 가린 얼굴을 더 여미며 내외를 했다. 그의 눈길을 피하기 전 잠깐 본 남자는 눈매가 서글서글했지만, 강단 있어 보였다.

'이 사람은 누구일까. 연령대로 봐서 그분의 부친은 아닐 테고 그러면 그의 형님?'

남자가 멀어지는 것을 확인한 장미는 윤경의 집 앞으로 조심스럽게 발걸음을 옮겼다. 오늘은 좀 더 자세히 이 집을 관찰할 작정이다. 그이가 태어나고 성장한 집이다. 비록 안을 들여다볼 수는 없지만 문밖에서라도 그의 눈길이 닿았던 곳을 하나하나 확인하고 싶다.

담 너머 뜰 안에 여름꽃들이 한창이다. 배롱나무에는 수북이 백일홍이 피었고, 울타리에 올라탄 나팔꽃도 보였다. 담벼락 가장자리에 커다란 버드나무가 있고 그 옆에 제법 크게 자란 자귀나무에도 꽃들이 달려 잎사귀와 꽃을 단 가지가 사랑채를 향해 뻗어 있었다. 연분홍 꽃은 꽃잎은 그러저러한데 가운데 꽃술이 퍼지듯이 솟아 마치 화관처럼 눈길을 끈다. 잎사귀도 특이하다. 자세히 보니 긴 잎자루 하나에 여러 개의 잎이 달린 겹잎이다.

자귀나무잎은 낮이면 활짝 피지만 밤이면 잎사귀가 서로 합쳐져서 꼭 껴안은 듯한 모양으로 밤을 지새우는데, 이를 보고 합환목 또는 야합수라 하고 꽃을 말려서 베개에 넣어 베고 자면 부부의 금실이 좋아진다는 말이 있다. 부부간의 백년해로를 축원하는 의미가 담겨있는 것이다.

'백년해로라. 그분과 나 사이에도 그런 게 있을 수 있을까. 아니면 또다시 다음 생을 기약해야 하는가?'

넋을 잃고 자귀나무를 바라보던 장미는 마당 안에서 하인들의 말소리가 들려오는 바람에 발길을 돌렸다. 자하골을 빠져나오려 할 때였다. 별안간 모퉁이에서 한 남자가 길을 가로

139

막았다. 윤경의 집에서 나왔던 아까의 그 남자였다.

"처자는 무슨 연유로 남의 집을 엿보고 있었더냐?"

가늘어진 남자의 눈매에 서글서글함은 사라지고 매서움이 감돌았다.

"소녀는 그저..."

장미는 말을 잊지 못했다. 뭐라고 할 수 있겠는가. "소녀는 그저 그리운 님을 잊지 못해 바깥에서 집안을 바라보기라도 할 양이었습니다"라고 할 수는 없지 않은가. 장미가 우물우물 하자 남자가 소매에서 무언가를 꺼내더니 장미 보란 듯이 손을 들어 올렸다.

"이게 무엇인지 보이느냐?"

그의 손에 들린 것은 열 십자+후 모양의, 쇠붙이 끝이 날카롭게 꺾여있는 사방수리검이었다.

"너의 행적이 수상하여 데려가 조사할 것이다. 나를 따라오되, 여차하면 이놈을 날려 네 숨을 단번에 끊어버릴 것이다. 아녀자의 몸이라 손대지 않는 것이니 순순히 따라오라"

졸지에 장미를 검거한 남자는 바로 금위영의 종사관 남상 군이었다. 남상군은 그간 여러 차례 소년왕과 윤경 사이를 오가면서 임금의 비찰을 전달하거나 윤경의 의견을 물어 임금에게 전달하기도 했다. 오늘은 공부에 전념하는 윤경을 격려하려는 임금께서 특별히 대전 생과방에 명해 준비한 죽로차와 매작과를 하사하여, 그것을 전하고 돌아가는 길이었다.

집 앞을 나오다가 골목 밖에서 뒤로 숨는 여인이 있는 것을 발견했다. 장미가 순간적으로 민첩하게 반응한 것이지만 고강한 무예로 단련된 그가 그걸 놓칠 리가 없었다. 남상군은 그냥 가버리는 척해서 장미가 경계심을 풀게 해놓고, 멀찌감치 숨어서 장미의 동태를 살폈다. 그런데 돋보이는 이 미모의 처자가 한참이나 윤경의 집을 자세히 관찰하는 것이 아닌가. 그의 눈에 보인 장미의 행동은 이문덕 일파가 보낸 세작이 아닐까 하는 의구심을 품게 했다. 그래서 숨어있다가 장미를 낚아챈 것이다. 남상군은 장미를 자신의 근무처인 금위영 서영으로 데려가 조사해 볼 참이었다. 영문을 모르는 장미는 엉겁결에 남상군을 따라 금위영 서영이 있는 안국방으로 향하게 되었다.

정체를 알 수 없는 남자를 따라가면서 장미는 남자를 자세히 살펴보았다. 걸음걸이가 예사롭지 않았다. 남자가 수리검을 빼 들었을 때 이미 장미는 남자가 무술 고수라는 걸 직감했다.

'내가 상대할 수 있는 사람이 아니다.' 그렇다면 또 꾀를 내야 한다.

'무슨 수를 쓴단 말인가?'

잘못하다간 저자가 던지는 수리검에 맞아 심각한 부상을

당할지도 모를 일이다. 그렇다고 어딘지도 모르는 곳에 끌려가 윤경을 흠모하고 있는 여인이기에 그랬다고 털어놓을 수는 없었다.

'죽으면 죽었지! 그렇게 할 수는 없다.'

장미의 머릿속이 복잡해졌다. 앞서가는 남자는 뒤를 돌아보는 법도 없이 발걸음에 속도를 낸다. 장미의 발소리에 귀를 열어놓고 있는지 따라오는 속도가 조금만 지체되면 바로 걸음의 속도를 늦춘다. 그러면서도 도망칠까 염려하는 티를 전혀 내지 않는다. 자신감이 넘치는 태도다. 남자의 발걸음이 빨라 벌써 순화방_{지금의 창성동, 누상동, 통의동 일대의 서촌 지역}을 반쯤이나 지나 끄트머리인 통의동에 들어섰다.

이곳은 장미가 골목골목 훤히 꿰고 있는 곳이다. 더 가다 보면 육조거리_{광화문 앞 세종로}가 나올 것이다. 그러면 더 이상 빠져나갈 길을 모색하는 건 포기해야 할 것이다. 어떻게든 통의동을 벗어나기 전에 이 사람에게서 벗어나야 한다.

육조거리가 가까워져서인지 사람들의 통행이 늘었다. 백보 정도 더 가서 모퉁이를 돌면 육조거리가 나오는 곳의 작은 십자로에 이르렀을 때였다. 장미가 멈춰 서며 남상군에게 말을 걸었다.

"따라잡기가 너무도 힘이 듭니다. 잠시만 숨을 돌리게 해주십시오"

남상군이 돌아선다. 순간 장미는 재빨리 주위의 상태를 살폈다. 십자로 왼편에서 죽두가마 한 채가 다가오고 있었다. 가마꾼들이 메고 있는 저 죽두가 이곳에 당도하려면 삽십 보 정도를 걸어야 할 것이다. 남상군이 장미에게 말했다.

"얼마나 걸었다고 잔꾀를 부리느냐. 네 숨이 차지 않은 것은 네 발소리만 듣고도 알 수 있다. 헛수작 말고 따라오라"

이제 죽두가 십 보 이내로 들어올 것이다. 순간 장미가 남상군의 뒤편을 바라보면서 깜짝 놀라는 표정을 지었다.

"에구머니, 저런!!"

그 연기가 하도 그럴듯해서 남상군도 깜빡 장미가 보는 곳을 돌아본다. 틈을 놓치지 않고 장미는 다가오는 죽두 쪽으로 냅다 뛰었다. 남상군이 고개를 돌리니 장미는 가마꾼과 죽두 사이를 지나고 있어서 수리검을 날릴 수가 없다. 어쩔 수 없게 된 남상군이 황급히 장미의 뒤를 쫓았다.

통의동 지역은 골목길들이 바둑판처럼 촘촘히 짜여있는 곳이다. 지역 지리를 꿰뚫고 있는 장미가 고양이처럼 요리조리 몸을 틀어 숨어버리니 남상군으로서는 미궁에 빠진 꼴이 되고 말았다. 뱅글뱅글 돌면서 왔던 곳을 또 지나고 하기를 반복하다가 기어이 장미를 놓치고 말았다.

장미는 이곳 토박이들이나 알 수 있는 골목길을 이용해서 적당한 은신처를 확보하고 남상군이 헤매다 포기하고 돌아서

143

는 것을 확인했다. 겨우 그를 따돌리는 데 성공한 것이다. 얼마간의 뜸을 더 들이고 이제는 밖으로 나가도 되겠다고 생각될 즈음이었다. 장미가 막 움직이려는 찰나, 목에 뭔가 섬뜩한 게 느껴졌다. 칼이었다.

'이건 또 뭔가? 그 사람을 따돌린 게 확실한데 지금, 이 상황은 또 무엇이란 말인가?'

목에 닿은 칼끝이 조금 느슨해졌다. 담벼락에 몸을 바짝 붙이고 장미가 고개를 조금 틀어 칼의 임자를 바라보았다. 맙소사. 그토록 마주치기를 꺼리던 칼자국 남자 윤석범이었다.

"벌써 너를 따라왔다. 자하골엔 왜 갔느냐. 이제야말로 네 정체를 알아야겠다"

'하필 이 판국에 이자를 만나다니...'

장미로서는 판단이 모호했다. 그러나 생각해 보니 장미는 이 남자가 누구인지 알고 있지만, 이 남자는 장미가 누구인지를 모른다.

"소녀는 그저 평범한 동네 처자입니다. 어쩌다 뒷골목 아이들과 어울려 장난을 좀 치긴 합니다만..."

"그 말을 믿으라는 거냐. 좋다. 그건 그렇다 치고 자하골엔 왜 갔었느냐. 내가 궁금한 건 그것이니 그것만 제대로 말해주면 널 놓아주겠다. 어떠냐. 제대로 바른말을 하겠느냐 아니면 이번에야말로 이 칼로 네 숨통을 끊어버릴까?"

섬뜩한 칼끝이 다시 장미의 목을 겨눈다.

"소녀는 그저..."

"자, 이제부터 내 눈을 똑바로 보아라. 내 눈을 보면서 말하란 말이다. 네가 거짓을 말하는 순간 간단없이 네 목에 이 칼이 박힐 것이다."

섬뜩하도록 차가운 칼끝이 장미의 목에 닿았다. 절로 몸이 부르르 떨렸다.

"소녀는 그저..."

"그저..." "그저... 그, 그분을 연모하기 때문입니다"

얼결에 진실을 말해버렸다. 그랬다. 아까의 그 갈색 도포의 남자는 누구인지는 모르지만, 윤경의 집에서 나온 것으로 보아 윤경과 관계가 있는 사람임에 틀림없었다. 그러니 그에게는 진실을 말할 수 없었다. 그러나 이 남자, 윤석범에게 말 못할 건 뭐란 말인가. 그런데 윤석범의 반응이 수상하다. 놀라는 표정이 역력했다.

"그분을 연모한다? 누구를 말하는 것인가?"

"그 댁 도련님이요. 사실 지금 댁에는 계시지 않습니다"

"집에 없다? 정확히 누구를 말하는 것이냐. 그 집엔 아들이 셋이다. 그중 누구를 말하는 것이냐?"

"... 둘째 도련님입니다"

그 말에 다시 윤석범의 눈이 흔들렸다.

"그렇다면 김윤경 말인가?"

장미는 대답 대신 고개를 끄덕였다. 윤석범의 입에서 그분의 이름이 나왔는데 그렇다고 말로 대답할 수는 없었다. 윤석범이 뚫어지게 장미를 바라본다. 잠시 후 윤석범이 물었다.

"김윤경이 집에 없다면 그자는 어디에 있는가?"

"어딘지는 모르고 경기 어디 친척댁에 가 계신다고만 알고 있습니다."

"집에 없는 것을 알고 있으면서 집 앞에는 왜 갔느냐?"

"… 그 그건, … 그분이 계시던 곳의 자취라도 느껴보고 싶어서입니다."

윤석범의 눈이 다시 한번 흔들린다. 아주 잠깐 윤석범이 장미를 바라봤다. 그 눈길이 강렬해서 장미의 눈을 뚫고 들어올 지경이었다. 뺨을 가로지른 칼자국이 선명하게 들어왔다. 그렇다 해도 깎아놓은 듯한 수려한 얼굴은 여전히 인상적이다. 다음 순간, 놀라운 일이 벌어졌다. 윤석범이 칼을 내리고 순식간에 품속의 칼집 안에 칼을 넣어버리더니 휙 돌아서 버렸다.

"가도 좋다. 이번엔 놓아주지만 다시는 내 눈에 띄지 마라. 그때는 기필코 이 칼로 네 목을 뚫어버리겠다."

윤석범이 성큼성큼 걸어 골목길을 빠져나갔다. 멍하니 그의 뒷모습을 바라보며 장미는 생각에 빠졌다.

'어떻게 된 것일까, 지금의 이 상황. 저 남자가 이처럼 선선히 나를 놓아주다니. 말을 들어보니 저 사람도 자하골에 있었던 게 분명한데, 그렇다면 저 사람은 왜 자하골에 갔을까? 저 사람은 이문덕의 세작. 어머나, 그러면 저들이 그분을 표적으로 삼았다는 말인가? 그래서 주위를 감시하는 것이고? 아들 셋 중 둘째 도련님이라고 했더니 바로 그분의 이름이 튀어나왔어. 그분이 저들의 표적이 된 게 확실해. 이를 어쩌나. 바보같이 친척댁에 있다는 말을 해버렸어. 아니야 저들이 그걸 모를 리 없어. 그 정도도 따라잡지 못하면 세작이라 할 수 없지. 그렇다면 윤석범은 왜 그곳에 있었을까? 불쑥 나를 놓아주고 가버린 이유는?"

어느새 주위가 어두워졌다. 장미는 주변을 살피며 조심조심 집으로 발걸음을 옮겼다.

9

비는 그쳤지만, 습기를 머금은 더운 바람이 불어와 온 사방이 눅눅했다. 윤석범은 찬물에 얼굴과 손발을 씻고 방으로 들어왔다. 이곳은 남산 기슭의 먹정골_{지금의 중구 묵정동}로 그가 혼자 지내는 집이다.

윤석범은 황야의 이리 같은 사람이다. 늘 혼자 다닌다. 스스로 택한 방식이다. 그는 부성애도 모르고 모성애도 모른다. 대갓집 솔거노비였던 어머니가 그 댁 대감마님의 아들을 낳았다. 그게 바로 윤석범 자신이다. 어려서부터 모든 게 출중했지만 서얼이어서 오히려 그게 더 방해 요인이 되었다. 그를 낳은 어머니는 그가 세 살 때 병으로 죽었다. 그는 안방마님의 친정 가문 중에 자식이 없어 대가 끊어질 판이던 어느 가정에 양자로 편입되었다. 매우 가난한 집이었고 그나마도 두 양주가 일찍 돌아가는 바람에 정을 나눌 틈도 없었다. 지금 윤석범이 지내고 있는 먹정골 집이 바로 양가 부모가 남겨준 집이다.

친아버지로부터의 사랑은 기대할 수 없었다. 그는 무예를 연마했고 운 좋게 당대 최고의 스승을 만났다. 아버지가 해준 일생의 유일한 선물이다. 그는 한눈팔지 않고 무예를 익히는 일 하나만 죽어라 팠다. 어느새 칼로는 훈련도감에서도 알아주는 교관이었던 그의 스승을 뛰어넘었다.

어느 날 이문덕이 그를 불렀고 이후 세작이 되었다. 시키는 대로 행동했다. 누구를 잡아 오라면 잡아 오고 죽이라면 죽였다. 그런 일을 할 때마다 그는 감정을 일체 배제했다. 마치 사이보그처럼 행동했다. 그는 임무를 수행하는데 있어서 완벽에 가까웠다. 실패를 몰랐다. 딱 한 번 고수를 만났다. 남인 세력가의 호위무사였다. 상대의 칼이 얼굴을 스쳤다. 간발의 차이로 목숨을 잃지 않았다. 치열한 혈투 끝에 상대를 죽일 수 있었다. 그의 뺨에 깊게 팬 칼자국이 그때 얻은 상처의 흔적이다.

윤석범은 금위영 종사관인 남상군이라는 인물을 추적하고 있었다. 벌써 그가 임금의 은밀한 임무를 수행하는 전문가라는 것을 탐지하고 그의 행적을 주시해 왔다. 그러다 남상군이 새로운 인물과 접촉하는 것을 알게 됐다. 김윤경이라는 자였다.

'아직 출사도 하지 않은 애송이를 왜 만나는 것일까?'

궁금해하다가 김윤경이 지었다는 글을 접하게 되었다. 윤석범은 조금 놀랐다. 김윤경이 펼쳐 보이는 이상세계에 마음이 혹 쏠렸다. 그래서였을까. 아버지 아니 대감마님에게 김윤경의 등장을 보고하지 않았다. 처음 있는 일이다. 만일 제대로 보고가 들어갔다면 이문덕은 바로 김윤경을 제거하려고 했을 것이다. 출사도 하지 않은 인물 하나쯤 없애버리는 건 식은 죽 먹기 아닌가.

오늘 남상군의 뒤를 쫓다가 그가 다시 김윤경의 집을 찾아가는 걸 확인했다. 먼발치에서 지켜보고 있는데, 웬 여인이 김윤경의 집골목으로 들어서다가 흠칫 놀라며 모퉁이 뒤로 몸을 숨기는 것을 보았다. 남상군이 막 대문을 나서고 있었다. 윤석범이 크게 놀랐다.

'저 계집은?' 그렇다. 일 년 전 오정창의 집 앞 골목길에서 다 잡았다가 놓친 바로 그 계집이었다. 목에 칼을 들이대고 코앞에서 보았던 얼굴. 웬 사내놈이 이렇게 예쁠까 생각하던 중에 팔꿈치가 상대의 가슴에 닿았다. 뭉클한 느낌에 그는 그만 깜짝 놀라고 말았다. 여인이었다. 놀란 나머지 잠깐 경계심이 흐트러진 틈을 타고 여자애가 그의 눈에 흙을 뿌려 넣고 달아났다.

그런데 이상했다. 밤마다 그 애의 얼굴이 떠올라 잠을 이룰 수가 없었다. 스스로 생각해 봐도 헛웃음이 나왔다. '병신 같이... 쎄고 쎈 게 계집인데...'

스스로를 꾸짖고 잊어버리려고 했다. 그런데 그게 뜻대로 되지 않았다. 한번 눈길이 가다가도 금세 잊어버리곤 했던 다른 때처럼 되지 않았다. 바로 그 여자애였다.

'여기는 웬일일까?'

그런데 가만 보니 남상군도 이 아이를 노린다. 멀어지는 척하다 몸을 숨기고 거리를 둔 채 동정을 살핀다. 윤석범은 위험을 무릅쓰고 여자애 쪽으로 접근했다. 몸을 숨길 수 있는 곳을 찾아 여자애의 행동을 지켜봤다.

그 행동이 갈피를 잡기 어려웠다. 세작으로 잔뼈가 굵은 그의 입장에서 볼 때, 염탐이 아닌 것은 분명했다. 한숨을 내쉬기도 하고 엉뚱한 나무와 식물에 집중하기도 한다. 거듭 한숨을 내쉬는 모양이 도대체 감을 잡을 수 없었다.

여자애가 돌아섰다. 하는 양을 지켜보니 아니나 다를까, 동네를 빠져나가자마자 남상군에게 붙들린다. 남상군이 수리검을 들고 위협하더니 여자애를 데리고 간다. 금위영이 멀지 않으니 그리로 데리고 가는 듯했다.

'남상군도 저 아이의 정체를 궁금해하는 눈치다. 그렇다면 저 아이는 뭐란 말인가. 누군가의 세작이라 하기엔 엉성한 면도 있고 잡무술을 익힌 것을 보면 세작인 것 같기도 하고'

윤석범은 잠시 고민했다. '남상군을 습격해서 여자애를 빼돌리고 저 애한테 자초지종을 캐물어 볼까? 오정창의 집에 들어와 물건을 훔쳐 간 이유는 무엇이고 여기는 왜 왔는지'

적당한 거리를 두고 두 사람을 따라가는데 통의동을 빠져나가는가 했더니 여자애가 남상군을 따돌리고 달아난다. 윤석범은 둘의 숨바꼭질을 지켜보다 여자애를 잡는 데 성공했다. 자하골에 간 이유를 대라고 위협했더니 조금 망설이고 뜸을 들이다 불쑥 대답이 나오는데 김윤경을 연모하기 때문이란다.

눈을 들여다보니 거짓이 아니었다. 그런데 그의 내부에서 이상한 현상이 벌어졌다. 그의 가슴 속에서 알 수 없는 무언가가 썰물처럼 빠져나가고 힘이 쭉 빠졌다. 그리고 이내 허전함이 훅하고 밀려왔다. 하마터면 여자애한테 그걸 들킬 뻔했

다. 자신의 마음속 상실감을 인정하기 싫어서 윤석범은 여자
애를 놓아주고 얼른 돌아서서 골목을 나와버렸다. 골목을 나
온 뒤에야 그는 후회했다.

'이름이라도 물어볼걸'

비 온 뒤에 갠 밤하늘엔 별이 총총했다. 열어놓은 방문 너
머로 오랜만에 밤하늘을 올려다본다. 여전히 윤석범의 가슴
한쪽이 허전했다. 바람이 조금 불어왔지만 눅눅하고 더운 기
운을 씻어내기에는 어림도 없었다. 윤석범은 한숨을 내쉬
었다.

'하필 김윤경이야.'

윤석범은 손에 들고 있던 단검을 던져버렸다. 칼이 날아가
종이를 덧바른 흙벽에 깊숙이 박혔다.

자기 집 대문 밖에서 벌어진 소동을 알 리 없는 윤경은 윤
경대로 밤하늘을 바라보고 있었다. 그는 소년왕에게 말한 대
로 맹렬 정진하고 있었다. 가을 식년시를 통과해서 관직을 얻
게 되면 지금처럼 공부만 하고 지낼 수는 없을 것이다. 보고
싶었던 책을 모두 읽으며 다시 오지 않을 이 시기를 후회 없
이 보내리라 마음먹었다. 늦장마가 계속되는 동안에도 그는
세상과 담을 쌓고 공부에만 열중했다. 그런데 오늘 남상군이
찾아와 임금께서 내리신 선물을 두고 갔다.

'죽로차와 매작과. 일반 가정에서 언제 이런 걸 먹어볼 수 있을까?'

다시금 감사의 마음이 살아난다. 다그치는 법도 없이 조용히 기다리고 있지만 임금이 현재 얼마나 인재를 얻고자 갈급해 하고 있는지 실감이 났다.

일전에 한번 소년왕은 남상군을 통해 현재의 정국에 대한 윤경의 견해를 물어왔다. 왕은 따로 윤경에게 자기 생각을 밝힌 적이 있다. 왕은 이렇게 말했었다.

"나는 서두르지 않을 것이다. 초 장왕이 삼 년을 기다린 것처럼, 어리숙한 왕으로 삼 년을 기다린다. 이제 가을이면 내가 친정을 시작한 지 만 삼 년이 된다. 그때가 되면 나설 것이다. 그대의 출사를 기다린다. 나의 때에 늦지 않도록 하라"

춘추시대 초나라 장왕이 왕위에 올랐다. 나이가 스물도 되지 않았다. 젊은 왕은 정사를 돌볼 생각은 하지 않고 모든 사무를 두극과 공자 섭에게 맡겼다. 그러고는 즉위한 후 3년 동안 낮에는 사냥을 나가고 밤에는 마시고 놀며 향락 속에서 지냈다. 그러면서 자신에게 간언하는 자는 죽이겠다고 선언했다.

3년 후에도 장왕은 여전히 가무와 향연에 빠져 있었다. 그러니 조정이 말이 아니었다. 보다 못한 대신 성공가가 궁으로 들어갔다. 장왕은 진수성찬을 차려놓고 술을 마시며 미녀들의 춤을 구경하고 있었다. 성공가가 장왕에게 말했다.

"소신이 수수께끼 하나를 내어 대왕님을 즐겁게 해드리러 왔습니다."

"그럼 어디 말해보시오." "남산에 큰 새가 한 마리 있었습니다. 3년 동안 한 나무에 앉아 날지도, 울지도 않고 그대로 있었습니다. 이 새가 무슨 새인지 맞혀보십시오."

장왕은 잠시 생각하는 척하더니 대답했다.

"그 새는 다른 새들과는 다른 특출한 새요. 3년 동안 날지 않아도 한 번 날기만 하면 하늘을 치솟듯 높이 날고, 3년 동안 울지 않아도 한 번 울면 세인을 놀라게 하는 그런 새요."

장왕은 성공가와 소종을 앞세워 국정을 일신했다. 소종 또한 죽음을 무릅쓰고 간언한 충신이었다. 그동안 누가 간신이고 누가 충신인지 간을 보는 시간이었다. 장왕은 충신들과 합심하여 조정을 바로잡으려 했다. 장왕 치하의 초나라는 부국강병에 성공하여 마침내 춘추시대에 세 번째로 패권을 잡은 나라가 되었다.

윤경은 아직 출사하기 전인 자신이 누군가를 표적으로 삼아 인신공격하는 일이 없도록 스스로 경계했다. 대신에 임금께서 나라 밖 세상에 대한 감각을 키울 것을 다시 한번 요구했다. 국제관계는 기다릴 여유가 없기 때문이다.

작금의 세계정세에 대한 자기 생각을 피력했다. 서양국의 배들이 중국은 물론이고 일본에까지 들어오고 있다. 두 나라가 극히 폐쇄적인 방향성을 가지고 그들을 대하고 있지만 그들을 통해 들어오는 문물은 이제 거스를 수 없는 대세다. 우리 조선은 서양국들에 대한 인식이 많이 부족하다. 전문가도 없다. 그러면서 저들을 무시한다. 총포나 철포 같은 무기나 그들이 타고 오는 배의 우수성 정도를 인정할 뿐이다. 여전히 중국을 세상의 중심에 두고 있고 심지어는 오랑캐가 차지한 대륙의 핵심 사상과 문화의 요체는 우리 조선만이 유일하게 유지하고 있다는, 소중화의 자긍심을 내걸고 우쭐거리기까지 한다. 이것은 분명 잘못된 것이다. 임금께서 앞장서 서양국들에 대한 전문가를 국내에 확보하는 게 시급하다는 것이 요점이었다.

소반에 올려진 다과를 보니 절로 순정과 함께 보냈던 만작당 시절이 떠오른다. 그러자, 슬며시 겹치듯이 무명 소녀라고 자신을 밝혔던 여인의 얼굴이 떠올랐다.

'한동안 공부에 열중하면서 잊고 지낼 수 있었는데, 잊을 만하면 다시 떠오르는 그 여인을 어찌해야 한단 말인가. 이제 와서 다시 낙계촌으로 내려갈 수도 없는 일인데…'

장미 생각을 하면서 윤경이 방문 앞의 뜨락을 내다본다.

'야합수라더니. 정말 이파리의 잎새들이 서로 엉켜있구나'

늘 보아오던 자귀나무였다. 처음으로 잎사귀에 눈길이 가고 새삼스럽게 그걸 바라본다. 시차를 두고, 장미와 윤경이 한 나무의 꽃과 잎사귀를 바라보며 서로 닿을 수 없는 연모의 정을 나눈다.

우리 집 담벼락에 자귀나무 있었네
꽃은 여름꽃이니 지금이 한창일세
자귀나무 하면 꽃보다는 잎사귀지
작은 잎 여럿이 잎자루에 달렸구나
한낮에는 마주 보고 멀뚱멀뚱하대도
밤이면 보란 듯이 서로 한데 엉키네
정다운 부부가 둘이 안고 누웠으니
합환수요 야합수다 백년해로하여라

엉겁결에 시 한 수를 적어본다. 마당에 꽃과 나무를 보고 시정을 떠올려본 게 얼마 만인가. 무슨 바람이 불어 그가 시를 다 지었을까. 이 무더운 밤에. 윤경은 잠들지 못한다.

모처럼 별이 총총한 밤하늘을 바라보고 있는 것은 장미도 마찬가지였다. 오늘 참으로 많은 일을 겪었다. 수리검을 들어

올리던 갈색 도포의 남자에서 윤석범까지.

'그자는 왜 나를 놓아주었을까?'

아무리 생각해도 알 수 없는 일이다. 그분을 연모한다고 덜컥 말해 버렸더니 윤석범의 눈이 심하게 흔들렸다.

'그건 왜일까? 혹시 윤석범 그자가 그분에 대한 것을 죄다 알고 있기 때문이 아닐까? 그분은 글을 통해 노론을 비판해 왔다. 젊은 유생들이 그 글에 열광하고 그분의 뜻을 추종하려 든다. 그자는 이문덕의 세작이니 그런 걸 곱게 볼 리 없다. 그들이 그분을 해치려 들기라도 한다면, 오 안돼. 막아야 해. 그런데 내가 주책없이 그분이 친척댁에 있다고 알려줬으니, 어딘지 알아내고 그리로 찾아갈지 모른다. 그분이 위험하다. 빨리 알려야 한다. 이 자는 만만한 상대가 아니다.'

장미의 마음이 급해진다. 내일 아침 당장에 만작당으로 가야겠다고 다짐했다. 별빛이 쏟아지는 밤하늘 아래에서 세 남녀가 이래저래 잠을 이루지 못한다. 한양의 잠 못 드는 밤이다.

10

다음 날 아침 장미는 어머니 기향에게 외당숙댁에 급히 좀 다녀오겠다고 했다. 기향은 심드렁한 반응을 보였다.

"네가 외당숙댁에 볼 일이 무에 있다고, 혹시 김 도령 때문이냐?"

" … 네 어머니. 급히 전해드릴 말이 있어서… 아주 급합니다."

"그런 거라면 거기까지 갈 필요 없다."

"네?" "김 도령이 한양에 있으니까"

"아니 그럴 리가요. 근데 어머니가 그걸 어떻게…"

"남들이 퇴기 퇴기 하니 너까지 내가 그렇고 그런 한물간 퇴기로만 보이느냐. 아직은 꽃 시절에 교유交遊하던 낭객들이 기별도 없이 군칠이네광통교 인근에 있던 유명한 술집 어육이야, 부동교중구 충무로에 있던 다리 순례가의 소국주야 저마다 하나씩 사 들고 앞다투어 찾지 않더냐. 김 도령 일가 중에 우리 집에 들락거리는 풍류한량이 한사람 있다. 그이한테 들었다. 벌써 전에 한양으로 돌아왔다더라. 가을에 있을 식년시를 준비한다더구나"

"아니 어떻게"

"어떻게 왔냐고? 거야 배를 타든 말을 타든 걸어서든 왔겠지!"

"그게 아니고 그분은 출사를 포기했다고 하셨는데요"

"마음이 바뀌었나 보더라. 안 그래도 금상께서 친정을 펼치시면서 실행한 증광시 때, 초시에 장원을 해서 일가친척 모두가 기뻐했다더라. 그런데 돌연 출사하지 않겠다며 복시를 포기해 버렸으니 다들 얼마나 아쉬웠겠냐?"

"그야 그분이 워낙…"

"부모 마음은 그렇지 않지. 어렸을 때부터 정승감 소릴 들었다니까 장차 가문을 빛낼 인재라고 기대를 잔뜩 한 모양이던데, 낙계촌에 내려가서 쓸데없는 책만 보고 허랑하게 지낸다고 그 부친인 김 주부께서 걱정이 많으셨다더라. 그런데 무슨 바람이 들었는지 가을 과시에 나가겠다고 훌쩍 돌아왔다는 거야. 방 안에서 꼼짝하지 않고 두문불출한 지 벌써 한참 됐단다"

"아니, 그럼"

"내가 그 집이 어딘지 알려주련?"

"… 그건, 어딘지는 알고 있습니다."

"어련하겠냐. 누구 딸인데. 하하하. 장미야 한데 말이다."

"어머니 지난번에 들려주신 말씀 가슴 깊이 간직하고 있습니다. 지혜로운 여인이 마음에 품고 있어야 할 세 가지요. 제가 그때 굳게 결심했으니 절대로 변하지 않을 것입니다. 그 점이라면 염려 놓으셔요"

"알겠다. 내 더 말하지 않으마. 그건 그렇고, 네가 벌써 열일곱이니 올해가 가기 전에 혼사를 정하자. 내 보기엔 여항閭巷에도 괜찮은 남정네가 제법 있느니라. 시문에 있어 오히려 양반들보다 낫고 음악을 이해하는 풍류도 뒤지지 않는다. 게다가 가진 것도 있으니 금상첨화지. 내 몇 사람 점찍어 뒀으니…"

"혼사 일은, 어머니 조금만 더…"

"왜…? 마음을 정리할 시일이 더 필요하다는 말이라도 할 참이냐?"

"실은 그렇습니다. 어머니 말씀대로입니다. 하지만 어머니, 여항에서 좋은 남자를 고르자는 말씀은 그분의 첩이 되느니 그분을 잊어버리라는 말씀과 다르지 않지요. 소녀도 분명히 알아듣고 그 말씀을 새기고 있으니, 그건 염려 마시고 혼사는 좀 더 후에…"

"장미야. 나나 너나 그놈의 성정이 팔자다. 어찌 보면 사람의 성정이 자기 팔자까지 바꾸어 놓는 것 같구나. 내 네 마음을 따라잡지 못하는 바는 아니지만 네가 엉뚱한 팔자 속으로 빠져들까 봐 그게 걱정이 되어 하는 소리다"

"어머니 알아서 잘하겠습니다. 심려하지 마소서"

"어휴~"

장미는 생각을 정리해 보려고 애를 썼다. 무슨 일인지 모르지만, 그분이 마음을 바꾸어 과시 준비를 한다고 한양에 올라왔다. 윤석범은 그걸 알고 있었던 게 분명하다.

'그분은 왜 마음을 바꾸었고, 윤석범이 노리는 것은 무엇

일까?'

장미는 우선 윤경에게 집주변을 맴돌며 노리는 자가 있으
니 주의하라는 메시지를 보내 윤경의 경각심을 일깨울 필요
가 있다고 생각했다. 그 갈색 도포의 남자가 누구인지는 모르
지만 무술이 고강한 자이니 도움받을 수도 있을 것이다. 지피
지기면 백전불태다. 최소한 위태로운 상황에 빠지지는 않는
다. 장미는 우선 윤경에게 보내는 서찰을 쓰기로 했다.

대제학의 승냥이들이 자하골을 맴돌고 있습니다.
뺨에 칼자국 있는 자를 특별히 경계하여 조심하소서.

장미는 메시지 말미에 송신인이 누구인지를 밝혀야 할지
말아야 할지를 놓고 다시 고민에 빠졌다. 얼마 전 만작당에서
경험해 본 일이다. 고민 끝에 장미는 서찰의 말미에 자신의
머리글자가 되어버린 무명 소녀를 적어 넣었다.

윤경을 평생 잊지 못하고 그리워하며 살게 되더라도 그의
후실은 되지 않겠다고 작정한 결심을 다지는 뜻도 있었고, 윤
경의 경각심을 새롭게 하려는 의도도 있었다. 오만한 글방 도
령이 무슨 세상을 논하냐고 했던 자신의 편지를 기억한다면
이 정보에 대해 최소한 장난으로 여기지는 않을 거라고 생각

했다. 물론 순정의 이름을 들먹인다면 이런 고민을 할 필요도 없겠지만 그러기는 싫었다. 더 이상 순정으로 윤경 앞에 나서지는 않을 것이다.

서찰을 챙긴 장미는 서둘러 칠패시장으로 향했다. 위험을 알리는 서찰의 내용에 송신인을 누구로 하느냐도 쉽지 않은 결정이었지만 전달을 어떻게 하느냐도 까다로운 문제였다. 장미가 직접 들고 갈 수는 없기 때문이다. 집의 여종을 시키기에는 한번 윤경에게 거절당한 적도 있고, 만에 하나 윤석범에게 편지를 빼앗길 위험도 있다. 결국 장미가 택한 길은 수완 좋고 언변 좋은 귀석이를 통해 전달하는 것이었다. 시장에서 마주친 귀석이 장미를 보자 말을 꺼내기도 전에 다급한 표정으로 달려왔다.

"문득이가 한성부에 잡혀갔수"

"한성부에, 왜?"

"거 뭐 문득이가 포전에 있는 베 세 필을 팔았는데, 그게 장물이라며 잡아갔다우"

"포전에 있는 베가 장물이면 주인이 잡혀가야지 왜 문득이가 잡혀가?"

"그 장물이라는 게 갈가리 놈들이 난전에서 뺏어서 주인한테 넘긴 건데, 이놈들이 주인은 어떻게 손을 써서 빼돌리고 문득이가 혼자 뒤집어쓰게 생겼수"

"언제 잡혀 갔느냐?"

"한 식경도 않 됐수. 한성부 관원들이 나와서 남부관아지금의 을지로 입구에 위치로 끌고 갔으니까"

"내가 직접 남부관아에 들어가서 알아봐야겠다. 그건 그렇고, 귀석아. 너 내 일 좀 도와야겠다"

장미는 귀석이에게 윤경의 집 위치를 자세히 알려주고 요령껏 윤경에게 서찰을 전하게 했다. 윤경에게 접근할 수 있는 몇 가지 팁과 윤석범이 관련된 일이니 극히 조심해야 한다는 당부도 잊지 않았다. 귀석이가 서찰을 받고 즉시 자하골로 향했고, 장미는 한성부로 갔다.

문득이가 잡혀 온 사연은 이랬다. 어떤 가난한 집 양반이 제삿날이 됐는데 제수는커녕 집에 양식거리를 걱정할 처지였다. 집 안을 뒤져 보니 아내가 짜놓은 베 세 필이 있었다. 양반은 그걸 들고 시장에 팔러 나왔다. 때마침 갈가리들과 마주쳐 무허가 상행위 단속 명목으로 들고나온 베를 몽땅 빼앗겨 버렸다.

양반은 오기가 발동했고, 글을 아니 고발장을 작성해 한성부에 상언민원을 넣었다. 한성부의 담당 관원은 명색이 양반이라 그의 항변을 무시할 수 없었다. 시장에 조사를 시켜보니

163

갈가리들이 포전 상인에게 돈을 받고 빼앗은 베 세 필을 넘겼고, 가게에 있던 베를 사겠다는 이가 나서자 여리꾼 문득이가 아무 생각 없이 팔아치운 것이다. 한성부 관원은 오정창과 소원룡에게 상납금을 내고 대신 비호를 받는 포전 주인은 빼주고, 문득이를 희생양으로 삼았다. 신분이 낮고 글을 모르는 천민들이 억울하게 겪는 불이익의 대상이 되어버린 것이다.

남부관아에 들어간 장미는 담당 관원에게 조목조목 따지고 들며 오다가다 들은 관계 법령까지 내세우니 관원은 골치가 아팠다. 포전 주인을 불러 베를 팔은 돈의 절반과 문득이가 구전으로 받은 돈의 절반을 합해 고발장을 넣은 양반에게 돌려주는 것으로 마무리하고 문득이를 석방했다.

문득이가 풀려난 것은 좋았으나 이 때문에 장미가 위험에 처하게 되었다. 베를 판 돈의 절반을 토해내게 된 포전 주인이 갈가리들한테 불평 섞인 하소연을 했다. 베 세 필을 넘겨받으면서 갈가리들한테 내준 본전 생각이 난 것이다. 이 때문에 갈가리들이 한성부에 가서 따지고 든 여인이 누군지 관심을 두고 알아보았다. 그랬더니 뜻밖에도 이 여인과 중국 상인에게서 가짜 야광주를 산 여인과의 인상착의가 딱 들어맞았다. 그토록 찾아 헤매던 가짜 야광주 사건의 핵심 인물이 우연히 놈들 앞에 모습을 드러낸 것이다.

이 일은 오정창에게까지 보고되었다. 처음 오정창은 시큰

둥했다. 구사비 득옥이가 죽은 일로 하마터면 그동안 쌓아놓은 것을 잃을 뻔했던 게 실은 장미 때문이었다는 걸 알았다면 오정창은 발 벗고 나서서 모든 수단을 동원했을 것이다. 오정창의 반응이 뜨뜻미지근해지자, 소원룡이 불을 질러댔다. 차츰 오정창도 친구들 앞에서 개망신을 당했던 치욕이 되살아났어.

오정창은 자기가 심어놓은 좌포청의 포도대장에게 이 계집을 잡아달라고 청을 넣었고, 부당한 권력의 개가 되어 출셋길에 눈이 먼 좌포청 포도대장이 눈에 불을 켜고 장미 검거령을 내렸다.

한편 윤경의 집을 찾아간 귀석이는 소금 장수 행상을 가장하여 윤경의 집 문 앞으로 갔다. 대문 앞에 소금 지게를 내려놓고 소금 필요 없다는 하인에게 값싸게 넘기는 척 수작을 걸면서 사랑채를 기웃거렸다. 눈썰미 좋은 귀석이가 이내 윤경의 소재지를 확인했다. 더운 여름철이라 방문들이 열려있어 일이 간단했다. 귀석이의 준비된 너스레가 시작되었다.

"뜰 안에 꽃이 봄동산처럼 가득하니 때는 한여름인데 이곳은 여직 봄뫼로구나. 봄뫼 봄뫼"

"아니 이 사람이 때아닌 봄타령은, 이 댁엔 소금 필요 없으니 어서 딴 데로나 가보슈"

역시 장미가 일러준 대로 효과가 나타났다. 윤경이 하인을 부른 것이다. 윤경의 방 앞으로 간 하인이 몇 마디를 나누더니 귀석이 앞으로 왔다.

"우리 서방님이 물어볼 게 있으시다니 저 방 앞으로 좀 가보슈"

"나한테요? 뭐 까짓거 그럽시다" 귀석이가 못 이기는 체 윤경의 방 앞으로 갔다. 윤경이 귀석에게 물었다.

"한 가지 궁금한 것이 있어 답을 청하오. 우리 집 뜰 안에 꽃이 가득하긴 하나 모두 여름꽃인데, 이를 보고 봄동산을 운운한 까닭이 무엇인지 물어봐도 되겠소"

"꽃이 개울 물에 흘러갔어도 그리운 님과 함께 있던 시절이 봄동산이면 무엇을 봐도 봄동산으로 보이는 법이지요"

그 말을 들은 윤경이 흠칫 놀란다. 이자는 마치 윤경 자신의 지난 봄날 기억을 되살려 놓는 것처럼 말하고 있다. 윤경이 다시 물었다.

"같은 봄동산도 봄뫼라 하면 그 말의 본새가 달라지는데 봄동산을 봄뫼로 바꿔 말한 연유를 물어도 되겠소"

"그거야 같은 말이라도 혀에 굴리는 맛이 전혀 다르니 그렇게 한 것이지요"

윤경이 더 놀랐다.

'이자는 누구일까. 누구길래 나의 기억을 되풀이해 들려주

는 것처럼 이런 말하는가'

윤경이 귀석을 자세히 바라보았다. 귀석이의 너스레가 다시 이어졌다.

소인이 지난밤에 꿈꾸었지요. 멀리 성문 문루에 오색 무지개가 걸려있어 소인은 정신없이 따라갔지요. 어느덧 성문 앞에 이르러 자세히 보니 자하문 앞이었습니다. 문 앞에 한 귀인이 서서 소인을 바라보며 빙그레 웃고 있는데 그 풍채가 빛을 뿜어 신선과도 같았습니다. 꿈에서 깨어나도 그 모습이 눈에 선하여 꿈속에서 본 곳에 와 장사를 하면 잘될 것 같은 예감으로 오늘 이곳 자하골에 왔습지요. 도련님을 뵈니 지난밤 꿈속에서 본 신선이 내려오셨나 신기해 내심 깜짝 놀랐습니다. 이 모든 게 하나도 허투루 이루어진 것이 아닐진대 소인이 어찌 그냥 있을 수 있겠습니까. 작은 것이라도 제가 드릴 수 있는 것이 이것뿐이니 부디 받아주소서"

귀석이가 소금 지게에서 작은 오동나무 상자 하나를 가져와 공손히 윤경 앞에 내놓았다.

"이게 무엇이오?"

"광천에서 올라온 최상급의 소금이옵니다. 얼마 되지 않는 양이니, 내당으로 보내지 마시고 사랑채에 두셨다가 아침저녁으로 양치하실 때 요긴하게 사용하십시오"

윤경은 난처했다. 모르는 그것도 떠돌이 장사치로부터 덥

석 선물을 받는 것이 용납되지 않았기 때문이다. 그렇다고 비현실적이면서도 못 들은 체 내치고 싶지 않은 소금 장수의 말이 귀에 걸려 어찌할지 마음을 정하지 못했다.

망설이던 윤경은 하인을 불러 귀석이가 지고 온 소금 지게의 소금을 모두 사게 했다. 그러면 양치할 때 쓰라는 이 나무 상자의 소금은 받아두고 자신이 사용해도 무방할 것이다. 귀석이는 지난밤 꿈이 그대로 들어맞았다면서 거듭 허리를 굽히고 특유의 넉살로 온갖 축원의 말을 늘어놓다가 빈 지게를 짊어지고 돌아갔다.

상자를 열어보던 윤경은 깜짝 놀랐다. 그 안에 서찰이 들어 있었다. 내용은 더욱 놀라웠다. 하인을 시켜 소금 장수를 얼른 찾아오라고 시켰지만, 영문 몰라 하며 달려 나간 하인이 허탕을 치고 돌아왔다. 윤경은 찬찬히 서찰의 내용을 보고 또 보았다.

대제학의 승냥이들이 자하골을 맴돌고 있습니다
뺨에 칼자국 있는 자를 특별히 경계하여 조심하소서
무명 소녀

'이 서찰은 이문덕 측이 나를 감시한다는 것을 알려주고 있다. 입당 권유를 물리쳐 왔기 때문에 저들이 나를 곱게 보지 않을 거라 짐작은 했지만, 금상과의 관계까지 알아낸다면 곤란하다. 종사관에게도 주의를 줘야겠다. 칼자국 남자를 특별히 경계하고 조심하라... 칼자국 남자? 그런 자를 본 적은 없는데...'

서찰을 보는 윤경의 눈이 말미의 무명 소녀에게 고정된다. '무명 소녀라'

낙계촌에서 본 그 여인도 서찰 말미에 무명 소녀라는 표현을 사용했다. 그리고 아까 그 소금 장수는 또 어땠나.

'소금 장수는 순정과 내가 함께 했던 시절을 벽에 걸린 그림 보듯이 말했다. 그렇다면 무명 소녀와 순정 그리고 소금 장수가 서로 얽혀있다는 말인가? 도대체 어떻게 된 일이지?'

윤경이 곰곰 생각해 보니 무명 소녀와 순정은 참으로 많이 닮았다. 무명 소녀에게 마음이 끌리고 있는데 꼭 닮은 순정이 나타났다. 살아 움직이고 말하는 순정을 대하다 보니 순정이 무명 소녀와 관계되는 인물이라는 생각까지는 미처 해보지 못했다.

'그들이 혹시 친남매 간이라도 되는 것일까. 그렇지 않고서야 소금 장수 편에 넘어온 이 서찰에 무명 소녀라는 글자가 왜 등장하는가'

11

윤경이 꺼낸 서찰을 본 남상군도 적잖이 놀란 눈치다. 안국
방 서영까지 찾아온 윤경에게 남상군이 말했다.

"얼마 전 자하골에 금상께서 하사하신 다과를 전달해 드리
고 댁의 대문을 나서던 때였습니다. 골목 밖으로 숨는 치맛자
락이 제 눈에 들어왔지요. 모퉁이를 돌다 보니 웬 여인이 장
옷을 쓰고 고개를 숙이고 있었습니다. 그 행동이 수상하여 숨
어서 동태를 지켜보았지요. 여인이 댁네 문 앞을 서성거리며
안을 들여다보길래 더욱 수상히 여겼지요"

"여인이요? 그게 여인이었습니까?"

"예, 제가 동네 밖에 잠복하고 있다가 돌아 나오는 여인을
덮쳤습니다"

"아 하!"

"자색이 무척이나 빼어나고 앳되어 보이는 아름다운 여인
이었습니다"

" ?! "

"제가 왜 남의 집을 엿보느냐고 다그쳤더니 우물우물하고
대답을 못 하더군요. 길에서 더 캐묻기도 애매하여 제가 수리
검으로 위협하고 여인을 이곳으로 데리고 오려고 했습니다.
처음에는 순순히 저를 따라오더니 육조거리를 만나기 직전에

여인이 꾀를 내어 달아나는데 그 지역 골목 속으로 달아난 여인을 끝내 놓쳐버리고 말았지요”

“…”

남상군의 말을 들으며 윤경은 내내 무명 소녀와 순정의 얼굴이 겹쳐 떠오르는 이유를 그 자신 알 수 없었다. 여인을 놓쳤다는 말에 아쉬움과 안도의 마음이 함께 드는 까닭 또한 알 수 없기는 마찬가지였다. 남상군이 말을 이었다.

“그때 이후 저 자신을 반성하고 있습니다. 명색이 금상전하를 음지에서 받든다는 자가 이토록 허술해서야 무슨 일을 하겠습니까. 나이 어린 여인 하나 다루지 못했으니 말입니다. 저는 그 여인이 혹여 대제학 측의 세작이 아닐지 의심하고 있었는데, 이 서찰을 보니 그게 아닐 수도 있다는 생각이 듭니다. 어쩌면 무명 소녀라고 적어 이 서찰을 보내온 이가 그때의 그 여인이 아닐까 합니다.”

“어째서 그렇습니까?”

“첫째 댁 문 앞에서 보인 여인의 모양새가 염탐하는 세작의 그것이 아니었습니다. 염탐꾼이었다면 그걸 제가 놓칠 리가 있겠습니까. 둘째는 제가 다그칠 때 여인의 얼굴에 드러난 표정이었습니다. 당황하여 우물우물하는 양이 세작의 그것은 전혀 아니었고 마치 짝사랑 대상을 엿보다 들킨 순진한 동네 처녀의 부끄러운 얼굴 그대로였습니다. 한 가지 미심쩍은 것이 있긴 하지만…"

"미심쩍다면?"

"제 눈을 속여 딴 곳을 보게 하고 그 틈에 달아나는데 평범한 여인이라고 보기에는 그 동작이 놀랍도록 날래고 민첩했습니다"

거기까지 들은 윤경은 남상군에게 낙계촌에 내려가 만작당에서 지내던 시절, 무명 소녀를 만났던 일련의 사연을 솔직하게 들려주었다. 그리고 자신은 아직도 무명 소녀를 잊지 못하고 있으며 어느 틈엔가 연모의 마음마저 품고 있다는 말을 들려주었다. 평소의 윤경이라면 그런 말을 쉽게 남 앞에서 털어놓기 어려웠을 것이다. 남상군에게 서찰까지 보여준 마당이라 그랬는지 이상하게 술술 말이 나왔다. 남상군에게 그 무명 소녀를 연모하고 있다는 말을 꺼냈을 때 윤경의 볼이 붉어졌다. 남상군은 말없이 그런 윤경을 바라보았다.

윤경은 또 그녀와 친남매처럼 닮은 순정과 있었던 일도 들려주었다. 순정의 몸이 무척 날래고 본인은 한양 뒷골목에서 배운 것이라 내놓을 게 못 된다고 겸손해하지만, 실전의 상황에 마주치자 출중한 무예가 튀어나왔다는 말도 들려주었다. 남상군이 뜻밖의 말을 했다.

"일단 제가 사람을 시켜 친남매처럼 닮았다는 그 두 분을 수소문해 보겠습니다. 마침, 그곳이 저의 향촌과 거리도 지척이니 그 작은 지역에 그렇게 뛰어난 남매분이 계신다면 못 찾아낼 일이 있겠습니까. 말씀을 들어보니 이 서찰을 보내온 분이 제가 자하골에서 뵈었던 그분인 것이 틀림없습니다. 이렇게 서찰까지 보내신 걸 보면 그분 또한 연모의 마음을 품고 계신 게 분명하니 앞으로의 일은 시간이 해결할 일입니다. 소생의 생각으로는 일간 댁으로 그분께서 직접 찾아뵐 날이 머지않다고 짐작됩니다"

"그것이, 그게 참, 제가 그때 서찰을 들고 온 여종 아이를 매몰차게 돌려보내는 바람에…"

"하하하 남녀의 사랑이란 게 꼬이는 맛이 있어야지요. 무릇 꼬였다가 풀려야 제맛인 법이지요. 모든 사랑 이야기가 여하히 꼬였다가 여하히 풀려나는 것으로 끝을 맺는 것도 다 그런 이치 아니겠습니까. 저 때문에 일이 잘 풀리면 한턱 단단히 내서야 하겠습니다."

"공무로 바쁘신 종사관 어른께 쓸데없는 짐을 얹어드린 것 같아 마음이 무겁습니다."

"쓸데없다니요. 이처럼 중요한 일이 또 어디에 있단 말입니까 하하"

"그건 그렇고 이 서찰에서 지목한 칼자국 남자가 누구인지 혹 짐작되는 이가 있으신지요." "안 그래도 그 말씀을 드리려던 참입니다. 소생이 짐작건대 윤석범이라는 자를 말하는 것

같습니다."

"윤석범?" "예. 대제학 이 대감의 세작이지요."

"세작이라..."

"그렇습니다. 우리 바닥에서는 유명한 자이지요. 맞상대해 본 적은 없지만 칼솜씨가 비상하다고 합니다. 허 상공의 뒤를 보던 박정팔이라는 자가 이자와 겨루다 죽었습니다. 박정필 은 함경도 출신으로 한때 개성 이북 땅에 칼로는 상대가 없다 는 말을 들었었지요."

"허 상공이라면 우의정을 지내신 허찬중 대감을 이르시는 것인지요."

"예, 노론의 탄핵을 받아 지금 제주도에서 유배 생활을 하 고 계십니다."

"네, 그렇게 칼을 잘 쓰는 이가 대제학 휘하에 있군요."

"이자가 자하골에 왔다면 제가 댁에 드나드는 것도 이미 알 아차렸을 것입니다. 대책을 강구하겠습니다. 너무 심려하지 마십시오."

윤경은 남상군으로부터 몇 가지 주의 사항을 듣고 금위영 서영을 나왔다. 남상군은 앞으로의 접촉은 다른 방법을 찾을 것이고 윤경도 다시는 금위영을 직접 찾는 일이 없도록 주의 할 것을 당부했다. 집으로 돌아오면서도 앞뒤 좌우를 살피며 추적자가 있는지를 살폈지만, 이상한 징후는 찾을 수 없었다.

윤경은 이번 방문이 경솔한 행동이었음을 인정하면서도 나름 얻은 게 많다고 생각했다. 남상군이 무명 소녀와 순정을 찾아주겠다고 큰소리쳤기 때문이다. 윤경은 잘하면 이제 곧 무명 소녀를 만나게 될 수 있다는 기대감으로 한껏 부풀었다. 남상군이 무명 소녀의 신원을 알아 오면 즉시 그녀를 찾아가 지난날의 실례를 사과하고 자신의 솔직한 심정을 고백하리라. 그런 생각을 하다 보니 윤경의 발걸음이 가벼워졌다.

귀석이로부터 인편이 왔다. 편지가 무사히 잘 전달됐다는 반가운 소식을 받았지만, 장미는 궁금해서 미칠 지경이었다. 봄뫼라는 말에 대한 반응이 어땠는지, 혀굴림을 말하니까 그걸 어떻게 아느냐고 묻지는 않았는지, 옷은 무엇을 입고 있고, 얼굴 혈색은 어땠는지, 공부에 지쳐 수척해지지는 않았는지 궁금하고 물어보고 싶은 게 한두 가지가 아니었다. 귀석이의 얼굴을 보면서 하나하나 캐묻기 전에는 이 모든 궁금증이 해결되지 않을 것이다.

'도저히 안 되겠다.'

장미는 자리를 박차고 일어섰다. 길을 나선 장미는 뛰다시피 걸음을 빨리하여 칠패시장으로 왔다. 귀석이는 없었다. 시장상인 하나가 애오개에서 벌이는 놀이판 때문에 그곳에 가 있다는 말을 전해주며 수다를 떤다.

애오개에는 푸줏간들이 몰려있어 푸줏간을 중심으로 장마당이 형성되고 있었는데, 귀석이네 놀이패가 그곳까지 권역을 넓혀 칠패와 애오개를 오가면서 그 인기가 장난 아니라는 것이다. 장미는 칠패에 온 김에 문득이를 보고 가려고 문득이가 일하는 포전에 들렀다.

문득이가 이상했다. 장미를 보고도 못 본 척한다. 순간 장미는 낌새를 알아차렸다.

'이곳에 지금 무슨 일이 있다.'

장미는 손님인 체 가장하여 무명포를 만지작거리며 주변의 동태를 살폈다. 얼핏 시장을 찾은 손님들과 그들을 맞는 상인들 그리고 여리꾼들의 호객 행위로 부산해 보이지만 맞은편 가게 몇몇 곳으로 수상한 눈초리가 엿보인다. 장미는 장옷을 여미고 조금 더 상황을 지켜보기로 했다. 다른 손님을 상대하던 문득이가 장미 들으라는 듯이 말했다. "날이 우중충한데, 웬 참새떼가 우글거린답니까?"

문득이의 엉뚱한 발언에 문득이 앞에 있던 손님이 눈을 뚱그렇게 뜨고 밖의 하늘을 내다본다. 문득이가 손님은 아랑곳하지 않고 이번에는 또 뚱딴지같은 말을 해댔다.

"어이쿠, 저기 나그네 손님들까지 몰려오시네."

문득이의 말은 모두 악소년들끼리 통하는 변말_{은어}이었다.

먼저 말한 참새 떼는 정체 모를 요주의 인물을 가리키고 뒤에 말한 나그네는 포청의 포교들을 말한다. 요즘에 경찰을 짭새라고 하는 것보다는 훨씬 얌전한 표현이다.

아무튼 문득이는 지금 수상한 자들과 포교들이 장미를 노린다는 것을 변말 통신을 통해 알려준 것이다. 장미는 즉시 자신이 들어온 포전의 반대편 쪽으로 나갔다. 문득이가 눈짓으로 지시해 준 방향이다.

포전을 나온 장미는 빠른 걸음으로 맞은편에 늘어선 전방들 사잇길로 들어섰다. 시장을 빠져나갈 최단 코스였다. 그런데 일이 꼬이려는지 하필이면 장미가 치고 나가던 사잇길 정면 바깥쪽에 포졸 두 명이 서 있는게 보였다. 사람들로 북적였고 마침 그들이 등을 지고 있어서 아직 장미를 확인하진 못한 상태였다. 장미는 망설였다.

'돌아서야 하나? 지금 돌아서면 뒤에 있는 자들과의 거리가 좁혀져서 그들을 따돌리기가 쉽지 않다. 그렇다고 그냥 직진하다가 저 앞의 포졸들이 나를 향해 달려들면 그때는 완전히 독 안에 든 쥐 꼴이 될 테고... 어떡한다?'

다행히 앞의 포졸들은 아직 장미를 인식하지 못하고 있다. 장미는 태연히 걸음 속도를 내서 사잇길을 빠져나가려 했다. 그때였다.

"삑~!" 갑자기 호각 소리가 요란하게 울렸다. 장미를 내버

려두고 자신들의 전방 좌우 쪽만 열심히 살피던 포졸들이 호
각 소리가 나는 쪽으로 고개를 돌리니, 장미의 뒤편으로 멀리
포교 한 명이 손으로 연신 장미를 가리키며 소리를 질러댔다.

"그 여인이다. 그 여인을 잡아라!"

장미가 졸지에 사잇길 안에 갇힌 꼴이 되었다. 뒤를 돌아보
았더니 어느새 포교 옆으로 다가온 포졸 몇이 합세해 이쪽으
로 뛰어오고 있었다. 장미는 어쩔 도리 없이 정면 돌파를 택
할 수밖에 없었다. 앞의 포졸들이 육모 방망이의 각을 세우고
사잇길 앞으로 달려왔다.

아무리 포졸들이라 해도 훈련받은 자들이고 거기에다 무
기까지 들고 있다. 간단한 문제가 아니다. 포졸들이 사잇길로
막 뛰어들어서는 순간이었다. 별안간 전방 모퉁이에서 광주
리를 머리 위로 가득 채운 지게를 진 행상이 "광주리 사려~"를
외치며 튀어나오듯이 들어섰다. 절묘한 타이밍에 서로 충돌
하고 포졸들과 행상이 함께 바닥에 나뒹굴게 되었다. 장미는
이때를 놓치지 않았다. 사방으로 흩어져 굴러다니는 광주리
들을 타고 넘고 잽싸게 사잇길 밖으로 달아났다.

광주리 행상으로 꾸미고 장미의 탈출을 도운 이는 귀석이
를 대신해 칠패에 자리잡은 소매치기패의 춘삼이였다. 아침
부터 돌아가는 낌새가 수상하다고 느낀 문득이가 만일의 사
태에 대비해 둔 것이었다.

장미는 칠패시장을 빠져나왔다. 그러나 끝난 게 아니었다. 시장 이문을 빠져나오며 보니 외곽에도 포교와 포졸들이 깔려있었고 갈가리들마저 장미를 노렸다. 마치 토끼몰이하듯 여러 사람이 장미 하나를 잡겠다고 사방에서 덤벼들었다. 장미는 손흥민처럼 요리 빼고 조리 빼면서 달려든 무리를 모조리 따돌리고 냅다 달리기 시작했다. 한달음에 구리개을지로 입구를 지나 광통방을 통과하여 어느덧 광통교를 향하고 있었다. 다리만 건너면 일단 쫓아오는 자들을 뿌리칠 수 있을 것이다. 다리 건너에는 장미가 몸을 숨길 수 있는 곳이 얼마든지 있기 때문이다.

'다리만 건너면 된다.' 장미가 힘을 냈다. 추격자들과의 거리가 벌어졌다. 장미가 광통교에 막 진입했을 때였다. 전혀 예기치 못한 상황이 벌어졌다. 맞은편에서 바로 그 갈색 도포의 남자가 다리를 건너오고 있는 게 아닌가. 갈색 도포 남자, 바로 금위영의 남상군이다.

남상군 입장에서는 이렇게 뜻밖의 장소에서 장미를 만나게 될 거라곤 전혀 기대하지 않았기에 우선 놀라웠고, 다음으로 무척 반가웠다. 낙계촌까지 사람을 보내는 수고를 덜게 되었다. 그러나 그런 사정을 알 리 없는 장미로서는 당연히 피해야 하는 상대였다.

'저 사람은 무술 고수다. 뒤에 쫓아오는 자들과는 비교할

수 없다'

장미는 오던 길로 돌아섰다. 떼 지어 몰려오는 포졸들과 갈가리들이 있는 곳을 향해 다시 달려갔다. 반면 영문을 모르는 남상군은 일단 장미를 잡아놔야 했다. 그래야 윤경이 장미를 찾고 있다는 것을 알려주고 자신이 궁금해하는 것, 어떻게 칼자국 남자의 존재를 알고 있는지를 규명할 수 있지 않은가.

장미가 남상군에게 붙들렸다면 오히려 안전했을 것이다. 금위영 종사관의 위치로 볼 때 얼마든지 장미 하나쯤은 신변 보호를 할 수 있었다. 어쨌든 남상군이 장미를 쫓으니, 이제는 장미를 추격하는 무리가 셋으로 늘었다.

장미는 다급한 나머지 방향을 급히 틀어 어느 기름 파는 가게로 뛰어들었다. 그냥 내달렸다간 포졸들과 갈가리에게 바로 덜미를 잡히는 아슬아슬한 상황이었다. 점포 뒤는 민가였다. 이 지역은 기름 파는 집들이 많아 기름전골목으로 불리는 곳인데, 행길가에 점포가 있고 뒤로는 점포 주인들의 살림집이 연결된 구조였다.

민가로 뛰어든 장미는 담 타고 넘기를 수차례 반복하다 어느 민가의 뒷마당으로 숨어들었다. 골목골목으로 흩어진 포졸들과 갈가리들이 뛰어다니며 서로 외치는 소리가 들렸다. 장미는 돌담 아래 몸을 낮추고 잠시 숨을 골랐다. 웬일인지 집안에서는 울음소리가 가득했다.

"엄니, 이제 다시 못 보게 되면 어찌하우."

여자아이의 울음 섞인 소리가 나고 뒤이어 "아이고"하는 온 가족의 울음소리들이 뒤섞인다.

'딸내미가 먼 곳으로 시집가게 됐나 보군.'

장미가 집안의 동정을 살피며 오리걸음으로 앞마당 사립문 쪽을 향했다. 방안에는 이 집 식구들의 울음 잔치가 계속되고 있었다. 살그머니 사립문 밖을 내다보니 문밖 한쪽으로 과연 사인교가 한 채 놓여있는 게 보였다.

'시집가는 딸이 타고 갈 가마인가 보다.'

장미가 다시 문밖을 살펴보니 이십 보쯤 밖이 행길로 통하는 길인데, 한 기름집 모퉁이에서 투전판이 벌어지고 있었다. 사람들 몇이 몰려 바닥에 깔리는 주사위를 주시하고 있는데 자세히 보니 투전판 앞에 있는 이들이 바로 가마를 메고 온 가마꾼들이었다. 검은색 복장에, 이마에 흰색 완대를 두른 모습이 일반 가마꾼들과는 조금 달라 보였다.

슬며시 밖으로 나가려던 장미가 주춤하고 물러섰다. 투전판에 몰려있는 사람들 너머로 한 사람이 나타났는데 바로 남상군이었다. 그는 연신 두리번거리며 무언가를 찾고 있는데 장미 자신을 찾고 있는 게 분명했다.

'저 행길 쪽은 안 되겠구나.'

장미는 틈을 보다가 담장을 끼고 골목 사잇길을 택하기로 했다. 몇 걸음 나서는데 모퉁이 너머로 다가오는 포졸들의 말소리가 들렸다. 도리 없이 돌아선 장미는 오도 가도 못하는 상황이 되었다. 반대편 모퉁이에서는 갈가리들의 외침소리가 점점 가까워지고 있었기 때문이다. 이제 장미가 숨을 곳은 하나밖에 없었다. 장미는 얼른 가마 안으로 들어갔다. 일단 가마 안에 들어가 있다가 추격자들이 멀어지면 그때 빠져나갈 생각이었다.

공교롭게 장미가 가마 안으로 들어가는 걸 본 자가 있었다. 그는 가마꾼 중의 한 사람이었다. 가마에 태우고 갈 처자가 식구들과 울음 잔치를 벌이느라 출발이 지체되자, 마침 골목 입구에 판을 벌이고 호객 하던 노름꾼들에게 휘말린 가마꾼 동료들이 야바위 손놀림에 놀아나 속절없이 돈을 털리는 것을 뒤에서 구경하던 중이었다.

무심코 고개를 돌려보니 젊은 처자 하나가 가마 안으로 들어가는 게 아닌가. 안 그래도 시간이 늦어지는 걸 걱정하던 터라 동료들에게 주의를 줬다.

"어이구 이제 나왔다. 박 상궁 기다리다 목 빠지기 전에 그만하고 어서 가자구."

야바위꾼들한테 돈을 털린 동료들이 구시렁거리면서 엉덩이를 털고 일어섰다. 가마꾼들은 저마다 한마디씩 투덜대며 멜빵끈을 가마채에 연결했다. 방금 장미가 들어가는 걸 본 그

가마꾼이 가마의 창을 톡톡 두드리며 말했다.

"이제 울음 잔치 다 끝냈으면 가도 되겠느냐?" 가마 안에 있던 장미는 혼란스러웠다.

'가마꾼들이 나를 신부로 착각하는데, 아니라고 하자니 주변에 널려있는 포졸들과 갈가리 때문에 그럴 수도 없구나. 에라 모르겠다.'

"네"

가마꾼들이 가마를 들어 올렸다. 골목 안에 들어와 있던 포졸들과 갈가리들 사이로 가마가 빠져나와 행길로 접어들었다. 행길가에는 여전히 남상군이 두리번거리며 장미를 찾고 있었다.

가마가 없어진 것을 보고 놀랄 신부와 가족들이 염려되긴 했지만 어찌 되었든 가마 덕분에 절체절명의 위기 상황을 빠져나올 수 있었다. 장미는 조금 안전한 곳에 다다르면 가마를 세울 참이었다. 장미의 바람을 알기라도 한 것인지 가마가 광통교로 방향을 잡았다. 다리를 건너면 장통방이었다. 그곳은 어머니 기향이 한 때의 전성기를 누리던 기방이 있던 곳으로 그 지역으로만 들어가면 포졸들이 장미를 찾는 것은 불가능할 것이다.

적당한 곳을 지날 때 가마꾼들에게 사람이 바뀌었다는 것을 밝히고 지금이라도 어서 돌아가서 신부를 데려가라고 말해줄 참이었다. 가마꾼들이 둘둘대면 돈을 얼마씩 주어 마침 야바위꾼들한테 날린 돈을 봉창해 주고 기분을 달래주면 될 일이었다. 그러나 장미의 계획은 어긋나기 시작했다.

가마꾼들은 광통교를 건너지 않고 다리 직전에서 오른쪽으로 방향을 틀더니 개천길을 따라간다. 더 멀어지기 전에 가마를 세우려고 장미가 막 가마꾼들을 부르려 할 때였다. 광통방 쪽 골목 사이에서 포교 두 명이 빠른 걸음으로 걸어 나왔고, 이들이 어느새 가마 옆에 바짝 따라붙는 게 아닌가.

'저들이 왜 가마에 따라붙지? 도리 없이 가마 안에 갇혀있게 됐네'

장미는 창틈 사이를 조금 벌렸다. 밖에서는 안이 보이지 않아도 안에서는 밖이 잘 보였다. 장미는 포교들의 행동 하나하나를 주의 깊게 살폈다. 다행히도 그들은 가마와는 상관이 없어 보였다. 우연히 그들이 가는 방향과 가마의 방향이 맞아떨어진 거였다. 장미는 포교들이 나누는 대화를 통해 그들이 방금 기름전골 골목 안에서 자신과 숨바꼭질하던 이들이라는 것을 알았다. 이들은 무언가의 일로 잔뜩 성이 나 있었다. 장미는 토끼 귀처럼 귀를 열고 포교들의 말을 엿들었다.

"사방으로 뚫린 골목골목을 죄다 막아놓고, 어느 세월에 그 많은 집을 가가호호 모조리 뒤진단 말인가. 이게 될 말이냐고. 역모라도 저지른 중죄인이라면 모를까 까짓 여인 하나 잡겠다고 지원군을 데려오라니 내 참, 나는 청에 돌아가면 딴 핑계 대고 빠져버릴 테니 자네가 알아서 하게"

"아유 그러다 경을 치십니다요. 꼭대기부터 이 난리인데…"

"몰라. 기껏해야 태형 몇 대 맞겠지. 나는 더 못 하겠네."

"아니, 대체 그 여인이 누구길래 꼭대기가 다 나서서 우릴 이렇게 조져댄답니까."

"낸들 아나. 오정창이가 꼭 잡아달라고 청을 넣었다는 것만 알고 있네."

"아니 좌포청이 언제부터 그 한사람 소원 들어주는 곳이 됐 답니까?"

"누가 아니라나. 그 동아줄 꼬리 하나 잡고 포도대장 자리 꿰찼으니 꼭 쥐고 있으려고 별짓을 다 하는 거지."

"나 원 참"

이들의 대화를 들어보니 이 모든 게 오정창 때문이라는 것을 알게 됐다. 오정창이라면 소원룡과 한 배에 탄 자이고 대 제학과도 한 패나 다름없다.

'이놈들이 가짜 야광주 일로 뿔이 잔뜩 났구나. 길영이가 개죽음을 당했는데 두고 보자. 어떡해서든 니들을 한 두름에 말아서 아작을 내주마.'

하지만 자신이 이들의 표적이 됐다면 앞으로 하루하루 지 내기가 만만치 않을 거라는 것쯤은 장미가 모를 리 없다.

'잘못하면 어머니까지 위험해진다. 무슨 수라도 써야 한다. 아, 우선은 당장, 이 상황에서 빠져나가는 게 급선무인데...'

가마꾼들의 걸음 속도가 줄어드는가 싶더니 가마가 멈춘다. 창틈 사이로 내다보니 수표 다리 앞이다. 내내 옆에 붙어 오던 포교들이 가마를 앞질러 수표 다리를 건너갔다.

가마꾼들은 수표교 입구에서 그들을 기다리고 있는 한 여인을 만났다. 여인은 옥색 저고리에 남색 치마를 입고 당의까지 입었다. 머리 장식에 첩지까지 단 것을 보니 궁중의 고참 여관女官인 게 틀림없다. 여인이 가마가 다가오자 반색하고 다가온다. 장미는 벌려놨던 창틈을 얼른 다시 좁혔다. 여인의 말소리가 들려왔다.

"아니, 왜 이렇게 늦었답니까. 뭔 일이라도 났나 하여 가슴 졸이다 간이 다 오그라들었습니다."

"아유 말도 마우. 어디 천리만리 떨어지기라도 하는지 어찌나 울고불고 난리여서, 기다리는 우리도 죽는 줄 알았소"

"거야. 한번 들어가면 다시 못 나오는 데니 그럴 밖에요. 어서 가시지요."

"그럽시다"

가마가 다시 움직인다.

'한번 들어가면 다시 못 나오는 데라고? 도대체 시집가는 곳이 어디길래...'

가마꾼들과 여인의 대화가 이어진다.

"그래 보신 일은 잘 되신 거유?"

"덕분에 몇 해 만에 어머니 얼굴 한번 뵈었네요. 벌써 한 해 넘게 이어온 환 중이라 일어나지도 못했다는데, 제가 왔다고 억지로라도 일어나시니 저도 그만 한바탕 눈물 바가지를 흘렸지요. 내의원에서 얻은 약과 돈이나마 조금 전해드리고 나니 그간 먹은 게 체한 것처럼 꼭 막혀있던 제 마음이 조금은 풀렸답니다"

"모친께선 올해 춘추가 어찌 되셨길래"

"올해로 쉰여덟이시지요"

"어이구 조리 잘해서 환갑잔치는 맞으셔야할 텐데…"

"그러게요"

수표교를 넘은 가마는 다시 개천길을 따라갔다. 당의를 입은 여인이 나타나면서 상황이 다른 방향으로 흘러간다. 가마꾼들만 설득하면 될 일이 복잡해졌다. 장미가 이러지도, 저러지도 못하고 우물쭈물 마음을 결정하지 못하는 동안 가마는 다시 왼쪽으로 방향을 틀더니 어느새 운종가를 가로질렀다.

'이곳은 정선방인데, 어머나 그러면?'

장미가 우려한 대로 한 무리의 포졸들이 가마 옆을 지나 뛰어가는 모습이 보이더니 이내 좌포청 종로3가 단성사 자리에 위치 이 나타났다.

'맙소사. 호랑이 굴로 들어왔네. 이러다간 가마에서 내릴 틈을 찾기가 어렵겠다.'

장미의 우려가 현실로 나타났다. 가마는 그새 돈화문을 비켜 지나더니 금호문을 지나 창덕궁의 서북쪽에 있는 요금문 앞에 와서야 멈춰 섰다. 요금문은 내시나 궁녀들이 주로 출입하는 문이다. 문 앞을 지키는 한 무더기 군사들이 눈을 번뜩이며 주위를 경계하고 있었다. 장미는 그제야 가마의 목적지가 궁궐이었다는 것을 알아차렸다.

'이게 웬일이야. 궁궐이라니. 칼을 차고 창을 든 금군들이 지키고 서 있으니, 끽소리도 내지 말고 있어야겠네. 그건 그렇고 이 가마는 궁궐 어디로 가는 걸까. 새색시가 궁궐로 시집가는 건 중전마마나 빈궁마마뿐이니 그건 당연히 아닐 테고, 그럼 도대체 뭐란 말인가. 이제 꼼짝없이 궁궐 안에 잡혀 있어야 한단 말인가. 가마에는 왜 타고 있었냐고 캐물으면 뭐라고 해야 하나. 큰일 났다. 어찌해야 할지 도무지 판단이 안 서네!'

갑자기 가마의 창문이 열리고 금군으로 보이는 남자의 얼굴이 쑥~하고 창 안으로 밀려 들어오더니 부리부리한 눈으로 가마 안을 들여다봤다. 놀란 장미는 저도 모르게 얼른 고개를 숙였다.

자고로 세상 어디에 가나 어떤 관문을 통과할 때는 잘못한 게 없는데도 이유 없이 사람을 두근거리게 한다. 본의와 전혀 상관없이 대궐문 앞에 오게 된 장미는 두렵고 긴장되는 가슴을 주체하기 힘들었다.

가마 내부를 확인한 금군은 아무것도 묻지 않았다. 금군은 가마 창을 다시 닫고 나서 수문장에게 신호를 보냈다. 그러자 당의를 입은 여인으로부터 출패를 받아 내용을 확인한 수문장이 가마의 입궐을 승낙했다. 장미의 대궐 입성 순간이다. 한번 들어오면 나갈 수 없다는 구중궁궐. 그 대궐 안으로 장미가 들어오게 된 것이다. 우리의 장미는 앞으로 어떻게 될 것인가.

12

대전 제조상궁 심 씨는 심각한 상황에 처했다. 신참 궁녀를 데리러 나갔던 박 상궁이 엉뚱한 처녀를 데리고 들어왔다. 원래 궁녀로 뽑혀 들어오기로 했던 건 액정서 소속 대전별감의 열두 살짜리 조카딸이었다.

신참 궁녀를 데려오는 일은 평소 서신 전달 등의 업무를 관장하는 색장나인에게 맡기려 했는데, 대전 시녀상궁인 박 상궁이 자원했다. 마침, 번을 쉬는 날이니, 이참에 병환 중인 어머니가 돌아가시기 전에 얼굴만이라도 한번 볼 수 있게 해달라는 간절한 청을 차마 뿌리치지 못했다.

박 상궁이 대궐 가마를 이끌고 신참 궁녀의 집에 가서 주의 사항을 전달하고 입궁 준비를 마치는 동안, 그사이 얼른 친가에 다녀오는 것을 못 들은 척 눈감아주기로 하고 허락했었다.

박 상궁의 집은 남산 기슭의 건천동지금의 중구 인현동이었다. 기름전골과 건천동을 갔다가 다시 오려면 시간이 걸리니까 박 상궁이 꾀를 냈다. 가마꾼들에게 돈을 쥐여주고 아이가 준비를 다 하고 나오면 알아서 데리고 오도록 부탁하고 자기는 수표교로 바로 가는 것으로 해서 친가에 머물 시간을 조금이라도 번 것이다.

그런데 그만 궁녀로 뽑혀 들어갈 어린 딸이 부모와 헤어지는 게 섭섭해 울고 짜느라 시간을 지체했고, 가마꾼들은 생각지 못한 뒷돈도 생겼겠다 마침 골목 어귀에서 벌어진 투전판에서 돈을 좀 더 따보려다, 노름꾼들에게 돈을 잃는 바람에 제정신들이 아니었다. 이렇게 복합적인 요인이 뒤엉킨 자리에 때맞추어 숨어 들어간 장미가 궁녀로 둔갑하여 궁 안으로 들어온 것이다.

문제가 될 것을 염려한 제조상궁 심 씨는 부제조상궁에 감찰상궁까지 불러 모아 궁녀 지도부끼리 머리를 맞대보았다.

이번의 궁녀 충원은 대비전에서 중궁전에 있는 나인을 빼

내려는 걸 막기 위해 추진되었다. 중궁전에서는 자기들 내밀한 정보가 대비전으로 흘러 들어갈 것을 염려해서 그럴듯한 사유를 붙여 반대 의사를 궁녀 지도부에 통보해 왔다. 노론 집권당과 연결된 대비전 눈치도 봐야 하지만 현재의 실세인 중궁전의 의사를 무시하기도 어려웠다. 궁녀 지도부가 쉽게 결정하기 어려운 또 다른 이유가 있었다.

얼마 전 궁녀 간의 대식궁녀 간의 동성애 문제가 불거져 당사자들이 참형에 처해지고, 내명부 기강에 관해 궁녀 지도부가 엄중 경고를 받은 터였다. 엉뚱한 처녀를 궁녀로 오인 입궁시켰다는 사실이 밝혀지면 자신들의 입지가 위태로워질 게 뻔했다.

들어오기도 어렵지만 나가기는 더 어려운 게 궁이다. 제조상궁 앞으로 끌려간 장미는 궁에서 나온 가마인 줄은 꿈에도 몰랐다며, 기름전골에 사는 큰댁 장조카 돌잔치 때문에 모인 사촌들과 숨바꼭질 놀이를 하다가 생각 없이 숨어들었는데 그만 이 사달이 벌어진 거라고 둘러댔다. 가마가 움직일 때 왜 사람이 바뀐 걸 알리지 않았냐는 추궁에는 그때 마침 포졸 아저씨들이 가마 앞으로 몰려오는 바람에 잘못하다가 포청에 끌려가면 어떡하나 겁이 나서 그러지 못했다고 적당히 응수했다. 감찰상궁이 즉시 확인해 보니, 가마가 출발할 무렵 이유는 모르지만, 포졸들이 있었던 건 사실이라고 가마꾼들이 증언해 줬다. 궁녀 지도부는 장미의 입궁 건을 애들 장난에 오인이 겹친 일로 결론지었다. 장미는 자기 잘못을 인정하고 다시 궁 밖으로 내보내달라며 선처를 구했다. 그러나 돌아가는 상황은 장미의 바람대로 되지 않았다.

장미는 재빨리 머리를 굴렸다. 아무래도 궁녀 지도부가 자기들의 직을 걸고 장미 자신을 곱게 내보낼 것 같지는 않고, 끝까지 나가겠다고 우기다간 어디 기댈 데 하나 없는 이곳에서 쥐도 새도 모르게 죽을 수도 있다는 생각이 들었다. 그래서 장미는 어차피 포청 포교들에게까지 쫓기는 신세가 된 마당에 당분간 궁에 있는 게 더 안전하고 잘된 일이라고 자신에게 닥쳐온 이 엄청난 현실을 느긋하게 받아들이기로 했다.

그러나 궁은 여태까지 장미가 그랬던 것처럼 자유롭게 뛰놀던 바깥세상과는 전혀 다른 닫힌 공간이었다. 더구나 여기는 자기 말이라면 무슨 수를 써서라도 나서서 돕는 귀석이나 문득이 같은 아이들도, 다모 김조이 성님도 없는, 낯설고 복잡한 힘의 구조가 지배하는 곳이었다.

여관 지도부는 중궁전을 설득했다. 대비전이 원하는 나인을 내주면 대신에 중궁전이 탐내던 대전 색장나인을 중궁전으로 전보 발령 내겠다는 제안을 했다. 편지 등 외부와의 연락을 담당하는 색장은 사실상 각 처소의 정보를 담당하는 요직이다. 밖에서 들어오는 문안 편지나 선물 보따리 등이 색장을 통해 전달되었다. 처소마다 궐내에서 서로 소식이나 선물을 주고받을 때도 색장이 그 일을 맡아 했으므로 자연히 색장은 주요 소식통이 되어 직위는 높지 않아도 윗사람의 높은 신임을 받는 중요한 직책이었다. 중궁전이 이 제안을 받아들였다.

장미는 대전 침방 소속의 생각시로 배속되어 궁녀가 되었다. 생각시는 정식 나인이 되기 전 일종의 인턴사원 격의 초급 궁녀를 지칭하는 말이다. 대전에는 지밀, 침방, 수방, 색장, 보기, 소주방, 생과방, 세수간, 세답방, 퇴선간으로 나뉘어 업무가 분장되고 있었다.

장미가 속한 침방은 궁중의 의복과 바느질을 맡은 부서다. 여러 명이 번을 나누어 교대로 근무했고, 근무조건은 나쁘지 않았다. 그러나 하루 종일 방안에서 바느질하고 수를 놓는 일이 장미의 적성에 맞을 리가 없었다. 궁녀 지도부가 외부에 노출될 일이 비교적 적은 부서에 의도적으로 배치한 것이다.

궁이라는 곳이 워낙 뜻밖의 공간이었기에 처음 얼마 동안은 힘들었다. 그러나 장미는 장미였다. 순발력과 응용력을 발휘하여 빠르게 적응해 나가기 시작했다. 특히 방을 함께 쓰는 대전 지밀나인 운영과는 급속히 가까워졌다. 방 동무를 잘 만난 게 결정적이었다. 운영은 장미와 동갑이었지만 다섯 살 때

궁에 들어와 벌써 궁 경력 12년 차에 해당하는 중고참 궁녀였다. 영특하고, 일 처리에 능숙해 고참 상궁들의 사랑과 신임을 받았다. 입궁 연차로 따지면 왕고참 선배 격인데도 운영은 장미를 허물없이 대했다. 사람들이 있을 때는 장미가 "항아님"이라고 부르며 깍듯이 선배 대접을 했지만, 저녁에 둘만 있을 때는 서로 말을 놓는 동무 사이로 지냈다. 경험 많은 운영이 장미가 궁 생활에 빠르게 적응하는 데 큰 도움이 된 것은 말할 것도 없었다.

장미는 운영이 장악원 소속 거문고 악사인 김복상을 사모하는 것을 알고 적잖이 놀랐다.

'그렇구나. 여기도 사람 사는 곳이었구나. 그래 그렇지. 한참 나이의 운영이 이성 남자에게 마음이 끌리는 게 이상할 것도 없지.'

그러나 이곳은 궁이다. 궁에는 금지된 것이 많다. 당연히 남녀의 사랑도 금지되어 있다. 대전 침방에 정식으로 배속되기 전 장미는 호된 교육을 받았다. 까다로운 궁중 법도와 궁녀들의 직무와 의무 사항에 관해 호된 훈육 과정을 통과해야 했다. 이미 사서오경을 떼었고, 병법서까지 읽었던 장미한테 궁녀의 교육과정은 쉽다면 쉬운 것이었지만 궁중 법도를 익히는 일만은 상당히 까다로웠다. 최종 과정으로 제조상궁 심씨와의 면담이 있었다. 겉으로는 엄격하나 속은 자애로운 심

씨가 말했다.

"한번 들어오면 평생을 지내야 하는 곳이 궁이다. 네가 궁을 나갈 수 있는 길은 세 가지 뿐이다. 첫째는 네가 모시는 윗사람이 이 세상과 하직했을 때이다. 모시던 윗사람이 돌아가면 궁에서 삼년상을 치르고, 그 후에는 궁을 나가야 한다. 둘째는 네가 몹쓸 병에 걸렸을 때이다. 왕족 외의 사람이 병이 들면 밖에 나가서 치료한 후에야 다시 궁으로 들어올 수 있다. 세 번째는 가뭄이나 홍수로 나라에 커다란 재난이 발생했을 때 일부 궁녀를 출궁시키는 일이 있다. 사람들의 원기가 쌓여 자연의 조화를 깨뜨렸으니, 민간의 악한 기운을 풀기 위한 조치니라"

제조상궁은 또 주의 사항에 관한 말도 잊지 않았다. 특별히 그녀가 강조한 것은 남녀 문제였다.

"우리가 소속되어 있는 액정에는 궁녀 말고도 수많은 내관과 별감이 있다. 그 밖에도 궁에는 종친과 조정 관료들이 때없이 드나든다. 혹여 만에 하나, 금령을 어기고 남녀 간에 선을 넘는 일이 발생하면, 발각 즉시 참형에 처한다는 것을 명심해야 한다. 이것은 민간보다 훨씬 엄격한 것이니 꿈에서라도 그런 짓은 생각지도 말아야 할 것이다."

민간에서 죄를 지어 사형선고를 받으면 사형수의 형 집행을 가을에 한다. 혹시 그사이에 나라에 경사라도 생겨 사면령이 내려오면 목숨을 부지할 수도 있다. 그러나 궁에서 궁녀가 간통하다 걸리면 즉시 참형이 실행됐다. 이는 역모 죄인을 다룰 때와 동격으로, 그만큼 궁녀의 간통을 중죄로 여겼다.

더구나 운영이 사모한다는 김복상은 금상전하의 총애를 받는 금사琴士라고 한다. 임금님이 평소 혼자 시를 읊고 음악을 즐기는 의두합으로 복상을 따로 불러 거문고를 연주하게 할 만큼 임금님의 총애를 한 몸에 받고 있다고 한다. 왕이 관심을 기울이는 이라면 당연히 궁 안에 있는 모든 사람의 관심도 받게 된다.

'하필이면 운영이 그런 이를 좋아하게 됐을까?'

상황판단이 빠른 장미는 운영에게 무슨 변이라도 생길까 봐 걱정이 앞선다.

'운영의 사랑은 위험하다. 하지만 이미 좋아해 버렸는데, 이제 와서 어쩌겠나'

자신도 윤경에게 온 마음을 빼앗긴 터라 장미는 운영의 심경을 충분히 이해했다.

꽃다운 시절 한참 때를 궁 안에 갇혀서 보내야 하는 궁녀들에게는 성에 대한 욕망을 해결하는 게 큰 일 중의 하나였다. 식욕과 함께 성욕은 인간이 스스로 통제하기 가장 어려운 욕망이다. 궁녀들이 성욕을 해결할 수 있는 길은 두 가지였다.

하나는 임금님의 눈에 들어 성은을 입고 후궁이 되는 것이다. 그렇게만 되면 궁녀로서는 최고의 기쁨이다. 명실공히 왕의 여자가 되는 것이다. 또 하나는 무엇일까. 바로 간통이다. 그렇게 엄격하게 궁녀들의 간통을 처벌해도 궁녀들의 간통 사건은 끊임없이 발생했다. 사람의 욕망이라는 게 위험한 걸 알면서도 그 불기둥으로 뛰어들게 만든다. 어쨌든 두 번째의 방법은 목숨을 담보해야 한다. 운영이 지금 그런 사랑을 하겠다는 것이다.

대전 지밀나인인 운영은 자주 임금님이 주재하는 연향이나 진연에 차출되어서 참석자들의 수발을 들었다. 그러던 어느 날 복상의 거문고 연주를 듣게 되었다. 마치 하늘에서 내려오는 소리 같았다고 한다. 소리에 취한 운영은 궁녀라는 자신의 신분도 잊고 황홀경에 빠져 금琴을 타는 복상을 바라보았다. 그곳에 있던 모든 이들이 복상의 연주에 빠져있어서 다행히 운영의 돌발행동이 문제가 되지 않았다.

반면 연주를 하던 복상의 눈에도 궁녀 하나가 넋을 잃고 자신을 바라보는 모습이 들어왔다. 한순간 둘 사이에 알 수 없는 정서적 교감이 이루어졌다. 마술 같은 사랑은 이렇게 시작되는 법이다.

젊은 복상은 생김새도 뛰어난 모양이다. 운영의 말로는 신선이 따로 없다고 한다. 그 말을 들으면서 장미는 바로 윤경을 떠올렸다.

'신선이라니. 우리 님에 비할까' 새삼 윤경이 그리워진다.

'지금 이렇게 궁 안에서 몸을 피하고 있는 처지이지만, 병을 핑계로 하든 어떡해서든 무슨 수를 써서라도 궁을 빠져나가서 다시 그분을 찾으리라'

장미는 다짐했다. 비록 남장을 하고 신분을 속인 채 그를 만났지만, 윤경은 얼마나 다정하고 멋진 남자인가. 장미는 윤경에 대한 그리움에 잠을 이루지 못한다.

운영은 대담했다. 복상이 외국 사신을 맞이하는 조하의식 준비로 궁 안에 머물며 일직宿直한다는 정보를 알고는 복상이 쉬고 있는 숙소로 몰래 찾아가 문지방 틈으로 준비해 간 연서를 밀어 넣었다. 그 연서를 본 복상도 마음이 크게 움직여 지정 장소에서 기다리던 운영을 찾아왔다. 두 사람의 금지된 사랑은 이렇게 시작됐다. 처음이 어렵지 막상 연애가 성립되니 뜨거워진 두 사람은 점점 대담해졌다.

남의 눈을 피해 사랑을 나누어야 하는 두 사람이 택한 곳은 궁의 후원이었다. 후원에서도 안쪽 깊이 후미진 곳에 있는 대보단이 그들의 밀회 장소였다. 대보단은 왜란 때 군대를 보내 우리를 도운 것에 보은하기 위해 명나라 황제에 대한 제사를 올리는 사당이다. 청국의 눈을 피해야 하므로 이렇게 깊숙한 곳에 있었고 평소에는 찾는 이가 없을뿐더러 지키는 금군도 따로 없었다. 두 사람이 몰래 만나는 곳으로 이만한 곳이 없었다.

만나는 횟수가 거듭되면서 두 사람은 차츰 밀회 장소에도 변화를 주고 싶은 욕망을 느꼈다. 그들이 노린 곳은 옥류천이었다.

대궐의 서북쪽에서 후원으로 흘러든 개울물이 봉긋하게 솟은 바위 하나를 감싸고 돈 다음 작은 폭포를 이룬다. 떨어져 내린 물이 다시 아래쪽으로 흘러가는데, 이곳이 바로 옥류천이다. 옥류천 주변에는 정자가 많다. 소요정, 태극정, 농산정, 청의정이 서로 마주 보고 자연 속에 묻혀 둘러서 있다. 그 어우러짐이 자못 운치 있는 풍취를 자아냈다. 장대하지는 않지만 아기자기하다. 조선 정원의 특징이다.

후원은 금원이라고도 불리며 궁인들의 출입이 금지된 곳이다. 그러나 외곽 말고는 지키는 금군이 따로 없으니 들어오기만 하면 오히려 안전한 곳이었다.

13

어느 날 밤, 멋진 보름달이 뜬 그날은 마침 복상의 생일날이었다. 사랑하는 이의 생일을 축하하고 기념해 주고 싶은 건 사랑에 빠진 사람들에게는 당연한 마음이다. 운영은 벌써 술이야 음식이야 준비를 해놓고 특별한 생일 파티를 꿈꾸고 있었다. 방 동무의 들뜬 마음을 돕기 위해 장미도 나섰다. 음식 거리를 챙긴 보따리를 나눠 들고 운영과 복상의 약속 장소인 옥류천으로 향했다.

장미는 금원에 들어오는 게 이번이 처음이었다. 모든 게 새로워 금지된 곳에 들어온다는 두려움보다는 설레는 마음이 절로 앞섰다. 만일을 대비해 핑곗거리를 보자기에 싸서 가져왔지만, 경비를 서고 있는 금군에게 들키면 어찌 됐든 곤욕을 치르게 될 것이다. 줄지어 들어선 내전 전각들 사이를 빠져나와 외곽에 있는 가정당을 지나니 존덕정이 나온다. 지붕 모양이 겹으로 된 이층 지붕이 특이하다. 존덕정을 지나 북쪽으로 얕은 고개를 하나 넘으니 바로 옥류천이 언덕 아래 저편에 자리하고 있었다. 멀찌감치 떨어진 곳에 복상이 이미 와 기다리고 있었다. 장미는 복상의 실물을 보고 싶은 강한 충동을 느꼈지만 여기까지만 가기로 했다. 이쯤에서 음식 보따리를 내주고 돌아서며 운영에게 미소와 함께 사인을 보냈다. 요즘 같으면 이렇게 말했을 것이다.

"파이팅!!"

고개를 내려가는 운영을 잠깐 바라보던 장미는 다시 발길을 돌렸다. 이제 비교적 안전한 코스인 오던 길을 택해 숙소로 돌아가는 일만 남았다. 그런데, 밝은 보름달 빛이 마음을 흔들어 놓았는지 장미는 오던 길로 가지 않고 다른 길을 택해 보기로 했다.

어수당이라는 전각이 나온다. 어수당을 끼고 돌았더니 연못이 하나 나오고 한쪽에 아담한 정자가 보인다. 애련정이다. 연꽃을 사랑한다는 뜻이니 꽃이 피었을 때 임금님이 이곳에서 활짝 핀 연꽃을 바라보며 그 아름다움을 즐기는 모습이 상상되었다.

애련정 옆을 지나려다 문득 하늘을 올려다보았다. 휘영청 밝은 보름달이 윤경의 얼굴로 보인다. 달이 연못에 비치니 물속에도 윤경이 있다. 장미는 정자 기둥에 손을 짚고 서서 정신을 차려보려고 애를 썼다. 도저히 발걸음을 옮길 수 없었다. 하는 수 없이 정자 귀퉁이 아래쪽 연못가에 쪼그리고 앉아 그리움에 몸을 떨었다.

'아, 그리운 내님도 저 달을 보고 계실까. 보고픔에 사무치니 차라리 저 달이 원망스럽구나. 어찌 저렇게 맑고 곱게 떠서 그리운 내님을 떠올리게 한단 말인가?'

장미는 하염없이 물속에 비친 달을 바라보고 있었다. 그때였다. 쓰적쓰적 발걸음 소리가 나는가 했더니 불쑥 앳되어 보이는 한 남자가 애련정에 올라서는 게 아닌가.

"오늘 달빛이 유난히 좋구나"

남자가 중얼거리듯이 말했다. 처음에는 이 남자가 장미 자신에게 한 말인 줄로 알았다. 그 자리에 있기가 어색해진 장미가 낮게 기침하며 일어섰다. 그런데 그제야 장미를 발견한 남자는 흠칫 놀라는 기색을 보였다. 몇 걸음 뒤 애련정 아래에 또 한 명의 남자가 있었다. 그도 뒤늦게 장미를 보더니 별안간 날아오르듯이 몸을 날려 일순간에 장미 앞으로 훌쩍 다가왔다. 어느새 그의 손에 환도가 들려있었다. 그가 묵직한 저음으로 소리쳤다.

"누구냐?" 장미는 깜짝 놀랐다.

'이들이 누구일까?'

차림으로 보아 내금위 금군이나 겸사복은 아니다. 관복을 입지 않았으니, 궁내에서 일직하는 관인도 아닐 것이다. 보통의 일반 선비 차림을 하고 있는데, 정자에 올라선 남자는 기껏해야 장미 나이 또래로 보였다. 칼을 빼든 남자는 고강한 무술을 습득한 고수임이 틀림없었다. 보통의 여인 같았으면 섬뜩한 칼날에 놀라 엉덩방아라도 찧었을 것이다. 장미는 되레 큰소리를 쳤다.

"당신들이야말로 뉘시오니까? 엄연히 일반인의 출입이 금지된 대궐 안을 활보하고 게다가 칼까지 휴대하다니 이게 얼마나 큰 죄인지 모르오니까. 속히 신분을 밝히시오."

장미가 큰 소리로 말하는 이유가 있었다. 선비 차림이지만 한눈에도 평범한 이가 아니라는 것은 알 수 있었다. 혹시라도 이들에게 밀회 중인 운영과 복상이 발각되기라도 하면 대형 사고다. 그래서 부러 큰 소리로 외치듯 말한 것이다.

'부디 내 목소리가 그곳까지 들려라.'

두 사람이 밀회를 중지하고 어서 달아나 숨기를 바랐다. 칼을 든 남자가 금방이라도 내리칠 듯 칼을 비껴들며 소리쳤다.

"무엄하다. 감히 어느 안전이라고 대꾸한단 말이냐. 당장 부복하지 못할까?"

달빛을 받아 섬뜩할 정도로 푸른빛을 뿜어내는 칼이 좀 특이했다. 장미가 흔히 보아온 환도보다는 한 뼘 정도 길었다. 앞서 정자에 올라섰던 남자가 한쪽 손을 들어 칼 든 남자를 제지했다.

"그만 됐다. 소요정으로 가자. 옥류천에 비친 달과 인왕산에 걸린 달을 함께 보기에는 그만한 곳이 없을 것이다."

남자는 보름달을 한 번 더 바라보더니 정자를 내려갔다. 어느새 칼집 속에 칼을 집어넣은 남자도 앞서서 성큼성큼 걸음을 옮기는 남자의 뒤를 서둘러 따랐다. 장미가 그들을 보고 다시 한번 소리쳤다.

"멈추시오."

장미는 남자가 소요정으로 간다는 말을 듣고 깜짝 놀랐다.

바로 거기가 두 사람이 있는 곳이다. 하필 운영이 생일 파티 장소로 점찍은 데가 소요정이었다. 생일 기념이라고 음식과 술에 정신 팔다가 혹여 자기 목소리를 놓쳤다면 분명 두 사람은 이들에게 모습을 들키고 말 것이다.

'일단 시간이라도 끌자.' 장미가 말을 이었다.

"나 비록 여인의 몸이지만 신분이 불확실한 그대들이 대궐 안을 활보하는 것을 그냥 보고만 있을 수는 없소. 달구경을 하고 싶거든 신분을 밝히시오. 아니면 이제라도 소리쳐서 내 금위 금군을 부르겠소."

칼을 뽑았던 남자가 다시 칼자루에 손을 얹으며 소리쳤다.

"네 이년, 정녕 목숨이 아깝지 않단 말이냐?"

앞서가던 남자가 장미 앞으로 다가왔다.

"복장과 머리모양을 보니 여관 소속의 생각시인 것 같구나. 좋다. 네 말대로 해보자꾸나. 남의 신분을 물으려면 자기 신분을 먼저 밝히는 게 응당한 도리다. 어디 소속의 누구인고?"

남자의 태도에는 여유가 있다. 누군지 물으려면 먼저 네가 누군지를 밝히라는 주문에 장미는 순간 망설였다. 자신 또한 출입이 금지된 후원에 들어와 있는 주제에 소속 신분을 밝히는 게 현명한 행동인지 가늠이 어려웠다. 그러나 이미 상대를 불러세운 게 자신이니 그 주문을 피할 명분도 없었다.

"소녀는 대전 침방에 견습 나인으로 있는 생각시로 이름은 장미라고 하옵니다. 말씀드렸듯이 이곳은 온 백성의 스승이 자 어버이 되시는 상감마마가 주인이신 대궐 안입니다. 주인 의 허락 없이 궐내 후원을 휘젓는 게 선비의 도리가 아닌 줄 아옵니다. 이제 그만 대인의 정체를 밝혀주십시오."

장미의 말을 들은 남자가 빙그레 웃으며 말했다.

"이상한 일이로구나. 네 말대로라면 나는 이미 허락받았는 데 이제 와서 다시 허락받으라니 궐내 인심이 이다지도 야박 하단 말이냐. 그리고 네 말대로라면 내가 너의 스승이요 어버 이가 되어야 하는데 나는 너에게 이처럼 불한당으로 몰리고 있으니 이 또한 어색한 일이 아니면 무엇이란 말이냐. 어찌 생각하느냐?"

"그... 그럼, 호 혹시?"

장미는 사실 얼마간 눈치를 채고 있었다. 침방 나인으로 있 다 보니 용안을 직접 마주칠 일이 없었다. 그러나 자기 또래 로 보이는 이 남자가 혹시 주상전하가 아닐지 추측해 보는 건 어렵지 않았다. 호위무사인 운검만을 데리고 궐 밖으로 미행 나가는 걸 즐긴다는 말을 들은 적이 있었다. 그래서 대비전에 서 스트레스받고 자주 주상전하를 불러 언짢은 내색을 드러 낸다는 말도 들었다.

'혹시 주상전하께옵서 미행을 마치고 돌아오는 길이었다 면? 그렇다면 보통 일이 아니다. 어찌해야지?'

그때였다. 궐내 순찰을 하던 금군 무리가 이들을 보고 달려왔다. 금군을 이끌던 내금위 부장이 금세 임금의 용안을 알아보고 부복했다. 얼결에 장미도 따라 엎드리고 고개를 들지 못했다.

'큰일 났다. 이제 어떡하지? 죽을죄를 지었다면서 빌어 볼까? 기왕 저지른 거 더 대차게 나가 볼까? 아냐 아냐 그건 바보짓이야. 아하 참'

소년왕은 달구경을 놓칠 수 없다며 소요정으로 향했다. 운검이 그를 따랐고 미처 묻지 못한 말이 있으니 뒤따르라는 어명이 있어서 장미도 가슴을 졸이며 그 뒤를 따랐다. 조금 떨어져서 금군들이 호위했다.

다행히 운영과 복상은 보이지 않았다. 소년왕이 말한 대로 인왕산에 걸린 보름달이 보는 이의 가슴을 흔들었다. 그 정취가 소년왕의 가슴에 스며들었을까. 왕은 놀랍게도 장미를 정자 안으로 불러올렸다. 무릎을 꿇고 엎드린 장미에게 왕이 물었다.

"파루가 울리려면 아직 멀었는데, 이 시각에 여관들이 숙소를 떠나서는 아니 되는 것 아닌가?"

"그러하옵니다. 특별한 사유 없이 처소를 떠나는 것은 엄하게 금지되어 있사옵니다"

"그런데 너는 어찌하여 애련정에 있었던고? 너도 나처럼 달구경이 급했더냐?"

"아니옵니다. 소녀 신분이 분명한데 어찌 감히 그런 마음을 품을 수 있겠사옵니까. 달구경이 목적이었다면 이곳처럼 정겨운 정취는 아니어도 쉰네가 머무는 나인들의 처소에서도 할 수 있사옵니다."

"그렇다면 금령을 어겨가면서까지 애련정에 나온 다른 이유가 있다는 말이 아닌가. 내가 궁금한 것은 사실 따로 있느니라. 네가 금령을 어기고 나온 주제에 그처럼 당돌하게 나를 불한당으로 몰아세운 연유, 바로 그게 궁금하다. 바른대로 말해보아라."

올 것이 왔다. 왕이 정곡을 찌른다. 그렇다고 밀회 중인 동무가 달아날 틈을 벌려고 그랬다고 대답할 수는 없다.

"어느 안전이라고 거짓을 고하리까. 침방 소속으로 미처 용안을 뵈옵지 못해 범한 용렬한 죄가 하늘을 찔렀으니 죽음을 기다릴 뿐이나이다."

"하하하. 나름 신선했느니라. 제대로 된 종이라면 주인집에 허락 없이 뛰어든 불한당에게 응당 그렇게 대해야 할 것이다. 네가 나를 면전에서 마주친 적이 없는 데다가 내가 미복을 입고 있으니 그랬을 수 있다는 점을 인정하마. 그렇다고 해도 어린 여인에 불과한 너의 대처는 놀라울 뿐이다. 이래저래 너의 사유가 궁금하다."

"황공하옵니다. 그러하오나 그 사유가 지엄하신 상감마마 앞에서 미천한 입에 올리기에는 너무도 민망스럽사옵니다. 내실 여인들의 은밀한 세시풍속에서 비롯된 것이오라…"

"그렇게 말하니 더 궁금해지는구나. 괜찮다. 어서 말해보아라."

"예. 상감마마. 그러시면 부끄러움을 무릅쓰고 말씀 올리겠나이다. 쇤네는 대전 침방 나인으로서 대조전의 이불 홑청 마름질을 담당하고 있사옵니다. 일반 사가에 전해오는 세시풍속에 의하면 새로 혼인한 남자가 음기 가득한 홑청으로 시친 새 이불을 덮고 자면 신부와 합방 시에 좋은 반응을 일으켜 이내 아들을 생산한다는 속설이 있사옵니다. 지금 제가 들고 있는 보자기 안의 이불 홑청이 용보에 씌울 것이 온대, 달이 차서 기울기 전에 이 홑청에 달빛의 음기를 가득 채우면 혹여 중전마마께서 원자 아기씨를 한시라도 빨리 만나실 수 있을까 하여 나왔던 것이 온대, 별안간 옥지_{임금의 발걸음}를 애련정에 올려놓으시는 바람에 그만…"

"하하하 내가 지금 네가 들고 있는 홑청으로 시친 이불을 덮고 자면 그 음기가 내 몸을 단단하게 하여 우리 중전이 원자를 생산한단 말이로구나?"

"속설일 뿐이오나 실행한다 하여 해될 것은 없기에…"

"알았다. 내 그 이불을 덮고 잔 후에 원자가 태어나면 너의 공으로 알겠다."

"망극하옵니다"

"네 덕분에 이번 달구경이 자못 흥취를 더하는구나!"

이렇게 얼렁뚱땅 좌충우돌 장미가 궁에 들어와서도 한 건을 했다. 운영과 복상의 목숨을 구하기 위해 발동한 임기응변이 뜻밖에도 소년왕과의 특별한 우정을 여는 계기가 되었다. 그 과정을 좀 더 살펴보자.

다음날 내시부의 내관이 장미를 불러냈다. 내관을 따라가니 상감께서 집무를 보고 휴식하는 곳이기도 한 희정당이었다. 머리를 조아린 장미에게 소년왕이 물었다.

"어제는 너로 하여 뜻밖에도 심히 즐거웠노라. 내 이불에 씌울 홑청은 잘 있겠지?"

"예 전하. 오늘 아침 일찍 침방 나인들이 모두 모여 고이 다루어 용보에 시쳤으니 오늘 밤에라도 대조전 침소에 받들 수 있사옵니다."

"하하하 그래, 좋다. 그건 그러하고, 내 좀 알아보았노라. 네가 궁에 들어온 지 얼마 되지 않았다는데 궁금하구나. 어떤 연고로 궁 생활을 시작했는고?"

"예? 아 그건..."

"궁녀를 들이는 일은 내시부 소관인데 내시부에선 네가 들어온 것에 대해 우물거리고 자세히 알지 못한다고 하여 내 묻는 것이다. 누구를 탓하려 함이 아니고 일찍이 너와 같은 궁인을 본 일이 없기에 내시부가 참고하여 너를 닮은 인재를 보강하게 하려는 뜻이니 염려하지 말고 말해 보거라."

이게 어찌 된 일인가. 왕은 분명 장미에게 호감을 느끼고 있다. 그러나 장미가 궁에 들어오게 된 내막을 왕이 알게 된다면 필히 궁녀 지도부의 책임소재가 문제가 될 것이다. 장미로서는 이러지도, 저러지도 못하는 난감한 상황에 처하게 되었다.

"황공하옵니다. 전하. 쇤네 목숨을 걸고 아뢰옵니다. 부디 묻지 마옵소서."

"그게 무슨 말이냐? 묻지 말라니. 그렇게 어려운 말이더냐?"

"쇤네 죽기로 입을 다물 것이옵니다."

"이런 답답할 데가 있나. 궁녀가 궁에 들어온 연유를 말하는 데 무슨 목숨까지 걸어야 한단 말이냐. 괜찮으니 말해 보거라. 지난밤의 그 호기는 다 어디 두고 네 이리 쪼그라들었는고?"

"하옵시면 다시 한번 목숨을 걸고 감히 말씀 올리나이다. 쇤네가 올리는 말씀이 주상전하와 쇤네 간에서 끝날 수 있게 해주시옵소서. 이를 주상전하가 아닌 장부로서 쇤네에게 약조해 주시오면 바른대로 말씀 올리겠나이다."

"하하하, 그래 그렇게 나와야 너 다우니라. 장부라. 그 말은 곧 익선관에 곤룡포니, 금상의 자리니, 이따위 허울 집어치우고 한 사람의 사내로서 사내답게 나서달라는 말이렸다. 그래, 좋다. 내 네 말대로 장부로서 약조하마. 이제 됐느냐?"

"송구합니다. 전하. 쇤네가 입을 놀려 허망한 칼바람이 여관부 안팎에 불어닥칠까 하여 올린 말씀이옵니다. 헤아려주시옵소서."

"뭔지 알겠다. 네가 들어올 때 뭔가 앞뒤가 안 맞는 일이 있었구나. 그 일로 여관부의 누구라도 다칠까 봐 그러는가 본데 그 일이라면 염려치 말라. 내 장부로서 그 어떤 말을 듣더라도 입을 꾹 닫으마."

그렇게 하여 장미가 착오로 인해 궁에 들어오게 된 사연을 시작으로 궁 밖의 사가에서 지내면서 뒷골목 악소년들과 어울려 못된 양반들을 골탕 먹인 갖가지 이야기들을 일목요연하게 말씀을 올리게 되었다. 소년왕은 특히 장미의 '자에는 자로' 원칙 하에 양반들에게 앙갚음한 얘기들에 관심을 기울이고 결말이 날 때마다 무척이나 좋아했다.

소년왕은 장미를 대전 지밀 소속으로 옮기게 했다. 장미를 궁에 데려온 장본인이기도 한 시녀상궁 박 상궁 밑에서 견습 나인 일을 보게 하면서 장미가 번을 설 때마다 불러 바깥 이야기를 들었다.

하루는 중궁전 시녀상궁이 장미를 찾았다. 중전마마께서 찾으시니 속히 따라오라는 것이다. 장미는 긴장했다. 혹여 최근 왕의 총애가 중전마마의 심기를 거슬렸을지도 모를 일이다. 막상 대면한 중전은 온화한 미소를 내보이며 손수 장미의 손을 잡았다. 장미는 깜짝 놀랐다.

"내 너를 한번 보고 싶었느니라. 성상께서 말씀마다 네 칭찬을 자자히 늘어놓으시니 어찌 궁금증이 더하지 않았겠느냐. 용모 반듯하고 그 눈이 총명하니 내 기대했던 그대로다. 그러나 내 진정 궁금하도다. 얼핏 보아 가냘픈 여인 그대로이되 네 어찌 가슴 속에 그런 담대함을 품고 있느뇨."

"어인 말씀 이시온지 쇤네 몸 둘 바를 모르겠사옵니다."

"호호호, 내 어쩌다 곤위袞位에 올라 이 자리에 있으면서 적잖은 궁 생활을 해왔다만, 너와 같이 호협기질을 가진 궁녀가 있다는 말은 일찍이 들어보지 못했다. 가끔 이곳에 들러 나에게도 바깥세상의 이야기를 들려줄 수 있겠느냐?"

"중전마마의 은애가 넘치고 그 사랑의 화기가 봄동산 같으시온데, 어찌 그 분부를 따르지 않겠사옵니까. 쇤네 비록 미천하오나 성심으로 분부를 받잡겠사옵니다"

"성상께서 너를 아끼시는 이유를 알겠다. 그러나 궁중은 말이 많은 곳이다. 자칫 너의 뜻과는 달리 너를 음해하려는 자들도 있게 마련이다. 부디 자중을 잃지 말고, 성상의 높으신 홍복이 널리 미치는 데 일조하도록 하라."

"명심 또 명심하겠나이다"

중전은 소년왕의 총애를 받는 장미가 어떤 여인인지 궁금했다. 같은 여인으로서의 경계심도 있었을 것이다. 장미를 직접 만나본 중전은 이상하리만치 금세 장미를 좋아하게 되었다. 여인 특유의 감수성으로 장미가 왕의 사랑을 놓고 자신의 경쟁자가 될 인물이 아니라는 것을 바로 알았다. 장미의 자색은 뛰어났다. 그러나 중전이 볼 때 왕이 품은 장미에 대한 애정은 일반적인 남녀의 애정과는 다른 것이었다. 장미를 만나보니 그 실체가 무엇인지를 총명한 중전은 금방 알아차렸다.

14

장미는 소년왕을 마음 깊이 존경하게 되었다. 예전에 어렴풋이 알고 있던 왕이 아니었다. 왕세자 시절 언제 독살될지 모를 위협 속에서 눈치 보며 움츠리고 지내온 시절이 있었지만 이제 더 이상 노론당 눈치나 보는 허수아비 왕이 아니었다.

저들의 세를 인정하면서 차분히 대하고 발톱을 감추고 있지만, 왕으로서 중심을 잡아야 할 때는 한 치의 양보가 없었다. 소문처럼 노론당에 끌려다니는 왕이 절대로 아니었다. 노론당 지도부도 조심하는 눈치였다.

소년왕과 장미. 나이도 비슷한 둘은 어느새 깊은 동질감을 확인했다. 왕은 틈나는 대로 장미를 불러 환담했다. 장미에게서 듣는 궁 밖의 생생한 민생 현황들은 자신이 앞으로 어떤 행보를 해야 하는지를 결정하는 중요한 지식이요 정보였다. 무엇보다 왕은 장미를 통해 시장경제의 중요성을 파악했다. 경제가 잘 돌아가야 백성들의 삶이 윤택해지고 나라도 부강해진다는 사실을 실감했다. 왕은 친히 미행을 나가 시장통을 돌아보았다. 다음은 왕이 직접 경험한 것들을 중전에게 들려준 내용이다.

"한양 서문에 큰 시장이 있다고 해서 가보았지요. 그곳은 가짜 물건 파는 자들의 소굴입디다. 은이라고 내놓는 게 실은 백동이고 개가죽을 초피_{담비의 모피}라고 우겨댑니다. 그러니 염소 뿔을 대모_{바다거북이}라고 주장하는 것 정도는 약과라고 해야지요. 사는 이가 속아서 부르는 값을 치르면, 판 자는 일거에 열 곱 백 곱 이문을 보는 것이지요"
아직 십 대를 벗어나지 못한 젊은 왕은 자신이 본 것들을 자랑이라도 하듯 늘어놓는다.

"들려주시는 모든 것이 그저 새롭고 흥미롭사옵니다. 하오나, 성상께서 그런 위험한 곳을 마다하지 않으시니 대비전에서 마음을 놓지 못하시는 게 아니옵니까. 부디 유념하소서."

"민생을 밑바닥까지 살피려는 것이니 중전께서는 너무 염려하지 마십시오. 그런데 사실 말이지요. 시장 돌아보는 재미가 은근히 쏠쏠합니다"

"실은 여인네의 입장에서는 시전을 돌며 온갖 진귀한 물건 구경하는 것만큼 즐거운 일도 따로 없지요. 장미한테 들으니, 시장에는 소매치기꾼도 많다고 하던데..."

"하하하 왜 아니랍니까. 마침, 과인이 시장에 들렀을 때 이런 일을 목격했지요."

무언가 새로운 세계를 접하면 그걸 다시 누군가에게 옮겨야 제맛이다. 소년왕이 기다렸다는 듯 경험담을 털어놓았다.

"어떤 자가 말입니다. 남의 전대에 무엇이 든 걸 어떻게 알았는지 예리한 칼로 째어 빼내고 냅다 도망을 칩니다. 소매치기를 당한 자가 쫓아가니 요리조리 잘도 피해 달아나는데, 쫓는 자도 간절해서 그런지 그 속도가 놀라울 정도로 빨랐지요. 거의 다 따라가 잡히는가 했더니 대광주릴 머리 위로 잔뜩 짊어진 자가 불쑥 '광주리 사려!'하고 뛰어나와 길을 막아버리는 게 아니겠소. 더 쫓지를 못하고 놓쳐버리고 마는데, 누가 봐도 광주리 짊어진 놈이 한패가 아니겠소. 쫓던 자가 멱살을 잡고 늘어집니다. 그랬더니 광주리장수가 생사람 잡는다고 생눈깔을 팍팍 뽑는데...”

“예? 생... 아니, 그 말씀은?”

“아하! 현장의 맛을 살리려다 보니 과인이 좀... 상관없는 사람을 왜 끌어들이냐고 시치미를 떼며 대거리를 합디다”

장미가 시정 돌아가는 이야기를 들려줄 때 현장에서 통용되는 비속어를 가끔 섞었는데 그걸 왕이 아주 좋아했다. 어느새 소년왕도 장미의 말투를 닮아가고 있었다. 쑥스러워하는 왕을 위해 중전이 눈치 있게 말을 받았다.

“말씀을 비교해 보니 생눈깔을 뽑았다는 것이 훨씬 더 생생하여 듣는 저도 그곳에 가 있었던 듯하옵니다”

“실은 나도 그렇게 하는 게 훨씬 신나고 말을 전하는 맛이 납니다. 하하하. 나중에 장미한테 들으니 광주리 짊어진 놈도 소매치기와 한 패인 게 분명하답니다. 하하하”

“그러니 시장에서는 돈을 전장에서 진 지키듯 하고 지닌 물건은 시집가는 여자 몸조심하듯 하라고 하지요. 사저에 있을 때 들은 말이옵니다.”

중전의 말을 들은 소년왕의 표정이 어두워졌다.

“모든 게 과인의 책임으로 들립니다.”

“망극하옵니다. 제 말씀은 그런 뜻이 아니오라...”

"가짜가 판치고 소매치기가 노니는 세상이니, 민생이 제대로 돌아간다고 할 수는 없지요. 해서 까짓 물건 하나 간수하는데, 시집가는 여자 몸조심하듯 해야 한다는 우스개도 그냥 넘기지 못하는 것입니다. 임금된 자로서 책임을 느끼는 것도 당연한 일이니, 중전께서는 마음에 두지 마십시오. 중전께 재미난 얘기 들려주려고 말을 꺼내 놓고 정작 그 본래 뜻을 망친 꼴이 됐습니다. 과인이 시장을 돌아보는 것을 좋아하는 까닭은 사실 따로 있습니다."

"까닭이라 하옵시면?"

"갈 때마다, 시장이 잘 돌아가야 나라가 건강해진다는 것을 실감합니다. 어떻게 고쳐야 할지까지는 몰라도 최소한 무엇이 잘못되고 있다는 것은 바로 알 수 있지요"

왕은 칠패시장이나 배오개시장 등의 허가 조건을 완화하고, 화폐유통의 활성화 일환으로 구리 생산을 장려했다. 그래도 부족한 양을 채우기 위해서는 일본으로부터의 수입을 늘리는 방안을 채택했다. 동전 주조를 위한 구리가 태부족이었기 때문이다.

지금까지 조선은 주로 현물거래였다. 화폐유통이 시들고 현물거래가 늘어난 이유가 있었다. 현물의 경우, 교환 기능 외에도 다양한 용도로 활용할 수 있었지만, 화폐는 그렇지 못했다. 그리고 나라에서 그 가치를 온전히 보장해 주지 못했으므로 시장에서도 외면당했다. 세종 때 화폐유통을 강제해 보기도 했지만 실패한 원인이다.

그러나 세상은 달라지고 있었다. 차츰 화폐를 통한 유통이 자리를 잡아가고 있는데 동전 주조 문제로 통화량이 제한되어 있으니, 소원룡 같은 자들이 동전을 대량으로 쟁여두고 독점해 버리면서 물가에까지 영향을 미치고 있었다. 왕이 그 흐름의 문제점을 읽은 것이다. 시장경제가 조금씩 살아나니 자연히 백성들의 삶이 나아졌다.

청명한 가을 날씨가 이어졌다. 왕이 장미를 불러 여느 때처럼 환담을 나누려던 참이었다. 모처럼 정사를 잊고 한가로움을 즐기고 싶었는지 그날따라 왕이 장미에게 한양 뒷골목에서 들은 소담이나 하나 해보라고 특별한 청을 했다. 장미가 잠시 고개를 갸웃하더니 말을 시작했다.

"쇤네가 뒷골목의 악소년들과 어울려 다닐 때 무리 중에 문득이라는 아이가 있었사옵니다. 거리의 아이들이라 대개는 제 이름으로 부르지 않고 별명이나 이름을 비틀어 부르는데, 문득이의 본래 이름은 문덕이었사옵니다. 나이는 쇤네보다 한 살 아래였는데, 녀석의 출생과 얽힌 사연이 잠시라도 주상 전하의 용안에 미소를 머금게 할까 하여 감히 말씀 올려보겠나이다.”

　장미의 말을 들은 왕은 뜻밖에도 미간을 찡그리며 말을 받았다.

　“문덕이면 대제학과 이름이 같지 않은가. 내 그 말을 들으니 불쾌한 기억 하나가 떠오르는구나!”

　“황송하옵니다. 공연한 말로 주상전하의 심기를 어지럽혔사옵니다.”

　“네 말과는 무관한 일이니, 상관치 말라. 문덕이란 이름과 얽힌 기억 때문이니라”

　“어떤 기억이시온지…”

　“나와 대제학이 비록 군신으로 맺어져 있으나 그이가 노론의 영수로 있으면서 나와는 불가근불가원으로 지내는 것은 온 세상이 아는 일이다. 그래도 서로의 거리를 좁혀보려는 시도는 내가 먼저 한 셈이지. 그 때문에 벌어진 일이다.”

　“…”

　대제학이 임금을 가지고 놀려 드니 왕이 그를 좋아할 리가 없다. 괜한 말을 꺼냈나 걱정이 되면서도 왕의 다음 말이 궁금해진다.

　“한번은 대제학한테 작명은 누가 하셨소 하고 물은 적이 있었지. 그랬더니 조부께서 지으셨다고 대답하더구나. 글을 깨쳐 그 덕으로 세상을 이롭게 하라는 뜻으로 그렇게 지었다는 말을 덧붙였지. 내가 속으로는 문덕文德보다는 악덕惡德으로 세상을 어지럽히는 자가 염치도 없는 말을 잘도 지껄인다고 생각했지. 그런데 무슨 생각이 떠오르면 그 생각이 얼굴에 바로 드러나는 게 치명과도 같은 내 약점인데, 대제학처럼 노회한 자가 그걸 놓칠 리가 있겠느냐. 바로 성군께서는 그 작명이 마음에 들지 않으시나 보옵니다 하고 받아치는 거야. 그런 일로 속내를 들킨 게 화가 났지만 어쩌겠느냐. 고구려를 지킨 명신 을지문덕처럼 누란의 위기에서 나라를 구할 동량이 되라는 뜻이 담겨있었을 거라고 마음에도 없는 말로 둘러대고 말았지. 과인은 늘 그것을 고치려 하지만 잘되지 않는구나. 얼굴에 속마음이 드러나는 것 말이야."

"어찌 그런 말씀을 하시옵니까? 전하. 그것은 전하의 심중이 금강산 계곡의 맑은 물 같아서 더러운 것이 흘러들면 바로 표가 나는 것과 같사옵니다. 악덕이 물가에 나타나면 그 악덕이 물에 비치는 것은 당연한 이치이지요. 전하의 탓이 아니옵니다."

"하하하 그 비유가 마음에 든다. 나야말로 공연한 말로 너의 말을 끊었다. 계속해 보자. 문득이 아니 문덕이의 출생이 어찌 되었는고?"

장미는 왕이 미간을 찌푸렸던 이유를 알고 마음을 놓았다.

"예, 녀석은 천애고아가 되어 뒷골목 신세가 되기 전에는 그래도 명절에 새 옷을 입고 제때 밥은 먹고 사는 양인 집안 출신이었사옵니다. 그 아비는 구리개銅峴지금의 을지로 입구 한쪽에 작은 점포를 연 약재상이었는데, 침을 놓을 줄 알아서 가난한 집 사람들한테 시전도 안 받고 침을 놓아주고 약 처방까지 해 줘서 주위에서 칭송이 자자했다고 하옵니다."

"호오 인자한 사람이었군"

"병진년에 역병이 돌던 무렵, 몸을 돌보지 않고 사람들을 구하다 자신은 물론이고 그 아내까지 역병에 옮아 그만 일거에 죽고 말았사옵니다."

"저런..."

"그러니 녀석이 어려서 졸지에 오갈 데 없이 떠돌다가 악소년 무리에 끼어들게 되었지만, 근본은 있는 아이이옵니다."

"안타깝도다."

"쓸데없는 전조가 길어졌사옵니다. 녀석이 태어나기 전 일이옵니다. 그 아비가 주위에 덕을 쌓고 착한 일을 많이 했지만, 집안은 편안치 않았던 모양입니다. 그의 아비와 어미에게는 한가지 액이 끼어 있었사옵니다."

"액이라."

"예, 공방살空房煞이 끼었는지, 이상하리만치 아내와는 정이 통하지 않아서 동침하지 않으니, 혼사를 치른 지 십수 년이 흐르도록 자식도 없이 지내게 된 것이옵니다."

"호오"

"하루는 그 아비가 내실에 찾을 물건이 있어 마루에 올라 불쑥 방문을 열었습니다. 때마침 아내가 이를 잡느라고 치마를 풀어 헤쳐 속살을 다 드러내고 있는데, 갑자기 남편이 들어선 것입니다. 다급해서 얼른 몸을 가렸지만 벌써 아내의 뽀얗고 부드러운 살결에 윤기가 흐르는 몸이 남편의 눈에 다 들어와서 정욕이 크게 발동합니다. 참을 수 없이 되어서 그 즉석에 뜻하지 않은 교합이 이루어진 것입니다. 이로부터 부부의 금실이 좋아지고 십수 년의 냉담 세월을 보상받기라도 할 양으로 부부의 낙을 더할 수 없이 즐기게 되었지요. 잉태의 경사까지 겹쳐 열 달 후에 아이가 태어나니 부모의 사랑이 어떠했겠사옵니까. 아이의 이름을 무엇으로 지을까 의논하던 중에 그 아비가 말했답니다. 우리가 아이를 보게 된 것은 사이좋게 지내온 부부의 경우와는 다르오. 십수 년 반목한 우리가 이렇듯 귀한 아이를 얻은 것은 이가 당신을 문 덕이니 남들처럼 목숨 수壽자나 복 복福자 같은 것으로 이름 짓지 말고, 이름을 들으면 바로 그 뜻이 생각나게 짓는 것이 좋겠소. 그러고는 드디어 아이 이름을 문덕이라고 지었답니다. 그 아비의 성이 이李가이니 이문덕이 된 것이지요. 이 문 덕에 태어난 당초의 정경을 나타낸 것이옵니다. 음으로 성까지 붙여 불러도 '이문덕'이요, 뜻으로 맞춰봐도 '이문덕'이니 어찌 그 아비와 어미의 사랑이 담긴 이름이라 하지 않겠사옵니까"

　장미의 말을 들은 왕이 상상외로 기뻐했다.

　"으하하 이라는 놈이 그의 아내를 무는 바람에 그놈을 잡겠다고 치마를 풀었고 마침 그 모습을 본 그 아비가 춘정을 일으켰으니, 과연 그렇게 태어난 아이가 이문덕이 아니면 무엇이었겠느냐. 하하하. 대제학 또한 이씨 성에 문자 덕자를 쓰니 공교롭도다. 잘됐다. 나에게 눈엣가시처럼 구는 그자를 이처럼 손 안 대고 골려 먹을 수가 있다니. 으하하 내일 아침 어전회의가 열리면 대제학은 보나 마나 사사건건 내가 내놓는 안건에 토를 달 것이다. 아니 되옵니다. 그럴 수는 없사옵니다. 그 말에 달려 나오는 구실들이 또 얼마나 화려하고 요사스러울꼬. 아무 말을 하지 않고 다 듣고 난 뒤에 이 얘기를 해줘야지. 그 잘난 대제학한테 말이야. 그 이문덕이한테 말이야. 백관들 다 있는 앞에서 말이야. 으하하"

　"하옵시면 말씀 후에 대제학께서 보일 표정이 진심으로 궁금하옵니다"

　"안타깝도다. 어전회의에 너를 불러들일 수 없다니. 하지만 염려치마라. 내 똑똑히 봐두었다가 너한테 소상히 전해주마. 으하하 가가대소라더니 내 이리 크게 웃어본 게 그 얼마 만인가. 이야기는 골계에 가까우나, 내 심히 통쾌한지고 으하하"

왕은 장미를 대전 색장으로 승진시켰다. 견습나인을 건너
뛰고 졸지에 정식나인으로 승격한 것이다. 견습에서 정식나
인이 되기까지 통상 10년 넘게 걸린다. 그야말로 파격인사였
다. 색장이라는 직위는 장미에게 날개를 달아주었다. 방구석
에서 바느질하거나 수를 놓거나 아니면 세수간 업무를 맡거
나 생과방이나 소주방에서 음식을 만드는 일보다는 훨씬 적
성에 맞았다. 더구나 가끔은 왕명을 전한다는 핑계로 궁 밖
외출까지도 할 수 있게 되었다.

15

서신을 통해 뒤늦게서야 전후 사정을 알게 되기는 했지만,
그동안 기향은 이루 말할 수 없는 마음졸임 속에서 시간을 보
내야 했다. 어느 날 갑자기 장미가 실종됐다. 좌포청의 포교
와 포도군사들이 몰려와 집을 수색한다고 난장판을 만들었
다. 기향은 의아했다.

'왜 우포청이 아니고 좌포청이지?'

포청에서 사람들이 나왔을 때 당연히 김경철의 지시를 받
은 것으로 생각했기 때문이다. 다모 김조이가 알아 온 정보는
더 놀라웠다. 상대는 포청의 포도부장 정도가 아니었다. 포도

대장마저 좌지우지하는 오정창이었다. 오정창이 누구인가. 이문덕의 앞잡이로 모든 권세와 돈을 쥐고 이 나라 이 땅에서 벌어지는 모든 악행의 주범이다. 기향은 눈앞이 캄캄했다.

'어쩌자고 그런 자를 건드렸단 말인가?' 이건 벌집 정도가 아니다. 강물을 막아놓은 보를 건드린 거나 다름없다. 이제부터 봇물 터지듯 밀려 들어올 후환이 두려워 기향은 잠을 이루지 못했다. 그런데 장미가 온데간데없이 감쪽같이 사라져버렸다. 아무도 장미의 행방을 알지 못했다. 장미와 어울리던 아이들도 의아해하기는 마찬가지였다.

포교들과 갈가리들이 집 주위를 에워쌌다. 장미가 나타나기만을 기다리고 있다. 한 달 가까이 시간이 흘렀다. 이제 집 주위를 에워싸고 있던 포교들이나 갈가리들도 제풀에 지쳐 사라지고 말았다. 그래도 장미는 돌아오지 않았다. 혹시나 변을 당했을까 기향은 노심초사했다.

그러던 어느 날이었다. 궁에서 나왔다는 누군가가 장미의 서신을 전해주고 갔다. 그제야 기향은 장미가 궁에 들어가 있었다는 것을 알게 되었다.

'거기가 어디라고' 기향은 기가 막혔다. 온갖 상상을 다 해봤지만, 궁 안에 가 있을 거라고 어떻게 생각할 수 있었겠는가. 편지에서 장미는 지금은 밖이 더 위험해서 일부러 궁 안에서 궁녀 생활을 하지만 바깥이 진정되면 다시 나갈 거니까 걱정마시라고 큰소리를 친다.

'궁이 어떤 곳인데, 제 집 드나들 듯이 자기가 있고 싶다고 있고 나오고 싶다고 나오고 그런 덴 줄 아나'

이제부터 기향은 전혀 새로운 고민거리를 안고 살게 되었다.

'사람들한테 물어보니 궁녀로 일단 궁에 들어가면 죽어서야 나올 수 있다는데, 이럴 줄 알았으면 차라리 김윤경의 첩살이라도 시킬걸 그랬지. 내가 공연히 지혜로운 여인이 어떻고 존엄이 어떻고 쓸데없는 소리를 했구나.'

장미가 실종된 날로부터 백일이 채 지나지 않은 날이었다. 늦가을 볕 아래에서 기향은 마당으로 내려와 내실 마당 한쪽에 심어놓은 장미목을 바라보았다.

'저 나무가 내년 봄에나 꽃을 피울 텐데 그때쯤이면 우리 아이를 볼 수 있을까?'

기향이 하염없이 꽃도 피지 않은 꽃나무를 바라보고 있을 때였다. 바깥채로 연결되는 중문으로 창두 득길이가 들어왔다. 그런데 녀석이 실없이 싱글벙글 웃는 낯으로 기향 앞으로 온다. 너는 또 왜 궂것지게 내 속을 뒤집느냐고 한소리를 하려다 보니 그의 뒤쪽 문 너머에 장미가 서 있었다.

장미는 남색 치마에 옥색 저고리를 입었고, 머리는 새앙머리를 하고 있다. 웃는 듯 우는 듯 서 있는 장미를 보니 울컥하는 마음이 솟구쳐 달려가 부둥켜안고 싶은 마음을 겨우 진정하고 기향은 가만히 장미를 바라보았다. 대신 장미가 나는 듯이 달려와 기향의 품에 안겼다. 이제는 기향도 더 참을 수 없었다. 장미를 끌어안았다. 혹시라도 빠져나갈까 하여 있는 힘을 다해 끌어안은 팔에 힘을 주었다. 장미는 기향의 품에 안겨 원 없이 울었다. 기향도 주체할 수 없이 흐르는 눈물을 내버려두고 장미를 안고 한참이나 그대로 있었다.

장미는 오래 머무를 수 없었다. 어디까지나 공무로 나왔으니, 일을 마쳤으면 바로 궁으로 돌아가야 한다. 기향과 아쉬운 작별을 해야 했다. 이렇게 다시 만난 딸을 떠나보내야 한다는 사실이 기향의 가슴을 후볐다. 기향이 장미의 손을 잡았다.

"얘야, 나는 아이를 낳아보지 못했다. 그러나 강보에 싸인 너를 보면서 그리고 너를 기르면서 에미의 가슴이 무엇인지 알게 되었다. 그러니 너는 나에게 그 무엇과도 바꿀 수 없는 크나큰 선물이다."

여기까지 말한 기향이 잠시 숨을 골랐다. 차오르는 이별의 슬픔을 억누르기 위해서였다.

"너는 조실부모하고 내게로 왔다. 내가 팔자를 따라 세상이 천하게 여기는 기생이 됐지만 너까지 천하게 키울 수는 없었다. 너에게는 아비가 없으니 내가 그 아비 몫도 해야 했다. 그래서 너를 차갑고 엄하게 다뤄야 한다고 생각했다. 속마음이야 정 많고 어여쁜 너를 한없이 사랑한다만 남들처럼 겉으로 드러내고 보여준 적이 없었다. 그렇게 애면글면 키운 너를 좋은 곳에 시집보내는 게 소원이었는데 이제 궁이라는 감옥 아닌 감옥에 있게 됐으니 어쩌면 좋단 말이냐. 차라리 너한테 미리부터 따뜻하게 대해주지 못한 게 너무나도 후회스럽다. 그러니 이를 또 어쩌면 좋단 말이냐?"

기향이 뜨거운 눈물을 쏟는다. 장미가 기향을 달랬다.

"아닙니다. 어머니. 제가 왜 어머니의 진심을 모르겠습니까. 겉으로는 엄격하시지만, 속으로는 가없는 자애심으로 저를 대하시는 걸 왜 모른답니까. 얼음장 밑으로 따뜻한 물이 흐르는 것처럼 그 속 깊은 정을 왜 모르오리까. 부디 슬퍼 마소서. 잠깐 겪어봤지만, 궁도 사람 사는 곳입니다. 그곳에도 서로 통하는 정에 길이 있고 서로 통하는 사람 간의 보살핌이 있습니다. 소녀 잘 해낼 것입니다. 지금은 궁에 계속 머물 것입니다. 그곳에서 할 일이 있으니까요. 그 일을 마치면 소녀는 궁을 빠져나올 것입니다. 그러니 걱정일랑 마셔요. 어머니."

기향은 여전히 걱정이 됐지만 한편으로는 장미가 큰소리를 치는 게 마음을 정리하는 데 도움을 주었다. 궁에 남아 할 일이 있다는데 그게 뭐냐고 묻지는 않았다. 장미가 나라님의 일을 돕고 있다는 것까지는 따라잡을 수 없었기 때문이다. 집을 나서기 전 장미는 기향에게 윤경에 관한 것을 물어봤다.

"어머니 우리 집을 찾던 낭객분들이 여전히 방문하시는지요."

"발길이 끊긴 이도 있지만 아직은 적잖은 이들이 오고 있단다. 그건 왜 묻느냐?"

"그럼 자하골 김 주부 어른댁과 일가라는 그 분도 오시나요?"

"김 도령 소식이 궁금한 게로구나. 따로 들은 것은 없다. 곧 과시가 치러질 테니 막바지 준비를 하고 있지 않겠느냐?"

"네 그렇겠군요"

"그 소동을 겪고도 네가 아직 그 사람을 잊지 못하는구나!"

"…"

"알겠다. 또 새 소식을 듣게 되면 너에게도 알려주마."

"네 어머니, 마음이라는 게 야속하게도 제 뜻대로 따라주지 않습니다."

"내 보기엔 네 마음이 네 뜻을 잘도 따라가기만 한다마는…"

16

궁은 새로 오는 중국 사신맞이 준비로 곳곳이 분주했다. 이번에 청나라 황제의 칙서를 들고 오는 사신은 까다로운 인물이라고 소문이 나서, 벌써 조정신료들이 바짝 긴장하고 있었다.

중국 황제가 보내는 문서에는 조서와 칙서가 있는데, 칙서가 조서보다 낮은 등급이다. 보통은 칙서를 보내기 때문에 이를 가져오는 사신을 칙사라고 부르게 되었다. 오는 사신마다 위세를 부리기 일쑤여서 이들을 대하는 데 애를 먹고 의전에 각별한 신경을 쓰다 보니 '칙사대접'이라는 말까지 나오게 되었다. 조정에서는 영접도감을 설치하고 영의정을 필두로 준비에 나섰다. 원접사가 의주로 파견되었으니 안주, 평양, 황주, 개성을 거쳐 이제 곧 도성인 한양에 도착하게 될 것이다.

사신맞이로 어수선한 것은 궁녀들도 마찬가지였다. 대전 지밀나인인 운영도 연일 행사가 진행될 외전에 나가 일을 보고 유시를 넘겨서야 파김치가 되어 방으로 돌아왔다. 모처럼 장미와 정담을 나누게 된 운영은 몸이 피곤한 와중에도 복상에 대한 자랑을 늘어놓았다.

"외전에서 의례를 마치면 칙사가 희정당으로 안내되어 하마연下馬宴이 열리기 전까지 다과를 들며 쉬게 되는데, 이때 우리 금사님이 거문고 연주를 하시게 된단다. 이번에 오는 칙사가 음률을 이해하고 음악에 조예가 깊다고 하여 특별히 마련된 자리라는구나"

"어머 그랬구나. 까다로운 이라고 소문이 나서 주상전하께옵서도 혹여 엉뚱한 데서 심술을 부릴까 봐 심려가 크시다던데, 금사님이 음률로 녹여주실 수만 있다면 더없이 좋은 일이지!"

"오늘 낮에 우리 금사님이 칙사 앞에서 연주할 곡을 현장에서 미리 시연하시는데, 치장차 그곳에 나와 있던 나를 포함한 모든 이들이 마치 고목처럼 넋을 잃고 우리 금사님을 바라보고 있었단다. 아 그 오묘한 소리를 네게 들려주지 못한 것이 정녕 한스럽구나."

"하하하 운영아, 네가 말끝마다 우리 금사님 우리 금사님을 노래하니 내가 너의 금사님이 금 타는 것을 눈으로 보고 귀로 듣지 못했어도 이미 본 것이나 들은 것이나 매한가지다."

"아, 애절했다가 완만하게 풀리면서 신령스러운 울림에 파도가 일렁이니, 황홀하여 학이 울고 용이 읊조리는 듯한 그 곡조를 내 어찌 다 말로 표현할까. 내가 비록 거문고의 묘리를 따라잡지 못하는 무지렁이지만 우리 금사님의 연주는 지음을 알지 못하는 이라도 금세 빠져들 수밖에 없는 마력이 있단다."

"어련하시겠냐. 너의 그 금사님이 놀라운 재주를 타고났으니 그 재능이 빛나 많은 이들을 감동하게 하는 것이지. 그렇다 해도 네가 주책없이 흠모하는 마음을 아무 데서나 드러내다가 상궁마마님들한테 걸리기라도 할까 봐 나는 가슴이 늘 조마조마하다."

"아하~!! 그러니 어쩌겠느냐. 이 궁 안에 갇혀 지내는 신세인 것을. 내 몸이 궁 밖에 있다면 벌써 한달음에 달려가 그 품에 안길 텐데."

"너는 어째서 궁 안에 갇혀있을 생각만 하느냐. 지금이야 야음을 틈타서 금원에 숨어 들어가 둘이 몰래 만나고 있지만 언제까지 그럴 수 있겠느냐. 내가 너라면 궁을 빠져나갈 궁리부터 할 것이다."

"뭐라고? 그게 될 말이냐. 죽어 나간다면 모를까 어찌 궁을 빠져나갈 수 있단 말이냐?"

"나는 어떡해서든 이 궁을 빠져나갈 것이다. 두고 봐라."

"에고에고 너는 나보다 더 위험한 생각을 품고 사는구나. 나는 너를 알다가도 모르겠다. 상감마마의 총애를 받아 견습나인 건너뛰고 단숨에 색장까지 오른 네가 당장에 뭐가 아쉬워 궁을 빠져나갈 궁리를 할꼬."

"운영아 나는 생의 목표가 있단다. 전에도 너에게 말했던 그분과 혼인하고 말 거다. 그러기 위해서는 궁에서 나가야 하지. 그 목표를 이루기 위해서 나는 내가 할 수 있는 지혜를 모두 짜낼 것이다. 사가에서 지낼 때 내 어머님이 말씀하셨단다. 지혜로운 여인은 세 가지를 품고 있어야 한다고. 나는 그것을 절대로 잊지 않고 살아갈 거다. 지금 있는 곳이 궁이든 궁 밖이든 그것은 변하지 않는단다. 단정한 용모, 맑고 깨끗한 얼, 그리고 무엇보다도 소중한 여인의 존엄. 이 세 가지를 품고, 나의 님과 혼인하게 되는 그날을 위해 열심히 살 것이다. 나는 믿는단다. 아무리 겹겹으로 둘러싸인 이 궁이라 한들 내 결심을 막을 수는 없다고..."

"어머나 장미야. 네 말을 들으니, 나에게도 힘이 나고 마음속에 소망을 품게 된다. 우리 금사님과 부부가 되어 평생을 함께 살아보겠다는 소망 말이다!"

"그래 우리 꼭 그렇게 되게 잘해보자꾸나."

둘은 굳게 손을 잡았다. 가냘픈 여인들의 손이었지만 유비 관우 장비가 도원에서 맺은 결의 못지않았다.

마침내 칙사가 도성에 도착했다. 임금께서 친히 문무백관들을 거느리고 모화관으로 나가 길복 차림으로 사신을 맞이하고 창덕궁 인정전으로 안내하여 예로써 의례를 행하였다.

이번에 칙사로 온 감찬수라는 사람은 학문이 깊고 성정이 고매하여 일체의 위세를 떨지 않으니, 여태까지 조선에 온 사신들과는 많은 차이를 보였다. 그가 영의정 구의천에게 말했다.

"지난번에 사명을 받들고 조선국에 다녀간 모건명이 사물을 가져와 흥정하는 상고배의 추태를 보이고, 조선국으로부터 안자말안장와 산물들을 뇌물로 받은 것을 황제께서 아시고 대로하신 바가 있습니다. 주는 자와 받는 자의 죄가 같습니다. 지금 또 전과 같으면 내가 마땅히 아뢰올 것입니다."

그는 청렴한 사람이었으되 소문대로 강직하고 까다로워서 청국이 요구하는 조건들에서 한 치의 양보가 없었다. 특히 선왕대의 환자환관들을 30인이나 데려가겠다는 요구를 했다. 영의정 구의천이 그들은 이미 나이가 들거나 자질이 부족한 이들뿐이라 뜻을 따르기 어렵다고 거듭 수정을 요구했으나 고집을 꺾지 않았다. 쉽지 않은 회담이 될 것을 크게 걱정하고 있을 때였다. 예정대로 다과가 들어오고 김복상이 거문고를 연주했다. 놀랍게도 이후 감찬수는 전혀 다른 사람이 되었다.

복상이 가운뎃손가락으로 거문고의 첫 번째 궁을 누르고 다른 손가락을 움직여 현을 살짝 건드리거나 힘을 주어 튕기기 시작하자, 온 정신을 기울여 감상에 몰두했다.

복상의 손가락이 빠르게 움직였다. 오음과 음률의 청탁고하며, 크고 작고 성글고 빠른 소리가 모두 그의 손가락의 움직임에서 나왔다. 실로 성조가 절묘하게 변하니 보통의 악공들로서는 흉내 내기조차 어려운 솜씨였다. 한 곡의 연주가 끝났다. 모두가 숨을 죽이고 감찬수를 바라보았다. 오직 복상만이 거문고에서 손을 떼고 짧게 하늘을 한번 올려다보더니 다시 자기 거문고에 눈길을 머금을 뿐이었다. 마침내 감찬수가 입을 열었다.

"내가 일찍이 음률을 조금 이해한다며 떠들고 다녔지마는 조선국에 와서 이와 같은 연주를 듣게 될 줄은 미처 몰랐소. 이에 내 그대에게 한 곡을 더 청하니 그대는 나를 울려볼 수 있겠소?"

이것은 전국시대 옹문주라는 유명한 악사한테 맹상군이 나를 한번 울려볼 수 있겠느냐며 곡을 청했을 때, 옹문주가 '맹상군의 천추만세 후에 나무하고 소먹이는 아이들이 그의 무덤에 올라가, 맹상군의 존귀함도 무릇 이 무덤이로구나'라는 내용의 슬픈 곡조를 타자, 맹상군이 눈물을 줄줄 흘렸다고 한 고사를 빗댄 말이다. 악사인 복상이 그 말의 뜻을 못 알아 들을 리 없었다. 복상이 거문고를 안고 앉은 채로 감찬수에게 읍하고 말했다.

"맹상군을 울린 옹문주의 연주가 제아무리 뛰어나다고 하여도 그가 죽은 날 저녁에 이미 그의 거문고 소리를 들을 수 없었거늘, 나 같은 사람으로 말하면, 몸이 한번 죽으면 풀숲의 이슬과 같아서 연기가 사라지고 구름이 흩어지는 것과 같습니다. 비록 거문고로 이 조선 땅에서 이슬 같은 명성을 얻었다 하더라도, 후세 사람들이 무엇을 근거로 그것을 품평할 것입니까. 그 덧없음을 곡으로 옮겨 한번 연주해 올리겠습니다."

복상이 다시 금을 타기 시작했다. 소리가 구름이 흐르고 냇물이 쏟아지는 듯 흘러나와서 끊이지 않았다가, 홀연히 열리고 홀연히 닫혀, 퍼지고 움츠러드는 것이 가늠하기 어려웠다.

문득 소리가 부드럽고 풀어진 쪽으로 흘러가더니, 버들솜과 꽃이 바람에 날리는 봄의 풍광처럼 무르녹아, 저절로 정신이 편안해지고 마음이 취해서 그만 사지가 나른해졌다.

다시 급변한 소리가 이번에는 빠르고 씩씩하게 바뀌자, 깃발이 넘어지고 북이 울려 백만 군사가 일제히 일어나는 듯, 저도 모르게 정신이 치솟아 몸도 뛰어오르고 손도 힘차게 움직였다.

이윽고 상성商聲으로 변하여 크게 펼쳐지자, 초목이 바람에 흔들려 산골짝을 울렸고, 치조徵調로 가자, 슬픈 원숭이 울음처럼, 원망하는 두견새의 소리처럼, 낙엽이 온통 다 져서 참으로 처연한 마음이 뼈에 사무치고 가슴에서 우러난 눈물이 눈썹을 적셨다.

마침내 다시 안족줄을 떠받치는 받침대을 옮기고 줄을 골라 한번 휙 그어 거두자, 여음이 실낱같이 흘러 창틈을 울렸다.

이윽고 복상이 거문고를 밀어 무릎 아래 내려놓고 옷깃을 여미더니 쓸쓸히 하늘을 바라보고 한숨을 내쉬었다. 그로서는 혼신을 다한 연주였다. 모두가 숨을 죽였고, 이번에는 각자 모두 연주에 취해 감찬수의 반응을 미처 생각하지 못했다.

감찬수가 하염없이 눈물을 흘렸다. 비로소 그가 눈에 들어온 사람들이 모두 놀랐다. 감찬수가 말했다.

"인생 백 년은 빠르기가 달리는 말이 문틈을 지나듯 하고, 부귀영화야 봄날의 한바탕 꿈이라, 영웅호걸의 기상이라 한들 한번 죽고 나면 누가 알리요. 생의 무상함이 나로 하여 절로 눈물이 흐르게 하니 곡조로 불러내는 그 변화무쌍이 참으로 귀신같은 솜씨요 혼을 뒤흔드는 연주는 옹문주가 살아 들어도 무릎을 칠 것이니, 내 오늘의 귀호강을 어찌 다 표현하리오. 아직도 여운이 가슴에 남아 흘린 눈물이 옷깃을 적시니, 내 그대에게 상이라도 내려야겠소. 부디 머무는 동안 그대의 신묘한 연주를 몇 곡만이라도 더 듣게 해주기 바라오."

감찬수가 복상을 칭송하기를 거듭하여 입에 침이 마르도록 멈추지 않았다. 이후의 회담이 순조롭게 돌아가고 감찬수가 조선 관료들의 아쉬운 소리를 선선히 받아주면서 이번의 칙사 영접에 복상이 엄청난 공을 세우게 되었다.

안 그래도 임금의 총애를 받던 복상이었다. 왕은 복상의 쾌거에 크게 기뻐하며 그를 장악원 부전악에 제수했다. 제수는 추천의 과정 없이 임금이 직접 벼슬을 내리는 것을 말한다. 종6품의 품계에 해당하는 부전악은 장악원의 실제적 최고위 직이라 할 수 있는 전악 다음으로 높은 위치로, 연주와 교육을 담당했다. 젊은 복상이 그 자리에 오른 것은 나라에 공을 세운 것에 대한 일종의 보상이었지만 장악원 자체로는 전례가 없는 상당한 파격 인사였다.

감찬수가 복상의 연주에 감탄하고 있을 적에 시중을 들기 위해 그 자리에 있었던 운영의 감격은 이루 말할 수 없었다. 자기가 사랑하는 남자가 예술적 능력을 발휘해서 그 안에 좌정해 있던 모든 사람을 사로잡고 주빈인 사신의 입에서 칭송이 쏟아져 나오게 했으니, 그것도 같은 공간에서 모든 걸 목격한 운영이 감읍하는 것은 당연하다고 하겠다.

한편, 장미는 궁 안에서도 자신의 특기를 발휘하고 있었다. 대전 소속의 동료 궁녀들을 포함해 상급자인 상궁, 내관 별감들은 물론이고, 궁녀에게 딸린 여종이라 할 수 있는 방자나 무수리까지 특유의 붙임성과 따뜻함으로 자기 사람들을 만들어 갔다.

장미는 한발 더 나아갔다. 궐내를 자유롭게 돌아다닐 수 있는 색장의 직위를 활용하여, 궁궐 내외곽을 수비하는 내금위, 궐내의 경찰 업무를 맡는 겸사복 등의 군관들과도 금세 친밀해졌고 그 밖에도 내의원의 의관과 의녀, 궐내각사로 출퇴근하는 승정원과 홍문관, 예문관, 춘추관의 하급 관원들까지도 지인으로 끌어들였다.

이 과정에서 장미는 놀라운 사실을 알게 되었다. 장미의 본가를 망가뜨린 장본인들의 정체를 풀 수 있는 실마리를 잡게 된 것이다. 사실 장미는 자신의 출생 관련 정보에 대해서는 전혀 아는 바가 없었다. 장미가 알고 있는 건 단지 어릴 때 양친을 모두 잃고 기향에게 입양되었다는 게 전부였다. 기향은 혹여 아이에게 쓸데없는 마음의 상처가 될까 하여 자신이 알고 있는 일체의 사실을 알려주지 않았다. 자연히 장미는 아무것도 모른 채 성장했다.

장미가 궁에서 알게 된 사람 중에 춘추관 직관으로 있는 민용수라는 자가 있었다. 춘추관은 실록편찬 등의 사초를 담당하는 곳이다. 민용수는 품계는 정9품의 최하위직에 해당했지만, 자존감이 드높았다. 실제로 홍문관이나 춘추관은 이른바 청요직이라 불리며 문과 급제자들이 선망하는 자리였다. 그는 승정원 관원직도 겸직하고 있었는데, 왕의 심부름으로 승정원에 내려갔던 장미와 우연한 기회에 서로 신뢰하는 관계를 맺게 되었다.

민용수가 하는 일은 선왕대의 실록 편찬 업무였다. 춘추관의 사관들이 기록한 사초는 왕도 볼 수 없는 것으로, 실록 편찬의 중요 자료가 된다. 민용수는 사초 관련 업무 외에 옛 기록을 뒤져 어떤 사건 하나를 추적하고 있었다. 역모죄에 얽혀 몰락한 명문가에 관한 것이었다.

지나가는 말처럼 흘려듣던 장미는 그의 말 중 한 대목에 급 관심을 보였다. 역모를 고발하고 고변까지 한 자가 바로 오정창이라는 말 때문이었다. 오정창. 이자의 이름이 그의 입에서 나올 줄이야. 민용수에 의하면 당시에 그 가문이 모두 절멸되다시피 했는데 두 아이가 화를 면했다고 한다. 자신이 이 사건을 추적하는 것도 사실은 그 아이들 중 하나와 연관되어 있다는 거였다.

그 가문이 박살 날 때 큰아들의 두 살짜리 딸은 계집종이 용케 빼내 어디론가 데려갔고, 차남에게 갓 태어난 아들이 하나 있었는데 마침 여종 하나가 아이를 낳아 그 아이와 바꿔치기해서 외가에서 성장했다는 것이다. 자신이 찾는 것은 장남의 사라진 딸인데 장남의 처가 바로 자신의 고모님이라는 거였다.

"사라진 아이가 나하고는 내외종간이 되는 것이지. 시집간 여동생을 무척 아끼셨던 가친께서 늘 아쉬워하셨어. 대구 관아의 노비로 끌려가신 고모님이 일 년 만에 돌아가시자 그 혈육이라도 찾아 키우시려고 백방으로 찾았지만 찾을 수 없었다네. 살아있다면 열일곱 살 한창 때일 텐데... 고모님 시댁은 혼히 말하는 명문가가 아니었다네. 명문가 중의 명문가였지. 내 고모부님의 증조부 대에 아들 형제 네 분이 모두 정승 반열에 오르시고 사후에 네 분이 모두 군君으로 봉封해져서 동네 이름조차 사군골이라 불리었다네. 지금 서문 앞에 사궁동이라고 있지 않은가. 그곳이 세월이 바뀌면서 명칭이 변한 거지만 바로 그 사군골을 말하는 거라네."

"어머 사궁동이 원래는 사군골이었군요"

"그렇다네. 가친께서는 그 댁 가문의 잃어버린 명예를 되찾는 일을 남은 일생의 과업으로 삼고 지금도 나를 닦달하고 계시지. 내가 춘추관을 지망한 것도 옛 문서들을 쉽게 찾을 수 있기 때문이라고 할 수 있다네"

"하옵시면 그 오정창이라는 자가 없던 일을 사실처럼 꾸며 무고한 것이라고 믿으시는군요?"

"그렇지. 그런 터무니없는 무고가 그대로 받아들여진 연유를 찾아내는 게 나의 일인 셈이지"

"직관 나리. 그런 일이라면 소녀도 힘닿는 데까지 돕겠습니다. 부디 소녀를 써먹어 주셔요"

"하하하. 자네는 주상전하께서 아끼는 인재라고 궐내에 소문이 파다한데, 자네가 돕는다면 그야말로 천군만마가 따로 없는 일일세."

이렇게 우리의 오지랖 장미는 뜻하지 않게 민용수의 일을
도우면서 자신도 모르는 사이에 자신의 정체성을 찾아 첫걸
음을 떼었다.

처음엔 몰랐는데 궁 곳곳에도 이문덕이 심어놓은 사람들이
많았다. 대전 내관이나 궁녀들 상당수도 그랬다. 막상 감을
잡고 관찰하니 예리한 장미의 눈에 누가 이문덕의 사람인지
윤곽이 잡힌다. 장미는 스스로 그들을 조심할 뿐 아직 왕에게
는 그 사실을 알리지 않았다.

17

마침내 식년시가 실시되었다. 장미가 문과 급제자 명단에
관심을 보인 것은 당연했고, 또 당연하게 윤경이 장원 급제자
로 명단의 첫머리에 이름을 올렸다.

식년시 급제자들의 축하연이 영화당에서 거행되고 대전 소
속 궁녀들이 총동원되어 시중을 들었다. 동료 궁녀들과 바삐
움직이는 사이 장미는 재빨리 윤경을 찾았다. 장원 급제자가
되어 임금으로부터 받은 어사화를 머리에 꽂고 홍포를 두른
윤경이 급제자들 맨 앞자리에 앉아 있다. 안 그래도 옥 같은
얼굴이 해처럼 빛나는 듯하였다.

장미는 벅차오르는 가슴을 주체하기 힘들었다. 그를 다시 보게 되기를 얼마나 고대해 왔던가. 그런데 이건 또 뭘까. 막상 대하고 보니 감격보다는 기쁨을 함께할 수 없는 서러움이 앞선다. 기쁨과 서러움이 교차하는 가슴을 안고 혹여 윤경에게 얼굴을 보일까 장미는 조금 떨어진 자리의 음식 시중을 도왔다. 그렇지만 자꾸만 눈길이 가는 것을 어쩔 수 없었다.

'저 자랑스러운 모습을 그저 멀리서 바라보기만 해야 한다니... 도대체 어찌해야 나와 저분 사이의 거리를 좁힐 수 있단 말인가?'

장미는 이내 마음을 수습했다. 어쩌면 이제 궁에서 그를 만나게 될지도 모른다고 생각하니 새로운 기대로 마음이 들떠오른다. 그러고 보니 민용수처럼 궁으로 출퇴근하는 관원들이 적지 않다. 윤경이 과거급제를 그것도 장원으로 통과했으니 궐내각사에 근무하는 관직을 제수받지 말란 법 없다. 그렇게 되면 오히려 그와 마주칠 일이 많아질 것 아닌가.

장미의 기대가 통했을까 윤경은 홍문관 박사에 제수되었다. 홍문관을 거치고 나면 근무연수에 상관없이 당상관에 오를 수 있기 때문에 문과 급제자들은 거의 모두 홍문관 발령을 선호한다. 일단 홍문관직을 꿰찰 수만 있다면 빠른 출셋길이 보장된 셈이었다. 청요직 중의 청요직인 것이다.

청요직清要職이라는 말은 당나라 때 중국에서 만들어져 수

입된 표현이다. 그 옛날 과거제 실시와 함께 시작되어 오늘날 현대사회에서도 이 표현이 유효한 것을 보면 제한된 자리를 두고 벌어지는 공무원 세계의 자리싸움이 얼마나 뿌리 깊은지 실감이 난다.

윤경의 보직에는 소년왕의 계산도 깔려있었다. 청요직은 노론당 빽으로 들어온 이들로 채워지기 마련이었다. 더구나 홍문관은 이문덕이 대제학으로 있으니, 호랑이굴과도 같은 곳이다. 그 안에서 맷집을 기르게 하려는 것이 소년왕의 생각이었다. 왕은 윤경을 따로 불러 자신의 속생각을 털어놓았다. 윤경이 불려 간 곳은 희정당 동쪽의 성정각이었다. 왕이 말했다.

"이곳은 내가 왕세자 시절부터 즐겨 찾던 곳이니라. 부왕께서 이곳을 내게 내주시며 수기와 치인을 익혀 미래에 대비하라고 하셨지. 아바마마의 그 귀한 뜻을 받들어 스스로 수양하고 세상을 다스리는 것이 무엇인지 몸에 익히려고 애를 쓰던 추억이 담긴 곳이니 내 어찌 이곳을 아끼지 않겠는가."

"선왕전하를 잊지 못하시는 효심에 절로 고개가 숙여지옵니다. 그 뜻을 순수하고 참되게 하는 것이 성의요, 마음을 바르게 하는 것이 성심이니 각호에 이미 그 뜻이 새겨져 있다고 하겠사옵니다."

"하하. 들어올 때 문 이름을 보았는가."

"예 전하. 소신의 눈에 영현문으로 읽혔사옵니다."

"그래. 현자를 맞이한다는 뜻이로다. 내 이제 그대를 언제나 이곳에서 만날 테니 반드시 현자가 되어 들어와야 할 것이다."

"망극하옵니다. 소신의 부족함이 말씀에 미치지 못하니 심히 두렵고 마음이 무겁사옵니다."

"하하 농담이다. 농담. 글동무의 사랑방 드나들 듯 가볍고 편한 마음으로 오라."

거기까지 말한 왕은 짐짓 분위기를 바꾸었다.

"일전에도 말했거니와 과인은 그동안 때를 기다려 왔다. 이제 친정을 시작한 지 삼 년이 되었지. 그동안은 그저 보고 듣는 데에 치중한 시절이었다고 말할 수 있을 것이다. 사람을 쓰는 일에도 내 목소리를 삼가 왔으니까. 저들은 다가오는 조각개편도 자기들 마음대로 하려 들게야. 조선은 군약신강의 나라니라."

윤경은 놀랐다. 왕의 입에서 그런 말이 나오다니 당황해서 어쩔 줄을 모른다.

"망극하옵니다"

"강신들이 충심으로 나라를 위한다면 어찌 그것을 탓하겠는가. 과인이 바라는 것은 강한 왕의 나라가 아니다. 수기치인이 된 참된 왕과 백성을 섬기려는 마음가짐이 되어있는 신하와 그들을 신뢰하는 백성이 함께 어울리는 나라니라. 그러나 작금의 조선은 어떠한가. 간신들이 넘쳐나는데 왕은 젖혀 놓고 지들끼리 국정을 농단한다. 왕이라 하여 무엇을 바꿀 수 있는가. 과인은 참된 왕이 되고 싶다. 그리고 백성을 섬기는 신하들을 만나고 싶다. 그러면 매일매일의 어전회의도 조강 이나 경연도 얼마나 할만한가. 한때 나는 술과 여색이나 탐하는 걸주桀紂가 되리라 마음을 품은 적도 있다. 이따위로 지낼 바엔 그따위 짓으로나 왕 짓거리하다 가버리리라 자포자기한 것이지 . 그러나 도성 미행 길에서 내 눈에 들어온 것은 도탄에 빠진 민생의 어지러움들이었다. 그것을 외면하자니 나 자신이 너무 부끄러웠다. 삼 년을 기다렸다. 이제 울지 않던 새가 소리를 낼 때가 되지 않았는가.”

윤경은 눈물을 흘리며 충성을 맹세했다.

“소신 죽기로 힘써 뜻을 받들 것이옵니다.”

“그대가 들어갈 홍문관은 이문덕의 소굴이나 다름없다. 범의 아가리에 내 사람을 넣는 뜻을 헤아려 소신의 씨를 뿌리면 반드시 꽃이 피고 열매를 얻을 것이다. 앞으로 직을 접하게 되면 그대가 홍문록을 작성하게 될 게야. 꼼꼼하게 모아두면 당장이 아니어도 과인이 가는 길에 두고두고 도움이 될 것이니 부디 유념하라.”

“명심하겠사옵나이다 전하.”

소년왕이 말하는 홍문록은 용인用人을 위한 인재풀을 만드는 일이다. 쓸만한 인재가 누구인지 물색해서 그에 관한 자료들을 모으고 합쳐서 명단을 작성하는 일이니, 요즈음에 청와대 인사수석이 하는 일과 같다고 하겠다. 왕은 이 중요한 일의 실무를 윤경에게 맡긴 것이다. 이제 삼 년의 기다림 끝에 막 포효하려는 왕이 적재적소에 인재를 등용하기 위한 준비 작업을 시작한 것이다.

　장미는 윤경이 일하는 위치부터 확인했다. 장미의 움직임을 따라가기 위해 잠깐 궁궐의 구조를 살펴보자. 궁은 크게 외전과 내전으로 구성되고 그밖에 동궁, 후원, 궐내각사 등으로 나뉜다. 일반 사가의 가옥 구조가 안채와 사랑채로 구분되는 것처럼 궁궐 또한 공적인 정치 공간과 왕과 왕비의 사적 생활 공간 등으로 구분되는 것이다.

　외전은 왕이 공식적으로 신하들을 만나 의식이나 연회 같은 행사를 치르는 곳이다. 창덕궁의 인정전이 바로 그에 해당한다. 내전은 왕과 왕비의 공식 활동뿐만 아니라 일상적인 생활이 이루어지는 공간이다. 궁궐 한가운데에 내전이 들어서게 되는데, 위치만이 아니라 기능 면에서도 궁궐의 중심이 되는 곳이라 하겠다.

　궐내각사는 궁궐 안에 들어와 있는 여러 관청 소속 관원들이 활동하는 공간이다. 반면에 광화문 남쪽 좌우로 위치한

의정부, 육조, 사헌부, 한성부 등의 관서를 궐외각사라고 불렀다.

윤경이 근무하는 곳은 바로 이 궐내각사 중에 사헌부, 사간원, 홍문관의 삼사 언관들이 파견근무 하는 대청臺廳에 딸린 전각이었다. 창덕궁의 외전과 내전을 구분하는 문이 숙정문이다. 숙정문을 들어서면 오른편에 정승, 판서 등의 당상들이 임금을 알현하기 위해 대기하거나 모여 회의하는 빈청지금의 휴게소 위치이 있고, 그 맞은편에 승정원과 윤경이 있는 홍문관 전각이 나란히 자리하고 있었다.

장미는 윤경과의 만남을 위해 자신의 궐내 네트워크를 동원했다. 그렇게 하여 윤경과 마주하면 자신이 낙계촌의 무명 소녀이고 순정이라는 이름으로 실례를 범하기도 했다는 사실을 솔직히 고백하고 은근슬쩍 인연을 이어가면서 한편으로는 소년왕께 슬며시 도움을 청해볼 나름 야무진 계획을 품었다. 궁이라는 특별한 공간이 뜻밖에도 자기 사랑의 실타래를 풀어줄 수 있겠다고 생각하니, 상상만으로도 윤경과 함께 봄동산에 있을 때처럼 온몸이 부르르 떨려왔다.

그러나 갖은 노력에도 불구하고 윤경의 실물은커녕 그림자도 밟을 수 없었다. 실제로 윤경의 업무가 극비리에 진행되는 특수임무였기에 근접할 수 없는 면이 있었다. 그런 사실까지는 알 리 없는 장미가 무진 애를 썼지만 번번이 차단당하고 결국 아무런 성과를 올리지 못했다. 그나마 윤경이 눈앞에 보이는 저 전각 안에 있다는 사실만이 장미의 마음을 달래주었다.

'그래 좋아. 이런다고 여기까지 와서 포기할 내가 아니다.'

장미는 마스터플랜을 수정했다. 일단 먼저 궁 탈출 계획을 포기했다. 그 말을 들은 운영이 놀라 궁금해했다. 눈이 동그래진 운영에게 장미가 말했다.

"까닭이 뭐냐고? 그야 그럴 필요가 없어졌기 때문이지."

"그럴 필요가 없어졌다니, 나는 도대체 네가 무슨 생각을 하는지 당최 알 수가 없다."

"까닭은 두 가지란다."

"하나도 아니고 두 가지씩이나?"

"후후, 하나는 그분이 궁에 들어오셨고, 일직을 밥 먹듯 하시기 때문이란다."

"어머 얘 장미야. 안 그래도 네가 그 홍문관 박사라는 분한테 닿을 줄을 찾겠다고 동이야 서야 분주하게 뛰는 양이 위태위태해서 불안해 죽겠다. 네 아무리 색장나인이라도 그렇지. 그러다 안 좋은 말이 내시부 상선 어른 귀에 들어가기라도 하는 날엔 아이구야, 네 무슨 경을 치려고."

"그런 건 너나 조심해라. 나야말로 네가 금원에 들락거리는 게 불안해 죽겠구만."

"에휴, 어쩌다가 우리 팔자가 금령 안에 갇혀버렸노. 그나저나 까닭이 둘이라며. 또 하나는 뭐람?"

"또 하나는 직관 나리를 도와 오정창이라는 놈을 아작내는 거지."

"아니 얘 좀 보게. 장미야. 제발 부탁이다. 너랑 상관도 없는 일인데, 그저 한 귀로 듣고 한 귀로 흘리는 게 궁 안에서 살아남는 요령이다. 세상에 억울한 일 겪은 게 어디 그 가문 하나뿐이겠느냐."

"오정창이 그놈 때문에 내가 궁에 들어오게 됐는데 상관이 없다니, 그리고 생각해 봐라. 억울하게 죽어간 이들은 이미 죽었으니 그렇다 치더라도 그 아이들은 뭐니, 영문도 모르고 개고생하며 살아갈 텐데. 그 한을 풀고 가문도 복원해야지. 두고 봐라. 오정창 하나뿐이겠니. 작당한 놈들이 있겠지. 내 그놈들을 꼭 혼내주고 이 장미의 '자에는 자로'가 무엇인지 분명히 알게 해주고 말 거니까."

"아이구메. 고대수가 따로 없네. 어이 여보시오 남정네들. 다치기 전에 어서 비키시오. 여기 여장부 장미 장군님이 나가십니다. 호호호"

"하하하"

운영이 말하는 고대수는 수호지에 등장하는 여자 호걸이다. 남자 여럿을 혼자 때려눕히는 양산박 백팔 두령 중의 하나다.

18

명절을 맞아 대비전을 기쁘게 해드리려고 대궐 마당으로 우인_{광대}들을 불러들여 진풍정을 열기로 했다. 진풍정은 궐내에서 벌어지는 잔치로 일반 연향이나 진연보다도 규모가 큰 잔치를 말한다. 이미 한양 내에서 이름을 날리고 있는 귀석이가 뽑혀 나왔다. 장미가 중간에서 살짝 바람을 잡은 게 크게 작용했다.

창덕궁과 창경궁의 사이에 있는 중희당 월대에 가설무대가 세워지고 그곳에서 귀석이의 놀이패 공연이 벌어졌다. 중희당은 금상이 왕세자 시절을 보낸 동궁전 안에 있는 전각이다. 시도 때도 없이 독살 위협에 시달리며 근심으로 지냈던 왕세자 시절이다.

소년왕은 이제 보란 듯이 이곳에서 광대놀이를 핑계로 사람들을 모아놓고 일종의 선전포고를 할 계획이었다. 인경대비를 비롯하여 왕과 왕비, 광홍대군을 비롯한 종친과 의빈 외에도, 영의정 이하 삼정승과 육조의 판서들 그리고 대제학 이문덕과 대사헌 등 당상의 주요 관료들이 모두 참석하였고 그

251

들의 뒤편으로 내관과 궁녀들 그리고 내금위 금군들이 빽빽이 병풍처럼 둘러서서 귀석이의 놀이패 공연을 지켜보았다.

첫 번째 공연 제목은 '진상놀이'였다. 지방 고을에서 임금님에게 올릴 진상품을 놓고 벌어지는 내용이었다. 귀석이는 풀을 묶어 만든 꾸러미 네 개를 들고나왔다. 꾸러미의 크기가 조금씩 달랐다. 두 개는 제법 크고, 하나는 중간 정도, 마지막 하나는 매우 작았다.

귀석이가 자칭 수령이라 칭하고 동헌에 올라앉아 진봉색리를 불러냈다. 광대 하나가 진봉색리를 자칭하고 무릎걸음으로 기어서 재빠르게 앞으로 나왔다. 그 모습이 우스꽝스러워서 모두 웃음을 터뜨렸다.

귀석이가 큰 꾸러미 하나를 들어서 색리에게 주고는 목소리를 낮추어 넌지시 말한다.

"이건 이조판서 대감께 올리거라." 또 큰 꾸러미 하나를 들면서, "이건 병조판서 대감께 올리거라." 하고 다시 중간 크기의 꾸러미를 들고, "이건 대사헌 영감께 올리거라." 그런 연후에 남아있는 가장 작고 볼품없는 꾸러미를 들고서 말하는 것이었다. "이것은 진상으로 올리는 것이니라."

모두 배꼽을 잡고 웃었다. 웃지 못하는 세 사람이 있었다. 이판, 병판, 대사헌이었다. 귀석이의 2부 공연이 시작되었다. 이번 공연의 제목은 '태창에서의 싸움질'이었다. 주인을 대신해 태창으로 녹봉 환곡을 받으러 온 하인끼리 서로 제 주인의 권세를 자랑하다가 싸움으로까지 번진다는 내용이었다.

하인들이 제 주인 권세 자랑으로 서로 "내 주인 똥이 굵네, 내 주인 똥이 더 굵네" 하다가 나중에는 아예 질세라 서로의 온갖 비리를 다투어 드러내니, 보고 있던 이들이 모두 웃음보를 터뜨린다.

"우리 나리가 정평부사로 계실 때 일이다. 이놈아. 말안장 파는 장사치를 관가로 끌어들여서 값의 고하를 따지기를 몇 날 며칠이고 줄기차게 이어가니 이놈의 장사치가 배겨나겠느냐. 값을 후려쳐도 에라 몰랐다가 되고 말지. 그 돈은 또 누가 낼까. 관부의 재물로 대충 얼렁뚱땅하니 표도 안 나고 말안장 하나가 거저 굴러들어 오는 거지. 어떠냐? 네 놈 주인 따위가 될 턱이냐?"

"하하, 그 정도야. 애새끼 부랄 만지기지. 이놈아 소적창룡이라고 들어보지도 못했느냐? 우리 나리는 이놈아. 그런 푼돈 따위에 몇 날 며칠 공들일 필요가 아예 없다. 사내대장부가 한번 해 먹으려면 십 년은 거저먹는 걸 해야 뭐 좀 했다고 하는 거지, 안 그러냐 이놈아. 내가 여기 태창에 온 게 왠 줄 아느냐?"

귀에 익은 이야기다. 바로 소원택이 위조고신과 녹패로 녹봉 거저 타 먹은 걸 놀이로 만들었다. 광대놀이가 끝난 후 임금이 귀석을 불러 말안장이며 소적창룡이며 태창 녹봉 새는 일에 대한 영문을 물었다.

광대놀이가 다 끝나고 진풍정이 무르익었을 때였다. 왕은 풍악을 그치게 하고 자리에서 일어섰다. 따라 일어서던 사람들을 왕이 다시 앉혔다. 잔치 분위기로 떠들썩하던 사람들이 일순간 고요해졌다. 왕이 좌중을 한번 돌아보고 말했다.

"자고로 광대놀이를 하는 뜻은 단순히 보고 즐기자는 데 있지 않습니다. 요는 세상을 깨우치는 데 도움을 주기 위함이라 할 수 있을 것입니다. 광대놀이를 풍간諷諫이라고도 하는데, 오늘 저녁 한양에 뛰어난 우인들이 보여준 놀이가 어떻습니까. 과인은 한바탕 웃다가 그만 소스라치게 놀라고 맙니다. 조금 과장됐다고는 할 것이나 궁 밖에서 실제로 벌어지는 일들과 무엇이 다릅니까. 이를 보고 임금이라는 자가 시시덕거리고 그만이면 어찌 됩니까. 풍간을 눈으로 보고 귀로 듣고도 모른 체 한다면 더 이상 임금이 아닐 것입니다."

소년왕은 모친인 인경대비를 의식한 것이기도 했지만 의도적으로 '습니다' 체를 써서 한마디 한마디를 천천히 그리고 또박또박 말했다. 왕의 목소리는 차분했다. 표정도 온화했다. 그러나 모두 숨을 죽이고 다음 말을 기다렸다.

"과인이 보위에 올라 수렴 너머로 어마마마의 과분한 도움을 받기를 다섯 해, 친정을 펼친 지 두 해 그리고 올 한 해가 반절을 지나 벌써 가을로 접어들었습니다. 주위를 둘러보십시오. 중희당이 보이고 동편에 승화루가 보입니다. 지금 이곳은 과인이 세자 시절을 보낸 곳입니다. 이곳에서 나와 중전은 언제 독살될지 모르는 두려움 속에서 살았습니다. 수차례의 시도가 있었고 때마다 궁인들 몇이 죽어 나갔지만, 그 배후가 어디인지는 밝혀지지 않았습니다."

이문덕을 비롯한 노론당의 대신들은 등줄기가 오싹했다. 왕이 친위 쿠데타라도 준비한 것일까. 그렇다면 무방비 상태에서 속수무책으로 당하게 된다. 겁이 더럭 났다. 이문덕은 재빨리 좌우를 훑어봤다. 금군들이 에워싸고 있지만 특이 동향은 느껴지지 않았다. 왕의 말이 이어졌다.

"이제 와서 그 잘잘못을 따지려는 것이 아닙니다. 과인은 오늘 이 시각 이후부터 우리 조선이 새롭게 태어난다는 것을 말하고자 합니다. 새로운 조선은 어떤 나라인가. 임금은 참되고 올바른 생각을 합니다. 그리고 뜻을 세우니 신하들은 그 뜻을 충심으로 수행합니다. 임금도 사람이니 그릇된 생각을 할 수 있습니다. 그럴 땐 신하들이 나서서 임금의 생각을 바른길로 밀어줍니다. 백성들은 또 어떻습니까. 백성을 위해 조정이 있는 것이지 조정을 위해 백성이 있는 것이 아닙니다. 그러한 가운데, 백성들이 임금과 신하들을 믿고 따르면 그것이야말로 태조께서 이 나라를 세우실 때 천명하신 민본의 나라요, 그 나라는 태평성대를 누리는 것입니다. 일곱 해 전, 이곳을 떠날 때 다짐했습니다. 과인의 재위 때에 반드시 새로운 조선을 만들고 말겠다고 말입니다. 진풍정을 정전에서 열지 않고 이곳으로 택한 까닭입니다. 지금 이곳의 위로는 대비전의 어마마마를 비롯하여 명선대부 이상의 종친과 봉순대부 이상의 의빈 그리고 조정의 막중한 임무를 받들고 있는 당상의 대신들이 모두 나와 계십니다. 임금이 무엇을 생각했다고 하여 신하가 그 뜻을 따르지 않으면 그 생각이 무슨 소용이겠습니까. 삼 년을 조용히 바라보며 수기치인을 다짐했습니다. 부디 조선의 앞날을 위해 충심으로 과인의 뜻을 따라 달라고 요청합니다."

끝까지 목소리의 톤을 올리지 않았으나 그 어떤 말보다도 위엄이 있었다. 어떤 이들은 그 위엄에서 희망을 느꼈고 어떤 이들은 그 위엄에서 두려움을 느꼈다. 주위를 둘러싼 금군들의 날 시퍼런 창이 어떤 이에게는 희망이 되고 어떤 이에게는 두려움이 될 것이다.

장미도 동료 궁녀들과 함께 그곳 진풍정이 벌어지는 중희당 뜰에 있었다. 장미는 임금의 말을 들으며 자기도 모르게 주먹을 꼭 쥐었다. 그 뜻에 깊이 공감하고 그 뜻대로 이루어지기를 간절히 소망했기 때문이다.

장미는 혹시 윤경이 있을까 하여 둘러보았지만, 윤경의 모습은 보이지 않았다. 당상관 이상에서 그것도 중요한 직을 맡고 있는 대신들만 불려 나왔으므로 윤경이 나올 수는 없었다. 대신 장미는 내금위 군사 중에서 남상군의 얼굴을 알아보고 깜짝 놀랐다.

'어머나. 저 사람이 왜 여기에...'

자세히 보니 그는 금위영의 지휘관급 고위 무관이었다. 다행인지 남상군은 장미의 얼굴을 알아보지 못했다. 자하골에서 만난 그 여인이 궁녀가 되어있으리라고는 그도 미처 생각하지 못했을 것이다.

다음날 어전회의에서 왕은 원상제를 철폐한다고 선언했다. 원상제는 인경대비의 수렴첩정이 시행되면서부터 생긴 제도로 조정에서의 서무 결재에 원로대신들이 참여하는 것을 말한다. 평소 같으면 시기상조라며 당연히 반발하고 나섰겠지만, 어제의 일을 겪은 노론 지도부는 "아!" 소리도 못하고 왕의 안을 받아들였다. 사실 그들은 왕이 더 굵직한 정책들을 병풍 펼치듯이 내놓을 것으로 예상하고 잔뜩 긴장한 채 밤새 구수회의를 열어 방어 전략을 마련해 놓고 있었다.

태풍을 맞을 준비를 하고 있는데 미세한 바람이 불어오니 예상과 빗나간 왕의 기습에 제대로 대처하지 못했다. 그러나 원상제 철폐는 왕의 노림수였다. 사람을 쓰는 데에 걸림돌을 미리 제거하고 왕의 마음대로 인재들을 등용하려는 의도가 숨어있었다. 뒤늦게 노론 지도부가 이를 알아차렸지만 이미 지나간 일이 되어버렸다.

어전회의가 끝나고 왕은 따로 대사헌 김재일을 불렀다. 김재일은 왕이 어제의 광대놀이에 관한 말을 꺼내자, 겁부터 먹었다. 안 그래도 진상놀이 공연에서 임금에게 올리는 진상품보다 대신들이 더 많은 뇌물을 받는 장면에 대사헌도 끼어있어 기분이 찝찝하던 참이었다.

다행히 왕은 앞서 공연된 '진상놀이'에 대해서는 가타부타 말이 없고, 뒤에 공연된 '태창에서의 싸움질'을 문제 삼았다. 왕은 놀이에서 드러난 탐관오리와 소적창룡에 대한 실체를 파악해서 엄중히 처단하라는 명을 내렸다. 형조가 일반 백성들의 범죄를 다루는 곳이라면 사헌부는 관료들이나 양반들의 범죄를 다뤘다. 김재일이 불려 온 이유다. 왕이 말했다.

"소적이 있다면 대적도 있을 것이요. 대사헌께서는 철저히 수사하고 가려내어 나라의 기강을 바로 세우시오."

어명을 받고 물러 나온 김재일은 수심이 가득했다. 그는 비교적 붕당에서는 한쪽으로 쏠리지 않는 사람이었다. 업무처리 능력도 무난했고, 무엇보다 아주 영리하게 처신을 잘해서 어디에나 적을 만들지 않았다. 그러나 그에게도 약점이 있었다. 그의 출셋길에 문제가 있었다.

말단직을 전전하며 예조참봉종9품으로 있던 그가 처가 쪽과 연이 닿은 오정창에게 뇌물을 먹이고 의금부도사종6품로 영전하게 되었다. 이를 발판으로 출셋길을 만들어 간 것이다. 눈치 빠른 그는 의금부 시절 역모 사건을 다루면서 세운 공을 인정받아 꿈에 그리던 당상의 품계를 받고 옥관자를 달았다. 관직으로는 황해도 관찰사를 거쳐 대사헌종2품이 되었다.

처세도 잘했지만, 그는 약삭빠른 사람이었다. 다른 측에 척을 지지 않으면서 실제로는 집권당인 노론을 도왔다. 그런데 왕명을 따르자니 노론을 그것도 오정창을 쳐야 했다. 배은망덕 소리가 나올 게 뻔했다. 시침 떼고 오정창을 건드리자니 뒷배인 이문덕이 두려웠고 내버려두자니 소적 외에 대적까지 처단하라는 왕이 두려웠다.

김재일은 일단 정평부사와 소원룡 소원택 형제를 소환해서 수사의 모양을 잡았다. 그러면서 뒤로는 오정창을 만나 사정을 털어놓고 빠져나갈 길을 함께 의논했다. 오정창으로서는 자신의 오른팔인 소원룡을 버리기가 아까웠다. 그러나 상황을 보니 잘못하다가는 자기 목까지 날아갈 판이다. 교활한 김재일이 오정창의 약점을 파고들며 설득했다. 할 수 없이 오정창은 소원룡에게 모든 걸 뒤집어씌우는 것으로 김재일과 입을 맞췄다.

이로써 사적으로 쓸 고가의 말안장을 구매하기 위해 관부의 재물을 함부로 쓴 정평부사는 태형을 맞고 제주도로 귀양 갔고, 전옥서에 구금되어 있던 소 씨 형제에게는 철퇴가 내려졌다. 매점매석과 악행을 일삼아 민심 이반에 앞장선 죄로 소원룡은 가산 몰수와 참수형을, 녹패를 위조해 십 년씩이나 나라의 곳간을 털어먹은 소원택은 가산 몰수에 장형과 유배형을, 소원택의 위조문서 작업에 연루된 이조와 호조의 서리들에게는 각각 참형이 선고되었다. 태형은 회초리로 때리는 형이고 장형은 몽둥이질 곧 사극에서 흔히 보는 곤장을 치는 형을 말한다. 어쨌든 풍간의 위력이 만만치 않다는 것을 보여주는 대목이다. 또한 장미의 '자에는 자로'가 처음으로 공권력의 힘을 빌려 실현되는 일이기도 했다.

원상제 폐지안은 윤경의 첫 작품이었다. 왕이 새롭게 자신의 정치적 이상을 실현해 나가기 위해서는 그 일을 적극적으로 돕는 인재가 필요한 게 당연한 일이다. 그 당연한 일이 노론당에 막혀 왔던 것을 단번에 뚫어버렸다. 왕은 인사를 단행했다. 그간 윤경이 밤을 새워 작성한 인재풀이 활용된 것은 물론이다.

누가 봐도 능력을 최우선시하는 인사였다. 노론당이 당황하며 왕의 숨어있는 책사가 누구인지 알아내려고 용을 쓸 무렵, 윤경의 두 번째 작품이 발현되었다. 바로 유향소 부활이었다.

유향소란 사대부들이 중심이 되어 지방 각 고을의 행정을 관리·감독하는 자치기구였다. 향촌 내의 비판 세력이 자리를 잡으면, 지방 수령들의 비리를 예방하고 민생도 돕는 순기능으로 작용할 수 있다는 논리를 내세워 조선 초기에 자리를 잡았다가, 민심을 어지럽힐 수 있다는 훈구파들의 반대로 폐지되었던 제도였다. 유향소 제도는 활용만 잘하면 관료 중심의 조선 사회에 변화를 줄 수 있는 꼭 필요한 제도였다. 이번에는 노론당이 당운을 걸다시피 하고 들고 일어났다. 사간원과 사헌부의 대간들이 반대에 앞장을 섰다. 왕은 아랑곳하지 않고 밀어붙였다. 이 과정에서 윤경의 실체가 드러났다.

대제학 이문덕은 깜짝 놀랐다. 김윤경이라는 인재가 있다는 말은 벌써 들어 알고 있었다. 그가 왕의 사람이 되었다면 그 첩보가 그에게도 들어와 있어야 했다. 그런데 그는 그것을 까마득히 모르고 있었다.

'어떻게 이런 일이 있도록 아무도 몰랐단 말인가?'

그가 알고 있는 김윤경은 출사를 거부하고 재야에서 책이나 읽고 있는 신진학자였다. 그가 머무는 곳이 만작당이라는 말을 듣고 '젊은 놈이 게으르게 놀 생각이나 한다니, 참으로 욕심 없는 자로군' 하고 쉽게 쉽게 생각했다. 그런 그가 얼마

전 식년시에 장원급제자로 이름을 올렸다. '놀다 보니 출셋길이 궁금했거나 부친의 성화에 이끌려 마지못해 나왔거나 둘 중 하나겠지' 하며 그러려니 했다. 뒤늦게 출사로 마음을 바꾸었다면 자기 사람으로 만들기는 식은 죽 먹기라는 생각을 하고 적당한 때를 보아 직접 한번 만나보리라 생각했다. 이문덕도 김윤경에 대한 젊은 유생들의 열광에 대해 들은 바가 있기 때문이었다. 그런데, 그런 그가 어느새 왕의 사람이 되었다는 말인가. 그리고 출사한 지 얼마나 되었다고 이런 대담한 정책을 쏟아낸단 말인가. 이문덕은 윤석범을 불렀다.

"지금 금상이 내놓는 정책들을 보면 어제오늘 준비해서 나온 것들이 아니다. 아무리 못해도 반년은 넘게 준비했을 것이다. 궁에서 김윤경 그자와의 접촉을 시도한 게 적어도 그만큼은 되어야 한다는 말이다. 그동안 나는 네가 물 샐 틈 없이 저들의 동태를 들여다보고 있는 것으로 알았다. 그런데 이런 일이 벌어졌으니 네 생각은 어떤지 말해보아라."

뚫어져라 자기 눈을 바라보는 이문덕의 눈을 피하며 윤석범은 대답을 망설였다. 잠시 후 윤석범이 말했다.

"금상께서 김윤경이라는 자를 포섭하셨다면 그 일은 필히 남상군이라는 금위영에 종사관으로 있는 자를 통했을 것이옵니다. 소인이 남상군의 행적을 꿰뚫어 꼼꼼히 추적해 왔으니 수상한 동향이 있었다면 소인이 그것을 놓칠 리가 없습니다.

남상군 그자가 지난봄에, 향리에 성묘차 다녀온 적이 있사온
데 그때를 제외하고는 추적의 끈을 한시도 놓은 적이 없습니
다. 어느새 일이 진행되었는지 소인도 궁금할 뿐입니다."

"남상군이라는 자의 향리가 어디더냐?"

"경기도 광주 어디라고 알고 있습니다."

"아뿔싸! 그곳으로도 사람을 딸려 보내야 했다."

"그게 무슨 말씀이시온지…"

"김윤경이 그곳에서 공부한답시고 지냈다. 내 일찍이 김윤
경이 용하다는 소문을 듣고 그곳으로 사람을 보내어 미리 내
사람을 만들어 두려고 시도했느니라. 너와 내가 이처럼 손발
이 맞지 않으니, 오늘에 와서 일이 꼬여버리는구나!"

"…"

윤석범은 당황하는 아버지의 눈빛을 처음으로 보았다. 무
슨 일이 있어도 여유를 잃지 않던 사람이었다.

'이것이 어떤 징조일까. 좋은 징조일까? 나쁜 징조일까. 내
가 미리 보고하지 않은 게 잘한 일일까? 못한 일일까.'

장미는 틈나는 대로 윤경을 보기 위해 궐내각사 앞을 기웃
거렸다.

윤경이 왕의 비밀책사라는 건 이미 소문이 났다. 그제야 장
미는 그간 그가 있는 궐내각사가 유달리 심한 통제를 유지해

온 이유를 알았다.

'아무리 그래도 사람이니 자하골 댁이건 어데건 들락날락
은 할 것 아닌가?'

출입을 위해 지나가는 윤경의 모습이라도, 그게 혹여 먼발
치 너머가 될지언정 그리운 그 모습을 볼 수 있기를 바라며
끈질기게 맴돌았다. 그러나 여전히 윤경의 흔적조차

느껴볼 수 없었다.

'분명 저 코앞에 보이는 전각 안 어디엔가 계신다고 들었는
데 어찌하여 내님은 단 한 번도 그 모습을 내보이지 않으신단
말인가?'

장미는 민용수에게 남에게 전해 들은 양 넌지시 윤경에 관
해 물었다. 김윤경이라는 말이 나오자 민용수가 흥분하기 시
작했다.

"자네가 어데서 들었는지 모르지만, 김윤경이라는 이름 석
자는 궐내각사에 나오는 젊은 관원들 사이에서는 살아있는
전설이라네. 출사해 직을 제수받은 지 얼마나 되었다고 그 많
은 일을 해낸단 말인가. 그의 호가 춘산이어서 우리들끼리는
비춘산이라고 부르지. 날아다니는 춘산이라는 말일세. 홍문
관에 있는 급제 동기 말을 들으니, 본인은 춘산이라는 호보다
는 우리말로 봄뫼라고 하는 것을 더 좋아한다더군. 어쨌든 놀
라운 일이야. 수재 중의 수재라는 소문은 내 일찍부터 들어왔

지만 이리 선풍과도 같은 바람을 일으킬 줄은 미처 예상하지
못했지!"

지척에 두고도 모습을 볼 수 없는 것은 아쉬웠지만 그가 임
금과 함께 내딛는 첫 발이 성공적이라는 사실이 장미는 기뻤
다. 더욱이 민용수의 말 중에 윤경이 봄뫼라는 호를 더 좋아
한다는 말에 기쁨과 슬픔을 함께 느꼈다.

19

동지가 지나고 새해가 되었다. 개혁 초기의 정책들이 순항
하자 자신감이 붙은 임금은 형법과 민생에 본격적으로 집중
했다.

우선 형벌 제도를 손보았다. 죄수들이라도 인권이 짓밟히
는 일은 없어야 한다며 압슬형을 아예 금지했다. 압슬형은 무
릎 위에 맷돌을 얹어 뼈를 으스러뜨리는 가혹한 형벌이다. 그
리고 권세가 높은 양반가에서 공공연히 자행되던 사적 형벌
을 금지했다. 진즉에 이랬다면 구사비 득옥이나 병판 집 노
비가 어이없게 죽지는 않았을 것이다. 다음은 삼복법을 시행
토록 했다. 삼복법은 사형에 처하는 죄를 저질렀어도 세 번의
재판을 반드시 받도록 하게 하는 법이다.

형법을 손 본 임금은 세금 감면을 지시했다. 군역 대신 내던 군포를 두 필에서 한 필로 줄이고 이에 따라 모자라는 재정은 상공업 확대를 통해 보충하는 방안을 추진했다. 예로부터 잘나가는 정부는 세금을 낮추고 못 나가는 정부는 세금을 높인다. 임금의 경제정책 수립에는 장미도 한몫했다. 벌써 민심에 대한 척후병 노릇을 해 온 장미가 시장경제의 현실을 들려준 것이 총명한 임금에게 작용한 것이다. 경제정책에 있어서는 안을 수립하던 윤경도 임금의 안목에 혀를 내둘렀다. 이미 장미를 통해 현장실습까지 마친 임금의 현실에 대한 이해 수준이 자신보다 높은 단계에 이르러 있었기 때문이다.

개혁 조치들이 차례로 성공하자 왕은 윤경을 홍문관 부응교로 승진시켰다. 부응교는 종4품 관직으로 파격에 가까운 승진이었다. 내부 견제로부터 조금 더 벗어날 수 있는 자리를 만들어주기 위해서였다. 물론 노론당의 견제가 더욱 거세어졌다.

소년왕과 윤경이 성과를 올리는 동안 우리들의 장미도 특유의 오지랖성 사고를 또 하나 쳤다. 이번의 대상은 대비전의 늙은 궁녀인 본방나인 장 씨였다. 본방나인은 간택이 되어 궁으로 들어오는 왕비나 세자빈이 친정에서 유모나 시비^{侍婢} 등의 교전비를 데리고 들어오는 일이 있는데 이때 함께 들어온 여종들을 부르는 칭호다. 장 씨는 인경대비를 따라 궁에 들어온 지 어언 삼십 년이 넘은 선임 궁녀였다.

장 씨는 후덕한 사람이었다. 잔정이 많아 나이 어린 궁녀들을 잘 돌봐줬다. 인경대비가 왕비였던 중궁전 시절, 세답방의 수모로였던 난향이 인경대비가 대비전으로 옮겨오면서 궁을 나가게 되었다. 궁을 나간 난향이 어렵게 산다는 말을 듣고는 궁 안의 바느질거리나 세탁거리를 챙겨서 생계를 돕게 했다.

지난 늦가을에 궁 안에서 문제가 발생했다. 왕의 침전과 편전 등의 아궁이와 굴뚝 주변에서 누군가가 묻어둔 사람과 짐승의 뼈가 발견된 것이다. 궁 안이 발칵 뒤집히고 범인을 잡기 위한 조사가 이루어졌다. 이때 난향이한테 일거리를 챙겨주느라 부지런을 떨던 장 씨의 행동거지를 수상하게 여긴 고발이 들어왔다. 검사복장 앞에 끌려간 장 씨는 극구 범행을 부인했지만, 난향이까지 잡혀들어오고 일이 점점 어렵게 되었다.

소문을 들은 장미는 장 씨가 억울한 누명을 썼다는 걸 바로 알았다. 운영과 복상의 밀회를 도와주느라 야간에 처소 밖을 돌아다니던 장미가 수상한 짓을 하는 궁녀들을 목격한 적이 있었기 때문이다. 그들은 놀랍게도 대전 소속의 상궁과 나인이었다. 장미는 고민했다.

인경대비의 친정이 노론의 핵심 권력이었기에 대전과 대

비전은 묘한 알력 관계를 유지해 왔다. 궁녀끼리도 서로를 견제하고 경원하며 일체의 교류 없이 지내왔다. 그런데 그런 대비전 궁녀를 보호하기 위해 대전 궁녀를 고발한다면 진위를 떠나 고발자에 대한 섭섭한 마음을 갖게 되는 게 자명한 일이었다.

장미는 잘 아는 겸사복을 찾아가 고민을 털어놓고 자기가 본 진실을 알렸다. 보고를 받은 겸사복장이 고발자의 이름을 비밀에 부치고 수사를 진행하자, 곧 범행의 실체가 드러났다. 대비전 대령상궁 최 씨의 꼬드김에 넘어가 서로 짬짜미를 맞춘 대전 지밀 소속 상궁 신 씨가 나인 하나를 데리고 저주물들을 묻었다. 고문을 못 이긴 대비전의 최 씨는 그들을 사주한 자의 이름을 토설하고 말았다. 동부승지 장태우였다. 사건 관계자들이 고구마 줄기처럼 줄줄이 걸려 나왔다. 장태우는 조사받기 전 집에서 자결했다. 이로써 그의 뒤에 또 다른 배후가 있는지는 밝혀지지 않았다.

장미는 이전부터 노론의 지시를 받는 궁녀나 내시들이 대전과 중궁전에도 있다는 것을 알고 있었기에 놀랄 일은 아니었다. 이번에 그 일부가 드러난 것뿐이다. 그러나 왕은 대경실색했다. 이런 저주 사건은 전에도 간혹 벌어졌거니와 진범을 찾아낸 것은 이번이 처음이었다. 왕이 특히 놀란 것은 자신이 머무는 대전의 궁녀가 직접 범행에 가담했고 자기 사람

들이라고 믿고 있는 승정원 그것도 핵심자리라고 할 수 있는
동부승지까지 사건에 관여했다는 사실이었다.

　아무튼 대비전의 본방나인 장 씨는 장미 덕분에 혐의를 벗
고 풀려났다. 취조를 담당했던 겸사복이 은밀히 알려줘서 북
새통에 자신이 어떻게 풀려나게 됐는지 경위를 알게 되었다.
드러내진 못하지만, 장 씨는 장미를 은인으로 여기게 되었다.
그런 장 씨가 궁을 나가게 되었다. 병 때문이었다. 그녀의 병
명은 실녀병이었다.
　장 씨는 처음에는 자꾸 얼굴이 붉어지고 가슴이 답답하면
서 두근거리는 증상이 생겨서 나이 때문이겠거니 하고 심각
하게 여기지 않았다. 그런데 점점 머리가 무겁고 어지럽기까
지 하더니 눈썹 주위가 당기면서 아파지는 데다 가슴이 막힌
듯하며 입이 마르고 쓰니 입맛이 떨어지고 변비까지 생기며
저절로 땀이 줄줄 나는 현상으로 고생하는 날이 많아졌다. 가
장 견디기 힘든 증상은 열이 올랐다가 한기가 들었다가 하는
것인데, 심할 경우 열이 펄펄 끓어올랐다가는 한기가 들기를
마치 학질이 든 것처럼 사시나무 떨듯이 벌벌 떨기도 했다.
오랫동안 궁에 갇혀 지내는 궁녀들이 잘 걸린다는 실녀병이
었다. 실녀병은 일종의 직업병이었던 셈이다.
　궁녀는 병에 걸리면 궁을 떠나야 했다. 장 씨에게는 아들

이 하나 있었다. 인경대비를 따라서 궁에 들어오느라 아이를 돌볼 수 없었다. 그녀의 아픈 손가락인 아들은 어려서 가출해 버렸다. 어머니도 없는 집에 있기 싫었다. 늘 마음에 걸렸는데 그 아이가 잘 자랐다. 혼인해서 가정까지 이루고 뒤늦게 장 씨와 소식이 닿았다. 궁을 나가면 아들 집에서 지내게 된 것이다. 일생 인정을 베풀어온 장 씨를 하늘이 돕는다고 모두 기뻐했다.

장 씨는 궁을 나가기 전 장미를 찾아와 감사의 말을 전했다. 서로 사이가 좋지 않은 대비전 소속인 자신을 위기에서 구해준 은혜를 남은 생 동안 잊지 않겠다며 거듭 고마워했다.

대비전의 색장나인이 장미를 찾아왔다. 장미가 궁 밖 외출한다는 사실을 알고 온 것이다. 기본적으로 궁녀는 궁 밖으로 나갈 수 없다. 궁녀가 궁을 나갔다 오려면 왕이 승인한 출패를 받아야 했다. 왕은 장미로부터 세상 돌아가는 이야기 듣는 것을 좋아했으므로 구실을 만드느라 자주 장미에게 궁 밖 심부름을 시켰다. 주된 심부름은 혼인해 궁 밖에 나가 사는 왕의 여동생인 덕명공주에게 왕의 문안 편지를 전달하는 일이었다. 보통 이런 일은 내시부 소관이었다. 그 밖의 왕의 공식 전령은 무관인 선전관의 일이다. 그러나 왕은 장미에게 편지를 맡겼다.

이렇게 궁 밖으로 외출한 장미는 어머니 기향도 보고 김조이나 귀석이 문득이를 만날 수 있었다. 그들을 통해 전해 들은 따끈따끈한 민생 통신이 또 왕의 귀에 들어가니 왕은 이를 민심이 어떻게 돌아가는지 파악하는 창구로 활용했다.

대비전 색장이 장미를 찾은 이유는 대비전 궁녀들의 편지와 선물을, 궁을 나간 장 씨에게 전해달라는 것이었다. 이즈음에는 장 씨를 구해준 게 장미라는 사실이 소리 없이 퍼져 대놓고 말들을 안 할 뿐이지 모르는 사람이 거의 없었다. 다른 사람 같았으면 대전 내에서 장미가 왕따가 될 수도 있었겠지만, 장미가 워낙 폭넓게 인심을 얻고 있는 데다가 저주 사건 일로 상을 받거나 공적이 두드러지거나 하지 않았기에 우물쭈물 슬쩍 잘 넘어갔다.

덕명공주에게 왕의 문안 편지를 전한 장미는 대비전 궁녀들의 선물 보따리를 들고 장 씨가 사는 인왕산 밑의 누상동 집을 찾아갔다. 장 씨가 반색을 하고 달려 나왔다. 선물을 전하고 잠시 장 씨가 궁에서 겪은 크고 작은 일들을 듣던 때였다. 장 씨의 며느리가 들어와 말했다. 포청에 근무하는 남편이 잠시 귀가했는데 어머님의 은인이 와계신다는 말을 듣고는 인사를 올리고 싶어 한다는 것이었다. 어색해진 장미가 인사는 그만두고 얼굴이나 뵙겠다고 했다. 아들이 방으로 들어왔다. 장미도 놀라고 아들도 놀랐다. 우포청 포도부장 김경철

271

이었다.

황망한 시간이 어떻게 지났는지 모르게 흘러갔다. 장 씨에게 작별 인사를 하고 집을 나선 장미의 뒤에 김경철이 따라붙었다. 몸에 피가 흐르지 않을 것 같은 차가운 얼굴 그대로였다. 김경철이 말했다.

"네가 어쩌다 궁녀가 됐는지는 모른다만 나는 네가 이수룡 병판 댁 피습 사건의 주범이라는 것을 알고 있다. 연전에는 네가 미꾸라지처럼 잘 빠져나갔지만, 이제는 놓치지 않겠다. 네가 어머니의 목숨을 구해줬다는 말은 들었다. 허나 그렇다 해서 네가 저지른 짓이 없었던 일이 되는 것은 아니다. 나는 죄를 지은 자들을 찾아 그들의 죄에 합당한 벌을 받게 하며 지금까지 살아왔다. 처음부터 그래왔고, 그것은 지금도 변하지 않는다. 어찌하겠느냐 순순히 나를 따라오겠느냐 아니면 오라를 채워 너를 끌고 갈까?"

장미는 이 공교로운 상황에서 어떻게 빠져나가야 할지 생각해 보았다. 어머니의 생명을 구해줬다는 것을 알고도 자기 원칙만 내세우는 김경철에게 뭐라고 해야 통할지 막막했다. 장미는 머리 굴리는 것을 포기했다. 그 순간 떠오르는 대로 말하기 시작했다.

"무슨 근거로 저를 범인으로 모시는지 모르오나 백번 양보하여 그렇다고 쳐보겠습니다. 포도부장 나리가 진정으로 의로운 분이라면 나리께서 잡아야 할 사람이 누구입니까. 상감마마께서 새 형법을 공표하셨습니다. 그에 따르면 권세 있는 양반이라도 함부로 자기 집의 종들에게 형벌을 가할 수 없습니다. 하물며 전임 병판 이수룡은 자기 종을 때려죽였습니다. 그것은 살인죄입니다. 나리께서 죄지은 자를 찾아 그에 합당한 벌을 받게 하며 살아왔다고 하셨지요. 그 합당한 벌을 받아야 할 사람이 누구인지 저는 묻고 싶습니다. 처음부터 그래왔고 지금도 변하지 않는다고 하셨던가요? 그 잣대가 무엇입니까. 양반에게 들이대는 잣대와 상놈에게 들이대는 잣대가 다르다면 그 잣대는 의로운 잣대입니까? 아니면 양반만을 위한 잣대이오니까."

장미는 허리춤에 차고 있던 출패를 들어 김경철에게 보여줬다.

"이것은 상감마마의 명을 받들고자 궁 밖으로 나온 제가 제시간에 돌아가 반납해야 한다는 왕명이 찍힌 출패입니다. 그러니 저는 시간에 늦지 않도록 이제 궁으로 출발하겠습니다. 왕명을 받아 움직이는 여관의 신분이니 오라를 채우시려면 특별한 각오가 필요하실 겁니다."

장미는 바로 돌아섰다. 그리고 망설임 없이 궁을 향해 걷기 시작했다. 김경철은 기둥처럼 그 자리에 서 있을 뿐이었다.

20

왕은 다시 인사를 단행했다. 이번 인사의 특징은 대대적인 내각 개편이라고 봐야 했다. 영의정부터 육조의 판서를 대부분 교체했다. 눈에 띄는 것은 이문덕이 영의정이 된 것이다. 왕은 구의천을 퇴진시키고 이문덕에게 최고의 별을 달아주었다.

문관으로 출사했다면 누구나 한 번쯤은 영의정 자리에 오르는 꿈을 가져봤을 것이다. 일인지하 만인지상이라고 불리는 그야말로 꿈의 자리다. 그러나 정작 이문덕은 찜찜해했다. 그가 그토록 놓지 않으려 했던 비변사제조 직을 내려놔야 했기 때문이다.

비변사제조는 현대로 치면 NSC국가안보회의 의장 정도의 자리이지만 이문덕은 청와대 비서실장에 국정원장에 합참의장의 권한을 모두 합친 것보다 더 강력한 권력을 쥐고 있었다. 그간 의정부의 삼정승 자리를 노론당의 선배들에게 양보하고 대제학에 머물면서도 그가 실권을 휘두를 수 있었던 것은 비변사제조 자리에 있었기 때문에 가능했다. 영의정이 되어서도 못마땅해하고 있는 이유다. 비변사의 최고위직은 비변사도제조인데 영의정이 당연직으로 겸직하게 되어있다. 그러나 이것은 실권은 없는 명분상의 자리였다.

이 역시 왕의 노림수라는 것을 이문덕이 모를 리 없었다. 그러나 이문덕은 왕의 개혁 조치가 속속 먹혀들어 가고 있는 지금, 섣부른 저항은 자칫 노론당에 치명적 위해가 될 수 있다고 판단했다. 그래서 당분간은 움츠리기로 마음을 먹었다. 노회한 그는 반격을 준비하고 있다. 도광양회韜光養晦. 자신의 재능이나 명성을 드러내지 않고 참고 기다린다는 뜻으로, 등소평이 현대 중국의 대외정책으로 표방했던 말이다. 이문덕의 전략은 한마디로 도광양회였다. 준비하고 기다리면 때는 반드시 온다. 그는 기다리기로 한 것이다.

민용수가 장미를 찾았다. 드디어 자기 고모부 댁이 겪은 참화의 원인과 결과를 확보했다고 했다. 전에 그가 말한 대로 고모부의 부친이 모의에 참여했다고 무고한 자는 오정창이다. 그런데 오정창이 그런 짓을 한 이유가 무엇일까. 그 연결고리가 될 핵심 증거를 찾지 못해 고전하던 중에, 장미가 김조이를 통해 찾아낸 한성부와 호조의 기록들로 하여 꼬인 실타래를 풀게 되었다. 한성부와 호조에서 얻어낸 기록과 자신이 확보했던 기록을 대조해 보니 앞뒤가 선명하게 들어맞고 확실하게 전말을 파악할 수 있게 됐다는 것이다.

고모부의 이름은 박현서, 그 부친의 이름은 박기명이었다. 박기명은 진사시에 합격했으나 벼슬길에는 나가지 않았다.

그 아들 현서도 북학에 조예가 깊었고, 학문에만 열중해서 뜻을 함께하는 이들과 북학을 연구하는 학문 유파를 결성하고 주도하는 일에만 집중했다. 박기명은 대대로 물려받은 재산이 많았다. 사궁동의 집도 규모가 아주 컸고 그 밖에도 상당량의 전토와 광산, 이에 딸린 수많은 노비 등의 재산을 보유하고 있었다. 박기명이 사촌의 빚보증을 섰다. 사촌이 빚을 진 상대가 오정창이었다. 오정창이 담보를 요구해서 박기명의 가산 일부 문서가 빚 담보로 잡혔다. 오정창은 이를 빌미로 박기명 가문의 전 재산을 노렸다. 때마침 알게 된 역모 사건에 상관도 없는 박기명을 밀어 넣었다. 그를 도운 게 바로 당시에 사건을 맡은 의금부도사 김재일이었다. 터무니없는 무고가 받아들여진 배경이다.

당시의 역모 사건은 주범이라고 할 수 있는 박기명의 친구가 별반 알려지지 않은 인물인 데다 그가 한미한 가문 출신이었기 때문에 크게 주목받지 못했다. 그런데 거기에 박기명의 이름을 끼워 넣자, 갑자기 큰 세력의 역모 사건으로 탈바꿈되었다. 그 바람에 사건을 지휘한 김재일이 그 공로를 인정받아 당상관이 되고 황해도 관찰사가 되었다. 오정창은 박기명 가문을 박살 내고 같잖은 빚보증 문서를 앞세워 무주공산이 된 박기명 가문의 그 많은 재산을 차지해 버렸다. 놈들의 짬짜미가 서로 '누이 좋고 매부 좋고'가 된 것이다. 이것이 민용수가 알아 온 사건의 전말이다.

김재일은 이번 개각에서 살아남아 대사헌 자리에 그대로 있었다. 민용수는 그동안의 자료를 토대로 일단 김재일을 탄핵하는 상소를 올리겠다고 했다. 그리고서 박기명 가문의 복원을 추진하겠다는 것이다. 장미는 그 생각에 반대했다. 둘이 서로 짜고 박기명에게 누명을 씌웠다는 게 누가 봐도 확실하지만, 현재로서는 정황만 있지 증거가 없다. 미꾸라지 같은 놈들이 이것을 놓칠 리 없다. 꼼짝달싹 못 할 증거를 들이대빠져나갈 구멍을 애초에 차단해야 한다는 게 장미의 의견이었다. 민용수도 공감하고 동의했다. 둘의 관계에 대한 증거를 각자 찾아보기로 하고 두 사람은 헤어졌다.

죽은 길영이를 추모하기 위해 장미와 악소년 아이들이 다시 모였다. 길영이네 배오개패 중의 한 아이가 소원룡이 참수될 때 놈의 머리칼 한 움큼을 떼어내 지니고 있다가 길영이의 무덤 앞에 올렸다. 죽은 뒤에 귀신이라도 되어 반드시 복수하겠다던 길영이의 혼을 달래기 위해서였다. 참수되어 흙바닥에 뒹구는 소원룡의 머리통을 보았다면 길영이의 혼도 편안히 잠들 것이다. 추모제가 끝나고 장미는 아이들에게 주의를 줬다.

"소적 중에 한 귀퉁이가 잘려 나갔지만 여전히 대도소적은 두 눈 뜨고 살아있다. 이문덕과 오정창이 주춤하고 있지만 저들은 만만한 자들이 아니다. 소원룡이가 죽으면서 갈가리들이 와해됐다고는 하나 오정창이 염강훈을 데리고 뒷수습하고 있다. 저들은 더 악랄해질 것이다. 이럴 땐 맞붙지 말고 적을 살피면서 빈틈이 있는지 알아두었다가 필요할 때 그쪽을 쳐야 한다."

아이들에게는 장미가 여전히 대장이었다. 장미는 귀석이와 문득이에게 오정창과 대사헌 김재일 간에 있었던 뒷거래에 관해서 가능한 모든 정보를 수집하라고 지시했다.

장미가 다시 궁 밖 외출을 나왔을 때 문득이가 그동안 알아낸 전보를 가져왔다.

"대장, 일전에 소원택이 집 앞에 움막 짓고 사는 갓바치 형제 기억나우?"

"기억나고말고. 귀석이가 소대가리 집 광에 잡혀있다는 걸 알려준 고마운 이들 아니냐?"

"그 이들이 이번에도 한 건 했수. 그 이들이 말하는데, 대사헌 영감이 예전에 그 동네에 살았답디다. 그 시절엔 예조인지 어딘지 밑단직 관원이어서 신발 고친 값도 그게 몇 푼 된다고 제때 안주는 깍쟁이 집이었는데 어느 날 훌쩍 의금부도사가 됐다고 호들갑을 떨면서 문안으로 이사를 갔다지 뭐유. 그 처가가 오정창이 처가와 한 집안이어서 오정창이 놈한테 뇌물을 먹이고 높은 자리 꿰찬 거라고 동네에 소문이 파다했다니까, 그 처가 입이 방정이지 지가 떠들지 않으면 그 내막을 어떻게 알았겠수. 이만하면 둘이 어떻게 엮인 건지 알만하지 않수"

장미가 그 정보를 즉시 민용수에게 전했고 민용수는 당시의 인사정보 기록을 뒤졌다. 뜻밖에도 김재일을 의금부도사로 천거한 사람은 선대왕 시절, 병조판서 자리에 있던 이문덕이었다. 악의 고리가 서로 어떻게 연결되어 있는지 확연하게 드러났다. 이문덕을 중심으로 오정창 김재일이 서로 삼각구도를 이루며 얽혀있다. 잘만 하면 악의 축인 이문덕까지 함께 날릴 수 있게 되었다.

민용수는 이를 근거로 증거 확보 작업을 마친 다음 우선 김재일의 탄핵을 요구하는 상소문 준비에 들어갔다. 뒤이어 이문덕을 탄핵할 예정이었다. 그러던 어느 날이었다. 궁에서 일직하던 민용수가 시체로 발견되었다.

민용수의 사체가 발견된 곳은 창경궁 통명전 서편에 있는 작은 연못인 지당이었다. 그는 죽은 채 물에 떠 있었는데, 이미 죽은 후에 연못에 버려진 건지 연못에 빠져 익사한 건지는 밝혀지지 않았다.

검시 결과 민용수는 자상에 의한 타살로 확인되었다. 누군가가 그를 등 뒤에서 칼로 찔러 죽이고 연못에 버린 것이다. 장미는 현장을 조사한 겸사복 최계환으로부터 세세한 수사 정보를 들었다. 민용수의 사망 추정 시간은 전날 밤 해시_{밤 9-11시}와 자시_{밤 11-1시} 사이로 추정된다고 했다. 민용수의 사체를 발견한 사람은 대비전 보기 서 씨였다. 보기는 구들에 불을 땔 때는 담당 나인이다. 새벽녘에 잔불을 확인하러 처소에서 나와 통명전으로 가던 길이었다. 서 씨가 민용수의 사체를 발견한 시각이 인시_{새벽 3-5시}였으니까 죽은지 대여섯 시간 만에 발견된 것이다. 몸이 물에 불은 상태로 보아서는 살해되고 적어도 한 시진時辰 안팎에 연못에 버려진 것으로 추정되었다. 추정 사망 시간으로 볼 때 민용수는 춘추관 내에서 살해된 것이 확실했다. 함께 일직하던 승정원 관원이 그를 마지막으로 본 시간과 차이가 나지 않았다.

겸사복 최계환은 도대체 종잡을 수가 없다고 했다. 그의 죽음은 수수께끼 투성이였다. 민용수의 왼쪽 손바닥에 붓으로 급히 쓴 것으로 보이는 글자가 있었다. '內' 자였다. 민용수는 절명의 순간, 범인이 누구라는 것을 자기 몸에 남긴 것이다. "內"라는 글자로 볼 때, 범인은 춘추관 안에 있는 동료나 상관 누군가일 확률이 높다고 최계환은 추측했다. 일견 가능한 추측이다. 그러나 그의 등에 칼을 찔러넣은 범인은 따로 있었다.

최계환이 종잡을 수 없다고 말한 이유는 또 있었다. 민용수의 근무 처소인 춘추관은 창덕궁 궐내각사 내에 있었기에 이미 죽은 그의 사체가 왜 창경궁 그것도 대비전으로 사용하고 있는 통명전 앞까지 와야 했는지 까닭을 알 수 없었다. 더구나 창덕궁에서 창경궁으로 넘어오려면 숙위소가 있는 건양문을 통과해야 한다. 두 궁 사이에는 문이 몇 개 더 있지만 야간에는 모두 잠겨있고 사용하지 않았다.

'춘추관 내에서 해를 당한 나리의 시체를 굳이 통명전까지 옮겨온 이유가 무엇일까. 단순히 수사의 혼선을 주기 위해 그랬을까. 아니면 다른 이유? 그렇다면 왜 하필 통명전 앞 연못이었을까?'

장미는 곰곰 생각해 보았다. 그가 죽었다는 소식을 듣고 처음에는 어이없고 막막했다. 거대한 절벽 앞에 선 기분이었다. 상대할 수 없는 엄청난 세력이 눈앞에 도사리고 있다는 현실감에 몸이 떨려왔다. 겨우 정신을 차리고 알아보니 마침 평소 친밀했던 겸사복 최계환이 사건을 담당하고 있었다. 일전에 본방나인 장 씨가 연루됐던 대전 저주물 사건 때 장미의 신고로 인해 진범을 잡고 그 덕에 승진 혜택까지 받았던 장본인이었다. 자연히 장미에게는 협조적일 수밖에 없었다. 장미는 최계환으로부터 들은 수사 정보를 차분히 분석해 보았다.

'민용수 나리의 죽음에는 그를 죽인 자들로부터의 신호가 들어있다. 그것은 우리의 뒤를 캐면 이렇게 된다는 경고와 함께 또 다른 암시가 내포된 게 분명해. 나리가 발견된 위치가 그것을 말해준다. 통명전. 통명전에는 대비마마가 있지. 대비마마는 노론의 상징. 앞으로 대비전을 저들의 바람막이이자 본격적인 세력다툼의 지렛대로 쓰겠다는 암시가 아닐까?'

여기까지 생각이 미치자, 장미의 가슴이 섬뜩해졌다.

'민용수 나리는 김재일을 넘어 이문덕을 겨냥했다. 그것 때문에 민용수 나리가 돌아가신 게 확실해. 다른 곳도 아니고 궁 안에서 서슴없이 사람을 죽일 생각을 한다니, 무서운 놈들이다.'

장미가 궁금해 하자 최계환이 전날 밤 건양문 숙위소에서 작성한 근무일지 기록을 보여주었다. 얼핏 보아서는 의심 가는 것을 찾을 수 없었다. 꼼꼼히 기록을 들여다보던 장미가 의문이 가는 기록 하나를 발견했다. 해시에 사옹원의 교여가 들어왔다 나간 기록이었다. 사옹원 교여는 임금님 수라에 올릴 식재료를 운반하는 가마다. 신선한 재료여야 하므로 하루에 두 차례 교여가 들고난다. 늘 있는 일이고 기록만 보아서는 이상할 것이 없었다. 장미는 민용수의 왼쪽 손바닥에 씌어 있었다는 글자 '內'가 혹시 내시나 내관을 의미하는 것은 아닌지 생각해 보았다. 사옹원은 내시부에서 관리한다.

'사옹원 소속 내관이 민용수 나리를 해하고 사옹원에서 음

식을 실어 나르는 교여를 통해 시체를 빼내 간 게 아닐까?'

장미가 최계환에게 물었다.

"교여가 들고 날 때 일일이 안을 확인합니까?" 최계환이 웃
으며 답했다.

"매양 하는 일인데 확인은 뭐하려 하겠수. 더군다나 주상전
하 수라상에 올릴 식재인데."

"그럼, 혹여 민용수 나리 사체가 그 안에 들어있었더라도
그냥 통과됐겠네요?"

장미의 말을 들은 최계환의 얼굴이 굳어졌다.

"나중에 봅시다."

최계환이 황급히 뛰어나갔다. 그는 즉시 사옹원으로 달려
갔다. 사옹원은 내반원과 함께 승정원과 홍문관, 춘추관이 들
어서 있는 전각들 바로 옆에 있다. 최계환이 사옹원에 도착하
니 마침 교여에서 새로 들어온 식재료가 부려지고 있었다. 짐
이 내려지기를 기다린 최계환은 즉시 교여를 겸사복 본청으
로 옮기도록 했다. 그리고 겸사복의 전문 조사관들을 시켜 내
부를 확인하게 했다. 지난밤에 나갔다가 다시 들어왔으니, 그
사이에 누군가가 교여 내부를 깨끗이 치웠다면 물증 같은 게
남아있기는 어려울 것이다. 조사는 오래 걸리지 않았다. 가마
안에서 사람의 혈흔이 발견되었다.

내시부가 난리가 났다. 내시부의 최고위직인 상선종2품이 직접 나서서 진상을 조사했다. 그날 밤 범인으로 의심이 가는 사옹원의 내관이 창덕궁 후원에서 나무에 목을 매고 죽은 채 발견되었다. 사건을 전담하는 최계환으로서는 매우 애석한 일이었다. 수사가 미궁에 빠진 것이다.

사옹원 내관이 죽기 전에 검거됐다면 민용수를 죽인 세력의 배후를 밝혀낼 수 있었을 터이다. 장미는 굳게 결심했다.

'어떡해서든 진실을 밝혀서 민용수 나리가 겪은 참화가 헛된 죽음이 되지 않게 해야 한다.'

민용수가 죽던 날, 일직하던 그의 처소가 엉망진창으로 뒤집혀 있었다고 했다. 누군가 그로부터 무언가를 빼앗거나 찾으려 했다고 추측할 수 있었다.

'필시 나리가 그동안 모아놓은 증거물들의 증거 단자를 찾으려 했을 것이다.'

장미는 민용수로부터 들은 말이 생각났다. 그는 만일을 대비해 그동안 모아놓은 증거자료들을 기름종이에 싸서 자기 집 모처에 숨겨두었다고 했었다.

'이럴 줄 알았으면 그 모처에 대해서도 물어둘걸...'

어쨌든 민용수를 해친 자들이 그것을 노렸을 것이다. 거기에 생각이 미치자, 한시라도 빨리 민용수의 집을 찾아가야 한다고 장미는 생각했다.

'일단, 나리가 감춰놓았다는 그 증거 단자가 저들 손에 들어가기 전에 찾아와야 한다.'

장미가 짐작했던 대로 대비전을 중심으로 한 저들의 공세가 시작되었다. 대비전에 불려 간 왕은 인경대비로부터 싫은 소리를 들었다.

"성상께서 이 어미를 얼마나 쉽게 여기면 내 처소 앞마당이나 다름없는 데서 이런 일이 버젓이 자행된답니까. 그동안 눈에 걸리고 마음에 걸리는 게 있어도 참아왔습니다. 성상이 주도하는 일 가운데 이 어미에 대한 배려가 그 어디에 있답니까. 조정의 실무를 내려놓고 물러나 있다고 해서 이다지도 뒷방 늙은이 취급을 당할 수 있단 말입니까?"

터무니없는 트집이다. 차라리 내 친정이나 다름없는 노론을 이렇게 배격하다니 너무한 거 아니냐고 따지는 게 나았을 것이다. 왕은 조금도 당황하지 않고 잔잔한 미소를 띠며 대답했다.

"그럴 리가 있사옵니까? 어마마마. 소자가 보위에 올랐다고 하여 어찌 어마마마로부터의 은혜 됨을 한시라도 잊겠사옵니까. 부디 소자의 효심을 의심하지 마시옵소서. 다만 국정에 있어 소자의 생각과 계획이 있어 미처 그 내막을 일일이 말씀 올리지 못했을 뿐이옵니다. 달리는 말에는 채찍을 가하지 말라고 하지 않사옵니까. 안 그래도 이제 막 숨을 돌리고 찬찬히 말씀 올리려던 참이었사옵니다. 부디 너그러운 인내심으로 소자의 행보를 지켜봐 주소서."

느긋한 왕의 태도가 인경대비를 더 초조하게 만들었다.

"얼마 전의 의정부와 육조 인사만 해도 그래요. 한마디 의논도 없이 모든 것이 결정 나고 나라가 결딴나는데 그저 구경이나 하고 앉아 있으려니 내 원 참, 아니 도대체 주상의 생각이 무엇이란 말이요. 이 어미가 국정의 경험이 없는 것도 아니요, 다섯 해씩이나 실무의 최우선에서 나라의 중차대한 정책을 주무른 사람인데 어찌 이리 소홀하십니까. 나랏일에 경험도 없는 백면서생을 데려다 앉혀놓고 현실에 동떨어진 그 말만을 따르니 국정이 어디로 가는지 모르게 우왕좌왕하고 있지를 않습니까. 의논하고 물어보세요. 아무리 이 어미가 주상의 앞길을 막으리까. 그 젊은 백면서생보다 못한 말을 하리까?"

대비의 말속에 '이 어미'란 말이 수없이 강조된다. 유학의 나라에서 효심을 들이대고 있다. 이럴 때 자식 된 자는 감당하기 어려운 법이다.

"소자가 어찌 어마마마께옵서 부왕전하의 대통을 이어 나라의 틀을 완성하신 그 주옥같은 선경험을 귀히 여기지 않겠사옵니까. 조금만 기다리소서. 소자 매일 찾아와 의논드리고 여쭙고 귀찮게 하여 하품이 나시도록 줄기차게 할 것이옵니다."

왕이 이처럼 여유 있고 능숙하게 나오니 인경대비는 더 할 말이 없었다. 공연한 투정이 이어졌다.

"이제부터는 참고 있지만은 않을 것입니다. 내 할 말은 해야겠으니, 주상은 그리 아세요."

"여부가 있겠사옵니까. 부디 그리하여 주시옵소서 어마마마."

왕은 마지막 말을 잊지 않았다.

"어마마마의 처소를 어지럽힌 자들은 반드시 찾아낼 것이옵니다. 감히 여기가 어디라고 저들이 함부로 그 무도한 발자국을 남긴단 말입니까. 소자 그 배후가 누가 되든 기필코 찾아내어 거열형으로 벌하고, 그 목을 장대에 걸어 저잣거리에 효수토록 할 것이옵니다. 그리하여 어마마마의 심기를 거스르고 지엄한 국법을 기만한 죄를 묻는 것이 그 어디까지인지 지나가는 모든 이들이 똑똑히 보게 할 것이옵니다. 어마마마께옵서는 소자를 믿고 조금만 기다리소서."

왕은 이번 사건에 대한 자신의 분노와 함께 노론당의 공세에 호락호락 당하지 않겠다는 결단의 마음가짐을 명백하게 드러냄으로써 오히려 대비전을 통한 반격의 신호를 내보였다.

21

장미는 민용수의 증거 단자를 자신이 직접 찾기로 했다. 그걸 찾아 어떻게 할 것인지는 다음에 생각할 문제였다. 궁궐 안까지 들어와서 민용수를 살해한 놈들이 그의 집이라고 그냥 둘 리가 없다. 놈들의 손이 미치기 전에 증거 단자를 확보해야 한다.

새로 궁 밖 외출을 나오게 됐을 때, 장미는 민용수의 집을 찾아갔다. 그의 집은 북촌의 가회방_{지금의 종로 가회동} 언덕 끝자락에 있었다. 장미는 마음속에 믿는 구석이 있었다. 죽기 전 민용수가 했던 말 때문이었다. 민용수는 증거 단자를 어디에 두었는지는 말하지 않았지만 그걸 감추느라 제 집에서 주인인 자기가 스스로 양상군자가 되고 말았다며 껄껄 웃은 적이 있었다. 양상군자란 들보 위의 군자란 뜻으로 도둑을 의미한다. 자신을 도둑에게 비유했지만, 그 말 속에 단자를 숨긴 장소를 넌지시 알려준 거라고 장미는 추측했다.

장미는 만일을 대비해 변복했다. 다시 한번 남장하고 이번엔 머리에 평량자_{패랭이}도 썼다. 밤이 되기를 기다렸다가 야음을 타고 월장해 집안으로 스며들었다. 오랜만에 해보는 일이다. 증거 단자를 찾는 일은 어렵지 않았다. 예상한 대로 대들보 위에 기름종이로 꽁꽁 싸서 고이 모셔져 있었다. 조용히 집을 빠져나온 장미가 골목 모퉁이를 돌 때였다. 맞은편에 시커먼 그림자가 나타났다. 급히 몸을 세운 장미가 돌아서려 하자 뒤편에서도 한 놈이 나타났다. 모두 환도를 뽑아 들고 있었다.

장미가 잡무술을 조금 익혔다지만 장검을 든 남자 둘을 당해낼 만큼의 수준은 아니다. 장미는 숨을 깊게 한번 들이마셨다. 이럴 땐 무조건 도망치는 게 상책이지만 그것은 사실상 불가능했다. 앞을 가로막고 있던 놈이 다가왔다. 놈은 아주 천천히 한 발 더 다가오는가 싶더니 별안간 칼을 비껴들고 달려들었다. 순식간에 거리가 좁혀지고 놈이 휘두른 칼이 장미의 머리를 향해 날아왔다.

장미는 왼발을 뒤로 빼며 몸을 움츠렸다. 아슬아슬하게 칼날이 머리 위를 스쳤다. 순간 장미의 몸이 달려든 놈과 같은 방향으로 틀어지는가 했더니 어느새 개구리처럼 튀어 올랐다. 동시에 장미의 왼발 뒤꿈치가 놈의 명치에 꽂혔다. 놈이 "훅!"하는 소리를 내며 몸을 움츠렸다. 장미가 그 틈을 놓치지 않았다. 손 모서리로 내려치는 항정치기로 놈의 뒷덜미를 휘갈겼다. 놈이 건디지 못하고 앞으로 쓰러졌다. 이제 달아날 공간이 열렸다. 장미는 재빨리 몸을 돌려 앞으로 튀어 나갔다.

거의 동시에 뒤에 있던 놈이 휘두른 칼날이 날아왔다. 앞으로 나가는 장미의 등과 날아오는 칼날이 살짝 빗겼다. 장미가 놈의 칼을 완벽하게 피하지 못한 것이다. 이번에는 장미가 "윽!"하는 비명을 토해내며 튀어 나가던 탄성으로 땅바닥에 구르며 쓰러졌다.

일어서고 싶었지만, 몸이 말을 듣지 않았다. 정신까지 혼미해서 상황 분간조차 어려웠다. 칼을 든 놈이 서서히 다가왔다. 앞으로 내민 칼끝이 달빛에 번뜩였다.

'이렇게 허무하게 당하다니... 저자는 틀림없이 민용수 나리를 해친 자와 한패일 것이다. 나리가 애써 모은 단자가 놈들의 손에 넘어가게 생겼는데 그걸 막을 도리가 없다. 분하다. 이문덕과 오정창을 잡을 길이 이렇게 막히는구나. 아아! 이제 그분을 다시는 볼 수 없게 됐다. 그 맑은 미소를 다시 볼 수 없다니, 속절없이 이문덕 졸개 따위의 칼을 받아야 한다니...'

짧은 순간 장미의 생이 주마등처럼 흘러간다. 낙계촌의 사장에서 처음 윤경의 모습을 보았을 때 신선 같은 그의 풍채에 가슴을 떨며 바라보던 일이며, 윤경과 봄동산에서 꽃 속에 파묻혀 주먹밥을 나눠 먹던 일이며, 봄꾀리는 말을 듣고 쑥스럽게 웃던 윤경의 그 해맑은 표정이며 찰나의 이미지들이 사진 컷처럼 하나씩 나타났다가 사라진다. 어느덧 정신이 점점 가물가물해지고 놈의 하반신이 슬로우모션처럼 휘적휘적 다가온다. 그때였다. 후드득 발소리가 나는가 싶더니 칼이 서로 부딪치는 소리가 들렸다. 거기까지였다. 장미는 정신을 잃었다.

눈을 떴다. 날이 샜는지 밝은 빛이 새어 들어온다. 어슴푸레 장미의 눈에 비친 주위의 모습은 어떤 방 안이었다. 약초 냄새 같은 게 나서 고개를 돌리려니 등허리 쪽에 엄청난 통증이 느껴진다. 장미는 저도 모르게 신음을 내뱉었다.

장미는 이부자리 안에 뉘어있고 누군가 칼에 베인 상처를 치료했는지 가슴과 등에 흰 무명천이 둘러있다. 방 안에는 아무도 없었다. 들창 밖으로 사람들이 왕래하며 떠드는 소리와 소달구지 같은 게 지나가는 소리가 들리는 것으로 보아 행길 가에 있는 집 행랑채쯤으로 여겨졌다. 방 한쪽 벽에 약재로 보이는 봉투들이 수북이 매달려있고 제법 큰 이층 약장이 보인다. 장미는 칼에 찔려 정신을 잃은 후 자신이 누군가에 의해 의원에게 보내진 것으로 짐작했다. 정신을 잃기 전 뛰어든 발소리와 칼 부딪치는 소리가 기억났다.

'그 발소리의 주인공이 나를 이곳으로 데려온 걸까?'

방문이 열리고 백발의 노인이 들어왔다. 앞으로 다가온 노인을 보고 장미가 흠칫하며 놀랐다. 내의원 산관인 김태수 어른이었다.

　김태수는 선대왕 시절 내의원 어의 중 최고 선임 수태의였다. 이후 그는 후진에게 자리를 물려주고 은퇴했는데 지금의 왕이 그를 다시 불러들였다. 그는 수태의 자리는 고사하고 비정규직이라 할 수 있는 산원의관직을 맡아 내의원 일과 자기 사는 동네에서 지역민들을 돌보는 의원 일을 함께하고 있었다. 장미와는 궁 안에서 장미의 오지랖과 붙임성 때문에 알게 되어 서로 친밀하게 지내던 사이였다. 장미가 놀라며 몸을 일으키려 하자 김태수가 말렸다.

　"움직이지 말고, 그대로 있거라. 선조치했으나 자상이 깊어 덧날 수 있다. 장기를 다치지 않은 것은 그나마 다행이지만 결코 가볍다고 말할 수 없는 중상이다. 당분간은 최대한 몸을 고정해야 한다"

　"그런데 어떻게 태의 어르신께서?"

　"어제 밤중인데 웬 젊은 사내가 피칠갑이 된 너를 업고 왔다. 인사불성이 된 네 얼굴을 알아보고 나도 심히 놀랐더니라"

　"웬 젊은 사내라시면?"

　"너도 모르는 자란 말이냐?"

　김태수가 전해주는 말에 의하면, 장미를 데려온 사람은 윤석범인 것으로 짐작되었다. 선명하도록 잘생긴 얼굴이며 뺨에 난 칼자국이며 장미를 내려놓고 바람처럼 사라진 것이며,

김태수가 들려주는 인상착의와 행동으로 보아 윤석범이 틀림없었다.

'그자가 나를 구했단 말인가?'

장미는 헷갈렸다.

'윤석범은 이문덕의 세작이다. 그가 나타났다면 나에게 칼을 꽂은 자와 같은 무리일 텐데 자기편과 대적해서 나를 구한다는 게 말이 되는가. 아니면 증거 단자를 노리는 또 다른 세력이 있다는 말인가?'

장미가 김태수에게 물으니, 장미의 몸 안에 별다른 물건은 없었다. 상처를 치료하느라 어쩔 수 없이 장미의 옷을 벗기고 몸을 추슬렀지만 품 안에서 그 어떤 것도 나오지 않았다고 했다. 그렇다면 품속에 넣고 있었던 증거 단자는 윤석범이 가져간 것이 된다. 민용수가 오랜 시간 공들여 모으고 작성한 증거 단자가 고스란히 이문덕의 손에 들어가게 된 것이다. 민용수 나리가 목숨과 바꾼 노력과 그걸 헛되게 하지 않으려던 모든 계획이 물거품이 되었다. 그렇더라도 윤석범이 자신의 목숨을 구해준 것은 여전히 그 의도를 파악할 수 없는 일이었다.

'참으로 따라잡기 힘든 인연이다.'

장미가 생각에 빠져있을 때 김태수가 장미에게 말했다.

"나는 지금 궁으로 들어가야 한다. 저녁에 다시 네 몸의 상처를 돌보기까지 꼼짝 말고 누워있거라. 그건 그렇고 네가 걱

293

정이다. 어제까지 궁에 들어갔어야 하는 것이 아니더냐."

"그러하옵니다. 태의 어르신. 안 그래도 어찌해야 하나 근심 중이옵니다. 오늘, 날이 밝기 전에만 입궁했어도 별일 없었을 터인데..."

"이리하도록 하자. 내 지금 입궁하는 대로 제조상궁을 만나 어제 네가 내 집을 찾아왔는데 독한 감모에 걸려 한증과 고열에 시달리고 있기에 내 집에 머물게 했다고 전하마. 그대로 입궁하였다가 혹여라도 잘못되어 궁내에 옮길 것을 염려하여 그냥 밖에 있도록 조치했다고 할 터이니, 혹시 대전별감이라도 확인차 나오거든 감모에 걸린 듯 말을 잘하거라. 우리 집 아이들에게도 내 단단히 일러두겠다."

"그리하여 주시오면 소녀 큰 시름을 덜게 됩니다. 고맙습니다. 태의 어르신!"

"이게 다 그동안 너한테 공으로 얻어먹은 생과방 엿과자 덕인 줄이나 알거라."

"아우 그거야 앞으로도 소녀가 책임지고 쭈욱~ 갖다드리겠습니다"

장미의 건은 제조상궁에서 감찰상궁으로 전달되고 액정 소속 별감의 현장 확인까지 마친 후 왕의 승인을 받아 잘 처리되었다. 장미는 감모를 핑계로 며칠 동안 마음 편히 조선 최고의 어의인 김태수의 집에서 자상에 대한 치료를 받게 되었다. 그런데 이 일은 뜻하지 않던 사실을 알게 되는 계기가 되었다.

하루는 자상 치료를 마친 김태수가 장미에게 조심스러운 질문을 던졌다.

"네 등에서 엉덩이 양쪽에 두 개씩 있는 얼룩 자국 말이다. 네게 왜 그런 게 있는지 그 연유를 알고 있느냐?"

"소녀 어렸을 적부터 이미 있었사온데, 그 내력은 잘 알지 못하옵니다."

"난산일 때 아기의 머리를 잡아 빼내는 겸자집게라고 의원들이 쓰는 도구가 있다. 내보기에 얼룩 자국의 모양이 겸자의 흔적으로 보이는데 허리와 엉덩이 부위에 그것도 양옆에 있다는 것이 특이해 물어본 것이다. 혹여 네가 태어날 시에 네 어머님이 커다란 산고를 겪으셨다는 말을 들어본 적이 없느냐?"

"소녀 유아 시절 양친을 잃고 천애고아가 되었다가 지금의 어머님이 거두어주셔서 그 슬하에서 자랐으되 이전의 일은 들은 바가 없습니다."

그 말을 들은 김태수가 매우 놀라며 장미에게 다시 물었다.

'네 나이가 올해 몇이더냐?"

"해를 넘겼으니 이제 열여덟이나 되었사옵니다."

"..."

김태수의 얼굴이 하얘졌다. 뚫어져라 장미의 얼굴을 바라보더니 다시 미간을 찡그리며 생각에 잠긴다. 그가 잠시 후 말을 이었다.

"나와는 둘도 없는 사이로 지내던 동무가 있었다. 그의 맏며느리 그러니까 그 장남의 아내가 딸을 출산할 때 내가 아이를 받았다. 나로서는 처음 겪는 난산이었다. 아기가 거꾸로 들어서 있었다. 다리부터 나오는데, 산모가 힘을 쓰지 못하니 잘못하면 아기가 죽게 생겼다. 겸자로 아이를 양쪽에서 잡아 강제로 끌어내다시피 하여 겨우 살려냈다. 처음 겪는 일이다 보니 나도 모르게 손에 힘이 많이 들어갔다. 아이의 몸에 겸자 자국이 깊게 남았다. 그 후로는 한 번도 그런 경우를 보지 못했으니, 나로서는 처음이자 마지막이었던 셈이다. 그러니 기억이 생생할밖에..."

"그럼, 저도 그 아이처럼 거꾸로 들어서 있다 나온 걸까요?"

"글쎄, 그랬을 수도... 한양 일대의 의가醫家에서는 내 들어보지 못했다만..."

거기까지 말한 김태수의 표정이 쓸쓸했다. 과거의 기억들이 그의 마음을 아쉬움과 그리움으로 이끌었기 때문이다.

"내 동무 박기명이가 그렇게 어이없게 죽지만 않았어도..."

"태의 어르신이 말씀하시는 그 박 기자 명자 어른이 혹시 사궁동에 사시던 분을 말씀하시는지요?"

"네가 박기명을 어찌 아느냐? 벌써 오래전에 죽은 친구인데." "실은 소녀가 지금, 이 상처를 입은 것도 그분과 관련이 있는데, 자세한 건 말씀드리기 곤란하옵니다."

김태수가 놀란 얼굴이 된다. 장미의 상처가 죽은 박기명과 관련이 있다는 말에 무슨 사연이 담겨있는지 캐묻고 싶지만 서둘지 않기로 했다. 상처를 입은 장미로서는 안정이 우선이다. 궁금한 건 천천히 물어도 된다. 이윽고 그의 얼굴이 조금 풀어지더니 다시 지난날의 기억으로 되돌아갔다.

"무슨 일인지 모른다만 말하기 곤란하다니 더 묻지 않겠다. 박기명의 장남 현서에게 두 살짜리 딸이 있었다. 바로 내가 받아낸 그 아이지. 그 난리 속에서 아이가 그 집 계집종의 기지機智로 빼돌려졌다는 말을 들었다. 살아있다면 지금 네 나이일 것이다. 그래서 내가 네 나이를 물었다. 만에 하나 네가 박현서의 딸이라면 나로서는 엄청난 인연을 만난 것이 되지 않겠느냐?"

"⋯"

박기명. 박현서. 바로 민용수가 말하던 억울한 가화를 겪고 사라진 그 비운의 가문과 자신과의 관계를 김태수가 말하고 있다.

'민용수 나리가 말하던 사라진 딸아이 그리고 지금 태의 어

르신이 말하는 두 살짜리 딸아이가 혹시 바로 나? 만일 그렇다면 어떻게 되는 거지?'

김태수가 말하는 아이와 장미가 동일 인물일 수도 있고 아닐 수도 있다. 엄마 뱃속에 거꾸로 잉태되었다가 태어난 아기가 또 있지 말라는 법이 없다.

'내 몸에 있는 얼룩 자국이 태의 어르신 말씀처럼 겸자에 집히는 바람에 생긴 것일까? 어머니는 혹시 그 사연에 대해 아시는 게 있지 않을까?'

장미는 어머니 기향에게 혹여 그 내력을 알고 계시는지 물어야겠다고 생각했다.

22

남상군이 윤경을 찾아왔다. 처음 경기도 광주의 한촌에서 인연을 맺고 그 후 윤경이 출사해 많은 공을 세우는 동안, 남상군의 보이지 않는 도움이 많았다. 이제 두 사람은 서로 떼려야 뗄 수 없는 사이가 되어 깊은 우정을 나누고 있었다. 남상군이 말했다.

"연전에 제가 동벽께 큰소리를 쳐놓고 그만 아직도 그때 약조한 것을 지키지 못하고 있으니 이런 결례가 따로 없습니다."

"약조한 것이라니요?"

"동벽께서 낙계촌에 계실 적에 뵈었다는 남매분들을 찾아오겠다고 제가 큰소리쳤던 거 기억 안 나십니까?"

"그 일이라면 약조라고 할 수는 없지요. 제가 말씀드린 게 워낙 부족하고 확실치 않은 것들이라서... 그간 일에 쫓겨 저도 그만 까마득히 잊고 있었습니다. 그 사람들이 어찌 됐을까 궁금한 것은 여전하지만..."

"아, 그것이 조금 이상하긴 합니다. 워낙 좁은 바닥이라 쉽게 찾을 수 있으리라 여겼는데, 한양에서 왔다는 류순정이라는 도령은 도저히 찾을 길이 없고, 한번씩 서찰을 주고받으셨다는 여인분도 백방으로 알아봤지만 찾지 못했습니다. 다만"

"?"

"그곳 고을 현의 구실아치로 있는 허기수라는 이가 있는데, 한양 사는 조카딸이 그즈음 한해 넘게 그의 집에 와서 머문 적이 있다고 합니다. 자색이 출중하고 시문과 문인화에 뛰어났는데, 그 소문이 그 집 담을 넘어 퍼져나가서 일대의 남정네들이 설렘으로 그 집을 기웃거렸다는군요. 그러다 어느 날 훌쩍 사라졌다고 하는데 혹여 그 조카딸이라는 이가 동벽께서 만나신 분인지는 확인할 수가 없었습니다."

"아이구 그만하면 너무도 애를 쓰셨습니다. 공연히 제가 말을 꺼내어 그 힘든 일을 모두 알아보셨으니 참으로 죄송스럽습니다."

"빈손으로 온 제가 더 죄송하지요. 그런데 하나 이상한 게
또 있습니다."

"?"

"제가 부끄럽고 민망하여 그간 말씀드리지 못했는데, 지난
해 여름쯤에 광통교를 건너다가 그 여인분을 또 마주쳤습니
다. 자하골에서 만났던 그 분 말입니다."

"그런 일이 있었습니까?"

"아하 참 그런데 그때에도 제가 그만 그분을 놓쳐버리고 말
았지요."

"아하"

"저를 보더니 깜짝 놀라며 오던 길을 되돌아서 달아나 버리
는 데 여인의 걸음이라고 하기에는 너무도 빨라서..."

"네, 그랬군요"

윤경도 아쉬움을 얼굴에 그대로 드러냈다. 다리 위에서 마
주쳤다니 기대가 되었다. 못내 아쉬움을 감추지 못하는 윤경
의 표정을 보니 남상군도 더욱 그날의 일이 속상했다. 궁으로
가는 가마 안에 장미가 들어있을지 어떻게 알 수 있었겠나.

"아무튼 그분이 한양에 계신 것 하나는 분명하니 제가 힘껏
더 알아보겠습니다"

윤경은 여인을 잊지 못하는 속마음을 털어놓자니 부끄러

왔다. 그러나 상대는 이미 그것을 모조리 알고 있는 남상군이다. 차라리 생각대로 솔직히 말하여 자신이 원하는 결과를 얻고 싶었다.

"심히 면구스럽고 속 보이는 말이오나 낭청께서 이미 제 속마음을 꿰뚫어 보고 계시니 무엇을 감추려 들겠습니까. 이상하게도 그 무명 소녀라는 여인이 뇌리에서 떠나지 않습니다. 다른 것은 스스로 절제하고 통제하는 것이 될지언정, 그 마음을 버리지 못하니 이를 어찌합니까. 부끄러움을 무릅쓰고 말씀드립니다. 부디 수고하시는 김에 조금 더 애써주십시오."

"하하하 알겠습니다. 힘닿는 대로 더 알아보고 좋은 소식 들려드리도록 애써보지요. 나로 말하면 마누라 말 한마디에 벌벌 기는 공처가로 살게 된 지 벌써 오래에다 여인에 대한 풋정 같은 건 잊은 지 오래인데 동벽께서 그렇게 순수한 마음을 내보이시니 한편 부럽기도 합니다. 하하하"

동벽은 의정부, 승정원, 홍문관의 고위직 관료에게 붙이는 별칭이다.

오정창은 초조했다. 민용수의 집을 탈탈 털다시피 했지만 어딘가에 있다는 증거 단자를 확보하지 못했다. 혹시 하는 기대로 잠복시켜 두었던 칼잡이들이 집에 스며들어 단자를 빼내 오던 자로부터 문제의 단자를 탈취할 뻔했으나 난데없이 나타난 복면의 자객에게 기습을 당하고 아무것도 얻지 못했다. 이문덕의 추궁을 피하기 위해 상보를 늦추고 있지만 그사이 사라진 증거 단자가 자기 목을 겨누는 칼이 되어 날아올까 심히 염려되었다. 오정창이 염강훈을 불렀다.

"일 처리가 이리 데데하게 굴러가니 도대체가 마음을 놓을 수가 없지않느냐. 이제 곧 상국相國 앞에 불려 갈 터인데 그 나는 새도 떨어뜨린다는 윤석범이가 우리 사정을 알아내면 끝장 아닌가. 증거 단자 찾는 일은 자기가 맡겠다던 그자 말을 듣지 않다가 이 사달이 났으니, 상국께서 자초지종을 물으시면 뭐라고 답해야 한단 말이냐?"

"아하 참 그것이, 다 된 밥에 코 빠뜨린다고, 그 복면의 칼잡이만 아니었어도... "

"그걸 말이라고 하는가 내 앞에서 지금"

"송구하옵니다."

"안 그래도 상국께서 나를 보는 눈초리가 예전 같지 않아 팔판동에 갈 때마다 바늘방석 위에 앉아 있는 것 같은데, 에잉 나 원 참"

"나리. 하어 올리는 말씀이옵니다. 만일을 대비해 좌상 측에도 연을 맺어두시는 게 어떠시옵니까?"

"뭐라, 지금 나보고 상국을 배신하라는 말을 하는 겐가?"

"그것이 아니옵니다. 지혜로운 토끼는 굴을 세 개나 판다고 하지 않습니까. 좌상 측이 이 상국 측을 시파라고 몰면서 각을 세우고 암암리에 올라선 그 세력이 예전 같지 않사옵니다. 이 상국께 여전히 충성하되 한쪽으로 좌상 측 벽파에게도 줄을 대놓는 것이 혹여 있을지도 모르는 때의 대비책으로 어떨까 합니다"

"교토삼굴이라. 생각해 둔 방도라도 따로 있는가?"

"분부만 내리시면야 그 길쯤은 얼마든지 있습지요"

염강훈은 잽싸게 오정창의 표정을 살폈다. 오정창은 아직 긴가민가하는 눈치다. 이문덕 앞잡이로 지금까지의 세를 불려 온 오정창으로서는 쉽지 않은 결정이다. 그러나 악의 세력은 언제나 이렇게 자기 내부에서부터 균열이 생기는 법이다.

"내 그 말을 마음에 두고 더 생각해 볼 터이니, 아직은 어디에고 내색하지 말게"

"예, 말씀을 따로 주시기 전에는 절대로 움직이지 않겠사옵니다."

아랫사람에게 하는 말은 명확할수록 좋다. 오정창의 모호한 말은 염강훈에게 시도해 보라는 말로 들렸다. 대답은 아직 움직이지 않겠다고 했지만, 염강훈은 작정했다. 그는 이미 좌상인 김의겸 측과 끈을 연결하고 있었다. 좌상 김의겸은 한마디로 강경파였다. 노회한 이문덕이 앞뒤를 재고 적어도 몇 수 앞을 내다보는 조심스러움으로 일관하는 것을 늘 답답해

했다. 이번 개각에서 좌상 자리에 오르기 전 김의겸은 이조판
서였다. 그는 언제나 노론당 당론의 선두에 서서 강경 노선을
이끌었다. 이문덕의 영리함을 넘어서지 못해 늘 그의 뒤를 따
라야 하는 당내 위상에도 불만이 많았다. 개각을 통해 좌의정
이 된 후에는 적극적으로 자기 목소리를 냈고 자연히 그의 입
장을 두둔하는 세력도 늘어났다. 염강훈은 그런 김의겸에게
도 줄을 대놓자는 제안을 한 것이다. 오정창이 잊고 있었다는
듯이 궁금한 것을 물었다.

"그건 그렇고 애초에 민용수의 집에서 단자를 빼내온 그자
가 누구인지는 알아보았는가?"

"그게 글쎄... 복면 자객에게 당하지만 않았으면 자연히 해
결될 일인데 그만 다 된 밥에 코 빠뜨린 꼴이 되고 말았습니
다. 민용수 주변부터 하여 면밀히 추적하고 있으니 조만간 어
디에 딸린 자인지 정도는 알 수 있을 것이옵니다."

이것으로 놈들이 아직 장미에 대해서는 정보가 없다는 것
이 확실해졌다. 일찍이 소대가리 형제에 접근해 그들을 골탕
먹인 장미를, 포도청을 동원해 잡으려고 했던 오정창으로서
는 그 당시에 장미를 놓쳐버리고 장미의 실체를 제대로 파악
못 한 것을 땅을 치고 후회해야 할 것이다.

왕이 의정부의 삼정승과 함께한 자리에 윤경이 끼게 되었다. 왕은 이런 기회를 자주 만들었다. 대신들과 정치 현황에 대한 논의를 할 때마다 윤경이 탁월한 능력을 발휘하기 때문이었다. 윤경이 방대한 경전 속 사례 중에 콕 하나를 집어내 지금 논쟁 중인 사항에 대입하는데, 그 넘사벽의 예시와 논리정연 앞에서 대신들은 반박할 근거를 찾지 못했다.

그동안 경전을 앞세운 논리로 왕을 눌러왔던 대신들이었지만 어찌 된 일인지 윤경 앞에서는 의례적인 표현 외에는 입을 다물고 윤경의 말을 듣기 바빴다. 한마디로 모든 면에서 실력이 달렸기 때문이다. 그들로서는 어쩔 수 없는 일이었지만 불쾌한 일이었다. 찌그러진 위상을 만회할 길이 없을까 벼르고 있던 좌상 김의겸이 마침내 일을 벌였다. 왕에게 보고하는 윤경의 태도를 지적하고 나왔다.

"부응교 김윤경은 어찌하여 상감마마 앞에서 고개를 쳐들고 말하는가. 무엄하다."

궁하면 본질과는 동떨어진 생트집이 등장하기 마련이다. 트집 잡을 게 워낙 없었다는 것 외에 다른 이유가 없었다. 우상 심지섭이 김의겸을 거들었다.

"고개는 숙이지 않고 허리만 구부리다니 이런 불손함이 또 어디 있단 말인가?"

조선 사회에서 연장자들이 이런 걸 들고나와 공격하면 참

대하기 어렵다. 이 공교로운 상황에서 윤경이 답을 하였다.

"임금과 신하가 얼굴을 마주 보고 대하면 한결 진심을 전할 수 있사옵니다. 무릇, 간신이나 잘못을 저지른 자들이 뵐 낯이 없어 제 얼굴을 가리려고 고개를 숙이는 법이옵니다."

윤경이 여전히 허리만 구부렸지, 고개는 들고 말했다. 윤경의 말을 들은 왕이 빙그레 웃었다. 여태까지 관망하고 있던 이문덕이 엎드려 고개를 숙이며 말했다.

"공맹을 이어 주자의 말씀을 익힌 소신으로서는 부응교의 말을 인정하기 어렵사옵니다. 그의 말처럼 신하가 임금께 진심을 전해야 한다는 것을 모르는 신료가 어디 있겠사옵니까. 허나 신하 된 자로써 마땅히 상감마마 앞에서 고개를 숙이고 자신의 소견을 전해 올리는 것은 또한 대대로 이어온 아름다운 예법이라 할 것이옵니다. 다만 그 상태에서 온 진심을 다하는 마음이 살아있다면 무엇이 문제이겠사옵니까."

왕은 다시 한번 빙그레 웃으며 말했다.

"세자 시절의 과인과 덕명공주가 물건 하나를 두고 서로 제 것이라고 우기다가 다툰 적이 있습니다. 당시 아바마마께서 우리들을 불러 벌을 내리시는데, 그 방법이 희한했습니다. 시로 마주 서서 얼굴을 보고 서있게 하신 것입니다. 이때 중요한 벌칙이 있었는데 반드시 서로의 눈을 바라보는 것이었습니다. 그렇게 있으려니 우리들은 벌받는 중에도 터져 나오는

306

웃음을 참을 수 없었습니다. 그만 웃다가 누가 먼저랄 것도 없이 서로 제 것이라고 우기던 것을 양보하고 말았습니다. 아바마마께서 노린 것이 바로 그것이었지요. 상대의 눈을 보는 것. 과인은 그때 그게 왜 중요한지 깊이 깨달았습니다. 이렇게 하십시다. 앞으로 신하들은 과인에게 정무에 관한 보고를 하거나 자신의 의견을 전할 때 고개를 숙이지 말게 하십시다. 오늘 좌상께서 문제를 제기하지 않았다면 이 중요한 것을 미처 깨닫지 못할 뻔했습니다. 영상께서는 대신들과 의논하여 앞으로의 조정 회의에서는 과인이 신하들의 눈을 볼 수 있도록 해주시오. 알겠소?"

"예 전하 분부 받들겠사옵니다."

슬기로운 왕이 재치 있게 자칫 곤경에 빠질 수 있는 윤경을 구해냈다.

장미는 비교적 빨리 건강을 회복했다. 조선 최고의 명의가 정성을 다했으니 당연한 일이다. 장미는 어머니 기향을 찾았다. 김태수에게 들은 것들을 확인하기 위해서였다. 장미의 말을 전해 들은 기향은 매우 놀랐다. 장미를 입양할 때 이 아이가 양반의 후손이라는 것은 알았지만 박기명의 손녀였다는 것은 꿈에도 몰랐기 때문이다. 기향이 옛 기억을 더듬었다.

"너를 나한테 소개한 이는 어느 노파였다. 짐작건대, 네 말을 들으니 너를 빼돌렸다는 계집종과 인척 관계에 있는 이였던가 보다. 나는 그때 그 계집종 아이가 주인댁 씨를 뺐는데무슨 안 좋은 일이라도 있어서 아이를 데리고 도망쳐 나온 것쯤으로 알았다. 해서 굳이 네가 누구의 씨인지 알려고 애쓰지않았지. 그게 꼭 너에게 알려줄 만한 좋을 일도 아니라고 생각했단다. 당연히 네 몸에 있는 얼룩 자국이 어쩌다 생겼는지나는 알 수 없었다. 다만 네가 올 때 너와 함께 전해진 물건이있단다. 어쩌면 그 물건에 답이 들어있을지도 모르겠다."

"물건이요?"

"그래, 내가 소중히 보관해 두었으니 조금만 있어보거라."

기향은 반닫이를 열고 무언가를 꺼냈다. 색이 바랜 비단 천을 풀고 다시 얇은 습자지에 싸인 것을 벗겨내니 오촌15cm 정도 길이의 장도가 하나 나온다. 칼자루와 칼집이 대나무로 되어있고 특별한 장식이 없는 대신, 그 위에 빼곡히 한자가 인두 같은 것으로 새겨진 낙죽장도였다. 기향이 그 낙죽장도를장미에게 건네주었다.

'이것이 나의 출생과 관련이 있는 물건이란 말인가?'

묘한 기분이 되어 칼을 내려다보던 장미는 칼을 칼집에서빼보았다. 도신刀身에 '沈沈'이라는 두 글자가 음각으로 새겨져있었다. 곁에서 지켜보던 기향도 마치 처음 대하는 물건인 듯 바라보다가 갑자기 글자에 대한 반응을 보였다.

"어머나 애, 장미야. 내 예전에는 보고도 무심코 보아 넘겼는데 이제 보니 이게 네 친부께서 쓰시던 게 맞구나"

"제 친부요?"

"그래, 그 박기명 어른의 큰 아드님 함자가 현자 서자를 쓰셨단다. 북학으로 이름을 날리었는데 호를 여럿 사용하셨지. 주로 벽산碧山이라는 호로 많이 알려졌지만, 그분이 불문에도 이해가 깊으셔서 '심심'이라는 호를 쓰시기도 한다고 들었다. 불교에서 쓰는 말로는 '深心'으로 써야 하는데 그걸 우리가 보통 심심하다고 할 때의 '심심'으로 유쾌하게 풀었다고 당시의 풍류객들 사이에 회자하는 것을 내 들은 바 있단다. 오늘 네가 한 말을 쭉 들어보니 사방의 네 귀퉁이가 꼭 들어맞는구나. 네 부친은 심심 박현서 선생이신 게 틀림없다. 그 귀한 가문의 귀한 딸이 천한 내게로 와서 또한 내 딸이 되고 말았으니 이를 어쩐단 말이냐?"

"어머니 그 무슨 섭섭한 말씀이시옵니까. 귀하다면 어머니가 귀한 분이지요. 조선 땅의 시 잘하고 멋을 아는 것으로 난다긴다하는 분들이 한결같이 어머니를 칭송하는데 그걸 두고 무엇이 귀하다는 말씀입니까."

기향이 장미의 손을 끌어 꼭 쥐고 자신의 가슴에 대면서 말을 이었다.

"애 장미야. 나는 가슴이 뛰어서 말도 제대로 못 하겠다. 네가 박현서 선생의 딸이라니. 네 아버지가 말이다. 그냥 학자라고 하면 부족하고 그래 대학자라고 해야겠다. 네 아버지는 대학자셨다. 시류에 휩쓸리기 싫어서 벼슬길은 쳐다보지도 않으셨지. 동지사로 가는 숙부님을 따라 연경에 다녀오신 이후 북학에 몰두하셨고 많은 글을 남기셨단다. 따르는 신진 학자들이 셀 수도 없이 많았고 당대 최고의 문장이라고 모두가 일컬었던 분이란다. 역모 사건 이후 모든 책이 금서가 되고 말았지. 오히려 중국과 왜국 땅에 건너가서 그곳에서 널리 읽힌다고 들었단다. 가화로 어이없게 생을 마치시지 않았다면 네 아버님의 학문이 길이 빛났을 것이다."

홍분한 기향이 단숨에 말을 토해냈다.

"네가 그 피를 받았구나. 어려서부터 유달리 시문이고 뭐고 또래의 아이들을 우습게 뛰어 넘길래 좋은 피를 물려받았다고 짐작은 했었다. 네가 다섯 살 때였단다. 네가 입춘대길 立春大吉이라 쓴 걸 대문에 붙여놓았더니 뒤에 정승을 지내신 허 상공께서 지나가다 보시고 나를 불러 물으셨단다. 이걸 누가 썼냐고 하시길래 우리 딸이 썼다고 하면서 너를 보여드렸더니 깜짝 놀라시면서 장차 나라의 동량이 될 재주이거늘 계집아이인 것이 못내 아쉽다고 하신 일도 있었다. 네가 그런 피를 받은 것을 몰랐다 해도 그런 일을 겪고도 너를 알아보지 못했으니, 나의 안목이 한스러울 뿐이다."

"소녀는 물려받은 피보다는 어머니의 훈육으로부터 받은 여인의 길에 대한 어머니의 남다른 생각이 더욱 소중합니다. 어머니가 아니셨다면 소녀 같은 천둥벌거숭이가 어디 가서 그 귀한 말을 들으며 지금까지 커올 수 있었겠습니까. 내 속에 흐르는 피가 누구의 피이건 소녀는 누가 뭐래도 어머니의 딸이옵니다. 부디 소녀를 언제까지고 어머니의 딸로 있게 해 주시옵소서."

이번에는 장미가 기향의 두 손을 꼭 잡고 눈물을 쏟아내더니 기어이 품에 안겼다. 기향이 장미의 등을 쓰다듬으며 역시 눈물을 흘렸다.

"그래그래 내 딸이고말고. 네가 아니라면 내 무슨 수로 웃을 것이며 네가 없다면 내 어찌 산다고 할 수 있겠느냐. 누가 뭐래도 내 딸이고말고."

장미가 잠시 집에 머무는 동안 포도부장 김경철이 장미를 찾아왔다. 장미도 기향도 모두 긴장하여 그를 맞이했다. 김경철은 장미에게 생각지도 못한 선물을 안겨주었다. 선뜻 말을 꺼내지 못하고 머뭇거리던 김경철이 마침내 말을 꺼냈다.

"나는 어머니가 일찍 궁에 들어가시니 어쩔 수 없이 어머니의 정을 모르고 자랐소. 남들이 나를 피도 눈물도 없다고 하는데 그럴 리가 있겠소. 나도 늘 정이 그리운 놈이라오. 뒤늦게라도 어머니를 모실 수 있어서 얼마나 다행인지 모르오. 나와 내 아내는 늦게나마 어머니를 모실 복을 찾았지만, 자식 복이 없소. 아이를 낳지 못한단 말이오. 어머니께서 대는 이어야 하지 않겠냐고 자꾸 권하셔서 더 늦기 전에 양자를 들이기로 했소. 장미 낭자도 잘 아는 아이요."

"예에? 제가 아는 아이라고요?"

장미는 소스라치게 놀랐다. 그도 그럴 것이, 김경철이 양자를 들이는데 그게 자신이 아는 아이 중에 골랐다는 게 선뜻 믿기지 않아서였다.

"포도청 일을 하다 보니 뒷골목 왈짜라면 모두 감옥에 처넣을 놈들만 있는 줄 알았소. 그러나 알고 보면 그들이나 그들을 쫓는 나나 매한가지요. 개중에는 의리 있고 썩 괜찮은 놈들도 제법 많지요. 그 아이가 내 아들이 되는데 장미 낭자의 허락이 필요하오. 아들아이가 다른 이는 몰라도 우리 대장한테는 사전에 꼭 신고하고 허락을 구해야 한다고 해서 이리 왔다오"

"우리 대장이요? 양자 드는 아드님이 저를 그렇게 부른단 말입니까?"

"그렇소."

"아니, 누구길래요?"

"이문덕이요. 뒷골목 거리에서는 문득이로 통했다고 하오. 이제는 내 아들이 될 터이니 김문덕이라고 해야 할 거요."

"세상에나 마상에나, 문득이를 양자로 아니 문덕이를 양자로 들이시겠다고요?"

"안 그래도 영상대감과 이름이 같아서 내가 포청에서 놀림감이 되고 있소. 상감마마 밑에 김경철이 있고 영상대감 위에 김경철이 있다고. 하하하"

장미가 김경철을 따라 그의 집에 가보니 과연 문득이가 기다리고 있다가 뛰어나와 장미를 반갑게 맞았다. 장미가 김경철의 어머니 장 씨에게 문안드리고 사연을 듣게 되었다.

김경철이 문득이를 알게 된 것은 상황을 거슬러 올라가 장미가 낙계촌에서 류순정으로 분하여 한참 윤경과 어울리고 있을 때였다. 김경철이 장미를 이수룡 병판 집 피습 사건의 주범으로 추정하고 악소년 아이들을 잡아들이자, 우포청에 문득이도 잡혀 왔다. 문득이를 심문하던 김경철이 이 녀석은 악소년치고 조금 특이하다는 느낌을 받았다. 문득이를 훈방하고 내보낸 뒤 문득이의 뒷조사를 해봤다. 장미가 소년왕에게 들려준 '이가 무는 바람에 아이가 태어난' 소담에서처럼 문득이의 아버지는 훌륭하다면 훌륭한 사람이었다. 역병으로 인해 고아가 되고 뒷골목까지 흘러 들어온 문득이에게 동정하는 마음이 피어나기 시작했다. 이후에도 눈여겨보니 녀석의 좋은 점이 제법 많이 눈에 띄었다. 한마디로 협객 기질을 가지고 있었다. 문득이가 빚보증을 서면 담보도 필요 없다는 말이 있을 정도로 주변의 평판도 아주 좋았다. 김경철의 어머니 장 씨가 양자 건을 입에 올렸을 때 퍼뜩 떠오른 게 문득이었다.

문득이도 오랫동안 가족 없이 지내다 보니 김경철의 제안이 솔깃했다. 물론 처음에는 김경철의 직업이 마음에 걸렸다. 어쨌든 뒷골목 인생인데 포청 사람을 좋아할 수가 없었다. 끝까지 망설이다가 수락한 것은 김경철이 장미 이야기를 했기 때문이었다.

김경철은 장미가 출패를 들어 보이고 나를 잡으려면 각오를 단단히 해야 할 거라고 큰소리치며 궁을 향해 걸어가기 전, 자신에게 던지듯 한 말에 충격을 받았다. 당신이 의로운 사람이라면 잡아야 할 사람이 누구냐, 범인을 잡아 벌받게 하는 잣대가 무엇이냐, 양반에게 들이대는 잣대와 상놈에게 들이대는 잣대기 다르다면 그 잣대는 의로운 잣대냐 아니면 양반만을 위한 잣대냐.

포청 생활을 오래 했지만 한 번도 이런 것에 대해 생각해 본 적이 없었다. 김경철은 심한 정체성 혼란을 겪었다. 자기 직업에 대한 회의에 빠질 지경이었다. 그런 과정을 거쳐 짧은 시간에 김경철은 완전히 다른 사람이 되었다. 그의 밑바닥에도 따뜻함이 잠재되어 있었다. 그 과정에서 얻은 깨달음을 문득이에게 들려주고, 문득이는 또 김경철의 마음을 가슴으로 받아들인 것이다.

23

장미는 모처럼 흔쾌한 마음이 되어 궁으로 돌아왔다. 문득이가 김경철의 양자로 들어간 일이 자기 일처럼 기뻤다. 문득이의 신변 변화는 장미 자신을 스스로 돌아보게 했다.

'나는 뭘 믿고 운영이한테 큰소리를 쳤을까. 궁을 빠져나가서 그분과 혼인하고 말 거라고 했을 때, 도대체 무슨 배짱으로 그런 말을 했단 말인가. 민용수 오라버니댁 앞에서 칼잡이들한테 기습을 당하지 않았더라면 어떻게 됐을까. 그 증거 단자 덕분에 우리 가문은 복원되고 명예를 되찾을 수 있겠지. 그렇다면 나는? 수태의 어른 덕분에 내가 누구인지 알게 됐지만 칼에 베이지 않았다면 태의 어른이 내 몸의 얼룩 자국을 보실 일도 없으니 당연히 나는 그냥 그대로, 장미인 채로 살면서 그분과 어떡해야 연을 맺을 수 있을까 궁리하면서 속을 태우고 있겠지. 그러니 그 상황이나 지금의 상황이나 나로서는 다를 게 없다. 이래저래 증거 단자가 윤석범 손에 넘어갔으니, 모든 게 부질없고 허망한 일이 되고 말았구나.'

잘하면 장미가 윤경과 정식으로 혼인할 길이 열릴 뻔했다. 그러나 증거 단자를 잃어버림으로써 그 유일한 길은 사라졌다. 장미가 증거 단자를 찾으려고 애쓴 건 자신의 본래 신분을 찾으려고 그랬던 게 아니라는 건 확실하다. 평소의 오지랖이 발동하여 민용수를 돕다 보니 자연스레 여기까지 이끌려왔다. 그런데 어찌하다 보니 자신에 관한 일이 되어버렸고, 이제는 벗어날 수도 없게 되었다.

'어떻게 할까. 어떻게 해야 나의 출신 가문이 억울한 누명 끝에 폐족이 됐는지를 밝혀내고 그걸 획책했던 나쁜 놈들을 처단해서, 할아버지와 아버지, 지방 관아의 노비가 되었다가 일 년 만에 돌아가셨다는 친어머니 그리고 그분들의 명예를 복원하려다 비명횡사한 민용수 나리이자 외사촌 오라버니. 이 모든 분의 한을 풀어드린단 말인가. 짐작건대 지금쯤 증거 단자는 이문덕의 수중에 들어가 있을 것이다. 그걸 되찾아온다? 그건 포기하는 게 나을 것이다. 그럼 어떤 방법이 있을까?'

장미는 새로운 고민에 빠져들었다.

한편, 윤경은 노론과의 싸움 한가운데로 들어섰다. 어차피

치를 전쟁이었다. 왕의 핵심 참모라는 게 밝혀진 이상 전쟁은 피할 수 없는 현실이었다. 모든 시선이 그에게 집중되고 공세의 화살도 그를 향해 날아왔다. 윤경은 전략을 바꾸었다.

지금까지는 외곽을 때렸다. 원상제 폐지나 유향소 부활 같은 것은 외곽 때리기에 지나지 않았다. 적의 관심을 잔뜩 외곽에 몰리게 해놓고 갑자기 중심부를 친다. 윤경의 새 전략이다. 윤경은 왕에게 건의해서 이조정랑 자리에 사간원의 간관으로 있던 정창현을 앉혔다. 평소 눈여겨봤던 인물이다.

정5품 이조정랑은 품계는 높지 않지만 인사를 담당하는 요직이다. 이조판서에게 권력이 몰리는 것을 예방하기 위해 인사에 관한 전권을 이조정랑이 맡아왔다. 이조정랑이라는 자리는 조선의 붕당정치를 낳게 한 원인이 되기도 했다. 선조 때 이 자리를 놓고 다투다가 동인과 서인이 갈라선 게 붕당의 시초다. 그랬던 만큼 중요한 자리이고 정승보다도 낫다는 자리였다.

정창현 인사를 두고 처음엔 개혁파들이 크게 반발했다. 정창현이 노론에 속한 인물이기 때문이었다. 정작 노론은 떨떠름해했다. 반기지도, 반대하지도 못하는 어정쩡한 입장이었다. 그것은 노론 지도부가 정창현의 인물됨을 잘 알고 있다는 방증이었다. 윤경의 사람 보는 눈이 정확했다는 방증이기도 했다. 정창현은 기대대로 어디에도 치우치지 않는 공정한 인사를 단행했다. 이내 개혁파들의 볼멘소리가 잠잠해졌다. 반대로 노론이 들썩이기 시작했다. 노론도 안을 들여다보면 찬반이 갈리고 있었다. 우선 공격의 명분이 없었다. 누가 봐도 말 그대로 탕탕평평의 인사였다. 노론 내의 자중지란이 심화했다. 영의정 이문덕을 중심으로 한 시파와 좌의정 김의겸을 중심으로 한 벽파의 대결이 본격화했다. 윤경의 숨은 전략이 빛을 보고 있는 것이다.

이 과정에서 오정창의 패착이 도드라졌다. 벽파 측에 은밀히 줄을 대고 양다리를 걸친 게 이문덕 귀에 들어간 것이다. 지금 비록 어려움을 겪고 있지만 이문덕은 여전히 조선 땅의 거의 모든 정보를 쥐고 있는 권력 실세였다. 오정창의 지시를 받은 염강훈이 벽파 인사들에게 접근하는 일거수일투족을 이문덕은 손바닥 들여다보듯이 파악하고 있었다.

어느 날 밤이었다. 퇴궐해 집에 돌아온 윤경은 툇마루에 앉아 달빛에 물든 뜰 안을 바라보았다. 봄꽃들이 피어있었다. 정무에 바빠 경황없이 보내다 계절이 가고 오는 것도 잊고 지냈다. 지난여름, 웬 소금 장수가 뜬금없이 봄동산이 어떻고 봄뫼가 어떻고 자신과 류순정이 아니면 알 수 없는 말을 늘어놓더니 소금 선물을 가장해 편지 한 통을 남기고 사라졌다. 꿈에도 그리던 무명 소녀의 편지였다. 뒤에 들은 남상군의 말까지 종합해 보면 낙계촌 사장에서 본 그녀가 틀림없었다. 끝내 류순정과의 관계는 알아내지 못했지만, 둘 사이에 어떤 연결이 있다는 건 확실했다. 남상군이 이들의 신분을 알아내는 건 시간문제라는 듯 큰소리를 쳐서 은근히 기대하고 있었다. 바로 얼마 전 소득이 전혀 없을 뿐 아니라 광통교에서 마주친 여인조차 눈앞에서 행방을 놓쳤다는 걸 알고 기대가 실망으로 바뀌었다.

'이렇게 영영 인연이 닿지 않은 채 잊어야 한단 말인가.'

봄기운이 한창인 뜰 안에서 윤경은 다시 한번 순정이 남겼던 시를 떠올렸다.

어두운 밤하늘에 구름이 몰려오니
나무 그늘 그림자 희미하여라
낙화는 물에 떠 개울따라 흐르고
어린 제비도 제 집을 찾아가네
꿈길에도 이루지 못할 꿈이런가
하늘엔 기러기조차 날지 않는구나
눈에 선한 우리님은 어디 계실까
꾀꼬리 울음소리에 옷깃을 적시네

'순정이 남긴 시의 시정이 어쩌면 지금 이 시각, 이 밤에 툇

마루에 앉아 아무도 없는 빈 뜰을 바라보고 있는 나 자신의 감성과 이다지도 닮아있을 수 있을까?'

윤경이 무명 소녀를 아니 장미를 떠올리며 그리워하고 있을 때였다. 마당에 드리워진 자귀나무 그림자 옆에 사람 그림자가 어른거렸다. 놀란 윤경이 고개를 들어보니 자귀나무 뒤 담벼락 위에 검은 실루엣의 사내가 서 있는 게 보였다. 사내는 윤경의 시선이 자신을 향한 것을 확인하자, 훌쩍 뜰 안으로 뛰어내렸다.

집주인이 보고 있는 걸 확인하고 월장을 하다니 대범한 행동이다. 윤경이 경계하며 일어섰다. 실루엣이 다가왔다. 소종립에 검은 협수 차림. 선명한 얼굴. 뺨에 칼자국. 우리들은 그가 누구인지 알지만 윤경은 처음 보는 사내다. 그때 칼자국 남자를 조심하라던 무명 소녀의 메시지가 생각났다. 남상군의 말에 의하면 이문덕의 세작이다.

'이문덕이 보내서 온 자다.'

남상군에 의하면 개성 이북에서 칼로는 당할 자가 없다는 허 상공의 호위무사를 벤 고수다. 윤경이 침착하게 물었다.

"누구요?"윤석범은 대답 대신 윤경의 얼굴을 뚫어져라 쳐다보았다. 김윤경을 이렇게 가까이에서 보는 건 처음이다. 윤석범의 기분이 묘했다. 연적이라 할 수 없는 연적 아닌가.

'자식, 흠잡을 데 없이 잘 생겼군. 그 아이가 연모하고 있다

더니, 그럴 만한 놈이다.'

윤석범이 칼을 뽑으면 윤경 정도는 쉽게 해치울 수 있을 것이다. 윤석범이 품속으로 손을 밀어 넣었다. 그리고 품 안에서 무언가를 꺼내 불쑥 내밀었다. 겉에 천을 말아 싼 보퉁이였다.

"이게 무엇이오?" 윤경이 물었다.

"이것 때문에 몇 사람이 죽어 나갔소. 그리고 이것 때문에 몇이 더 죽어 나가야 할 것이요. 허나 또한 이것 때문에 억울하게 그늘에서 살아온 사람이 되살아나 빛을 보게 될 것이니 부디 소중히 다뤄주시오."

말을 마치기 무섭게 윤석범은 다시 훌쩍 담을 넘어갔다. 순식간의 그 동작이 마치 커다란 새 한 마리가 눈앞에 있다가 날아가는 듯하였다.

윤석범이 윤경에게 주고 간 것은 장미가 잃어버린 민용수의 증거 단자였다. 윤석범이 단자를 윤경에게 준 이유는 무엇이었을까. 이문덕의 지시를 받은 것일까? 이문덕이 노망이 들지 않았다면 있을 수 없는 일이다. 그렇다면 지금의 상황을 우리는 어떻게 이해해야 할까?

윤경은 자료들을 꼼꼼히 확인했다. 얼마 전에 궁 안에서 살해당한 춘추관직관이 모아놓은 증좌들은 오정창과 김재일이 야합해서 아무 죄도 없는 명문가 하나를 무참하게 짓밟아버린 시말과 경위를 일목요연하게 보여주고 있었다.

윤경은 이 증좌들을 정리해서 사건을 담당하는 겸사복 최계환에게 넘겼다. 최계환도 그동안 나름의 성과를 올리고 있었다. 그는 민용수의 손바닥 안에 씌어있던 글자인 '內'의 의미에 매달렸다. 이미 사옹원 내관이 자결한 것으로 끝난 것이 아니라 춘추관 내부에 공범자가 있을 거라는 추측하에 집요한 수사를 펼쳤다.

그 결과 민용수가 김재일과 이문덕 탄핵을 준비한다는 것을 알고 그 정보를 노론에 흘린 자가 민용수의 춘추관 동료 차종철이라는 사실을 밝혀냈다. 차종철은 심지어 사옹원 내관이 민용수를 살해한 후 사체유기를 할 때 이를 돕는 일에 가담하기까지 했다.

범인은 내부에 있을 거라는 애초 최계환의 추측이 맞은 것이다. '내' 한 글자를 급히 남겨 범인들을 모두 찾게 한 민용수의 기지도 뛰어났다고 할 수 있겠다. 최계환의 성과에 윤경이 보내온 증좌들이 보태어지자 민용수 피살사건 수사가 빠른 속도로 본질에 접근해 갔다. 마침내 최계환의 수사관련 장계가 임금에게 올라갔다.

창덕궁과 창경궁 사이의 여러 문 중 함양문은 낮에는 열어 두어 궁인들이 이곳을 자유롭게 드나들 수 있었다. 함양문을 지나 창경궁 경내로 들어서면 언덕 밑 돌계단 아래에 화강암으로 조성한 연못인 지당이 있다. 지당 더 아래쪽이 바로 대비전인 통명전이 있는 곳이다. 장미는 언덕 위에 서서 지당과 통명전을 내려다보았다.

지당 물의 발원지는 열천이라고 불리는 샘물이다. 마치 시계추처럼 생긴 모양의 돌길로 샘물이 지당으로 흘러 들어간다. 물이 바로 떨어지지 않고 봉황 부리 모양을 한 석조로 된 입수구를 따로 설치해 그곳으로 물이 마치 폭포처럼 떨어지게 하였다. 얼핏 보아도 무척 아름다웠다.

'저곳에서 민용수 오라버니가 죽은 채 발견됐다. 저 떨어지는 물이 이가 시리도록 차갑다고 하여 열천洌泉이라는 명칭을 얻게 됐다고 들었다. 죽은 뒤의 혼이 미처 떠나지 못했다면 오라버니의 혼은 저 차가운 물 속에서 무엇을 생각했을까.'

장미는 눈길을 지당 아래쪽의 통명전으로 옮겼다.

'일생 누리고만 살았으면서도 저들은 만족하지 않고 눈에 보이는 무엇이든 먹어 치우려 한다. 도대체 그 욕심의 끝은 어디란 말인가?'

장미는 최계환으로부터 전말을 전해 들었다. 윤경이 보내준 증거 단자가 결정적 도움을 주어 모든 게 드러났다. 이제 임금께서 몸소 거행하시는 국문을 통해 김재일의 죄상만 공고히 하면 어쩌면 영상인 이문덕까지도 한칼에 날아가 버리게 될지 모른다. 장미의 눈길이 다시 지당으로 향했다.

'증거 단자가 어떻게 해 그분한테 들어갔을까? 정황으로 보아서는 윤석범이 가져간 게 틀림없는데, 윤석범이 그분에게 순순히 가져다줬을 리는 만무하고 그분께서 단자를 습득하기까지 도대체 무슨 일이 있었던 걸까.'

최계환이 들려준 말들은 장미를 설레게 하기 충분했다. 잘되면 자신의 가문이 복원되고 장미 본인도 본래의 신분으로 돌아갈 수 있게 된다.

'종이 낳은 아이와 바꿔치기 되어 외가에서 키워졌다는 작은아버님의 아들은 어떻게 되어있을까? 나와 두 살 터울이니 지금 열여섯 살일 것이다. 그 나이면 빠른 이들은 이미 혼인을 마친 이들도 있다. 아무튼 상황이 되면 그쪽도 알아봐야 겠다.'

장미가 온갖 기대와 설렘 속에 빠져있을 때였다. 운영이 장미를 불렀다. 돌아보니 운영 곁에 몇몇 대전 나인들이 서 있었다. 오늘은 대전 궁녀들이 모여 대전에서 사용하는 유기놋그릇들을 함께 닦기로 한 날이다. 장미는 서둘러 운영을 따라갔다.

윤석범은 이문덕의 지시에 따라 내수사를 염탐하고 있었다. 그간 소년왕이 밀어붙이고 있는 개혁 드라이브를 위해서

는 당연히 추진을 위한 자금 투입이 필요했을 텐데 이문덕의
레이더에 이상 징후는 없었다. 조정의 자금 흐름을 완벽하게
파악하고 있던 이문덕이 의심의 눈길을 준 곳이 내수사였다.
내수사는 왕의 사유재산을 관리하는 기구로 조정신료들의 간
섭없이 재물 출납이 가능했으므로 자연히 그동안 이문덕의
감시 밖에 있었다. 그곳의 동태를 살피라는 게 윤석범에게 떨
어진 임무였다. 내수사 주위를 감시하던 윤석범의 눈에 의외
의 인물이 나타났다. 궁녀가 된 장미였다. 그때 장미는 덕명
공주의 시댁에 보내는 소년왕의 명절선물을 인수하기 위해
내수사지금의 종로 내수동에 위치를 방문했다. 윤석범은 자기 눈을
의심했다.

'도대체 무슨 일인가. 저 아이가 궁녀 복장을 하고 나타나
다니...'

하는 양을 보니 능숙하게 일 처리를 한다. 물건을 받아 부
원군 댁에 전달하고, 돌아가는 길에 악소년 아이들과 한성부
의 다모 여인을 만나 한참을 어울리고 수진방의 어느 기와집
에도 들리더니 저녁 무렵이 되어서야 궁으로 돌아간다. 출패
를 내보이고 요금문을 통과하는 걸로 봐서 궁녀인 게 틀림없
어 보인다.

머릿속이고 가슴속이고 온통 자신을 흔들어놓고 있는 여
인. 잊으려고 애써봐도 잊히지 않는 여인. 그러나 그녀에 대

해서 아무것도 알지 못하는 여인

'어쩌자고 자꾸 내 앞에 나타나는 걸까. 그것도 볼 때마다
변화무쌍한 모습으로'

윤석범은 장미의 정체에 대해서 알아보기로 했다. 그러지
않고서는 아무 일도 할 수 없다는 것을 스스로 알았기에 즉시
행동에 옮겼다. 세작이 전문인 윤석범이 장미의 정체를 알아
내는 것은 쉽다면 쉬운 일이었다. 기향이라는 잘나가던 전직
기생의 수양딸이라는 것, 뒷골목 악소년들과 어울려 골목대
장 짓을 했다는 것, '자에는 자로'라는 이름으로 양민을 괴롭
히는 양반들에게 저지른 만큼 앙갚음하는 짓을 놀이처럼 즐
겼다는 것 등 웬만한 정보를 얻어냈다. 단 하나 낙계촌에서
김윤경과 인연을 맺게 된 사연만큼은 탐지할 수 없었다. 윤석
범은 혼란스러웠다.

'이 아이는 어쩌다가 그런 생을 살게 됐을까. 무슨 연고로
양반들을 미워하게 됐을까. 더구나 어린 여인의 몸으로 그렇
게 대담한 짓을?'

사랑하는 사람이 생기면 그 사람에 대해 궁금한 게 많아진
다. 젊은 날의 존 레넌이 '사랑은 묻는 것Love is asking'이라고 노
래했다. 장미에 대해 궁금해하다 보니 자신을 돌아보게 된다.

'나는 무엇을 위해 살아왔나?'

윤석범이 비로소 자기 자신에 대한 연민과 사랑의 감정을 품어본 것일까. 생전 처음으로 자신에 대한 궁금증을 가져본다. 다시 이문덕의 지시가 내려왔다. 궐내각사로 출퇴근하는 춘추관직관 하나가 대사헌과 오정창의 관계를 캐다가 끝내 이문덕에게까지 화가 미칠 수 있는 자료들을 모으고있으니, 일이 커지기 전에 처리하는 일을 도우라는 지시였다. 이런 사유로 민용수가 불귀의 객이 되고 만 것이다. 이문덕과 오정창과 김재일의 삼각 커넥션 라인에 관련된 무리는 민용수가 모았다는 증거 단자를 찾기 위해 혈안이었다. 그 일에 장미가 얽혔고 마침내 사건 당일에 윤석범이 장미를 구하고 증거 단자를 손에 넣었다. 민용수가 모아놓은 자료들을 확인하던 윤석범은 장미가 명문가의 손이라는 사실을 알아챘다. 자신이 확보한 이 단자가 소년왕 또는 그를 따르는 자들의 손에 들어가면 장미는 가문의 명예를 회복하고 신분도 복원될 것이다. 그리고 자신의 친부인 이문덕은 생사를 장담할 수 없는 처지에 몰리고 윤석범 자신 또한 위태로운 상황에 빠질 게 틀림없다. 반대로 이 단자가 친부의 손에 들어가면 세상은 아니 정확하게 노론의 세상은 그저 평온을 유지한 채 그들에게 위협을 가하려는 세력들을 하나씩 소리 없이 없애갈 것이다. 늘 그래왔던 것처럼. 윤석범은 판단이 서지 않았다. 증거 단자를 품에 넣고 팔판동의 아버지 집을 찾아갔다. 이문덕은 언제나

처럼 무표정한 얼굴로 그를 대했다. 윤석범은 문득 궁금했다.

'이분은 나에 대한 사랑을 가져본 적 있을까? 지금 그걸 물어보면 어떤 반응을 보일까? 혹시라도 피를 물린 자식인데 왜 사랑의 마음이 없겠냐고 하시지는 않을까, 그렇게 말해준다면 품속의 단자를 당장에라도 꺼내놓을 터인데...'

그런 그의 속을 들여다보기라도 한 걸까. 이문덕이 불쑥 말을 꺼냈다.

"동호는 표리가 있는 자다. 본색을 드러낼 때가 된 것이지. 오는 사람 마다하지 않고 가는 사람 마다하지 않는 게 내 신조다. 내 마음이 그자를 떠났으니, 앞으로의 일 처리에 착오 없도록 하라."

동호는 오정창의 호다. 한강 변지금의 옥수동 쪽 강변에 동호정이라는 정자를 지어놓고 여기서 자신의 호를 따왔다. 오정창의 배신을 이문덕에게 알린 것도 윤석범 자신이었다. 그러나 그간에 오고 간 정리로 볼 때 쉬운 결정은 아니었을 것이다. 이문덕과 눈이 마주쳤다. 그 눈에는 여전히 세상에 대한 욕망이 타고 있었다.

'저 불덩이 때문에 많은 사람이 죽었다. 그중엔 내 손에 묻힌 피도 있었지. 그렇게 죽어간 이들이 그저 지 한목숨만큼의 생은 아니었을 터. 그 딸린 식솔들의 생을 책임지던 몫까지 빼앗은 셈이지."

윤석범은 무릎 위에 올려놓은 자기 손을 내려다보았다. 그리고 품속의 단자가 갈 방향을 정했다.

왕은 최계환이 올린 수사장계를 보고 속으로 쾌재를 불렀다. 노론을 일거에 무너뜨릴 수 있는 확실한 카드라고 생각한 것이다. 대사헌 김재일과 모리배 오정창의 결속은 두말할 것도 없고 김재일을 천거하고 무리한 인사를 감행토록 뒤에서 조종한 이가 이문덕이라는 게 일목요연하게 정리되어 있었다. 이 정도라면 왕이 칼을 뽑아도 될만한 카드였다.

왕은 이 카드를 손에 들고 어떻게 활용하는 게 지혜로울지 깊이 생각해 보았다. 일단 칼을 뽑으면 휘둘러야 한다. 뽑은 칼이 어설프게 사용되다가 어정쩡하게 칼집으로 돌아오면 그 즉시 왕의 영令은 힘을 상실하고 우습게 취급되거나 다시는 영이 서지 않게 된다. 칼을 뽑았으면 정확하게 베야 한다. 자칫 뻑싸리라도 나면 안 한 것만 못한 꼴이 되고 만다.

왕은 드디어 결정했다. 대사헌과 오정창은 날리되 영상의 처리는 보류했다. 칼자루에 손을 올려놓고 언제라도 빼 들 것처럼 분위기만 물씬 풍기다가 이문덕의 비리는 덮어주는 쪽으로 몰아갔다. 그런다고 그의 약점이 사라지는 것은 아니다. 두고두고 비장의 카드로 쓸 수 있다.

왕이 김재일을 직접 국문하기로 한 날, 대사헌 김재일이 스스로 목숨을 끊었다. 그는 자신의 사랑채에서 목을 매고 죽을 작정을 했다. 결행 도중에 마음이 바뀌었는지 줄을 끊으려고 버둥대다가 요행히 줄은 끊었으나 밑에 있던 수석壽石 위로 떨어져 뇌진탕으로 죽고 말았다. 그는 평소에 수석 취미에 빠져 광적으로 수석 수집에 매달렸다. 그의 사랑채에는 그동안 모아온 수석으로 온방이 가득했다. 김재일은 기본 성향이 얍삽한 자였으나 처세에 있어서는 매우 영리한 생을 살아왔다. 그런 그가 자신이 유일하게 아끼고 평생 수집한 수석에 맞아 죽은 꼴이 되었다.

왕은 오정창을 참하려 하였으나 왕실 종친과 사돈간이라는 정상이 참작되어 죽이지는 않고 가산 몰수와 위리안치의 유배형을, 그리고 오정창에게 협력한 염강훈 외의 갈가리 핵심 세력에게도 제주 거제 진도 등지에 나눠 위리안치의 유배형을 내렸다. 위리안치는 중죄인에 대한 유배형 중의 하나로, 죄인이 배소配所에서 달아나지 못하게 하려고

집 둘레에 가시가 많은 탱자나무를 돌리고 그 안에 사람을 가두어두는 것을 말한다.

이문덕은 회오리바람은 피했으나 꼴이 말이 아니었다. 어차피 오정창은 쓸모를 다한 인물이었다. 그런데 수습된 것으

로 알고 있던 민용수의 증거 단자가 갑자기 튀어나왔다. 그것도 김윤경의 손에 들려 나왔다. 김윤경이 그것을 어떻게 손에 넣었는지 알 수 없었지만 이 일로 이문덕은 매일매일을 왕의 눈치를 보며 간을 조리는 시간 속에서 보내야 했다. 왕은 의외로 시치미를 떼면서 자신을 칼날의 회오리에 포함하지 않았다.

이런 상태에서 노론의 수장으로서 왕을 견제하는 것은 불가능했다. 이문덕은 그제야 왕의 뒤에 김윤경 외에 그 존재에 대해 감조차 잡을 수 없던 또 하나의 인물이 도사리고 있다는 것을 알아차렸다. 놀랍게도 그 인물은 궁녀 신분이었다. 하찮은 궁녀 따위가 지금 자신이 겪고 있는 소용돌이를 몰고 온 주인공이라는 걸 비로소 알게 된 것이다. 이문덕은 장고에 들어갔다. 궁녀 하나 때문에 천하의 이문덕이 시름 속에 대책을 강구하는 것이다.

24

이번 일로 왕은 비로소 자신의 정치를 펼칠 수 있는 확실한 권위를 확보했다. 죄인들에 대한 모든, 일 처리가 끝나고 논공행상에 대해 의논하는 자리에서 윤경이 왕에게 전하였다.

"신 김윤경 전하께 감히 아뢰나이다. 이번 일의 일등 공로자는 사건을 천의무봉으로 밝혀낸 겸사복 최계환이라 할 것입니다. 그에게 포상을 내리시어 백관의 모범으로 삼을 수 있도록 하여주시옵소서."

"마땅히 그리할 것이다."

"박기명과 그의 아들 박현서, 박영서의 신원을 복원하고 혹여 살아있을지도 모르는 그 후손들을 수소문하여 저들에게 빼앗겼던 가산을 돌려주고 적당한 관직을 내려 그간의 눈물을 씻어줘야 할 것이옵니다."

"당연한 일이다. 속히 추진하도록 하라."

"소신이 또한 겸사복 최계환에게 듣기로, 이번 사건 처리에 있어 특별한 공을 세운 이가 있다고 하옵니다. 하온데 그이가 뜻밖에도 대전 색장나인이라고 하여 소신을 포함한 모두가 놀라고 있사옵니다. 등잔 밑이 어둡다더니 실로 그러하옵니다."

"뭐라, 장미가? 그 아이가 사건 처리에 공을 세웠다는 말인가?"

"그러하옵니다. 전하. 실은 더 놀라운 사실이 있사옵니다. 최계환이 전하기를, 그 장미라는 궁녀가 박기명의 손녀 그러니까 그의 장남 박현서의 외동딸이라고 하옵니다."

"그게 사실인가?"

"신도 듣고 적잖이 놀랐사옵니다."

왕도 매우 놀라는 눈치다. 왕이 급히 시녀상궁을 찾았다.

"여봐라. 밖에 박 상궁 있는가?"

"예이~"

문이 열리고 편전 밖에 대기하고 있던 박 상궁이 들어왔다. 박 상궁이 미처 자리도 잡기 전에 왕이 지시했다.

"지금 당장 장미를 불러오게."

명을 받은 박 상궁이 멈칫거리다 답했다.

"말씀 올리기 송구하오나 당장은 어렵사옵니다. 덕명공주께 문안 편지를 보내라 하명하시어 색장나인 장미가 어찰을 전달하고자 궁 밖 외출을 나간 터이오라..."

"아 그랬다. 과인이 서찰 심부름을 시켰다. 아하, 돌아오는 대로 내 앞에 데려오도록 하라."

"예이~" 박 상궁이 물러갔다. 왕이 윤경에게 말했다.

"아쉽구나. 장미를 불러 그대 앞에서 자초지종을 함께 들어보고자 했더니, 그런 일이 사실이라면 심히 놀라운 일이다. 아하 궁금하구나. 장미가 공을 세운 건 또 뭐고 장미가 박기명의 손녀인 건 또 무에서인지."

왕의 말대로 실로 아쉬운 일이다. 장미가 궁에 있었다면 어전에서 윤경과 극적인 만남이 이루어질 뻔하지 않았나. 우리들의 장미 서찰 심부름 나간 김에 한참 놀다 어두워져서나 돌아올 텐데...

"하옵시면 우선 내의원의 김태수 태의를 불러 하문해 보시옵소서."

"김태의는 왜?"

"색장나인과 관련된 내력을 김태수 태의께서 소상히 알고 있다 들었사옵니다. 김태의께서 생전의 박기명과 죽마고우 사이였다 하옵니다."

오호 그래?"

왕은 즉시 김태수를 불러 내막을 확인했다. 김태수가 자신이 알고 있는 것과 겪은 일들을 전해 올렸다. 이로써 장미의 정체성에 대해 왕까지도 선명히 파악하게 되었다. 안 그래도 왕의 신임을 받는 장미다. 이제 형식적인 절차가 남아있긴 하지만 계속해서 궁녀 자리에 앉혀두기에는 어울리지 않는 귀한 신분을 되찾게 되었다. 그러나 안타까운 일이다. 당시의 조선 조정에서 능력 있는 여성이 설 자리는 없었다. 이제 장미는 어떻게 될 것인가.

텔레파시라도 통한 것일까. 덕명공주에게 어찰을 전한 장미가 이번엔 웬일인지 딴 데 안 가고 얌전히 궁으로 돌아온다. 장미가 창덕궁 담을 끼고 요금문 앞에 거의 다다랐을 때였다. 장미는 몇 걸음 앞에 서서 자신을 기다리고 있는 사내와 마주쳤다. 소종립에 검은 협수 차림. 윤석범이었다. 흠칫 놀라는 장미에게 윤석범이 앞으로 지나쳐가며 말했다.

"잠시면 된다. 나를 따라오라."

낮은 목소리에 짧은 말이었지만 그 말에는 거부할 수 없는 힘이 있다. 장미가 윤석범을 따르니 앞선 그의 발걸음은 계동 쪽을 향한다. 관상감 전각지금의 현대 사옥 자리 바로 앞에서 오른쪽으로 접어들더니 얼마 가지 않아 어느 골목 안으로 들어선 그가 골목 끝 안쪽의 정갈한 기와집으로 서슴없이 들어섰다. 문앞에서 장미는 잠시 망설였다.

'여기는 어디일까?'

얼핏 보아서는 일반 가정집과 다를 바가 없었다. 내실 쪽 마당에 하인들이 한가하게 왔다 갔다 하고 있고 사랑채의 뜰 안마당에는 화초들이 단정하게 가꾸어져 있었다. 요즘으로 치면 정보부처의 안가쯤으로 쓰이는 공간이었다. 윤석범이 눈짓으로 장미를 불렀다.

"어른께서 너를 만나고 싶어 하신다. 해칠 일은 절대 없다. 안심하고 뵈어라."

필요한 말만 한다. 장미가 방으로 안내되었다. 넓은 방 아랫목에 이문덕이 앉아 있었다. '드디어 만나게 되는구나. 그래도 이렇게 만나게 되는 건 뜻밖이다.'

장미는 아랫목과 멀리 떨어진 윗목에서 절을 하고 그 자리에 조용히 앉아 고개를 숙여 예를 표했다. 이문덕이 말했다.

"이리 가까이 오게"

"미천한 몸이옵니다. 이 자리가 어울리옵니다."

장미는 자기를 깎아내려 이문덕의 명을 거부했다. 이문덕이 껄껄 웃으며 말했다.

"내 자네가 주상전하와 서로 침이 튀면 닿는 거리에서 마주 보고 소담을 나눈다는 것을 익히 들어 알고 있네. 어려워 말고 가까이 오게."

더 이상 버티기 어려웠다. 장미가 일어나 몇 걸음 다가앉았다.

"이 문 덕에 태어났으니, 음으로도 이문덕이요 뜻으로도 이문덕이라는 말을 한 게 자네라면서?"

이문덕이 불쑥 말을 꺼냈다. 이런 식으로 공격해 올 줄은 몰랐다.

"예? 그게 무슨 말씀이시온지..."

"하루는 어전회의가 끝날 무렵에 주상전하께서 이런 말씀을 하셨지. 내 재미있는 말을 하나 들었으니, 백관들도 듣고 그 골계滑稽를 즐기도록 하시오 하시는 게 아닌가. 서로 불화하던 부부가 아내가 이에 물려 치마를 풀고 이를 잡는데 그만 내실 문을 연 남편이 그 모습에 동하여 서로 동침하고 애까지 낳게 된 사연을 들려주시면서 이문덕을 말씀에 올리시는데 이거야 어디, 나를 데리고 노시려는 게 분명하지 않은가. 내 얼굴이 홍당무가 된다는 말을 실감했다네. 듣자, 하니 주상전하께 그것을 들려준 게 자네라 하여 하는 말이네!"

"아! 그게, 그것이, 영상 대감마님을 지칭한 것이 아니옵고 쇤네는 다만 아는 다른 이의..."

"하하하 이미 웃고 넘어간 일이니, 신경 쓰지 말게. 요즘에는 내가 먼저 다른 이들에게 그 말을 써먹는다네. 내가 어떻게 태어났는지 아는가 하면, 듣는 이들이 모두 배꼽을 잡지. 하하. 그런 소담 하나 들려줄 게 따로 없는가. 감히 주상전하를 골려 먹을 수는 없다고 해도 소담으로 하는 반격 정도야 신하로서 귀여운 맛이 있지 않겠는가. 하하하"

"미천한 신분이 무엇을 알겠사옵니까. 다만 격무에 시달리는 대신들께서 잠시나마 소담으로 웃음꽃을 피울 수 있다면 그것이 주는 이익과 즐거움을 즐길 일이지 그것을 굳이 피할 일은 아니라고 생각되옵니다."

"전적으로 동감하네. 언젠가부터 주상전하께서 하시는 말씀에 특히 시정에 관해 대신들에게 내리시는 하명들이 놀라울 정도이고 현장을 눈으로 들여다보시는 듯 말씀하시어 그 정보의 양과 질을 두고 놀란 적이 많았다네. 그 정보들의 출처가 자네였다니 더욱 놀라울 뿐이네. 앞으로는 그 좋은 정보들을 가끔은 내게도 들려주기 바라네. 나라의 태평성대라는

것이 군신이 합심하여 이루어가는 것이 아니겠는가. 내 오늘
자네를 특별히 관심 있게 보고 있다는 말을 전하려고 불렀다
네. 아쉬운 일이 있거든 기탄없이 말하게. 내 힘이 닿는 일이
라면 무엇이든 돕겠네."

"성은에 힘입어 여관직에 있는 쇤네 따위가 감히 무슨 아쉬
움을 전해 올리겠사옵니까. 그저 나라의 기둥이신 영상 대감
마님이 이리 직접 불러 말씀 들려주신 것만으로도 크나큰 감
격일 뿐이옵니다."

"한나라에 왕소군이 있었다면 우리 조선에 자네가 있었구
먼. 내 기대가 크네. 또 봄세."

장미는 다시 절을 하고 물러 나왔다. 이문덕이 이렇게 나올
줄은 몰랐다. 그는 장미조차도 자기편을 만들고자 유화책을
시도하고 있다. 역시 노회하다고 해야 할까. 속뜻을 모두 알
아차리기에는 그는 너무 수가 많은 인물이다. 문밖에서 윤석
범이 기다리고 있었다. 표정을 알 수 없는 그의 얼굴을 바라
보며 장미가 먼저 말을 꺼냈다.

"저의 목숨을 구해주신 것을 알고 있습니다. 그 빚을 꼭 갚
겠습니다."

"빚은 이미 받아냈다. 네 품에 있던 단자가 그 몫을 했으
니까."

윤석범은 쑥스러운 상황은 조금도 견디지 못하는 사람인가 보다. 장미의 고마운 마음을 받아줄 분위기 자체를 만들지 않는다. 장미가 내내 궁금해하던 것을 물으려 했다.

"그러시면 그 단자가 왜..."

"아직 볼 일이 남았더냐. 나는 한가하게 너와 이미 지나간 일을 나눌 틈이 없다. 그럼 이만..."

윤석범은 틈을 주지 않았다. 장미 앞을 지나 어느새 모퉁이를 돌아 가버렸다. 장미가 잠시 생각에 잠겼다.

'이제 확실히 알겠다. 그분이 어떻게 단자를 얻게 되었는지를. 왜 그랬을까? 자신에게 해가 되어 돌아올 수도 있는 단자를 상대편이라고 할 수 있는 그분에게 전달한 이유가 무엇일까? 혹시 나 때문에? 서로 만나 대화를 나눈 적도, 정을 쌓을 만한 기회도 없었다. 그런데 나를 위해 그런 일을 한다고?'

모퉁이 너머 윤석범, 또한 생각에 잠겨있다.

'그리운 이여 그러면 안녕!' 윤석범이 바람처럼 사라졌다.

왕은 공석이 된 대사헌 자리에 남인이자 유배 중인 맹상현을 불러 앉혔다. 맹상현은 하찮은 꼬투리를 잡히고 노론의 공세에 밀려 제주도에 내려가 있다가 해배解配되어 대사헌직으로 정가에 복귀했다. 맹상현 인사를 놓고 노론은 변변한 저항 한번 제대로 하지 못했다. 왕은 겸사복 최계환을 승진시켜 겸사복장직을 맡겼다. 겸사복장은 종2품에 해당하는 고위 무관직이다.

왕은 또한 윤경을 정3품 병조참의로 승격시켰다. 왕이 윤경을 병조로 보낸 것은 일련의 개혁 정책이 보여준 성과에 대한 왕의 자신감 표출이었다. 자신의 최측근을 병조에 배치함으로써 이제부터는 정국 안정에 이어 병권 안정마저 도모하겠다는 뜻을 대내외에 과시한 것이다.

25

때는 어느덧 칠월칠석날이었다. 맑은 하늘에 밝게 떠오른 상현달이 볼만했다. 달구경을 즐기는 왕이 이번에도 운검만을 데리고 후원의 애련정을 찾았다. 애련정. 명칭이 주는 느낌처럼 아담한 크기이지만 아기자기한 정취를 물씬 품은 공간이다. 왕이 장미를 처음 만났던 바로 그곳이기도 하다. 왕이 애련정에 다다랐을 때였다. 공간이 주는 왠지 모를 촉촉함 때문이었을까. 애련정을 선점한 이들이 있었다.

칠월칠석은 정인절이라고 불리는 말 그대로 연인들의 날이다. 들뜬 마음에 이날을 그냥 보낼 수 없던 운영과 복상의 대담한 밀회가 마침내 그것도 왕에게 발각되는 순간이었다. 술에 취한 두 사람은 부끄러운 줄도 모르고 서로 끌어안고 몸 일부를 드러낸 채 잠들어 있었다. 이 민망하고 어이없는 상황에서도 왕은 화를 내지 않았다. 오히려 곤룡포의 소매를 끊어내 두 사람의 몸을 덮어주고 두 사람이 깨어나기라도 할까 봐 조용히 걸음을 옮겨 애련정을 떠났다.

하해와도 같은 보살핌이다. 불호령이 떨어지고 연놈을 당장에 감옥에 처넣어 죄를 묻는 것이 당연한 처사이거늘 왕은 그렇게 하지 않았다. 이렇게 멋지다면 멋진, 조선의 왕궁에서는 상상조차 힘든 일이 실재할 뻔했지만, 잠든 두 연인에게 그날의 운때는 그렇게 멋진 결말을 허락하지 않았다. 왕의 움직임을 소리 없이 뒤따르며 경호하던 내금위의 금군들에게 바로 적발된 것이다.

다음날 궁 안은 벌집을 쑤셔놓은 듯 두 사람의 일로 이곳저곳이 소란하였다. 이제 누가 봐도 두 사람은 참형을 피할 수 없게 되었다. 특히 궁녀인 운영의 처지는 더 심각했다. 궁녀의 간통은 발각 즉시 집행된다. 예외는 없다. 만일 궁녀가 임신 중이라면 아기를 출산할 때까지는 살려두고 아기를 낳으면 바로 죽였다. 일반 여죄수의 경우는 아기에게 젖을 먹여 키울 시간을 허락했다. 그러나 궁녀의 경우는 출산 후 바로 참형이 집행될 정도로 궁녀의 간통은 엄격하게 다뤄졌다.

장미는 그동안 어디에 있었을까. 당연히 장미의 신원은 복원되었다. 이제 어엿한 박 씨 가문의 후손으로 이름을 올리게 되었고 잃어버린 가산도 되찾았다. 그러나 장미는 궁에 남아 여전히 예전 그대로 색장나인 일을 맡고 있었다. 논공행상에서 장미만 쏙 빠진 것도, 장미가 궁녀 신분으로 그냥 남게 된 것도 왜 그랬는지 이유는 알려지지 않았다. 다만 장미가 그것을 원했고, 왕이 또 그것을 수락했다는 것을 짐작할 뿐이다.

장미는 왕에게 간청했다. 운영을 살리려고 나선 것이다. 안 그래도 평소 복상을 끔찍이 아끼던 왕이었다. 눈감아주고 넘기려 했던 일인데 그만 일이 커져 버렸다. 어떻게든 복상을 살리고 싶은 왕이나 운영을 살리고 싶은 장미나 입장이 같았다. 왕은 둘이 그렇게 사랑했다면 맺어주고 싶다는 마음까지 품고 있었다. 그러나 왕도 할 수 없는 일이 있다. 바로 두 사람이 처한 상황이 그랬다.

쥐 죽은 듯이 가라앉아 있던 노론 세력이 이때다 하고 벌떼같이 일어났다. 이문덕은 살짝 뒤로 빠져있었지만, 좌상 김의겸은 참형으로 본보기를 보여야 한다며 목소리를 높였다. 왕이 두 사람에 대한 국문을 피하고 처형을 늦추는 사안에 대해 반대의 목소리가 터져 나왔다. 자칫 왕이 시도하던 개혁 분위기조차 위기를 맞게 될 조짐까지 나타났다. 성균관의 젊은 유

생들이 입장문을 발표했고, 왕실 종친부의 강경파들은 편전
의 정문이라 할 수 있는 합문 앞에서 통곡 시위를 벌였다. 왕
은 종친부의 시위 정도에는 끄떡도 하지 않고 일축해 버렸으
나 젊은 유생들의 반발 앞에서는 고민하지 않을 수 없었다.
그동안 왕의 개혁을 지지하고 적극 동참해 준 신진 세력의 밑
바탕이었기 때문이다.

　왕이 성정각으로 장미를 불렀다. 위기 탈출의 아이디어를
구하기 위해서였다. 잠시 윤경을 먼저 부를지 생각해 보았으
나 그것은 왠지 망설여졌다. 이런 일에는 장미가 더 낫겠다고
여긴 것이다. 이번에는 왕도 마음이 급했는지 다짜고짜 장미
의 분발을 재촉했다.

　"신혼의 꿈에 부풀어 오나라로 가는 유비에게 조자룡을 딸
려 보내며 공명이 꾀주머니 세 개를 내주지 않더냐. 만약에
위기의 상황이 발생하면 주군을 무사히 빼돌릴 비책들이 그
주머니 속에 들어있었지. 지금 내게 그와 같은 것이 필요하
다. 장미야. 너의 머리가 한 번 더 반짝여야겠구나. 나는 복상
을 살려야겠고 너는 네 방 동무를 살려야 하지 않느냐?"

　잠시 생각하던 장미가 왕에게 자기 생각을 말했다. 왕이 무
릎을 치고, 제갈량이 울고 갈 계책이라며 장미의 아이디어에
찬성했다. 그리고 즉시 행동에 옮겼다.

26

다음날 어전회의를 위해 당상당하의 문무백관이 모두 창덕
궁 선정전에 모였다. 선정전은 왕의 공식 집무실인 편전이다.
백관들이 삼삼오오 이야기를 나누느라 실내는 약간 어수선하
였다. 이때였다. 내관 두 사람이 의자 하나를 들고 오더니 편
전 중앙 한가운데에 내려놓았다. 백관들은 모두 난데없는 풍
경에 어리둥절한 얼굴이 되었다. 편전 한가운데에 덩그러니
놓인 의자라, 무슨 뜻이지? 안 그래도 술렁이던 분위기가 더
무르익어 소란하였다.

"상감마마 납시오!~"

대령상궁의 낭랑한 목소리가 편전에 울려 퍼졌다. 일순 분
위기가 가라앉고, 이어서 왕이 납시어 용상에 올랐다. 옥좌에
앉은 왕은 눈을 들어 양옆으로 도열한 신하들을 굽어보았다.
심상치 않은 그 눈길에 편전 안은 이내 백관들이 뿜어내는 긴
장감으로 가득 찼다. 이윽고 왕이 입을 떼었다.

"태조께서 이 나라 조선의 문을 열었을 때부터 주자의 예는
목숨과도 바꿀 수 없는 우리 창업의 지표입니다. 지난날, 예
송논쟁으로 나라가 시끄러웠던 것도 예법의 소중함을 우리
조선이 함부로 여기지 않았다는 증표라 할 것입니다. 예송논

쟁의 쟁점이 무엇입니까. 그 쟁점이 무엇이기에 그 많은 사람이 목숨까지 바쳐야 했더이까? 과인이 보는 예송논쟁의 핵심은 명분입니다. 장자와 차자의 예법이 달라야 한다는 명분 때문에 그 지루한 싸움이 벌어졌던 것이지요."

갑자기 왕이 명분론을 들고나오는 이유를 몰라 모두가 주저하고 있었다. 왕이 말을 이었다.

"자 그러면 한번 의문을 가져봅시다. 우리는 왜 명분을 따진답니까. 그 따지는 이유가 무엇이오. 명분을 따져 최종으로 가고자 하는 길이 무엇이란 말이오. 명분 위에는 무엇이 있는 거요? 도대체"

왕의 의도를 모르니 섣불리 대답하기 어렵다. 서로 눈치를 보며 망설이고 있었다.

"명분 위에 있어야 할 것은 백성들의 삶입니다. 민본이야말로 진정한 조선 창업의 밑바탕이 아니더이까. 그러니 민생과 상관없는 명분이라면 그 명분은 생명력을 잃은 허망한 명분이 되는 것이지요. 짠맛을 잃은 소금을 소금이라 할 수 없듯이 실천이 따르지 않는 허망한 명분은 이름뿐인 명분이 되고 맙니다. 그런 명분을 주장하면 어떻게 됩니까. 그런 걸 두고 우리는 탁상공론이라 부르지요."

명분을 추켜세우다 실천 없는 명분은 탁상공론이라고 단정 지어버린다. 태조의 창업정신까지 들먹이는 그 말에 반대할 논리가 없으니 다음 말을 기다릴 수밖에 없었다.

"자 이제 여기 계신 대소신료들에게 명을 내리겠소. 지금 저 한가운데 나와 있는 의자를 두고 모두 웬일인가 했을 겁니다. 저 의자가 허망한 명분을 판가름하는 잣대와 같은 의자이니 실천의 명분을 가진 이는 저 의자에 가서 앉도록 하시오."

실천의 명분까지는 알아듣겠는데 그게 저 의자와 무슨 상관이란 말인가. 저 의자가 허망한 명분을 가늠하는 잣대라는 건 또 어떻게 받아들여야 한단 말인가. 모두 왕의 참 의도를 궁금해했다. 왕이 말을 이었다.

"지금까지 외방지색이 없다고 자부하는 자는 저 의자에 앉아 주시오. 저 의자에 앉아서 과인과 함께 이번에 후원에 침입한 남녀의 처벌을 논해봅시다. 자 지금부터요. 어서 나와 저 의자에 앉아 주시오. 내 저 의자에 앉은 이와 허심탄회하게 죄인들의 죄상과 그에 합당한 벌을 논할 것이오."

모두 약속이나 한 듯이 의자를 바라보았다. 평범하기 짝이 없는, 그냥 의자였다. 외방지색을 밥 먹듯 하는 너희들이 무슨 자격으로 이번 일에 나서서 왈왈대느냐 그냥 입 닥치고 있어라. 왕이 말한 실천 없는 명분은 그런 뜻이었다.

편전에 모인 백관들은 당혹했다. 동시에 왕이 계획한 이 '의자대작전' 게임에 속수무책 당할 수만은 없다는 강한 반발심을 느꼈다. 그러나 임금 앞에서 외도를 저지른 적이 한 번도 없다고 거짓으로 나설 수는 없었다. 갑자기 평범하던 의자가 성스러운 의지가 되어버렸다. 장미의 계략이 들어맞는 순간이었다. 조정의 신하 중에 그 누가 외방지색에서 자유로울 수 있다는 말인가.

왕이 꺼낸 말을 명분으로 제압하지 못하면 복상과 운영을 참해야 한다는 저들의 목소리는 자연히 잦아들 것이다. 왕은 승리의 기쁨 속에서 상황을 마음껏 즐겼다. 영상 이문덕, 좌상 김의겸, 우상 심지섭, 새로 대사헌이 된 맹상현 모두 꿀 먹은 벙어리처럼 굳은 얼굴로 킁킁거리고 있을 뿐이었다. 마침내 빈 의자를 바라보며 왕이 승리를 선언하려던 참이었다. 그때였다. 대소신료 가운데에서 한 사람이 걸어 나와 의자에 앉아버렸다.

김윤경이었다. 선정전에 있던 모두가 숨을 삼키고 그를 바라보았다. 그가 아직 혼사를 치르지 않았다는 거야 대개 알려진 사실이지만, 그가 의자에 앉았다는 건 그간 여자와 관계가 한 번도 없었다는 선언이나 마찬가지 아닌가. 겉으론 공자 왈 맹자 왈을 입에 올리면서 뒤로는 기생집을 순례하며 풍류객을 자처하는 게 당대의 풍속이다. 한두 명의 첩을 거느린다고 하여 그게 일신의 앞길에 흠결이 되지도 않는다. 조선 땅의 사대부라는 자들이 대부분 그러할진대, 혈기방장한 한참 때의 사내로써 아직 숫총각 딱지를 떼지 않았다니 그게 가능하단 말인가. 모두가 술렁이며 눈앞에서 벌어지는 비현실적 상황을 지켜보았다. 왕마저 아연실색의 표정을 감추지 못하고 그를 바라볼 뿐이었다. 조정 안이 어느새 쥐 죽은 듯 조용한 가운데 모두 그가 입을 떼기를 기다렸다.

"무릇 남녀 사이에는 큰 욕망이 게재되어 있습니다. 일찍이 성인께서 예를 제정하심에 남녀 간의 구분을 엄격하게 하셨으니, 이는 예방, 견제하려는 뜻이 주밀했던 까닭입니다. 십 세 때부터 남녀가 자리를 함께하지 않고, 다님에 길을 같이 하지 않으며, 여자는 밤길에 등불을 비추고 등불이 없으면 나가지 않는 법입니다. 우리나라는 규방의 예법을 더욱 엄히 하여 사족 가문의 대문 안으로 외부의 사람이 들여다보는 것조차 어렵게 하였으니 이를 두고 동방예의지국이라는 말이 나오게 된 것입니다."

윤경이 잠시 숨을 돌렸다. 그리고 이내 단호한 표정으로 말을 이었다.

"남녀 사이의 욕망은 실로 두려운 것입니다. 일순간의 유혹을 억제하지 못해 저들이 금령을 어기고 궁궐이라는 신성한 곳에서 감히 낯 뜨거운 범죄를 저질렀으니 그 죄가 어찌 가볍다고 하겠습니까. 엄한 벌로 다스리시어 금도의 선을 넘은 죄와 미풍양속을 해친 죄의 무거움을 만방에 알리심이 지당하다고 할 것이옵니다.”

그의 말이 끝났지만, 조정 안은 고요했다. 모두가 왕의 반응이 어떨지를 궁금해하며 눈치를 살폈다. 좌의정 김의겸이 흠흠 거리며 말을 이었다.

“신 좌의정 김의겸 아뢰옵니다. 병조참의의 논거에 한 치의 어긋남이 없사옵니다. 부디 저들을 참형에 처하시어 국법의 엄중함을 본보이시옵소서. 전하”

김의겸의 말을 신호탄으로 숨죽이고 있던 자들이 일제히 합창했다.

“그러하옵니다. 전하”

“엄벌로 다스려야 하옵니다. 전하“

“참형이 마땅하옵니다. 전하”

가만히 앉아 있던 왕이 손을 들었다. 소란이 가라앉았다. 왕이 짜증 섞인 목소리로 말했다.

“저들의 죄는 과인이 정한다. 과인의 결정에 두말하는 자는 자기 목을 걸어야 할 것이다.”

왕이 워낙 단호하게 선언하자, 여전히 술렁이던 조정 전체가 일순 조용해졌다. 긴장감이 감도는 고요함 속에서 왕의 말이 낭랑하게 선정전에 울려 퍼졌다.

“전교한다. 장악원 부전악 김복상을 파직하고 온양으로 귀양보내라. 대전 지밀의 여관 운영은 관비로 강등하여 강진으로 보내라. 이상의 두 사람 건이 다시 논의 될 시에는 논의를 꺼내는 자에게 왕명에 거역하는 죄를 물을 것이다."

　이로써 운영과 복상의 일은 뒷말이 있었지만, 그 정도에서 넘어가게 되었다. 더 나갔다가 왕의 역공을 당할까 봐 알아서 긴 측면이 있었다. 유배지에도 왕의 배려가 숨어있다고 할 수 있다. 모두 두 사람의 출신 지역이었다. 고향 땅에는 아무래도 일가친척이 남아있을 테니 고된 유배 생활을 조금이라도 편히 보낼 수 있을 것이다. 특히 운영은 부모·형제가 모두 강진에 남아있어서 비록 관비라 하지만 친족의 도움을 받을 수 있게 되었다.

　장미는 윤경에 대해 서운한 기분을 누를 수 없었다. 야심차게 준비한 모든 계획을 망친 장본인이 하필 윤경이라니 얄궂다고 하기엔 야속한 감정이 앞섰다. 조선 양반들의 이율배반적 행태의 틈을 비집고 들어가 두 사람을 빼낼 수 있는 문이 열리는 듯했다. 그런데 거의 다 왔다 싶을 때 윤경 한 사람으로 인해 그 문이 굳게 닫히고 말았다. 왕의 결단으로 목숨만은 구했지만 이제 두 사람은 영영 헤어져 죄인의 꼬리표를 달고 구차하게 남은 생을 보내게 되었다.

　왕이 장미를 불렀다. 장미는 왕 앞에서 윤경을 성토했다. 다른 사람도 아니고 윤경 때문에 뜻을 굽혀야 한다니 이 무슨 운명의 장난이란 말인가. 왕이 빙그레 웃으며 장미를 타일렀다.

"그 누구도 봄뫼를 탓할 수 없다."

장미는 자신의 귀를 의심했다. 왕의 입에서 봄뫼라는 말이 나왔다.

"봄뫼라 하시면, 누구를 말씀하시는 것이온지..."

"봄뫼는 김윤경의 호이니라. 처음에는 춘산으로 하다가 바꿨다고 하더라."

왕이 윤경을 총애하는 거야 벌써 알고 있지만 봄뫼라는 호를 사용하면서까지 그를 아끼는 것은 처음 알았다.

'그분이 이제 봄뫼를 본격적으로 사용하시는구나!'

윤경이 봄뫼를 자신의 호로 고정했다는 사실만큼은 장미의 가슴을 들뜨게 만든다. 그러나 역시 운영과 복상을 냉정하게 내친 그의 행위만큼은 용서가 되지 않는다. 왕이 자기 생각을 추가했다.

"봄뫼가 보여준 그날의 모습이야말로 문질빈빈文質彬彬의 군자다운 모습 아닌가. 공자께서 말씀하셨다. 바탕이 꾸밈을 이기면 야野해지고, 꾸밈이 바탕을 이기면 사史해진다. 꾸밈과 바탕이 조화를 이룬 뒤에야 군자라고 할 수 있다. 그 말씀의 본뜻이 사람이 겉과 속이 다르지 않아야 함을 의미하니 봄뫼의 말과 행위가 일치하는데 그 누구라서 그를 탓할 수 있겠느냐?"

"그렇다 해도 여인네에 대해 품고 있는 그분의 생각은 답답할 뿐이옵니다. 일찍부터 배에 오르다 뱃사공에게 손 한 번 잡혔다고 스스로 탓하여 물에 뛰어든 여인을 칭송하더니, 그리 고리타분한 생각이 여전할 줄 누가 알았겠사옵니까."

섭섭한 마음이 과해선지 장미가 자기도 모르는 사이에 윤경과의 옛 사연 한 조각을 발설하고 말았다. 왕이 놓치지 않고 그 말의 출처를 궁금해했다.

"봄뫼가 너에게 직접 그런 말을 했단 말인가?"

장미는 순간 자기가 아니할 말을 내뱉은 것을 깨달았으나 이미 엎질러진 물이었다. 요리 빼고 조리 빼다가 결국 윤경과의 과거사를, 순정으로 분해 함께했던 것들까지 몽땅 털어놓게 되었다. 왕은 매우 관심을 가지고 장미의 말을 들었다. 이야기를 다 들은 왕이 결론을 내렸다.

"내 봄뫼의 행동을 칭찬했다만 미심쩍은 마음이 남아있던 것이 사실이다. 장성한 사내가 남녀의 운우지정에 관심이 없다면 그 또한 곧이곧대로 믿기 힘든 게 사실 아닌가. 네 말을 들어보니 봄뫼는 너를 잊지 못하는 게 분명하다. 그 맑은 마음에 너에 대한 그리움이 때 묻지 않기를 바라니까 여직까지 숫총각으로 남아있을 수 있는 것이 아니겠느냐. 하하하"

왕이 자기 생각을 솔직하게 털어놓았다. 실제로 왕은 내시가 아닌 신하 중에 외방지색을 경험하지 않은 이가 있을 거라고는 추호도 생각하지 않았다. 장미가 그 의자 아이디어를 내놓았을 때 무릎을 친 것도 그런 이유 때문이었다. 그런데 윤경이 걸어 나와 의자에 앉는 것을 보고 눈을 의심했다. 윤경이라면 그럴 수도 있겠다고 생각하면서도 못내 마음 한구석에 의구심이 생기는 것을 부정할 수 없었다. 그런데 장미의 말을 듣고 보니 그 의구심을 풀 실마리가 보이는 듯하였다.

장미는 장미대로 왕에게 어쩔 수 없이 지난 일을 털어놓기는 했지만, 왕의 말을 바로 인정하기에는 부끄러운 마음이 앞섰다.

"그것은 절대로 아니옵니다. 소녀에게 보낸 서찰에서도 그 뜻을 분명히 했사옵니다. 자신은 새 시대 여인의 범절을 아직 익히지 못했기에 옛 성현의 가르침을 따를 뿐이라고요."

"으하하. 그때나 지금이나 봄뫼는 여전히 봄동산의 성정을 간직하고 변하지 않으니 그 또한 문질빈빈이로고. 하하하"

왕으로부터 봄뫼니 봄동산이니 하는 말을 들으니, 장미의 마음도 조금 누그러졌다. 윤경에게 품은 섭섭한 마음쯤이야 그것이 아무리 크다고 해도 그에 대한 그리움보다 더할 수는 없었기 때문이다. 장미는 궁녀들의 애환을 거론하여 분별없는 간통녀로 내몰리고 있는 운영의 입장을 대변하려 하였다.

"사옹원에 놋그릇을 대는 유기장으로서 우리 여관들이 최 씨 아재비로 부르는 이가 있사옵니다. 그 최 씨 아재비에게서 들은 말이 뇌리에 남아 주상전하께 들려드리고자 하옵니다."

"유기장이라고?"

"예 전하. 최 씨 아재비가 전하기를, 일반 사가에 들이는 유기는 한번 들어가면 거의 평생을 쓰는데, 궁에 들인 유기는 그 닳아 없어지는 속도가 눈에 보일 듯 빠르다고 하옵니다. 어찌 된 까닭인지 아시겠사옵니까?"

"놋그릇이 닳아 없어지는 속도의 까닭이라, 그래 그 까닭이 무엇이더냐?"

"궁녀들의 유일한 낙은 모여 함께 정담을 나누는 것이옵니다. 그밖에는 허락된 것이 아무것도 없으니까요. 실은 모여 정담을 나누는 일도 허락된 것은 아니옵니다. 구실이 있어야 모일 수 있지요. 하여 그 구실을 만드느라 궁녀들이 쥐어짜낸 것이 놋그릇을 닦는 것이옵니다. 멀쩡한 그릇을 매양 자꾸만 닦아대니 일반 사가보다 훨씬 빨리 닳아 없어질 밖에요. 이처럼 궁녀들의 하루하루가 일 빼고는 낙이 없으니 한번 들

어오면 평생을 궁 안에서 보내야 하는 궁녀들의 생이 애처롭
다고 해야 할까요. 팔자려니 해야 할까요."

　왕은 장미의 말을 허투루 듣지 않았다. 궁녀들의 비애에 깊
이 공감한 것이다. 왕은 중궁전에 문제해결을 부탁했다. 내명
부의 일에 자신이 나서는 것보다는 중전이 앞장서서 해결하
는 게 모양이 좋겠다고 생각한 것이다. 왕의 사랑을 받는 중
전 또한 왕의 의견에 깊이 공감하고 궁녀들의 처우개선을 위
해 적극 앞장섰다. 이로써 조정 중신들의 회의를 거쳐 속대전
이 정한 한계 내에서 근무조건이 역대급으로 개선되었고, 근
무 외 시간의 자유 활동 폭도 대폭으로 넓혀지게 되었다. 궁
녀들이 반색하며 기뻐한 것은 물론이고 대전과 중궁전에 각
을 세워왔던 대비전의 궁녀들조차도 왕과 왕비를 칭송해 마
지않았다.

27

　호시탐탐 눈엣가시와도 같은 윤경을 몰아내기 위해 기회를
엿보던 노론 세력이 드디어 기회를 잡았다. 중국 사신을 맞아
회의하던 중에 윤경이 우리나라 영해를 제멋대로 침범한 중

국 어선들의 문제를 따지고 들었다. 조선왕조실록에도 등장하는 사실이니 중국 어선들의 국제법 위반행위는 어제오늘의 일이 아니다. 아무튼 이 회의에서 재발 방지를 강력하게 요구하는 윤경에게 중국 사신이 곤혹스러워 한 일이 있었는데, 이걸 물고 늘어진 것이다. 의정부의 삼정승이 왕에게 몰려와 김윤경을 성토했다. 좌의정 김의겸이 목소리를 높이며 왕에게 직접 윤경의 처벌을 요구했다.

"김윤경을 엄히 벌하셔야 하옵니다. 그는 평소 제 공을 믿고 망언을 일삼더니, 마침내 대국을 비방하는 지경까지 이르렀사옵니다. 국문으로 엄히 다스려야 할 것이옵니다. 전하"

곁에 있던 우상 심지섭도 거들고 나섰다.

"그렇사옵니다. 전하. 그냥 두면 대국의 노여움을 살 것이니 자칫 이 일로 나라의 존망이 흔들릴까 심히 염려되옵니다. 반드시 김윤경을 엄벌하여 그 위험을 사전에 방지해야 할 것이옵니다. 굽어살피시옵소서. 전하"

왕도지지 않고 윤경에 대한 비호성 발언하면서 방어에 나섰다.

"국방을 맡은 병조의 관리가 나라 간의 회의에서 자국 이익을 대변하는 것이 어찌하여 처벌감이 되어야 하는지 과인은 미처 알지 못합니다. 경들은 툭하면 오랑캐라며 저들을 무시하더니 이번에는 돌연 하나같이 저들의 입장이 되어 말씀하십니다. 과인으로서는 또한 영문을 알지 못하니 이렇게 답답한 일이 따로 없습니다."

왕의 완강한 입장 태도를 관망하던 이문덕이 입을 뗐다.

"김윤경이 병조참의로서 할 말을 했다고 해서, 대국과의 회의를 망쳐놓은 어리석은 죄를 무시할 수는 없사옵니다. 그간 김윤경이 젊은 나이에도 불구하고 정사의 최일선에 나서다 보니 스스로 교만해진 것을 본인은 깨닫지 못하고 있사옵니다. 경험 부족의 탓도 있을 것이옵니다. 이참에 김윤경에게 외직을 맡기시어 잠시 거리를 두고 나라 운영을 바라볼 기회를 열어주심이 어떠하온지요. 그리하면 김윤경은 지역 행정의 경험 또한 쌓게 되니 훗날에 그 쓰임새가 나라에 도움이 되어 좋고, 깎인 체면으로 하여 분해하고 있는 청국 사신에게도 어느 정도 면을 세워주는 일이 되니 피차간에 좋을 듯합니다. 헤아려주시옵소서. 전하"

왕으로서도 중국과의 문제는 간과할 수 없는 일이었다. 이문덕의 중재안을 받아들여 윤경을 황해도 해주 목사로 임명하였다. 승승장구하던 윤경이 처음으로 강등의 쓴맛을 보게 되었다.

윤경은 조금도 기죽지 않았다. 해주는 황해도 관찰사의 감영이 있는 곳으로 고려 때에는 인근의 벽란도를 통해 해외의 산물이 쏟아져 들어오던 상업 중심지였다. 윤경은 부임할 때 부터 미리 꼼꼼하게 준비했다. 인수인계를 받을 시에도 자잘한 것까지 빈틈없이 확인 작업을 진행하여 전임자와 해주목 관원들이 혀를 내둘렀다. 재임 시에도 육방의 관리를 철저히 하고 미진한 것들은 하나씩 고쳐나갔다. 그가 부임한 지 얼마나 되었다고 해주 관아는 그야말로 환골탈태하여 전혀 다른 모습을 보이기 시작했다. 그의 일거수일투족이 가히 지방 목민관의 모범 사례로 떠오르니 참다운 공무원이라면 최소한 시간 탓만은 피해야 할 좋은 예라고 하겠다.

극적 반전이 일어났다. 영의정 이문덕 앞으로 일전의 중국 사신이 보낸 편지가 도착한 것이다. 중국 사신은 먼저도 한 번 다녀간 바 있던 감찬수였다. 김복상의 거문고 연주에 반해 우호적으로 회담을 끝낼 수 있었던 바로 그 감찬수 말이다. 그는 외교 전문가로 황제의 두터운 신임을 받고 있었는데, 일전에 조선에 왔을 때 윤경으로부터 조선 영해를 침범하는 중국 어선들의 문제를 지적받고 어정쩡한 태도를 보인 바 있었다. 이를 물고 늘어져 집중 공략한 노론세력이 윤경을 지방 외관직으로 쫓아낸 사실을 그는 본국으로 돌아간 뒤에 알게 되었다. 그런 그가 뒤늦게나마 자신의 솔직한 생각과 입장에 대한 글을 써서 이문덕에게 편지로 알려온 것이다.

정식 외교문서가 아니었으므로 이문덕은 모른 채 덮어두어도 그만이었다. 그러나 감찬수의 편지 내용 한 구절이 그의 마음을 켕기게 했다. 감찬수는 편지 말미에 이렇게 썼다.

"천자께서 산동자사_{산동지역의 으뜸벼슬}에게 명하시어, 조선국 영해 침범 사례가 없도록 조치하라 하셨소이다. 다음번에 본국에 동지사로 오는 귀국의 사신으로 김윤경을 천거하는 바입니다"

이게 무슨 말인가. 왕 앞에서 김윤경 때문에 노여워했다고, 그래서 후환이 두렵다고 잔뜩 뻥튀기 해놓았는데, 정작 그 노여움의 당사자가 김윤경을 자기 나라에 오는 사신으로 추천하겠다고 한다.

사실 감찬수는 회담 내내 윤경의 말을 경청했다. 윤경으로부터 듣는 서양 세력에 대처하는 청국의 정책에 대한 소신 발언에 공감되는 부분이 많았기 때문이었다.

윤경이 중국 어선의 영해 침범을 따졌을 때도 다른 사신이었다면 노발대발했을 것이다. 그러나 그는 그러지 않았다. 다만 외교관인 자신이 해결 방안을 내놓기 어려워 어정쩡한 입장을 보인 것이었다. 감찬수는 윤경이 썼다는 책들을 구해 읽어보았다. 그는 깜짝 놀랐다. 대륙의 끝에 붙은 작은 나라에 이런 인재가 있으리라고는 생각하지 못했기 때문이다. 그는 윤경이 제시하는 서양 문물에 대처하는 방법론에 관심을 가졌다. 기회가 닿는다면 깊이 의논해 보고 싶은 강한 충동을 느꼈다. 본국에 돌아간 감찬수가 황제에게 잘 보고하여 어선들의 영해 침범 건도 해결했다. 그리고 이문덕을 통해 넌지시 윤경을 사신으로 보내줄 것을 청한 것이다.

이문덕은 곰곰 생각해 보았다. 이 편지 내용을 왕한테 공개해서 윤경을 다시 조정으로 불러올릴 것인가 아니면 모른 채 덮어두고 넘어가 버릴 것인가. 선택하기 까다로운 문제였다. 윤경을 불러올리면 윤경은 노론에 불리한 정책들을 입안하고 추진할 게 틀림없다. 중국과의 외교를 생각해서 김윤경을 살려낼까 아니면 노론의 지속적인 득세를 위해 김윤경을 외직으로 겉돌게할지 판단하기 힘들었다.

마침내 이문덕이 결론을 내렸다. 그는 왕에게 감찬수로부터 편지가 온 사실을 알리고 그 내용 중에 김윤경을 동지사로 삼아 중국에 보내달라는 청이 있었음을 솔직하게 보고했다. 그 말을 들은 왕은 기뻐하는 내색도 없이 표정을 드러내지 않았다. 단지 짤막한 말로 대신했다.

"경의 생각은 어떠하시오."

"묻자와하시니 답하나이다. 김윤경을 조정으로 다시 불러올리심이 마땅하다고 여겨지옵니다. 전하"

왕은 속으론 옳다구나 하면서도 겉으론 여전히 표정을 드러내지 않고 고개만 끄덕였다. 왕은 이제 소년왕이 아니었다. 왕은 윤경을 불러올려 종2품 병조참판에 비변사제조를 겸직하도록 하였다. 비변사제조. 한때 이문덕이 모든 실권을 쥐고 무소불위의 권력을 휘두르던 게 바로 이 비변사제조 직을 쥐고 있었기에 가능했다. 나라의 실권을 윤경에게 몰아준 것이다.

28

어느덧 봄날이었다. 왕의 부름을 받은 윤경이 편전에 나와 부복하고 왕명을 받았다.

"내 오늘 경을 부른 것은, 경에게 장차 나라의 중차대한 임무를 맡기기 위함이니라."

"하명하시옵소서. 전하"

"평안감사로부터 서북방이 수상하다는 장계가 올라왔다. 서북방 특히 청천강 이북 지역은 대대로 외적의 잦은 침략으로 그곳 주민들이 저들 노략질에 시달려왔다. 우리의 강토가 외적에게 유린당하도록 방비에 소홀한 탓이니 이 어찌 조정을 맡은 자로서 부끄러움을 느끼지 않겠는가. 내 경을 체찰사로 임명하여 그곳의 경계를 살피고 대비케 하여 관서 신민들의 삶을 보살피고자 하니 이보다 중차대한 일이 어디 있겠는가. 그대는 교지를 받는 즉시 행장을 꾸려 국경을 순시하도록 하라."

"지엄하신 분부 받자와 어김없이 수행하겠나이다."

그날 왕은 친히 영화당에서 회연을 베풀어 장도에 오를 윤경이 무사히 임무 완수하기를 독려했다.

이 자리에서 왕은 특별히 윤경 앞으로 단오선을 하사했다. 단오와 같은 명절에 임금이 대신들에게 부채를 하사하는 전통이 있었다. 대개 접었다 폈다 할 수 있는 합죽선으로, 흔히들 선비들이 손에 쥐고 다니며 사용하기를 즐겨 쥘부채라고도 불렀다.

"그대의 신의에 대한 보답이니 어딜 가나 휴대하여 나를 대하듯 하라."

감읍한 윤경이 무릎을 꿇고 부채를 받았다. 왕이 말을 이었다.

"그 단오선의 선추 매듭이 꼬여있는 까닭을 아는가?"

윤경은 부채 손잡이 끝에 달린 장식의 매듭 모양을 살폈다. 주상의 말대로 몇 갈래 명주실이 서로 꼬여있었다.

"소신 과문하여 그 연유를 미처 알지 못하나이다."

왕이 말했다.

"이에는 남인이니 서인이니, 노론이니 소론이니 당쟁의 소모적인 쟁투 없이 화합으로 이 나라를 이끌어 가길 바라는 과인의 꿈과 믿음이 담겨있다. 그 얽혀있는 매듭처럼 조화롭게 이 나라의 정사가 이루어지면 그 어찌 미쁘지 않겠는가."

윤경은 눈물을 흘리며 주상 앞에 엎드렸다.

"미련한 신하가 대붕과도 같은 주상전하의 뜻을 촌보도 수행하지 못함을 눈물로써 탄식할 뿐이옵니다. 신 비록 부족하오나 하명하신 뜻을 받들어 뜻하신 바대로 어김없이 수행하여 국태민안의 소임을 한 치의 소홀함이 없게 하겠사옵니다. 더불어 이 단오선을 볼 때마다 주상전하를 뵈온 듯 공경의 마음으로 대할 것이오며, 한시라도 제 곁에서 떠나지 않게 할 것이옵니다."

"무에 부채 하나를 두고 그렇게까지... 하하 하지만 그 단오선은 내 정성이니 부디 잘 간직해주길 바라노라."

"성은이 망극하옵니다."

윤경은 다음날 행장을 차려 급히 한양을 떠났다. 체찰사는 비상시에 군사 지휘를 책임지고, 특별 임무를 수행하기 위해 왕이 직접 임명하는 직책이다.

한양에서 내려오는 체찰사를 기다리고 있는 평안감사는 왕
이 윤경에게 했던 말과는 다른 이유로 체찰사를 맞이할 준비
로 분주했다. 그는 나름 믿는 게 있었다. 평양은 색향으로 유
명한 곳이다. '평안감사도 제 싫으면 그만이다'라는 말이 있
다. 아무리 좋은 자리도 당사자가 원하지 않으면 왕이라도 강
제 할 수 없다는 의미로 쓰인다. 그런 속담 앞머리에 왜 평안
감사가 나오는가. 그만큼 근사한 자리라는 것이다. 근사한 자
리의 기준은 무엇인가. 그렇다. 색향. 평양이 알아주는 색향
이라는 게 바로 그 말을 낳은 바탕이다. 그 말을 증명이나 하
듯이 한양에서 내려오는 고위관료 치고 그 사실을 모르는 사
람도 없고 그로 인한 은근한 기대를 품지 않는 사람도 없다.
지금 이곳 평안감사가 기대하는 것도 바로 그 점이다. 그런
데 글쎄, 우리들의 김윤경에게도 그게 통할지는 두고 보기로
하자.

어쨌든 감사는 소문난 기생들을 모두 불러 모았다. 심지어
은퇴한 기생들까지 소집령에 포함되었다. 그들에게 내려진
감사의 명은 하나였다.

"이번에 체찰사로 내려오는 이는 문무를 겸비한, 젊고 멋진
분이시다. 게다가 아직 혼사는 물론이요 외방지색 한 번 치르
지 않은 숫총각이다. 그렇지만 혈기방장한 한참 때의 장부일
진대 그게 말이 되는가. 필시 마땅한 연분을 만나지 못한 것

이 분명하다. 임자를 만났다면 어찌 음양의 순리를 거역할 수 있었겠냐는 말이다. 너희들 중에 이번에 오시는 체찰사의 수청들기에 성공하여 그분에게 음양의 이치를 한 수 가르치는 아이가 나오면, 내가 상금으로 오천금을 내리겠다. 어떠냐, 한번 도전해 보겠느냐?"

와이낫! 평양 일원의 기생들이 흥분한 것은 당연했다. 젊고 멋진 숫총각 고관대작이 있다는 말은 들어본 적도 없다. 그것만으로도 도전 의식이 불타오르는 데 성공하면 상금으로 오천금을 얻을 수 있다니 누군들 군침이 돌지 않았겠는가.

평양성 내부의 기류를 알 리 없는 윤경은 일정대로 평양부에 도착했고 곧바로 평양을 거쳐 서북방 국경지대를 순찰하기 시작했다. 그런데 이상했다. 왕께서는 분명히 변방이 수상하다고 했는데 이상하리만치 조용했고 방비 태세에도 큰 문제가 없어 보였다.

그러나 윤경은 혹시나 빈틈이 있을까 하여 꼼꼼히 살폈다. 비상시의 수방 태세는 잘 구비되어있는지, 허물어지거나 허술한 방벽은 없는지 샅샅이 돌아보고 조금이라도 문제가 보이면 지적하고 기록했다. 그 엄하고 빈틈없음에 평양부의 관원들은 물론이고 도내가 놀라고 두려워 떨었다.

가는 곳마다 고을 수령들이 객사에 성찬을 마련해 놓고 곱게 단장한 미녀들이 음식 수발을 들었다. 윤경은 일체의 화려한 상을 물리치고 미녀들의 음식 시중을 거절했다. 기생 수청을 거절한 것은 물론이었다

어느새 달포_{한 달 조금 넘는 시간} 가까이 시간이 휙 지나갔다.

평안감사는 초조했다. 이 자리가 어떻게 올라온 자리인가. 남인 출신인 그가 평안도 관찰사 직에 오를 수 있었던 것은 요행이라고밖에는 볼 수 없었다. 그런데 생각지도 못한 일로 그 직을 내놓아야 할 지도 모르는 상황에 처했다.

체찰사 김윤경이 도착하기 전 한양에서 달려온 파발마가 왕이 평안감사 자신에게 은밀히 보낸 교지를 가져왔다.

'왕명으로 전한다. 필히 체찰사로 내려가는 김윤경을 훼절남이 되게 하라.'

그는 자기 눈을 의심했다. 임금께서 이런 어명을 내리실 줄이야 상상이나 했겠는가. 윤경이 만조백관이 모인 어전에서 문제의 그 의자에 앉았다는 것은 조선 땅의 관원 치고 모르는 이가 없었다. 그만큼 유명한 사건이었다. 외방지색을 하지 않은 자가 있으면 나와 앉으라 했다는 그 의자에 당당히 앉은 유일한 사람. 필히 훼절남이 되게 하라는 지엄한 어명은 무엇을 뜻하는가.

'주상전하는 지금 복수전을 기획하고 계신다. 노론 세력에게 화끈하게 한 방 먹일 절호의 기회를 김윤경 때문에 놓쳐버린 임금님의 복수혈전이다.'

거기에 생각이 미친 감사는 속으로 쾌재를 불렀다. 이 얼마나 좋은 기회인가. 내 반드시 해내고 말리라. 이 임무를 완수하기에 조선팔도 내에 이곳만큼 좋은 곳이 어디 있겠는가. 그는 회심의 미소를 지었다.

사람들은 자신의 눈높이에서 세상을 바라본다. 선한 이는 세상 사람들도 다 자기랑 비슷한 줄 안다. 악한 이는 세상 사람들이 다 자기처럼 삿된 머리를 굴리고 남을 등쳐먹을 생각한다고 여긴다. 그렇기 때문에 남이 자기 뒤통수를 칠 것에 대비하고 허술한 수법에 당하지 않으려고 경계한다. 반대로 만만한 상대를 만나면 어김없이 발톱을 드러낸다. 그러니 선한 이가 악한 이를 만나면 백전백패한다.

평안감사는 조선 남자는 다 평양 같은 색향에 오면 멋진 기생과 한번 놀아보고 싶어 할 거라고 확신했다. 자기가 그랬기 때문이다. 그런데 이 남자 김윤경. 요지부동이다. 왕명이 지엄한데 이번 임무를 성공 못 하면, 안 그래도 노론 세력들이 호시탐탐 노리는 지금의 이 좋은 자리 버틸 수 없을 것이다. 그는 밤잠을 설쳤다.

색향이라 불리는 이곳의 한다하는 명기들이 모두 두 손을 들었다. 감사는 자신의 애기愛妓까지 아낌없이 내놨다. 경국지색이라는 소문이 퍼져 팔도의 한량들이 탐내는 아이였다. 체찰사 김윤경은 눈길도 주지 않았다.

달포가량, 강행군을 펼친 윤경은 평양부 객사에 머물며 변방 수령들의 보고서를 기다렸다. 이곳으로 자신이 지적한 사항들의 결과 보고가 올라오면, 순찰 때 자신이 직접 작성한 기록과 일일이 대조 후, 평가 또는 시정 지시를 내리게 될 것이다. 이 대목에서 이 지역의 수령들은 군사행정에서 보여주는 윤경의 놀라운 안목에 절로 고개를 숙였다.

그가 보기에 정묘년과 병자년 두 번의 호란에서 패한 원인은 적의 빠른 기병을 막아내지 못했기 때문이다. 전통적인 조선의 방어 전략은 산이나 강, 섬 같은 천혜의 자연 지형을 이용하는 것이다. 봉화가 오른 것을 보고 임금이 강화도로 가려니 이미 적이 코앞까지 다가왔다. 산성에 들어가 적을 기다리던 조선의 주력부대를 우회한 적이 기병을 이용해 예상보다 빠르게 수도에 접근해 왔다. 전통적인 수도 방위 전략의 허를 찔린 것이다. 할 수 없이 남한산성으로 쫓겨 들어갔지만 그곳은 오래 버틸 만한 농성의 준비가 되어있지 않았다. 또다시 그런 일이 반복된다면 어떻게 적을 방어할 것인가. 적의 남침 속도를 늦추고 시간을 버는 전략이 필수다. 그래야 전쟁을 아군의 전략우세 속에서 끌고 갈 수 있다. 상대가 일본이라면 전혀 다른 대비책이 필요하다. 조총으로 선제공격하고 발도대를 앞세워 백병전으로 붙는 일본과의 전투 전략은 개념부터 바꿔야 한다. 그러면 북방의 적을 상대할 이곳에서는 어떻게 해야 하는가. 그 방어 전략이 그의 머릿속에 들어 있다. 이번의 임무가 끝나면 전방의 수령들은 윤경이 제시한 전략에 따라 각기 수정·보완된 지역 맞춤형 수방 태세를 갖추게 될 것이다.

29

평양에서의 모든 일정이 마무리되었다. 이틀 후 한양으로 돌아가게 된 윤경은 모처럼 긴장을 풀고 홀가분한 마음이 되었다. 밤늦은 시간 윤경이 장지문을 열어보니 객사 누마루에 달빛이 하나 가득 내려앉아 제법 무르익은 계절의 정취를 자극했다. 마음의 여유 때문이었는지 윤경은 이끌리듯 누마루로 나왔다. 계자난간이 있는 마루 끝까지 다가가 하늘을 올려다보니 둥근 보름달이 높이 떠 있는데 감탄사가 저절로 튀어나왔다. '와, 정말 멋진 달이 떴네.'

떠오르는 얼굴이 있었다. 만작당 들창 안으로 돌멩이에 편지를 써서 밀어 넣었던 이름 모를 낭자. 겸손을 모르는 자가 무슨 세상의 도리를 논하냐며 자신을 꾸짖는 서신 끝에 무명 소녀라고 적어 보낸 그 당돌한 낭자. 그때 이후 아니 그 이전, 사장에서 처음 본 이후 내내 윤경의 뇌리에서 떠나지 않는 그 낭자였다.

길에서도 몇 번 마주쳤다. 어디 사는 누구냐고 묻고 싶은 마음이 굴뚝같았지만, 관심 없는 체 그냥 지나쳐버렸다. 여종 아이 손에 들려온 서찰을 되돌려 보내고 얼마나 후회했던가. 당시의 기억이 생생히 떠오른다. 화첩의 연속 그림처럼 또 한 얼굴이 이어진다. 자기를 봄뫼 형님이라고 부르겠다던 류순정. 순정은 무명 소녀라고 한 낭자와 놀랍도록 빼닮았다. 헷갈릴 정도였다. 친동생처럼 가깝게 대하면서도 그 낭자를 생각했다.

'순정은 어떻게 됐을까. 무과시험은 치렀을까. 제대로 응시했다면 시문에도 능하고 무예도 출중하니 무과 급제는 떼어 낸 당상일 텐데.'

돌연 어디선가 여인의 울음소리가 들려온다. 달 밝은 고요한 밤에 여인의 울음소리라. 기묘한 정황에 신경을 쓰며 돌아보니 객사와 담을 마주한 이웃 민가에서 나는 소리였다. 울음소리가 그치나 했더니 잠시 후, 무언가 외치는 소리가 난다.

처음엔 무시하려다가 소리가 가까워지는 것 같아 누마루 밖을 내다봤다.

민가와 마주한 한쪽 벽이 조금 허물어져 있는데, 그 사이로 고양이 한 마리가 생선을 물고 넘어왔다. 뒤따라 웬 소복 차림의 여인이 손에 부지깽이를 들고 따라 넘어왔다.

"어디로 간 거야 이놈의 도둑고양이가"

객사 주위를 수비하던 관원들이 우르르 달려와 여인을 붙잡았다. 그들은 윤경이 누마루에 나와 있는 걸 확인하고 더 놀라며 여인을 나무랐다.

"정신이 있는 게요? 체찰사 나으리가 주무시는 곳인데, 여기가 어디라고 넘어온단 말이오. 낭자는 화살을 맞았어도 할 말이 없을 거요."

여인도 누마루 위의 윤경을 보더니 흠칫 놀라며 고개를 숙인다.

"소 송구합니다. 고양이를 쫓다가 그만 월장을 했으니 부디 선처하소서."

"모르는 사람도 아니고 이거야 원..."

지켜보던 윤경이 끼어들었다. "무슨 일인가"

"예, 옆의 양갓집 규수이온데, 무단 월장을 하여 저희가..."

"내 이곳에서 달구경을 하다가 처음부터 벌어진 정황을 다 보았으되 별다른 잘못으로 볼 수는 없네. 잘못이 있다면 무너진 담을 미리 수리하지 않은 관속들에게 물어야 할 것이지.
낭자를 풀어주고 집으로 돌려보내게."

"예이~"

관원들은 여인을 풀어주며 말했다.

"운수대통인 줄이나 아슈. 풀어주라는 명이 계셨으니 어서
돌아가슈."

"창졸간에 죄를 짓고 예절까지 범했으나 너그러움을 베풀
어주신 나리께 인사라도 올리고 가겠습니다."

여인이 누마루 앞으로 다가와 고개를 숙였다. 관원들이 쭈
뼛거리며 뒷걸음으로 물러갔다.

"송구합니다. 공연한 일로 나리의 야간 집무를 방해했습니
다. 부디 용서하소서."

"이 밤에 집무랄 게 뭐 있겠소. 괜찮으니 염려치 마시오. 고
양이한테 무얼 빼앗긴 모양입니다."

마침 보름달이 뜬 밤이었고 상대가 소복을 입은 여인이어
서 그랬는지, 평소의 그답지 않게 말 상대를 하게 되었다.

"예. 오늘이 돌아가신 아버님의 기제사 날인데, 우리 집안
은 아들 손이 끊겨 자식이라고는 유일하게 저만 남았지요. 금
년 봄에 어머니마저 돌아가시고 집안에 저만 남아 혼자 음식
을 마련하다 보니 저도 모르게... 혹여 쓸데없는 곡소리로 나
리의 심기를 불편하게 해드렸다면 부디 용서하십시오. 상차

림 도중에 도둑고양이가 생선을 물어가는 바람에 황망하게 쫓다 보니, 어마지도에_{엉겁결에} 그만..."

"효는 삼강오륜의 으뜸인데 그 예를 갖출 음식을 고양이가 도둑질했으니 어찌 그 쫓아온 행위를 탓하겠소. 그보다도 고양이가 생선을 물어갔으니 낭패 아닙니까. 내 객사 관속에게 부탁하여 제사상에 올릴 생선을 보내드릴 테니 건너가 계십시오."

"아닙니다. 결례를 범한 것만으로도 큰 일인데 어찌 그런 신세를..."

"신세랄 게 뭐 있겠소. 그보다는 혹시..."

"네?"

"아 아니요."

윤경은 비록 달빛에 의지해 본 것이지만 소복 여인을 대하며 떠오르는 인물이 두 사람 있었다. 방금까지 달에 취해 저도 모르게 그리워하던 장미와 류순정이었다.

"어쩌자고 이 여인을 보면서 낭자의 얼굴이 떠오른단 말인가. 순정을 만나서도, 대궐에서 지나쳐가는 궁녀의 뒷모습을 보고서도 그리고 여기 평양까지 와서 마주한 소복 여인을 대하고도 어디에 가건 비슷한 이를 보기만 하면 그 낭자를 떠올리니 이 무슨 조화란 말인가.'

이러다 상사병이나 날까 하여 윤경은 자꾸만 소복 여인에게 향하는 눈길을 애써 돌렸다.

여인이 고양이로 인해 유실한 음식을 보충해 주려는 걸 극구 사양했지만, 윤경이 타일러 돌려보냈다. 윤경은 객사 통인을 시켜 옆집 민가에 음식을 보내주었다. 그리고서 그에게 옆집에 관해 물어보았다. 통인이 전한 말은 이랬다.

객사와 담을 마주한 옆집은 월장했던 여인의 부친이 노론당의 미움을 사 관직에서 밀려난 박씨 성의 반가였는데, 노론 눈치를 보느라 일가친척들도 모두 이 집안을 외면해서 쓸쓸히 지내다 부부가 다 돌아가고 아직 혼인을 못 한 어린 딸만 남아있는 집이라는 거였다... 비복들을 거느릴 형편도 못 되어 어린 여종 하나만을 데리고 그 딸이 어렵게 지내는 딱한 사정을 전해 들었다.

그날 밤 자정 무렵. 윤경이 훔치듯 내다보니 여인의 집에선 대청마루에 차려진 제사상을 두고 여인 혼자 제사를 지내는 것이었다. 유실한 음식을 보충해 준 일에 자신의

마음이 조금은 흡족하기도 했지만, 한편으로 낙계촌 여인에 대한 아쉽고 그리운 마음이 차올라 윤경은 잠을 이루지 못했다.

다음날 일찍 객사로 여인이 윤경을 찾아왔다. 어젯밤 일에 대한 감사 표시로 몇 가지 음식과 과일 그리고 잘 빚은 유하주를 가져왔다.

"그나마 제사 후라 음식으로 보답 드릴 수 있어 다행입니다. 남녀가 유별하지만, 어버이를 모두 잃은 소녀에게는 체찰사 어른이 어버이나 다름없는 귀한 분이옵니다. 이에 손수 한잔 따라 올릴 테니 부디 물리치지 말아 주옵소서."

여인이 얼굴을 붉히며 청을 해오니 윤경으로서도 거절할 수가 없었다.

"어버이라니 당치 않소. 그러나 양친을 그리워하는 소저의 뜻을 존중하여 내 한잔 받으리다."

윤경은 허락하고 잔을 받았다. 유하주의 맛이 더없이 훌륭했다. 고개를 숙인 여인이 눈을 내리깔고 있어서 윤경은 지그시 여인의 얼굴을 관찰하였다. 지척에서 대하니 볼수록 닮았다고 생각하며 새삼 낙계촌 여인을 떠올렸다. 그때 여인이 갑자기 윤경을 올려다보는 바람에 윤경은 황급히 눈길을 거두었다. 여인이 윤경에게 물었다.

"체찰사 어른께서는 그간 평양에 자주 다녀가셨는지요."

쑥스럽고 민망할 때 이렇게 대답하기 편한 질문을 해주면 정말 고맙다.

"이번이 처음인 셈이지요. 달포 전에 왔을 때는 오자마자 변방 순찰을 떠났기에 하루도 머물지 못했소."

"그러시면 대동강 경치도 미처 즐기지 못하셨겠네요."

"이곳 관찰사께서 뱃놀이를 권하는데 민폐가 될까 하여 거절했지요."

"어머나, 하옵시면 평양팔경은 고사하고 부벽루에도 가보지 못하셨다는 말씀이네요?"

"그렇소"

"아무리 일이 많고 바쁘셔도 그렇지요. 평양까지 오셔서 부벽루도 못 가보시다니요. 많은 분이 을밀대의 상춘을 최고로 치지만 소녀는 생각이 다르옵니다. 뭐니 뭐니 해도 부벽루가 으뜸 중의 으뜸이지요. 부벽루는 낮 경치도 좋지만, 밝은 달이 뜬 밤경치도 아름다워 부벽완월이라 하여 일찍부터 평양팔경의 하나로 알려져 있답니다. 마침, 어제가 보름이었으니 오늘 밤에 뜨는 달도 어제만 못지않을 것이옵니다. 더 늦기 전에 그 풍경은 놓치지 마시옵소서. 부벽루는 꼭 가보셔야 합니다. 체찰사 어른"

"하하, 실은 돌아보고 싶어도 이곳 관원들이 준비한답시고 법석을 떨어 공연히 주민들에게 민폐를 끼치는 게 싫어서 참고 있었지요. 그러지 않아도 명일이면 이곳을 떠나야 해서 어디라도 한 군데 정도는 둘러볼 참이었습니다. 그래야 어디 가서 평양에 다녀온 적 있다고 떠들 수 있을 테니까요. 하하. 소저의 말을 들으니, 부벽루에는 한번 나가봐야겠습니다. 오후 녘에 가면 저녁 해거름과 그 부벽완월을 한 번에 다 볼 수 있겠군요."

"부벽루의 정경에 꼭 들어맞는 생각이시옵니다. 꼭 그리하소서. 소녀가 길 안내를 해드릴까요? 그러시면 관원들의 법석도 피할 수 있고..."

"길 안내요? 아하, 물론 내가 이곳 지리를 모르니 누군가의 도움이 필요하긴 하오. 그렇다면 무례한 부탁이 될까 염려가 되지만, 소저께서 길 안내를 해주시면 고맙겠소."

그날 오후, 윤경은 여인의 안내를 받아 부벽루를 찾았다. 전금문에서 부벽루로 향하는 돌계단을 오르니, 눈앞에 부벽루가 그리고 그 뒤로 대동강의 푸른 물과 강 건너 너른 벌 너머 점점이 이어진 크고 작은 산들이 아스라이 나타났다. 거울 같이 맑고 푸른 물이 감돌아 흐르는 청류벽 위에 둥실 떠 있는 듯하여 부벽루로 이름이 지어졌다고 하더니 그 느낌이 고스란히 전해오는 듯하였다. 멀리 서편에 모란봉이 솟아있고, 성벽에 연결된 을밀대와 강변의 연광정도 손에 잡힐 듯 한눈에 들어왔다.

눈앞의 풍경은 실로 장관이었으나 윤경은 다른 이유로 마음이 두근거렸다. 모란봉 너머로 곱게 물든 노을을 배경으로

서 있는 여인의 모습이 너무도 아름다웠기 때문이었다. 윤경
은 혼란스러웠다

'도대체 어찌 된 일인가. 내가 이다지도 지조 없는 자였던
가. 낙계촌의 여인을 잊지 못하면서 왜 이 여인에게 마음이
흔들리는가. 참으로 알 수 없는 일이다.'

윤경이 내 마음 나도 몰라 상태에서 경치를 보는 둥 마는
둥 하고 있을 때였다. 여인이 멀리 노을에 물든 모란봉을 바
라보며 시 한 수를 읊었다.

서산 너머 붉은 노을 제아무리 곱다고 하여
어둠 속에 빛을 뿜는 내님 별에 비할까
꽃단지 속 청밀꿀이 그 아무리 이름난들
무구한 날갯짓에 꿀벌 수고 당할까
뒤안길 숨은 사랑 혼자라도 기억하리

'뒤안길 숨은 사랑이라'

윤경은 모란봉 너머로 지는 노을의 눈이 부시도록 아름다
운 정경보다도 더 자신의 마음을 뒤흔들고 있는 이 돋보이는
미모의 아가씨가 새삼 뒤안길의 사랑을 노래하는 연유는 무

엇일지 궁금했다.

'어린 나이에 홀로 세상에 내던져지다시피 하여 세상을 보는 눈이 일찍 열린 것일까? 아니면 맺지 못한 인연이라도 있어 잊지 못하는 정인을 그리워하는 마음을 표현한 것일까. 질 좋다고 소문난 꿀을 놓고도 그걸 만드느라 수고한 꿀벌들의 노고를 생각해 내고, 아름다운 노을 앞에서도 감탄 대신 저 광채가 사라진 뒤에 아득히 먼 곳에서 홀로 반짝이는 별빛의 소중함을 떠올리다니... 잠깐 본 것이지만 이 박씨 처자 얼굴만 고운 게 아니라 그 속 생각도 깊고 고운 것 같군...'

한번 마음이 가니 별것이 다 좋게만 보인다. 부벽루에서 여인과 함께 부벽완월의 달구경까지 한 윤경은 분위기에 그만 취했는지, 자기 집에서 조촐하지만, 저녁 식사를 모시고 싶다는 여인의 청을 덜컥 허락하고 말았다.

여인의 여종이 두 사람을 맞이했고, 방안에는 어느새 소담한 상이 곱게 차려져 있었다. 윤경이 상 가운데에 자리를 잡자, 여종이 따뜻한 밥과 숭어국을 소반에 담아 내왔다. 여인이 상 옆에 붙어 앉아 조기 자반을 젓가락으로 발라내어 먹기 좋게 한 다음 상에 올리며 말했다.

"숭어국을 드셔보셔요. 대동강에서 갓 잡은 숭어를 물과 후

추만으로 끓인 거라 맑은 국물 맛이 시원하실 거예요."

"아하 이게 숭어국이군요."

윤경이 숟가락으로 국물을 떠먹고 나서 감탄사를 뱉어냈다.

"말 그대로 시원합니다"

"그렇지요. 이곳에서는 귀한 분이 오면 숭어국을 대접하는 것을 예의로 여긴답니다. 살점을 다진 생강과 마늘을 섞어 함께 드시면 더 맛있습니다."

여인이 다진 생강과 마늘이 담긴 접시를 윤경 앞으로 밀어주었다. 가는 곳마다 성찬과 미녀들의 음식 수발을 거절해 온 그였지만 이 집에 와서는 자연스럽게 여인의 도움을 받는다. 윤경이 시킨 대로 맛을 보고 역시 감탄을 아끼지 않는다.

"그렇군요. 덕분에 입이 호강합니다."

여인이 수줍게 웃으며 말했다. "입에 맞으신다니 다행입니다. 그럼 소박한 상이오나 진지 맛있게 드십시오. 숭늉을 내오겠습니다."

일어서려던 여인이 뭔가 생각났다는 듯이 다시 앉았다. "내 정신 좀 봐. 반주를 준비해 놓고 여태 드리지도 않았습니다"

여인이 상 옆 소반에 가져다 놓은 유하주를 윤경 앞으로 옮겨주기 위해 소반을 들고 일어나려다 한 발 내디딘 버선발이 그만 치마를 밟았다.

"에구머니!"

여인이 술을 쏟지 않으려 몸을 휘청이며 중심을 잡으려 했지만 이미 몸이 기울었다. 공교롭게도 옆으로 넘어진다는 게 윤경 앞으로 쓰러지게 되고, 놀란 윤경이 엉겁결에 여인을 손으로 받으니 자연스럽게 여인이 윤경에게 푹 안겨버리는 형상이 되었다.

　민망한 상황은 얼굴이 새빨개진 여인이 바로 일어나 밖으로 나가면서 해결되는 듯했다. 시간이 얼마 흐르고 윤경이 식사를 마쳐갈 무렵이었다. 여인이 목 쟁반에 숭늉 그릇을 받쳐 들고 방으로 들어왔다. 윤경이 힐끔 여인을 보니 표정이 매우 어두웠다. 어색하기는 윤경도 매한가지였다. 그러나 여인의 입장에서는 부끄러움이 더할 거라는 생각에 그냥 그러려니 가볍게 여기는 양 유하주를 한 잔 따라 마셨다. 그때 "흑!"하는 여인의 울음소리가 들렸다. 윤경이 보니 고개를 숙인 여인의 눈에서 닭똥 같은 눈물이 흘러나오고 있는 게 아닌가. 이 상황에서는 윤경도 놀랍고 당황스러워 여인에게 우는 연유를 묻지 않을 수 없었다.

　"아니, 하 이거... 소저께서 우시는 연유가 무엇인지 물어도 되겠소?"

　윤경의 물음이 기폭제가 됐는지 여인의 울음이 더 깊어진다. 밥상을 앞에 놓고 우는 여인 곁에 앉아 있으려니 어색하기 짝이 없었다. 윤경은 여인이 진정되기까지 기다리기로 했다. 여인은 울음 중에도 숭늉 그릇을 윤경 앞으로 밀어주고 할 건 다 한다. 윤경도 어쩔 수 없이 숭늉을 마시고 대충 식사를 마쳤다. 그 사이 여인도 조금 진정이 되었다. 들먹이던 어깨가 가라앉고 난 얼마 후 여인이 마침내 입을 열었다.

"양친을 모두 잃고 혈혈단신의 몸이 됐지만 그래도 그간 부모님의 엄한 가르침을 잊지 않고 잘 처신해 왔습니다. 그런데 그만 아직 혼인도 치르지 못한 제가 외간 남자에게 손을 잡히고 안기기까지 했으니 돌아가신 부모님과의 약속도 저버리고 씻을 수 없는 실절失節의 죄를 범한 불효자식이 되고 말았습니다."

여인이 다시 훌쩍거리자, 윤경이 난감해하며 타일렀다.

"아하 그것이 그만, 실수인 게 분명한데 그 정도 일로 실절이라니요."

"아닙니다. 실수이건 무에건 이미 저지른 일을 하늘이 알고 땅이 아는데 무슨 낯으로 저승의 부모님을 대하리까. 더구나 체찰사 어른과 같이 귀한 분을 모셔놓고 이 지경이 되었으니 이를 어쩐답니까. 아아 안 되겠습니다. 부디 소녀를 가련히 여겨 무덤의 풀이라도 한 줌 뽑아주소서. 피란통에 뱃사공에게 손목 한번 잡혔다고 강물에 몸을 던진 반가의 여인도 있습니다. 저 같은 게 그 고귀한 정신을 따르기에 깜냥이나 되겠습니까마는 이제 이 처량한 몸 하나를 던져 정조의 무게가 얼마나 무거운 것인지 조상님들 앞에 증명해야 하겠습니다."

여인이 돌연 옷고름에 달려있던 장도를 꺼내 칼을 뽑아 들더니 자기 심장을 찌르려고 한다. 윤경은 대경실색하며 여인을 향해 고함을 쳤다.

"이게 무슨 짓이오. 사람의 목숨만큼 소중한 것이 어디 있다고 그까짓 나한테 안긴 것 때문에 죽으려 한다니 아니 될 일이오. 당장 그 칼을 치우시오."

"아니옵니다. 부끄러움을 안고 목숨을 부지하기보다는 깨끗이 죽음으로 어버이의 명예를 더럽히지 않겠습니다."

"멈추라지 않소."

윤경이 손을 뻗어 칼 잡은 여인의 손목을 잡았다. 윤경에게 잡힌 손목을 본 여인의 얼굴이 흙빛으로 변했다.

"아아 이제는 정말 되돌릴 수 없게 되었습니다."

그 말에 윤경이 주춤하며 잡은 손을 풀어주자, 그 틈을 타고 여인이 기어이 칼을 가슴에 욱여넣었다. 다급해진 운경이 어쩔 수 없이 몸을 던져 칼을 막느라, 칼 쥔 손에 힘을 가하며 버둥대는 여인과 엎치락뒤치락하다가 여인의 등 뒤에서 여인을 부둥켜안은 꼴이 되었다. 그 바람에 저도 모르게 흥분한 윤경이 격앙된 목소리로 말했다.

"내가 그대를 책임지겠소. 내가 그대를 안았고, 이제 내 의지로 그대의 손을 잡고 부둥켜안기까지 했으니, 그대와 나는 떼려야 뗄 수 없는 인연이 되었소. 내가 그 인연을 받아들이리다. 김윤경. 내 이름을 걸고 맹세하오. 그러면 되겠소? 그 칼을 내려놓겠소?"

여인 아니 장미가 그제야 칼을 손에서 풀었다. 아버지 박현서가 주머니에 넣고 다녔다는 도신에 '심심'이라는 두 글자가 음각된 바로 그 낙죽장도였다.

장미가 자신이 방금 들은 말에 대한 반응으로 몸을 윤경 쪽으로 돌리려 했고, 윤경은 어색한 상황에서 우선 빠져나오려고 했다. 두 사람이 각자의 이유로 몸을 튼다는 게 서로 맞물려 부딪히고 그 바람에 둘은 서로의 입술을 스치고 말았다. 남녀의 내뱉는 숨이 엇갈리고 뒤엉킨 순간, 둘은 누가 먼저랄 것도 없이 입을 맞췄다. 촉촉한 두 입술이 만났다. 장미는 윤경의 품을 파고들었다. 윤경이 힘을 주어 장미를 끌어안았다. 입술을 맞대고 있는 장미는 이 황홀한 순간이 그대로 멈추어 버리기를 하늘에 바랐다. 마음 한편에서는 윤경의 입안으로 혀를 밀어 넣고 싶은 강렬한 욕망이 일었으나 죽을힘을 다해 참았다. 아직은 때가 아니었다.

정신이 든 장미가 여인으로 돌아왔다. 윤경으로부터 몸을 살며시 빼며 몸을 다시 돌렸다. 그리고 마지막 확인 작업에 돌입하기 위하여 짐짓 한숨을 토해내며 말했다.

"아아 나는 돌아올 수 없는 강을 건넜습니다. 이제 정말 죽을 일만 남았습니다."

아직 뒤에서 장미를 껴안고 있는 윤경이 팔에 힘을 주며 말했다.

"이제부터 하는 말을 오해하지 말고 잘 들으시오. 내가 이미 마음을 두고 있는 여인이 있었소. 한차례 서신을 주고받은 것 외에는 그 사람과 대화를 나눈 적도, 그 사람한테서 어떤 약조를 받아낸 것도 없소. 그럴 수 있는 상황이 아니었소. 그런데 이상하게 그 낭자가 내 마음에서 떠나지 않고 맴돌았소. 잊으려고 해봤지만 그렇게 되지 않았소. 해서 금위영의 아는 분의 도움을 받아 그이를 찾기로 했소. 뜻대로 되었다면 그 낭자에게 청혼할 작정이었소."

장미는 몸을 돌리고 윤경에게 안긴 채 가만히 그의 말을 들었다. 윤경의 입을 통해 자신과의 일과 윤경의 속내를 듣는 기분이 묘했다. 윤경의 말이 이어진다.

"그런 와중에 그대를 만난 거요. 하지만 나는 지금 그대의 손을 잡았고 그 인연을 받아들이겠다고 맹세했소. 그러니 앞의 일은 모두 이제 부질없는 일이 되었소. 이런 말을 하는 것은 그대에게 끌리는 마음을 애써 참아온 이유에 대한 답이라고 생각해 주시오. 나는 이곳에서 그대를 처음 만난 순간부터

그대에게 끌렸소. 나 자신도 놀란 일이오. 한 여인을 마음에
품고 있으면서도 다른 여인을 흠모할 수 있다니 나로서는 불
가한 일이라고 생각했기 때문이오. 어찌 되었든 이제 그 낭자
는 잊을 거요. 그러니 나를 믿는다면 다시는 죽는다는 말 같
은 것은 하지 마시오."

　역시 여전히 뒤로 안긴 채 장미가 말했다.
　"그렇게 말씀하시니 소녀는 뭐가 뭔지 하나도 모르겠습니
다. 다른 여인을 마음에 두고 있으면서 손목을 잡았으니, 인
연으로 받아들이고 나를 택하겠다는 님의 말씀을 믿어야 하
나요? 하지만 소녀는 그 마음이 진심이라고 인정하고 받아
들이겠습니다. 하오나, 궁금해 못 견딜 지경입니다. 그 여인
이 누구일까. 그 여인이 누구길래 님께서 잊지 못하고 계셨
을까?"
　장미는 돌아서서 윤경의 반응을 보고 싶어 미칠 지경이었
으나 겨우 참아냈다.
　"실은 처음 그대를 보고 깜짝 놀랐소. 그 여인이 여기 와 있
나 착각할 정도였소. 평소의 나답지 않게 그대와 말 댓거리를
주고받고 여기까지 오게 된 것도 실상은 그런 것들이 작용했
기 때문이오."
　"그 말씀을 들으니 조금은 불쾌해지옵니다. 소녀가 무슨 그

미지 여인분의 대용품쯤이라도 된 것 같습니다."

"하하, 미안하오. 하지만 한 치의 거짓이 없는 나의 진심이오. 거짓말을 할 수 없어 털어놓은 것이니 부디 너그럽게 양해해 주시오."

"이런 공교로운 일이 어디 있답니까. 얼굴도 보지 못한 사람을 시기하게 됩니다."

"하하하 미안하오. 자 우리 유하주나 한잔 나눕시다."

장미가 비로소 윤경에게 돌아섰다. 그의 눈을 바라보니 그리도 그리던 그 눈 그대로였다. 윤경이 빙그레 웃었다. 그토록 그리던 그 맑으신 웃음 그대로였다.

마주 보고 선 두 사람. 윤경 또한 가까이 눈앞에 선 장미의 얼굴을 들여다보았다. 이렇게 가까이에서 장미의 얼굴을 마주 보는 것은 처음이다. 순정으로 분한 장미의 잠든 모습을 가까이 한 적은 있었다. 그러나 그게 장미라는 사실을 짐작조차 못 한 윤경으로서는 이 순간의 느낌이 남다를 수밖에 없었다.

'이렇게 사랑스러울 수가.'

윤경은 여인을 끌어안았다. 낙계촌의 여인 장미의 그림자가 작은 점이 되어 사라지고 눈앞의 여인 장미가 성큼 그의 가슴안으로 들어왔다.

다음날 윤경은 행장을 꾸려 한양으로 향했다. 그의 일행이 평양성을 빠져나와 십여 리 정도 왔을 때였다. 일행 앞에 코끼리만큼이나 커다란 바위가 좌우 양옆으로 마치 석문石門처럼 버티고 선 곳이 나타났다. 행차의 무리가 석문으로 막 들어설 때 무심코 바위 위를 올려다보던 윤경은 그만 깜짝 놀랐다.

바위 위 산비탈로 이어지는 숲 그늘에 장미 아니 아직은 여인이 서 있는 게 아닌가. 우연의 일치일까. 여인에게 그늘을 제공하고 있는 나무는 커다란 자귀나무였다. 체찰사의 행차가 석문 사이를 빠져나갔다. 윤경이 마상에서 고개를 돌려보니 여인은 여전히 자신 쪽을 바라보고 있다.

'아침 일찍 집에서 나와 허위허위 이곳, 저 석문 위까지 왔겠지. 그러고는 우리 일행이 나타나기를 하염없이 기다리고 있었을 테지. 여인은 한양으로 돌아가는 내 모습을 먼발치에서라도, 더 멀리 조금이라도 더 바라볼 요량으로 저곳을 택한 걸 거야. 공연히 낙계촌 여인 얘기를 꺼내서 여인의 마음을 혼란스럽게 한 건 아닐까? 내 딴에는 이제 내 마음속의 여인은 그대뿐이란 걸, 그러기에 마음속 찌끄레기나마 깨끗이 하여 맑은 마음으로 그대를 대하겠다는 다짐을 전하고파 그리한 건데... 아하!'

혼란스러운 윤경의 마음을 알 리 없는 행차와 여인과의 거리는 이제 점점 멀어진다. 그게 아니라 해도 자귀나무 아래서 있는 여인의 서글픈 표정을 이미 보아버린 윤경으로서는 이대로 돈담무심 여인을 저대로 그냥 내버려둘 수가 없었다. 윤경이 행차를 멈추게 하자 선두에서 무리를 이끌던 관원이 부리나케 달려왔다.

　"이곳이 어디인가?"

　"마둔포라는 곳이옵니다."

　"다음 역관은 어디에 있는가?"

　"이곳에서 배를 타면 강 건너 애포에 닿습지요. 거기에서 다음 원院까지는 금일 출발하여 여태 오신 거리만큼을 더 가야 하옵니다."

　"그러면 술시는 되어야 도착하겠군."

　"안 그래도 말씀 올리려던 참인데, 쉬지 않고 서둘러 가도 밤늦게나 도착할 것이옵니다. 나루에서 도강하는 일도 번거롭고 시간이 많이 소요되고요. 하여 오늘은 이곳에서 머무시고 명일 아침 일찍 떠나시는 게 어떨지 감히 아뢰옵니다."

　"그렇게 하시게."

　윤경은 마둔포에서 여장을 풀고 비속을 시켜 장미를 객관으로 불러오게 하였다. 이로써 두 사람은 조촐한 이별의 밤을 함께 보낼 수 있게 되었다. 마둔포의 객관에서 두 사람은 이별주를 나눠마시며 이별을 아쉬워했다. 윤경이 물었다.

"어제 부벽루에서 읊었던 시 말이오. 뒤안길의 숨은 사랑 운운하던"

"아, '참다운 사랑' 말씀이시군요."

"참다운 사랑?"

"예 이충백이라고 정주 출신의 시인인데 그분 시가 이곳 양계도_{평안도와 함경도}에서는 제법 알려졌답니다. 어제 모란봉 너머로 지는 노을에 취하다 보니 마침 시행 중에 '서산 너머 붉은 노을 제아무리 곱다고 하여'라는 구절이 떠올라서 저도 모르게 그만…"

"이충백은 처음 듣는데…"

"한양까지는 미처 그분 이름이 닿지 않은 모양입니다. 하지만 이곳에서는 모르는 이가 없을 정도이지요. 하온데 어찌 물으시는지요?"

"사람들의 입에 오르내리는 명성이나 눈에 보이는 아름다움에만 혹할 것이 아니라 그 명성이나 아름다움 뒤에서 그것들을 위해 수고한 사랑과 애씀을 귀히 여기라는 지은이의 뜻이 좋아 한번 물은 것이오."

"맞습니다. 뒤안길의 사랑이야말로 정녕 잊으면 안 되는 것이지요. 설령 세상 모두가 외면해도 알아주는 누군가가 있으면 다행이고요. 재주 있는 분이 곡을 붙여 사람들 가슴에 길이 남는 노래로 간직되어도 좋을 텐데…"

"한양에 뛰어난 악공들이 많으니 내 그네들에게 시를 들려주고 곡을 한번 붙여보리다."

"어머나 그리하오시면 너무나도 좋을 것입니다. 하온데, 한양 말씀을 자꾸 하시니 소녀는 솔직히 불안하고 두렵습니다."

"그것은 또 무슨 말이오?"

"왜 아니겠습니까. 다른 여인을 가슴에 품고 있다고 당당하게 말하는 정인을 떠나보내는 여인의 마음이니, 그렇지 않다면 거짓이지요. 한양에 돌아가시어 혹시라도 그분을 만나 즐거움에 취하면 나 같은 건 저 강물이 흘러가듯 잊힐 것이 뻔하지 않습니까?"

"하하하. 내 단언하지만 그럴 일은 없을 거요. 그러나 명색이 공맹의 가르침을 좇는 선비로서, 아직 부모 슬하이니 부모님의 허락을 먼저 구하는 게 도리요 순서일 것입니다. 하지만 나를 믿으시오. 형식일 뿐이지만 부모님의 허락을 받은 후에 내 사람을 보내 혼례 준비를 돕도록 하고 그대를 한양으로 불러올릴 것이오. 조금만 참고 기다리시오."

"이곳에서 머물다가 한양으로 돌아가는 내로라하는 분들이 하나같이 그와 같은 약조를 하고 떠난 뒤 감감무소식이라는 말을 소녀는 숱하게 들어 알고 있습니다."

"딱한 일이군요. 그러나 나는 다르답니다. 결단코 그대를 데려갈 것이오."

"그렇다면 부디 그 말씀의 증표를 남겨주시어, 소녀의 두려움과 이별의 아쉬움을 함께 달래주시어요."

"말씀의 증표라니요?"

"일각이 여삼추라 하지 않습니까. 낭군께서 떠나가신 뒤 소녀가 마주칠 시간 말입니다. 해가 저물어 밤이 온다고 해 잠들 수 있겠습니까? 다시 뜬 해가 중천에 와있다 하여 텅 빈 뜰을 바라보는 가슴에 조바심이 없겠습니까. 손에 무언가라도 들고 마주치는 매 순간을 견뎌낼 수 있는 증표를 하나 남겨주시옵소서."

"아 그런 거라면, 무엇이 문제겠소. 내 지닌 것 중 무엇이든 말해 보시오. 그대가 기다리는 시간 동안 벗해 줄 내 마음의 증표로 남기리다."

"하옵시면 손에 들고 계신 그 합죽선을 내게 주십시오."

"헉! 맙소사, 설마 이걸 말할 줄은 몰랐소. 이건 안되오. 내 한 몸이나 다름없는 것이오. 이것만 빼고 다른 것은 무엇이든 그대에게 드리리다. 실은 이것이..."

"이곳에 왔다가 여인을 남겨두고 떠나는 남정네들이 약조한 것은 반드시 지킨다는 말을 글로 써주고는 그 먹물이 채

마르기도 전에 식언한다고 들었습니다. 소녀는 그 말을 듣고 설마 했답니다. 그런 일이 내 눈앞에서 벌어지게 될 줄을 누가 알았겠습니까. 소녀의 앞날이 보입니다. 저 흘러가는 강물처럼 잊힐 것입니다"

"아유 참, 아니라니까요. 그럴 일은 절대 없습니다."

"손에 쥔 부채 하나를 두고도 말씀을 바꾸시는데 어떻게 소녀가 낭군님을 믿을 수 있을까요."

"아하, 공교롭게 되었지만 이게 보통 물건이 아니라서 그렇소."

"소녀는 꼭 그걸 받고 싶습니다. 다른 건 필요 없습니다. 혹여 낭군께서 한양에 돌아가신 후에 저를 잊어버리시더라도 소녀는 그 부채를 낭군님으로 여기며 살 것입니다. 비록 버림받더라도 함께 있었던 짧은 추억을 평생 간직할 동무로 여길 것입니다. 그조차도 소녀에게 허락되지 않는다면 차라리 저 강물에 몸을 던져 내 쓸쓸함을 대신하는 것이 나을 것입니다."

"아휴~ 알았소. 그렇게까지 말하니 어쩌겠소. 부채보다야 인명이 소중하니 내 부채를 드리리다. 여기 있소."

윤경이 한시도 떼어놓지 않고 손에 쥐고 있던 단오선을 장미에게 주었다.

"어머나, 진정 주시옵니까? 어째 등을 따서 억지로 빼앗는 기분입니다. 하지만 소녀는 너무도 기쁘옵니다. 고맙습니다. 평생토록 잘 간직할 것이옵니다."

"허, 아무렴 그래야겠지요."

"헤헤, 어머나 이것 좀 보시어요. 선추 끝에 달린 명주실이 서로 꼬여있습니다. 우리의 사랑이 이처럼 얽혀 세세연년 흘러가라는 뜻처럼 보이옵니다."

"아무렴 그렇고말고요. 허허허"

30

윤경이 한양에 돌아왔다. 궁에 들어가 왕을 알현하고 전방 시찰과 수방 태세 점검의 진행 상황을 보고드렸다. 왕은 윤경의 노고를 치하하고 떠나기 전처럼 영화당에서 무사귀경 축하연을 베풀었다. 연회의 끝자락에 왕이 불쑥 물었다.

"과인이 하사한 단오선은 잘 지니고 있는가?"

윤경은 그만 기겁하고 말았다. 왕이 그런 걸 확인하리라곤 추호도 생각 못 했기 때문이다. 그렇다고 거짓말을 고할 수도 없는 난처한 지경에 빠졌다. 윤경이 얼른 대답을 못 하고 우물쭈물하자 왕이 재차 말했다.

"한시라도 몸에서 떼어놓지 않겠다더니 보이지 않아 내 한

번 물어본 것이다."

왕이 이렇게까지 나오니 윤경은 사실대로 말할 수밖에 없었다. 여차저차한 사연으로 그만 훼절하게 되었다. 이별의 아쉬움에 떠는 여인이 혹시라도 강물에 뛰어들까 염려되어 그 목숨과도 같은 단오선을 여인의 손에 들려주게 되었다는 사연을 평소의 윤경과는 전혀 어울리지 않은 모습으로 낑낑대고 땀 흘리며 털어놓았다. 왕은 별 반응 없이 윤경의 말을 들었다. 본의 아니게 이실직고를 마친 윤경이 왕 앞에 엎드리며 말했다.

"그 앞뒤가 어찌 되었든 소신이 군신 간의 신의를 저버린 것은 변명의 여지가 없는 사실이옵니다. 죽어 마땅한 짓을 저지른 죄인을 엄히 벌하여 주시옵소서."

왕이 껄껄 웃으며 말했다.

"그런 식으로 벌을 남발하다가는 과인 곁에 충신은 하나도 남아나지 않을 것이다. 김윤경은 고개를 들라."

윤경이 쑥스러움으로 얼굴이 붉어진 채 몸을 일으켰다. 왕이 다시 빙그레 웃으며 말했다.

"이보게 봄뫼"

'이크, 주상께서 봄뫼라는 호칭을 사용한다. 평소에도 나를 놀려먹거나 공교로운 상황에 처하게 해놓고는 내가 당황하는

모습을 보는 걸 즐기실 때면 어김없이 "이보게 봄뫼"가 등장
했는데, 이번엔 또 무슨? 아! 짓궂은 데가 있으신 주상께서 또
어떤 장난기를 발동하시려나 아하!'

윤경이 걱정 모드에 들어갔다. 그런 것쯤은 내 알 바 아니
라는 듯 왕이 싱긋 웃으며 말했다.

"남녀상열지사라는 게 그런 것이다. 눈에 들어오고 마음에
들어와 좋은 걸 어떡하란 말인가. 봄뫼 그대도 이번에 톡톡히
경험해 보지 않았는가. 오호라. 그 말을 하다 보니 생각이 난
다. 이보게 봄뫼, 과인에게 한가지 풀지 못한 걱정거리가 있
다네."

'드디어 시작하시는구나!'

윤경이 긴장하며 물었다.

"아하, 그것이 무엇이오니까?"

왕은 짐짓 시간을 끌며 윤경의 얼굴을 물끄러미 바라본다.
윤경을 완전히 코너에 몰아넣기 위해서다. 이윽고 왕이 말
했다.

"장악원 거문고 악사 김복상과 대전 지밀에서 내 시중을 들
던 궁녀 운영이를 기억하는가. 그대가 그놈의 의자에 덜컥 앉
아버리는 바람에 내 그들을 놓아줄 기회를 놓쳐버리지 않았
던가?"

윤경의 표정이 어두워진다. 왕의 입에서 다음에 무슨 말이

나올지 알아차렸기 때문이다.

"아! 안타깝도다! 귀양 간 곳에서 속절없이 잊히기에 복상은 너무나도 아까운 인물이거늘..."

올 것이 왔다.

"악사 하나 따위가 없다고 해서 그게 무슨 대수냐고 생각하기 쉽지만 그렇지 않다. 그가 가진 재능이 나라에 큰 도움이 될 수도 있다는 말이다. 칙사로 온 감찬수가 복상의 거문고 하나 때문에 태도를 바꾼 일은 그 어떤 대신이나 백만 군사의 힘으로도 이루지 못할 일이 아닌가. 국력이란 게 무엇인가. 각계에 인재가 풍부하고 나라가 그들을 키워줄 수 있다면 그것이 국력이 아니면 무엇이 국력이란 말인가?"

윤경은 한마디도 할 수 없었다.

"그를 해배해서 다시 그 재능이 나라를 위해 빛나게 함이 어떠한가. 옷깃을 스치는 인연에는 일겁의 시간이 필요하다고 들었다. 겁은 비단으로 쓸어 바위를 삭여내는 데 걸린다는 시간 아닌가. 옷깃 하나 스치는 인연이 그러할진대 그들 남녀가 만나 정을 나눴다면 그 인연이 닿을 때까지 얼마나 많은 시간이 필요했겠는가. 웬만하면 그들을 풀어주는 게 어떠한가. 과인은 더도 말고 덜도 말고 봄뫼의 뜻을 따르겠노라."

윤경은 차마 반대하지 못한다.

"부끄러움 밖에 내놓을 것이 없는 소신이 무슨 염치로 주상전하의 그 대붕 같은 뜻에 감히 토를 달겠사옵니까. 소신은 그저 묵묵히 전하의 뒤를 따르겠사옵니다."

왕이 웃으며 말했다. "고맙소, 봄뫼"

"망극하옵니다. 부끄러움에 그저 몸 둘 바를 모르겠사옵니다."

"자 말은 그만하면 됐고, 내 경이 먼 길에 수고함을 위로하고 객지에서 멋진 경험을 한 것도 축하하기 위해 음악을 준비했노라. 여봐라"

왕의 말과 함께 병풍 뒤에서 음악이 연주되고 가락에 맞춰 노랫소리가 들려왔다. 윤경이 가만 듣자, 하니 음악은 처음 듣는 음률이로되, 가사의 내용은 자기도 아는 거였다. 놀랍게도 이충백이라는 평안도 시인이 지었다는, 마지막 구절이 '뒤안길의 숨은 사랑 혼자라도 기억하리'로 끝나는 '참다운 사랑'이라는 시였다.

'이게 어찌 된 일인가. 내가 체찰사로 나가 있는 동안 그새 이 시가 한양에도 알려진 것일까?'

불안한 예감이 엄습한다. 노래가 끝나자, 내관들에 의해 병풍이 걷혔다. 병풍 뒤에 멀리 악사와 가인들이 있고 그들 앞에 두 남녀가 다소곳이 고개를 숙이고 앉아 있었다. 윤경은 자기 눈을 의심할 수밖에 없었다. 앞에 앉아 있는 여인은 다

름 아닌 객사 옆 민가의 박씨 처녀였다. 그 뒤에 비스듬히 빗
겨 앉아 있는 남자는 금위영의 남상군이다. 어찌 된 일일까.
평양에 있어야 할 여인이 언제 한양에 그것도 궁궐 안까지 와
있을 수 있다는 말인가. 남상군은 또 왜 여기 와 있는가. 윤경
이 어리둥절 당황하고 있을 때 장미가 자리에서 일어나 윤경
에게 절을 올렸다. 왕이 장미를 불렀다.

"이리 다가와 앉으라."

장미가 다가와 윤경 곁에 앉는다. 그러자 왕이 윤경에게 말
했다.

"과인이 금위영의 종사관 남상군에게 밀명을 내렸다. 장미
를 평양에 데려가 반드시 김윤경을 사로잡아 오라고 말이다.
하하하. 어찌 된 일인지 이제 알겠는가?"

윤경이 놀라 장미와 남상군을 번갈아 돌아보았다. 장미가
알 수 없는 미소를 살짝 머금었고, 남상군이 미안하게 됐다는
듯 멋쩍은 표정을 지어 보이면서 고개를 숙여 예를 표한다.
임금께서 남상군을 필두로 뭔가를 계획해 자기를 꼼짝 못 하
게 만들었다는 것까지는 감이 왔다. 그러나 옆에 앉아 있는
이 여인에 대해서는 여전히 오리무중이었다. 왕이 윤경의 표
정을 보더니 즐거워 죽겠다는 듯한 표정을 지으며 추가 설명

을 해주었다.

"봄뫼 그대는 정녕 옆에 앉은 여인이 낙계촌 처녀도 되고, 한양에서 내려간 류 도령도 되고, 대전의 색장나인 장미도 되었다가 평양의 박씨 처녀마저 되었다는 것을 몰랐다는 말인가? 내 그대가 다른 건 다 잘해도 남녀의 일만큼은 도통 숙맥이라는 것을 이미 알고 있었지만 어찌 이다지도 둔하단 말인가?"

윤경은 어안이 벙벙할 뿐이었다. 왕이 함께 한 자리라는 것도 잠시 잊고 장미를 뚫어져라 쳐다본다. 장미가 어색한 듯 어깨를 살짝 움츠렸다. 윤경이 장미에게 더듬거리며 물었다.

"그, 그럼 그대가 바 바로..."

그 잘난 김윤경이 말까지 더듬는다. 장미가 고개를 조금 숙였다가 말을 받았다.

"소녀 정식으로 인사 올립니다. 속명은 장미라 하옵고 당호는 미처 올리지 못하였습니다. 낙계촌 사장에서 먼발치에 처음 뵈었고, 류순정으로 변복하여 만작당에 드나든 바 있습니다. 궁에서는 정무에 너무도 바쁘시어 그 그림자도 밟지 못하다가 이번에 평양에서 마지막으로 뵈었으니, 인연으로 말한다면 제법 되었습니다. 그간의 불손을 부디 용서하소서."

"아하, 어떻게 이런 일이!"

윤경은 그저 벌어진 입을 다물 수 없었다.

왕이 다시 말을 꺼냈다.

"내 일찍이 그대들의 어긋난 연분에 대해 듣고 심히 안타까웠느니라. 봄뫼 그대는 정사를 이끄는 데 있어 내 곁에 없어서는 안 되는 보배 중의 보배요, 장미 또한 내 곁에서 장자방을 능가하는 숱한 책략으로 나를 도왔으니 그 또한 보배 중의 보배라. 하여 두 사람의 엇갈림을 풀어주는 게 나의 소임이요 즐거움이라 여겼느니라. 지금에 와서 두 사람이 이렇게 내 앞에 나란히 앉았으니 이 또한 내게는 경사에 버금가는 기쁨이다. 봄뫼에게 말한다. 좋은 뜻에서 한 일이다만 나라의 동량을 놀려먹은 것은 그 아무리 임금이라 하여도 탓함을 피할 수 없는 잘못이다. 과인을 부디 용서하라."

윤경이 놀라 왕 앞에 납작 부복했다.

"임금께서 신하에게 용서를 빈다는 것은 고금을 통틀어 있을 수 없는 일이옵니다. 부디 거두어주시옵소서. 이런 일 모든 것이 부족한 소신 때문이옵니다. 소신을 엄벌에 처해 주시옵소서."

윤경이 거듭하여 자신을 벌해달라며 바닥에 머리를 찧었다. 왕이 다가와 그를 말리고 일으켰다.

"알았노라. 내 알겠다니까. 그만하라. 지금 이 즐거운 자리에서 머리는 왜 찧는단 말인가?"

윤경이 할 수 있는 게 그것 말고 또 무엇이 있었겠는가. 머리를 찧으면서도 그는 자신에게 찾아온 지금의 이 넘쳐나는 행복감이 혹여라도 남가일몽이 될까 하여 제 몸에 꼭 붙어있기를 간절히 하늘에 빌었다.

31

왕은 비망기를 내렸다. 비망기는 국왕의 명령을 전달하는 문서 형태의 하나로 왕이 자신의 의도나 의지를 특별히 강조하려 할 때 내리는 경우가 많다. 나라에 공이 많은 신하인 윤경과 궁녀 신분인 장미 두 남녀의 혼인을 왕명으로 허락함으로써 남녀 문제를 바라보는 새 시대의 패러다임을 공표하려 한 것이다.

또한 윤경은 종1품 좌찬성에 제수되었다. 요즘으로 치면 부총리급이다. 여전히 비변사제조를 겸직하였고 이조와 병조를 통제할 수 있는 판이조사와 판병조사를 겸직하였으니 실세 중의 실세가 된 것이다.

왕은 장미에게도 봉작을 내려 윤경의 고신과 함께 장미를 정경부인으로 정식 승인하였다. 정경부인은 1품 이상의 문무관의 적처에게 왕이 내리는 작호를 말한다. 이로써 운명의 연분을 반드시 실제로 만들겠다던 장미의 꿈이 이루어졌다. 엎치락뒤치락이 있었다고 하나 사실상 신분을 넘어선 사랑의 승리가 아닌가.

　비망기에는 복상과 운영에 대한 것도 첨가되었다. 김복상은 유배형에서 풀려나 장악원 부전악 자리로 돌아왔다. 운영 또한 본래의 궁녀 신분을 되찾았다. 이는 운영이 궁녀로서의 명예로운 퇴진을 할 수 있게 배려한 왕의 선물이었다. 요즘으로 치면 공무원 신분을 되찾아 퇴직금이나 연금 등의 혜택을 받을 수 있도록 해준 것이다. 얼마 후 왕의 허락과 축복 속에 복상과 궁을 나온 운영 또한 혼례식을 올렸다.

　장미는 어머니 기향과 함께 대구에 내려가 대구 관아에 노비로 있다가 돌아가신 친모 여흥 민씨의 유골을 수습하여 선산으로 모셔 와 아버지 박현서 곁에 천묘하고, 슬피 울어 어이없이 돌아간 양친의 넋을 위로했다. 사촌 동생인 박기명 차남 박영서의 아들 박순명의 개장례改葬禮에도 참석하여 지나간 일에 대한 슬픔을 함께하고 서로 협력하여 가문을 부흥시킬

것을 다짐했다.

　영의정 이문덕은 왕의 윤허를 얻어 정치 일선에서 물러났
다. 팔판동 가택에서 은퇴 기념 잔치를 연 그는 빈객들을 초
청했는데, 그중에 윤경 장미 부부도 끼어있었다. 부부가 함께
잔치 중앙석을 찾아 예를 올리니 이문덕이 반갑게 그들을 맞
았다.

　"이재=宰께서 부부가 함께 어려운 걸음을 하셨습니다. 그
유명한 정경부인을 이제야 뵙게 되는군요"

　이문덕은 마치 장미를 처음 대하듯 능청스러움마저 보인
다. 이재는 삼정승을 잇는 다음 재상이라는 뜻이다. 윤경이
답례의 인사말을 건넸다.

　"부족하기 짝이 없는 저희까지 이처럼 불러 챙겨주시니 그
저 감격하여 몸 둘 바를 모를 뿐입니다. 나라의 앞길이 첩첩
산중인데 나라의 큰어른께서 이처럼 조기에 물러난다고 하시
어 크게 놀랐습니다. 삼가 아뢰나이다. 부디 멀리 가지 마시
고 벌거숭이와 같은 소인을 꾸짖고 이끌어주시옵소서."

　"하하하, 새 술은 새 부대에 담아야지요. 나 같은 늙은이가
윗자리에 앉아 감 놔라 대추 놔라 하는 것처럼 꼴불견이 또
없습니다. 이재와 같은 분들이 이 나라를 잘 이끌어 줄 것을
믿어 의심치 않습니다. 더구나 이재께는 이처럼 장자방도 울

고 간다는 현숙한 부인이 곁에 계신데 무엇이 걱정이랍니까? 하하하"

이쯤 되니 장미도 인사말을 건너뛸 수 없었다.

"날씨마저 맑게 빛이 나니 나라에 일생을 바치신 후덕에 하늘도 감격하여 그 보답을 온 하늘에 드리우는 듯하옵니다."

"허허허, 안 그래도 새벽까지 비가 와서 걱정이 많았습니다. 요행히 아침부터 언제 그랬냐는 듯이 밝은 해가 비추니 어렵게 손님들을 모셔놓은 체면이 서게 되어 한시름 놓았지요. 주상전하께옵서 대전별감들을 시켜 차일遮日, 햇빛을 가리는 천막과 자리를 보내주시고 대전 수라간의 숙수熟手, 전문요리사와 반감飯監들로 하여 직접 음식과 다과를 관리하게 하시니 하해와 같은 성은에 몸 둘 바를 모를 지경입니다. 장악원의 악공들까지 보내시어 온 집안에 풍악이 가득하니 이 또한 무슨 호사란 말입니까. 게다가 정경부인께서 이처럼 과분한 칭찬까지 더해주시니 이 늙은이의 어깨가 그만 절로 으쓱해집니다. 하하하"

이문덕의 잔치에는 귀석이네 놀이패가 불려 와 피날레를 장식했다. 문득이의 탄생에 얽힌 소담을 놀이극으로 꾸며 이 문덕에 이문덕이 출생한 이야기를 우스꽝스럽게 과장하여 들려주어 잔치에 모인 모든 이들이 배꼽을 잡으며 즐거워했다.

잔치의 끝머리였다. 이문덕에게 작별 인사를 마치고 돌아 나오던 부부 앞에 한 남자가 기다리고 있다가 예를 표했다. 윤석범이었다. 윤석범. 부부에게 윤석범은 특별한 사람이다. 무언가 남다른 인사를 해야 했다. 그러나 윤석범은 그런 틈을 주지 않을 작정이었다. 재빨리 자기가 하고 싶은 말을 했다.

"상국께서 한양을 떠나신다고 합니다. 향리로 내려가시면 소생도 따라가 사냥이나 하며 지낼 작정입니다. 살펴 가십 시오."

딱 그렇게만 말하고 물러서는 석범을 윤경이 제지했다.

"저희 두 사람이 비록 연분의 꽃봉오리를 피웠다지만 되돌 아올 것을 바라지 않고 내준 존형의 은애가 없었다면 우리 인 연은 결실을 얻지 못했을 것입니다. 어디에 계시던 그 마음을 잊지 않겠습니다."

윤경의 솔직하고 진심 어린 감사 표현에도 윤석범은 표정 변화 없이 답을 한다.

"두 분 연분의 꽃길 사이에 소생의 그림자가 잠시라도 스칠 수 있었다면 떠돌이 칼잡이에게는 즐거운 기억이 되겠습니 다. 그럼, 이만"

윤석범이 고개 숙여 읍하고 돌아섰다. 윤경의 반 발짝 뒤에 서 있던 장미가 무언가 말하려 했으나 윤석범은 눈길도 주지 않고 물러갔다. 그의 마음속 정념의 불씨가 혹시라도 되살아

날 것을 염려해서였을까. 빠른 걸음으로 멀어지는 그의 모습이 어쨌든 윤석범다웠다.

이문덕의 집 대문을 돌아 나오는 길에 장미가 윤경에게 말했다.

"제 마음을 저도 모르겠습니다. 영상대감께 작별 인사를 드릴 때 말입니다. 그렇게 증오하고 역적이라 믿어온 이문덕 상공의 만수무강을 진심으로 빌었습니다. 어찌 된 일일까요?"

"하하하 부인께서 이제는 마음속에 더 이상 들이댈 자가 없어져 모두 사라진 모양입니다"

"예에~? 어림없습니다. '자에는 자로!' 필요하면 언제고 다시 살아납니다. 아자~!"

"하하하"

일찍이 신라조의 대학자 빙월당설총께서 이르기를, 설백의 모래사장을 밟고, 거울같이 맑은 바다를 바라보며 자라나더니, 봄비가 내리면 목욕하여 몸의 먼지를 씻고, 상쾌하고 맑은 바람 속에 유유자적하면서 지내다가 마침내 꽃다운 침소에 그윽한 향기를 더하기 위하여 찾아오니 그 이름 장미薔薇라 하였다.

기특하도다. 우리의 장미여. 나라님을 도와 그 영광이 온 누리에 비치거늘 제 몸은 한발 물러 소리 없이 그저 웃고만 있으니, 설백같이 희고 거울같이 맑은 그 자태를 어찌 칭찬하지 않겠는가. 기울었던 가문을 다시 일으키고 그 진한 향기로 채워 넣으니, 여자라 하여 못 할 일이 또한 무엇이란 말인가.

영특하도다. 장미여. 자기 사랑을 찾아가되 스스로 기약한 존엄을 스스로 잃지 않으니 이 또한 지혜로운 여인의 모범 중의 모범이다. 그 지혜와 사랑스러움이 길이 빛나라.

이것으로 우리의 이야기가 끝난다면 섭섭할 것 같다. 아니다. 사람들이 모이면 먹고 마시는 게 세상이 돌아가는 원리다. 대척점에 서 있던 악의 축의 고별 회연으로 마치는 것을 도리어 기쁨으로 여길 일이다. 잔치를 뒤로하는 두 사람의 뒷모습 위로 오색 무지개가 떠올랐다.